Hohlbein · Nach dem großen Feuer

Wolfgang Hohlbein

Nach dem großen FEUER

Ein phantastischer Roman

Franckh'sche Verlagshandlung
Stuttgart

Umschlaggestaltung: Ute Lehmann

Schwarzweißzeichnung im Text von Bernard Stoessel

CIP-Kurztitelaufnahme der Deutschen Bibliothek

Hohlbein, Wolfgang:
Nach dem grossen Feuer : e. phantast. Roman /
Wolfgang Hohlbein. – Stuttgart : Franckh, 1984.
ISBN 3-440-05386-5

Franckh'sche Verlagshandlung, W. Keller & Co., Stuttgart / 1984

ISBN 3-440-05386-5 / L 9mm H ha
Printed in Czechoslovakia / Imprimé en Tchécoslovaquie
Satz: Typobauer Filmsatz GmbH, Ostfildern
Gesamtherstellung durch Artia, Prag

Der Bus hielt unter dem weit geschwungenen, gläsernen Vordach der Abfertigungshalle, und die Passagiere begannen beinahe augenblicklich, auf die Ausgänge zuzudrängen. Die gläsernen Türen des Flughafengebäudes glitten lautlos auf, und eine Anzahl rot und blau uniformierter Stewardessen eilte den Reisenden entgegen, um ihnen den Weg zu zeigen und ihnen mit dem Gepäck behilflich zu sein. Irgendwo sehr weit entfernt, sicher am anderen Ende des Flughafengeländes, begannen die Motoren eines Flugzeuges zu dröhnen, und als Thomas dicht neben seinem Vater in das Gebäude trat, erscholl ein hallender Gong, und eine Lautsprecherstimme sagte: *»We welcome you to the United States of America!«*

Thomas blieb stehen und hob den Kopf, als könne er den unsichtbaren Sprecher irgendwo ausmachen. Aber natürlich sah er nichts außer der hohen, mit farbigen Kunststoffplatten verkleideten Decke und der riesigen Digitaluhr über dem Ausgang, auf der man ablesen konnte, wie spät es jetzt in einem Dutzend anderer Millionenstädte der Welt war. Er fühlte sich ein bißchen müde, obwohl er vor Antritt der Reise gründlich ausgeschlafen hatte. Aber sie waren mehr als neun Stunden ununterbrochen geflogen, und die lange Reise und das stundenlange Herumstehen und -sitzen auf dem Frankfurter Flughafen forderten ihren Preis.

»Na«, fragte sein Vater, »wie fühlt man sich in Amerika?«

Thomas wußte nicht so recht, was er antworten sollte. Er hatte sich seit Monaten auf diese Reise gefreut und während der letzten zwei Wochen sowohl zu Hause als auch in der Schule eigentlich über nichts anderes mehr geredet – aber im Moment fühlte er sich nur müde, hungrig und zerschlagen.

»Prima«, antwortete er mit einiger Verspätung. »Nur ...«

»Ein bißchen müde, wie?« lächelte sein Vater. »Das ist verständlich. Immerhin ist es jetzt zu Hause in München beinahe vier Uhr morgens, und ein vierzehnjähriger Junge wie du gehörte eigentlich schon längst ins Bett.«

»Fünfzehn«, korrigierte Thomas und sah auf die Uhr. Die Zeiger standen noch immer auf halb acht, aber der Jumbo war dem Tag ein gutes Stück davongeflogen. Er hatte die Uhr irgendwo über dem Meer verstellt, um sich der amerikanischen Ortszeit anzupassen, aber sein Körper war an einen anderen Tagesrhythmus gewöhnt und ließ sich nicht so rasch überlisten.

»Fünfzehn«, sagte sein Vater betont, »wirst du in genau zwei Wochen, Thomas. Und als Sohn eines Mathematikers solltest du wissen, daß auch vierzehn plus dreiundzwanzig Vierundzwanzigstel noch lange nicht fünfzehn ergeben.«

Thomas seufzte und verzichtete sicherheitshalber auf eine Antwort. Nicht einmal *er* wußte immer so genau, wann sein Vater nun einen Scherz machte und wann er es ernst meinte. Sein Vater war nicht nur einfach Mathematiker, sondern sogar Professor für Mathematik, und er konnte sich manchmal mit wahrer Begeisterung Stunde um Stunde über Zahlen unterhalten. Thomas teilte diese Begeisterung nicht so vollständig.

Er seufzte, packte seinen Koffer fester und ging neben seinem Vater her auf die Zollkontrolle zu. Es gab weder einen Schalter noch eine Schranke, wie sie sie in Frankfurt passiert hatten, sondern nur eine rote, auf den Fußboden gemalte Linie, vor der zwei Männer in den graugrünen Uniformen der Zollbeamten standen. Trotzdem überschritt keiner der Neuankömmlinge diese – fast – unsichtbare Grenze. So etwas wäre zu Hause in Deutschland schwer vorstellbar gewesen. Vielleicht war das schon einer der kleinen Unterschiede, von denen sein Vater gesprochen hatte.

Sie reihten sich geduldig in die langsam vorrückende Schlange ein, ließen ihr Reisegepäck kontrollieren und standen wenig später in einer zweiten Halle, die der, durch die sie zuvor gekommen waren, bis aufs Haar glich, nur daß sie mindestens doppelt so groß war. Hunderte von Menschen eilten geschäftig hin und her oder standen einzeln oder in kleinen Gruppen herum und warteten. Von irgendwoher kam Musik, und vor den deckenhohen Fenstern an der Westseite fuhren unablässig Autos an und ab. Sein Vater blieb stehen, setzte seinen Handkoffer ab und sah sich unschlüssig um.

»Wie sieht denn dieser Mister Dickkopf aus, auf den du wartest?« fragte Thomas.

Sein Vater lächelte. »Dirkhoff, Thomas. Er heißt Dirkhoff. Professor Dirkhoff, um genau zu sein. Und ich muß gestehen, ich habe nicht die leiseste Ahnung, wie er aussieht. Ich habe bisher nur ein paarmal mit ihm telefoniert, das war alles. Eigentlich wollte er hier auf mich warten.«

Als wären seine Worte ein Stichwort gewesen, knackte in diesem Augenblick ein unsichtbarer Lautsprecher, und eine Frauenstimme sagte: *»Professor Edmund Bender, please come to the information! Professor Bender please!«*

Thomas nahm seine Tasche und deutete auf den chromblitzenden Informationsstand neben dem Ausgang. »Das ist für dich«, sagte er. »Sieht aus, als wäre Professor Dickkopf was dazwischengekommen.«

»Dirkhoff«, seufzte sein Vater. »Er heißt Dirkhoff. Merk dir das bitte. Er spricht nämlich ausgezeichnet Deutsch.«

Thomas unterdrückte ein Grinsen und folgte seinem Vater zum Informationsstand, der aussah wie das Cockpit eines Raumschiffes: eine in zwei Hälften geschnittene und auseinandergezogene Kugel aus blankpoliertem Stahl, in deren Innerem zwei junge Frauen in dunkelblauen Uniformen vor einem verwirrenden Durcheinander von Schaltern, Knöpfen, Mikrophonen und Telefonhörern saßen. Vater setzte seinen Koffer ab, stützte sich mit den Ellbogen auf die blankpolierte Theke und begann leise auf englisch mit einer der Frauen zu sprechen. Thomas versuchte, ihre Antwort mitzubekommen, aber sie sprach so schnell, daß er kein Wort verstand. Nun ja – Vater hatte ihn gewarnt, daß er mit seinem Schulenglisch hier nicht allzuviel würde anfangen können. Er schien recht zu haben.

»Professor Dirkhoff kommt nicht«, sagte Vater, nachdem er sich bedankt und wieder herumgedreht hatte. »Irgend etwas ist ihm dazwischengekommen.«

»Und jetzt?« fragte Thomas.

Sein Vater schwenkte einen kleinen Zettel, den ihm die Frau hinter der Information gegeben hatte. »Wir nehmen ein Taxi«, sagte er. »Ich habe die Adresse des Hotels, in dem Dirkhoff auf uns wartet.« Plötzlich lächelte er. »Vielleicht ist das nicht das Schlimmste«, sagte er. »Wir haben noch genug Zeit. Was hältst du von einer kleinen Stadtrundfahrt?«

Der Gedanke begeisterte Thomas nicht sonderlich. Er hatte nie viel von Sehenswürdigkeiten und deren Besichtigung gehalten. Aber er wollte seinen Vater auch nicht vor den Kopf stoßen. Immerhin würde er während der nächsten zwei Wochen ohnehin nicht sehr viel Zeit für ihn haben. Thomas betrachtete die elf Tage in Amerika zwar als eine Art unerwartete Zusatzferien, aber für seinen Vater bedeutete die Tagung harte Arbeit, neben der nicht allzuviel Zeit zur Erholung bleiben würde. Thomas versuchte sich vorzustellen, wie es sein mußte, elf Tage lang mit einer Horde Mathematiker in einem

Konferenzzimmer eingesperrt zu sein und über Zahlen zu reden. Der Gedanke verursachte ihm beinahe so etwas wie Übelkeit.

Sie verließen das Flughafengebäude und traten in den warmen Sonnenschein hinaus. Thomas hatte jetzt erst das Gefühl, amerikanischen Boden zu betreten, und plötzlich empfand er die Erregung, die er vorhin nach dem Verlassen der Maschine vermißt hatte. Aber der Aufenthalt auf dem Flughafen war noch so etwas wie die Verlängerung des Fluges gewesen. Jetzt – jetzt erst – waren sie in Amerika. Es war ein erhebendes Gefühl.

Vater winkte ein Taxi heran und gab dem Fahrer den Zettel, den er in der Information erhalten hatte. Der Mann warf einen flüchtigen Blick darauf, nickte und ging dann um den Wagen herum, um den Kofferraum zu öffnen und ihr Gepäck zu verstauen. Sie stiegen ein, und Vater wechselte noch ein paar Worte mit dem Fahrer, ehe sie losfuhren.

»Wir fahren am Weißen Haus vorbei«, sagte Vater. »Das interessiert dich doch sicher, nicht?«

Thomas hätte das »nicht« am liebsten laut und ohne das Fragezeichen dahinter wiederholt, aber er beherrschte sich, lächelte tapfer und nickte.

»Sehr gut«, sagte Vater. »Das ist kein großer Umweg zu unserem Hotel. Und den Rest nehmen wir uns morgen oder am Wochenende vor.«

»Wenn du Zeit dazu hast«, sagte Thomas. »Mach bloß keine Umstände wegen mir. Ich bin alt genug, um auch mal ein paar Tage allein zurechtzukommen.«

Sein Vater schien etwas antworten zu wollen, beließ es aber dann bei einem undeutbaren Seufzer und lehnte sich mit geschlossenen Augen in die Polster zurück. Auch er war müde, und als Thomas daran dachte, welche Anstrengungen ihm in den nächsten Tagen noch bevorstanden, tat er ihm beinahe leid. Aber die Konferenz war wichtig, nicht nur für seinen Vater. Thomas hatte sich bisher niemals für Politik interessiert, aber er hatte im Laufe der letzten Wochen zwangsläufig genug mitbekommen, um zu wissen, daß es um große Dinge ging. Worte wie *Weltsicherheit* und *Zukunftskrise* waren mehr als einmal gefallen, und soviel er wußte, trafen sich in dem Hotel nicht nur Mathematiker, sondern auch Biologen, Physiker, Chemiker, Soziologen – kurz, fast alles, was in der Welt der Wissenschaft Rang und Namen hatte. Eigentlich nicht der richtige Ort für einen vierzehnjährigen Jungen, um Ferien zu machen. Aber zu Hause wäre er auch allein gewesen, und seit dem Tod seiner Mutter vor fünf Jahren hatte sich Vater angewöhnt, ihn wo immer möglich mitzunehmen, wenn er auf Reisen ging. Und er ging oft auf Reisen. Öfter, als man es im allgemeinen von einem Mathematikprofessor erwartet hätte.

Sie fuhren auf dem breit ausgebauten Highway in Richtung Stadtmitte, überquerten den Potomac-River und bogen auf eine Art Stadtautobahn ein. Nach einer Weile berührte ihn Vater an der Schulter und deutete nach rechts.

»Das Weiße Haus«, sagte er.

Thomas setzte sich auf und blickte aus dem Fenster. Natürlich hatte er schon oft Bilder des Weißen Hauses gesehen – im Fernsehen und in Illustrierten, manchmal auch in den Fachzeitschriften, die sein Vater zu Dutzenden las, aber irgendwie enttäuschte ihn der Anblick beinahe. Es war ein gewaltiges, schneeweißes Gebäude, das irgend etwas Ehrfürchtiges und Altes auszustrahlen schien, aber es war doch nicht mehr als ein Haus, wenn auch ein großes. Und dort drüben wurde also über das Schicksal der Welt entschieden. Irgendwie hatte er es sich – nun ja, majestätischer vorgestellt. Aber es war vielleicht nicht das Haus, das zählte, sondern die Leute, die darin lebten.

Das Taxi wurde schneller, als sie das Weiße Haus passiert hatten, und nach einer Weile tauchten rechts und links der

Straße die Hochhäuser auf, die er beim Klang des Namens Washington D.C. erwartet hatte. Sie waren nicht ganz so groß und nicht annähernd so beeindruckend wie auf den Bildern, aber noch immer beeindruckend genug. Sie durchquerten das Stadtzentrum, fuhren noch eine Weile in östlicher Richtung und hielten schließlich vor einem gewaltigen Turm aus schimmerndem Glas und Chrom.

»Unser Hotel«, erklärte Vater. Sie stiegen aus. Der Taxifahrer stellte ihr Gepäck auf den Bürgersteig und fuhr wieder ab, nachdem Vater ihn bezahlt hatte. Aus dem Hotel kamen zwei uniformierte Pagen, um ihre Koffer zu holen.

Vater lächelte aufmunternd, nahm einen tiefen Atemzug, als müsse er sich an die amerikanische Luft gewöhnen, und ging dann mit schnellen Schritten die Treppe empor.

Die Hotelhalle war gewaltig. Die Decke wurde von einer Anzahl mannsdicker marmorner Säulen getragen und war so hoch, daß ihr kleines Einfamilienhaus am Rande Münchens bequem Platz darunter gefunden hätte, und obwohl sich an die hundert Menschen in der Halle aufhielten, wirkte sie keineswegs überfüllt. Thomas ging neben seinem Vater zum Empfang hinüber und wartete geduldig, bis dieser die Anmeldeformalitäten hinter sich gebracht und den Zimmerschlüssel in Empfang genommen hatte. Dann fuhren sie mit dem Lift in die einundzwanzigste Etage hinauf, in der ihr Zimmer lag. Ihr Gepäck war bereits hinaufgeschafft worden.

Das Zimmer war genauso, wie Thomas es erwartet hatte – sehr groß, sehr modern und nach jenem typisch amerikanischen Geschmack eingerichtet, der nicht unbedingt die Zustimmung eines Europäers fand. Aber es war riesig; eigentlich schon eher eine kleine Wohnung als ein Hotelzimmer. Während Vater dem Hotelboy ein Trinkgeld gab und die Tür schloß, lief Thomas auf den Balkon hinaus. Er war sehr groß, wie alles in diesem Hotel, und gewährte einen fantastischen Blick über die Stadt. In der Ferne glitzerte der Potomac-River wie ein schmales, vielfach gewundenes Silberband, und tief unter ihm, in der Stadt, begannen die ersten Lichter anzugehen. Über dem Horizont erschien der erste Streifen grauer Dämmerung.

Thomas sah erneut auf die Uhr. Es war fast neun, aber die Zeit von der Landung bis jetzt war wie im Fluge vergangen. Er blieb noch einen Moment auf dem Balkon stehen und ging dann gemächlich ins Zimmer zurück. Sein Vater hatte die Koffer auf das Bett geworfen und war damit beschäftigt, ihren Inhalt auf die Frisierkommode und die drei Wandschränke zu verteilen. Natürlich hatte das Hotel genügend Personal, das diese Aufgaben hätte erledigen können, aber sein Vater war ganz das Gegenteil dessen, was man sich normalerweise unter einem zerstreuten Professor vorstellte. Er war sehr selbständig und haßte es, Arbeiten, die er selbst erledigen konnte, von jemand anderem tun zu lassen.

Thomas trat neben ihn und begann ihm zu helfen.

Das Telefon schrillte. Vater nahm den Hörer ab, meldete sich und hörte einen Moment schweigend zu. Dann sagte er »Okay«, nickte überflüssigerweise und hängte wieder ein. »Das war Prof. Dirkhoff«, sagte er. »Er wartet unten in der Halle auf mich. Zusammen mit ein paar Kollegen.« Er stockte einen Moment, sah sich im Zimmer um, als suche er etwas Bestimmtes, und fragte dann: »Willst du mitkommen, oder bleibst du hier? Ich glaube nicht, daß es sehr lange dauern wird. Die übliche Vorstellung und der ganze Kram. Später gehen wir dann zusammen essen.«

Thomas schüttelte den Kopf. Er hatte gewiß keine Lust, jetzt hinunterzugehen und einem Haufen verknöcherter Mathematikprofessoren die Hand zu schütteln. »Geh nur«, sagte er. »Ich sehe mich inzwischen hier um und versuche mich einzuleben.« Er deutete mit einer Kopfbewegung auf den Fernseher. »Stimmt das, daß die Amerikaner siebzig Fernsehprogramme haben?«

Vater lächelte und zuckte mit den Achseln. »Keine Ahnung«, gestand er. »Aber ich denke schon, daß sie ein paar mehr haben als wir.«

Thomas hatte halbwegs damit gerechnet, jetzt wieder einen Vortrag über die Schädlichkeit von Fernsehen zu hören, aber sein Vater schien ganz froh darüber zu sein, ihn für die nächste Zeit beschäftigt zu wissen. Er nickte, trat noch einmal vor den Spiegel, um seine Krawatte zurechtzurücken, und verließ dann mit raschen Schritten das Zimmer.

Thomas ging zum Fernseher hinüber, schaltete ihn ein und drehte eine Zeitlang lustlos am Programmwählknopf. Er kam nicht annähernd auf siebzig Programme, aber es mußten trotzdem mehr als zwei Dutzend sein – er hörte bei zehn auf zu zählen und beschränkte sich darauf, den Schalter weiterzudrehen und den ständig wechselnden bunten Bildern auf der Mattscheibe zu folgen. Es schien für jeden Geschmack etwas zu geben, aber Thomas stand der Sinn an diesem Abend nicht nach Fernsehen. Den ersten Tag in einer neuen Welt wollte er nun doch nicht vor dem Bildschirm verbringen.

Nach einer Weile schaltete er den Apparat wieder aus, drehte sich um und ging unschlüssig zur Balkontür hinüber. Es war dunkel geworden, während er mit dem Apparat beschäftigt gewesen war, und draußen wetteiferten die Lichter Washingtons mit dem Glanz des Sternenhimmels. Vom Fluß her wehte ein kühler Wind herauf, und als er die Gardine zurückschlug und auf den Balkon hinaustrat, konnte er ein leises Geräusch wahrnehmen, etwas wie das ferne Rauschen einer Meeresbrandung; die Geräusche der Stadt, einzeln nicht mehr wahrnehmbar, aber zusammengenommen etwas, das fast wie ein riesiges, ruhig schlagendes Herz klang, als wäre diese Stadt da unter ihm in Wirklichkeit ein gewaltiges lebendes Wesen.

Thomas mußte selbst über den Gedanken lächeln. Er war müde, und da kam man schon einmal auf die sonderbarsten

Ideen. Vielleicht wäre es das beste, wenn er ins Zimmer zurückging und sich eine halbe Stunde ausruhte, ehe Vater heraufkam und ihn zum Essen abholte.

Er wollte sich umdrehen und ins Zimmer zurückgehen, als ihm etwas auffiel. Er blieb stehen, legte den Kopf in den Nacken und sah stirnrunzelnd in den Himmel hinauf. Einer der winzigen hellglänzenden Sterne hatte begonnen, sich zu bewegen.

Thomas fuhr sich verwirrt mit der Hand über die Augen und sah noch einmal hin. Aber es war keine Täuschung. Einer der Sterne war kein Stern, sondern ... irgend etwas eben. Und dieses Etwas schoß in steilem Winkel über den Himmel. Es war zu schnell für ein Flugzeug, viel zu schnell. Vielleicht eine Sternschnuppe, dachte Thomas, oder ein Teil eines Satelliten oder einer ausgebrannten Raketenstufe, die zur Erde zurückstürzte. In letzter Zeit, das hatte er aus Gesprächsfetzen erfahren, die er manchmal von seinem Vater aufschnappte, kam so etwas öfter vor.

Aber noch während er dastand und in den Himmel hinaufstarrte, tat das Ding etwas, das weder eine Sternschnuppe noch eine ausgebrannte Rakete hätten tun können: Es bog plötzlich in nahezu rechtem Winkel von seinem Kurs ab, blieb einen Moment reglos auf der Stelle stehen und schoß dann mit fantastischer Geschwindigkeit davon.

Thomas stand wie gelähmt auf dem Balkon und starrte in den Himmel hinauf, auch, als die Erscheinung schon längst verschwunden war. Es dauerte lange, bis er begriff, was er da gesehen hatte. Und als er es begriff, weigerte er sich fast, es zu glauben.

Das Ding war ein UFO gewesen!

Ein unidentifiziertes Flugobjekt, eines von diesen Dingern, von denen man immer wieder einmal in Zeitungen las oder im Radio hörte und an die eigentlich niemand so recht glaubte.

Aber er hatte es gesehen!

Oder nicht? Ein paar Augenblicke überlegte er ernsthaft, ob die Erscheinung am Himmel nicht vielleicht nur ein Produkt seiner überreizten Nerven und seiner Fantasie gewesen sein konnte. Er war müde, und der lange Flug hatte ihn mehr angestrengt, als er bisher geglaubt hatte. Aber so müde, daß er bereits Halluzinationen hatte, war er nun doch noch nicht. Und er hatte das Ding (er weigerte sich auch jetzt noch, es UFO zu nennen) ganz deutlich gesehen. Nein, das war keine Halluzination gewesen.

Minutenlang blieb er noch reglos auf dem Balkon stehen und suchte den Himmel ab, aber die Erscheinung zeigte sich kein zweites Mal. Schließlich begann er zu frieren. Der Wind hatte aufgefrischt, nachdem die Sonne untergegangen war, und der plötzliche Temperatursturz erinnerte ihn nachhaltig daran, daß auch hier in Nordamerika erst April war und die Nächte noch empfindlich kalt werden konnten. Er schlang fröstelnd die Arme um den Oberkörper, sah noch einmal nach Westen, wohin der Lichtpunkt verschwunden war, und ging ins Zimmer zurück. Er schaltete den Fernseher ein, wählte ein Programm, auf dem – zwischen den regelmäßigen Reklameeinblendungen – Zeichentrickfilme gegeben wurden, und ließ sich in einen Sessel fallen.

Aber er hatte Mühe, der Handlung des Films zu folgen. Seine Gedanken schweiften immer wieder ab, und die bunten Bilder auf der Mattscheibe weigerten sich einfach, einen Sinn zu ergeben. Was war das, was er da gesehen hatte? Eine Sternschnuppe? Ein neues Flugzeug, das die Amerikaner in aller Stille testeten – oder wirklich ein UFO, eine fliegende Untertasse, ein Raumschiff, das aus einem anderen Sternensystem hierher gekommen war?

Aber natürlich war das Unsinn. Einmal, nachdem er zusammen mit seinem Vater im Kino gewesen war und KRIEG DER STERNE gesehen hatte (unerlaubterweise, denn der Film war erst ab sechzehn frei, aber sein Vater hatte gemeint, ein so harmloses Märchen könne einem Jungen seines Alters und seiner Intelligenz kaum schaden), hatte er einen ganzen Abend dagesessen und mit seinem Vater darüber geredet. Über UFOs, Sternenschiffe und Besucher von anderen Welten. Es war eine schöne Vorstellung, aber es würde wohl niemals mehr werden als ein Traum, ein modernes Märchen, das war ihm im Laufe des Gespräches klargeworden. Das Reisen von Stern zu Stern war nicht möglich, nicht mit der Technik der Erde und auch nicht mit der einer Kultur, die ungleich weiter fortgeschritten war. Es gab ein paar ganz einfache wissenschaftliche Gründe, die dagegen sprachen, so einfach, daß selbst ein Junge von vierzehn Jahren, der Geschichten über galaktische Imperien und gewaltige Kriege zwischen den Milchstraßen verschlang, nicht die Augen davor verschließen konnte.

Aber er hatte das Ding gesehen, mit eigenen Augen!

Erst, als sein Vater hereinkam und mit einem erstaunten: »Nanu?« das Licht einschaltete, merkte er, daß er länger als eine Stunde reglos vor dem Fernseher gehockt und gegrübelt haben mußte. Draußen war es mittlerweile vollkommen dunkel geworden, und im Fernseher lief irgendein Spielfilm. Er hatte nicht einmal gemerkt, wie er begonnen hatte.

»Entschuldigung«, sagte er hastig, als er dem besorgten Blick seines Vaters begegnete. »Ich muß eingeschlafen sein.«

»Ich dachte immer, erst in meinem Alter schläft man vor der Flimmerkiste ein«, sagte er mit einem flüchtigen Lächeln. »Aber du hast natürlich recht – es ist im Grunde das einzige, wozu das Ding überhaupt gut ist. Willst du mit hinunterkommen und essen, oder willst du lieber ins Bett gehen?«

»Ich komme mit«, sagte Thomas rasch. »Ich bin schon wieder ganz wach. Ehrenwort.«

»Na gut. Dann zieh dich um. Wir essen ganz groß; mit Smoking und Fliege und all dem Quatsch. Aber für dich wird es reichen, wenn du ein sauberes Hemd und frische Hosen anziehst. Und beeil dich. Die anderen Wissenschaftler haben zum Teil auch ihre Kinder mitgebracht. Du wirst dich also wahrscheinlich in den nächsten Wochen doch nicht so sehr langweilen.« Die letzten Worte rief er bereits aus dem Badezimmer, wohin er geeilt war, um sich ein frisches Hemd und seinen Smoking anzuziehen.

Thomas überlegte einen Moment, ob er seinem Vater von seiner Beobachtung erzählen sollte. Aber er tat es nicht. Wahrscheinlich würde Vater den Vorfall mit einer Handbewegung abtun und alles auf seine Müdigkeit schieben. Oder er hatte eine ganz einfache Erklärung dafür, und Thomas war sich noch nicht sicher, ob er die überhaupt hören wollte. Vielleicht war es gut, sich für eine Weile wenigstens noch an die Illusion klammern zu können, er hätte ein UFO gesehen. Auch, wenn er ganz genau wußte, daß es keines gewesen sein konnte.

Er zog sich um, fuhr sich noch einmal mit dem Jackenärmel über die Schuhe, um den ärgsten Staub abzuwischen, und wartete dann, bis sein Vater aus dem Bad kam.

Sie verließen das Zimmer und fuhren mit dem Aufzug nach unten. Das Hotel kam Thomas jetzt wesentlich belebter vor als bei ihrer Ankunft; die Gänge und Flure schienen vor Menschen zu wimmeln, und vor dem Eingang zum Restaurant drängte sich eine dichte Menschentraube. Vater lächelte ermutigend, legte ihm die Hand auf die Schulter und stürzte sich todesmutig ins Gedränge. Thomas steckte eine Menge Knüffe und Stöße ein, und einmal trat ihm jemand so heftig auf den Fuß, daß er vor Schmerz aufstöhnte, aber schließlich hatten sie es geschafft und waren an ihrem Tisch vor dem großen Südfenster angelangt. Vater deutete auf zwei freie Stühle, setzte sich auf den einen und wartete, bis Thomas rechts neben ihm Platz genommen hatte.

»Mein Sohn«, sagte er mit einer übertriebenen Geste. »Thomas. Ich habe Ihnen ja bereits von ihm erzählt.«

Thomas sah neugierig in die Runde. Er wunderte sich ein bißchen, daß Vater deutsch sprach, aber die drei Männer, die außer ihnen noch am Tisch saßen, schienen sich nicht daran zu stören. Einer von ihnen – er erschien Thomas noch sehr jung für einen Wissenschaftler von Rang, noch keine dreißig – lächelte freundlich und nickte ihm zu.

»Hallo Tom«, sagte er. »Ich darf doch Tom sagen, oder?«

Thomas nickte.

»Das ist Professor Dirkhoff«, erklärte Vater.

Thomas begann gegen seinen Willen zu grinsen, und sein Vater warf ihm einen raschen, warnenden Blick zu und stieß ihn unter dem Tisch an.

Dirkhoffs Lächeln wurde um eine Spur breiter, und in seinen Augen blitzte es schalkhaft auf. »Nicht doch, Professor«, sagte er in tadellosem Deutsch. »Ich habe in Heidelberg studiert, vergessen Sie das nicht. Ich bin es gewohnt, meinen Namen in leicht veränderter Form zu hören.«

Thomas zuckte erstaunt zusammen und lief rot an. Konnte dieser Dirkhoff Gedanken lesen?

Ein Ober brachte die Speisekarten, und Thomas rettete sich über die nächsten Minuten, indem er intensiv auf die Karte starrte und so tat, als überlege er krampfhaft, was er nun auswählen sollte. Dabei konnte er kaum ein Drittel von dem, was da angeboten wurde, lesen, geschweige denn sagen, worum es sich handelte. Er wartete, bis sein Vater bestellt hatte, nickte dann kurz und bestellte der Einfachheit halber dasselbe. Sein Vater runzelte verwundert die Stirn, schwieg aber, und in Thomas stieg die bange Ahnung auf, daß er mit dem Essen vielleicht noch eine Überraschung erleben würde.

Der Ober bedankte sich höflich, sammelte die Karten wieder ein und verschwand. Vater begann mit einem der anderen Männer am Tisch zu reden – diesmal in Englisch und so rasch, daß Thomas kein Wort verstand – und ein anderer

Kellner kam und begann, Geschirr und goldglänzendes Besteck auf dem Tisch vor ihnen auszubreiten.

»Nun, Tom, wie gefällt es dir in Amerika?« fragte Dirkhoff plötzlich.

Thomas sah verwirrt auf. »Ähm ... gut«, sagte er rasch. »Aber ich bin ja erst seit ein paar Stunden hier. Das heißt ...«

»Eigentlich bist du noch gar nicht hier«, nickte Dirkhoff. »Ich weiß. Aber du wirst dich rasch eingewöhnen, verlaß dich darauf. Im Hotel sind an die fünfzig Kinder und Jugendliche. Du wirst sicher genug Gesellschaft für die nächsten Tage finden.«

Thomas lächelte verlegen. »Sicher«, sagte er.

»Washington ist eine hübsche Stadt, trotz allem«, fuhr Dirkhoff fort. »Ich bin sicher, sie wird dir gefallen.« Er seufzte und sah eine Sekunde lang fast traurig aus dem Fenster. »Ich fürchte, dein Vater und ich werden nicht allzuviel von der Stadt mitbekommen«, sagte er.

Thomas' Blick glitt durch die glasklare Scheibe wieder zum Himmel. Es war nicht eine Wolke zu sehen, und der Mond war von einem Kranz hellglitzernder Sterne eingefaßt. Aber diesmal waren es nur Sterne. Nichts anderes.

»Suchst du etwas Bestimmtes?« fragte Dirkhoff, als er seinen forschenden Blick bemerkte.

Thomas fühlte sich auf seltsame Weise ertappt. »Äh ... nein«, sagte er. »Das heißt – ich dachte vorhin, ich hätte etwas gesehen. Aber es ist fort.«

»Und was?« erkundigte sich Dirkhoff.

»Ein UFO«, antwortete Thomas.

Sein Vater hielt abrupt in seiner Unterhaltung inne, drehte den Kopf und sah ihn lange und strafend an. Thomas hätte sich am liebsten auf die Zunge gebissen, aber die beiden Worte waren ihm einfach so herausgerutscht, zu schnell, als daß er sie noch hätte zurückhalten können.

»Thomas!« sagte sein Vater streng. »Was soll dieser Unsinn? Du weißt, was –«

»Aber ich bitte Sie, Professor«, unterbrach ihn Dirkhoff sanft. »Ich habe diese Antwort erwartet. Es hätte mich erstaunt, wenn ich sie nicht erhalten hätte.«

Vater sah für einen Moment sehr verdutzt drein. »Was ... soll das heißen?« fragte er verwirrt.

Dirkhoff lachte leise. »Lesen Sie keine Zeitungen, Professor? Jedermann sieht dieses UFO, jedenfalls hier in Washington. Es ist schon so eine Art Maskottchen geworden.«

»Aha«, machte Vater.

Thomas wurde hellhörig. »Soll das heißen, daß es wirklich ein UFO hier gibt?« fragte er.

Dirkhoff nickte. »Wenn du das Wort so meinst, wie es irgendwann einmal gemeint war, bevor die Leute anfingen, Raumschiffe vom Planeten Epsilon Eridiani darin zu vermuten, ja«, sagte er. »UFO bedeutet nämlich nichts anderes als unidentifiziertes Flugobjekt. Und so etwas haben wir hier wirklich, nämlich etwas, das sich anscheinend über unseren Köpfen herumtreibt und sich stur weigert, sich identifizieren zu lassen.« Er lachte wieder und begann mit seiner Gabel zu spielen. »Ich schätze, unsere braven Jungs von der Air Force sind in den ersten Tagen halb wahnsinnig geworden. Was immer es ist – es führt sie an der Nase herum.«

Thomas blickte erstaunt auf seinen Vater. Aber auf dessen Gesicht stand nur Ratlosigkeit geschrieben. Und Mißtrauen. Sehr viel Mißtrauen.

»Das ist nicht Ihr Ernst«, sagte er nach einer Weile. »Sie wollen mir erzählen, ein unidentifiziertes Flugobjekt könne sich wochenlang über der Hauptstadt der Vereinigten Staaten herumtreiben, ohne daß die halbe Welt Kopf stünde?«

Aber Dirkhoff nickte bloß. »Sie hat Kopf gestanden, Professor«, sagte er. »Während der ersten beiden Tage haben sie alles aufgeboten, was sie hatten. Ich glaube fast, es gab schon Evakuierungspläne für die Regierung. Aber es war alles zwecklos. Dieses Ding ist weder auf einem Radarschirm auszumachen, noch kommt ein Flugzeug nahe genug heran, um Einzelheiten zu erkennen. Mittlerweile hat man sich wohl darauf geeinigt, daß es sich um eine Luftspiegelung handeln muß. So eine Art Nordlicht.«

»Und davon erfährt die Welt nichts?« fragte Vater mißtrauisch.

»Sie hat davon erfahren, Professor«, sagte Dirkhoff. »In den ersten Tagen. Mittlerweile ist man wohl zu dem Schluß gekommen, daß es das Vernünftigste ist, die Sache einfach totzuschweigen. Wer macht sich schon gerne selbst lächerlich?«

Thomas sah erneut aus dem Fenster. Er wußte nicht so recht, was er von Dirkhoffs Eröffnung halten sollte. Sollte er nun froh sein, daß es das Ding, das er zu sehen geglaubt hatte, wirklich gab – oder enttäuscht? Er dachte eine Weile über diese Frage nach, kam aber zu keinem befriedigenden Ergebnis.

»Jedenfalls ist es kein Raumschiff von der Wega«, sagte Dirkhoff augenzwinkernd.

Thomas rang sich ein halbherziges Lächeln ab und sah zu Boden. Er war sich noch nicht ganz darüber im klaren, ob ihm dieser Professor nun sympathisch war oder nicht. Auf der einen Seite hatte er eine herzerfrischende, nette Art, aber Thomas mochte es auch nicht, wenn jemand in seinen Gedanken scheinbar wie in einem offenen Buch lesen konnte.

Das Essen wurde gebracht, und für eine Weile schlief das Gespräch am Tisch ein. Thomas stellte bestürzt fest, daß er – ebenso wie sein Vater – gebackenen Hummer in einer hellen, salzig schmeckenden Sauce bestellt hatte. Aber als er Vaters Blick begegnete, zog er es vor, die Zähne zusammenzubeißen und das Schalentier, dessen aufgestellte Stielaugen ihn spöttisch zu mustern schienen, tapfer herunterzuwürgen. Es schmeckte nicht einmal sonderlich gut.

Das Essen schien endlos anzudauern. Nach dem Hummer gab es eine unidentifizierbare gelbe Pampe, die er ebenso tapfer hinunterschlang, dann Pudding und schließlich noch Erdbeeren mit Schlagsahne, das einzige, was er mit Appetit aß. Aber auch danach machten weder sein Vater noch die anderen irgendwelche Anstalten, vom Tisch aufzustehen. Im Gegenteil: Sie bestellten Wein und begannen fast sofort wieder, miteinander zu diskutieren.

Thomas fühlte sich zunehmend von Müdigkeit gepackt. Er gähnte hinter vorgehaltener Hand, sah auf die Uhr und dann seinen Vater sehnsüchtig an. Aber der war so in seine Fachsimpeleien vertieft, daß er seinen Sohn vollkommen vergessen zu haben schien.

Nicht so Dirkhoff. Er bemerkte Thomas' Blick und räusperte sich so lautstark, daß sein Vater die Unterhaltung unterbrach und fragend aufsah.

»Es ist spät«, sagte Dirkhoff. »Ich schlage vor, wir verlegen den Rest unserer kleinen Diskussion in die Hotelbar und unseren jungen Freund hier« – und damit deutete er lächelnd auf Thomas – »ins Bett.«

Thomas gönnte ihm einen dankbaren Blick, und sein Vater sah mit einem Mal ganz schuldbewußt aus. »Natürlich«, sagte er. »Es ist ja schon fast elf! Du mußt hundemüde sein, Thomas.« Er stand auf. »Ich bringe dich nach oben.«

Thomas schüttelte schwach den Kopf und unterdrückte mit letzter Kraft ein Gähnen. Hundemüde war gar kein Ausdruck. Er mußte sich zusammenreißen, um nicht gleich hier am Tisch einzuschlafen.

»Laß nur«, sagte er. »Ich finde den Weg schon allein. Bleib ruhig bei deinen Kollegen.« Er erhob sich ebenfalls, nickte noch einmal zum Abschied und ging dann rasch zum Ausgang hinüber. Sein Vater sah ihm stirnrunzelnd nach. Aber immerhin war Thomas kein Säugling mehr, den man auf Schritt und Tritt bemuttern mußte.

Er betrat die Liftkabine, drückte auf den obersten Knopf und wartete, bis die Türen zugeglitten und der Aufzug losgefahren war. Seine Augen brannten, und er fühlte sich mit einem Mal so müde, daß er sich gegen die Kabinenwand lehnen mußte. Was war nur mit ihm los? Er hatte eine anstrengende Reise hinter sich und hatte ein Recht, müde zu sein. Aber das ...

Er wußte hinterher kaum mehr, wie er sein Hotelzimmer erreicht hatte. Mit letzter Kraft öffnete er die Tür, wankte zum Bett und ließ sich der Länge nach darauf fallen.

Aber seltsamerweise schlief er nicht ein. Er fiel in eine Art Trance, etwas, das dem Schlaf sehr, sehr nahe kam und in dem sich Wirklichkeit und Traum bereits sacht zu vermischen begannen, aber er schlief nicht wirklich ein. Sein Kopf begann zu dröhnen. Er warf sich unruhig auf dem Bett hin und her, und ein paarmal war ihm, als huschten Schatten durch das Zimmer.

Dann, übergangslos, war er wieder hellwach.

Er fuhr hoch, blinzelte verwirrt und sah auf die Leuchtziffern der Uhr, die neben der Tür hing. Es war lange nach Mitternacht. Unwillkürlich drehte er den Kopf, aber das Bett neben ihm war leer. Sein Vater saß wohl noch mit seinen Kollegen unten an der Bar und diskutierte darüber, warum zwei und zwei vier und auf keinen Fall fünf ergaben, und wahrscheinlich würde es auch noch Stunden dauern, ehe er endlich heraufkam.

Thomas setzte sich vollends auf, schwang die Beine vom Bett und gähnte ausgiebig. Seine Müdigkeit war verflogen, so übergangslos, wie sie gekommen war. Ihm fiel auf, daß er noch vollständig angezogen war, einschließlich Schuhe und Jackett. Er stand auf, ging zum Schrank und nahm einen Schlafanzug vom Regal. Dann schlurfte er ins Bad, um sich umzuziehen.

Das Licht funktionierte nicht. Er betätigte ein paarmal den

Schalter, sah mißmutig zur Decke hinauf und ging in den Wohnraum zurück. Als er am Fenster vorbeikam, sah er unwillkürlich nach draußen. Der Himmel war leer; natürlich. Vermutlich würde er das ominöse UFO weder an diesem noch an einem der folgenden Tage noch einmal zu Gesicht bekommen. Und wenn doch – nun, wahrscheinlich hatte Dirkhoff recht, und es handelte sich wirklich um eine Luftspiegelung oder ein harmloses Nordlicht.

Er zog sich um, hängte seine Kleider ordentlich über einen Stuhl und legte sich wieder aufs Bett.

Aus dem Badezimmer ertönte ein Geräusch.

Thomas hob verwundert den Kopf, lauschte einen Moment angestrengt und ließ sich dann wieder zurücksinken. Er mußte sich getäuscht haben.

Das Geräusch wiederholte sich, und diesmal war er sicher, es sich nicht bloß eingebildet zu haben. Er setzte sich auf, sah eine halbe Sekunde nach dem Telefon auf dem Nachtschränkchen und entschied dann, daß es vermutlich ratsamer war, zuerst selbst nach dem Rechten zu sehen, als wegen einer klopfenden Wasserleitung oder eines tropfenden Hahns das halbe Hotel zu alarmieren und sich womöglich bis auf die Knochen zu blamieren.

Als er aus dem Bett stieg, sah er das Licht. Es drang aus dem Schlüsselloch und unter der Badezimmertür hervor, ein grünlicher, flackernder Schein, der langsam wie träge fließendes Wasser über den Teppich und auf ihn und das Bett zukroch.

Thomas war vor Schrecken wie gelähmt. Er wollte herumfahren und davonstürzen, aber er konnte es nicht. Das grüne Licht erreichte das Bett, zeichnete seine Umrisse mit flirrenden hellen Linien nach und kroch weiter, erreichte seine Zehen, seine Füße und begann langsam an seinen Waden emporzukriechen. Ein kribbelndes, nicht einmal unangenehmes Gefühl machte sich in Thomas' Beinen breit.

Wieder ertönte aus dem Bad ein leises Poltern. Und dann senkte sich ganz, ganz langsam die Türklinke.

Thomas' Herz machte einen schmerzhaften Sprung. Das grüne Licht füllte das Zimmer nun vollständig aus und legte flimmernde Heiligenscheine um jeden Gegenstand. Aber dafür hatte er kaum noch einen Blick. Wie gebannt starrte er vielmehr auf die Badezimmertür, die sich langsam, Zentimeter für Zentimeter öffnete und den Blick in den dahinterliegenden Raum freigab. Er wollte schreien, aber seine Kehle war wie zugeschnürt. Und irgendwie schien von dem grünen Licht nicht nur eine lähmende, sondern zugleich eine beruhigende Wirkung auszugehen. Er hatte Angst, aber ohne daß er einen logischen Grund dafür hätte angeben können, wußte er, daß er nicht in Gefahr war.

Die Badezimmertür hatte sich mittlerweile ganz geöffnet, und Thomas konnte erkennen, daß der Raum von brodelndem Licht und hellen Nebelschwaden erfüllt war. Etwas Dunkles, Großes begann sich in seinem Zentrum zu bilden, ein langgestreckter, schimmernder Umriß, ein ... *ein Mensch!*

Thomas wußte nicht, wie lange es gedauert hatte, bis die Umrisse klar erkennbar waren. Sein Zeitgefühl war vollkommen erloschen. Aber er ahnte, daß es nur wenige Augenblicke gewesen sein konnten, obwohl es ihm wie Stunden vorkam. Der Mann blieb noch einen Moment reglos im Bad stehen und trat dann mit ruhigen Schritten ins Zimmer.

Thomas betrachtete ihn ohne Furcht. Der Mann – *wenn* es ein Mann war – war nur wenig größer als er selbst, aber viel breitschultriger und massiger. Er trug einen einteiligen Anzug aus weichem, silbrig schimmerndem Stoff, der seinen Körper vollkommen einhüllte und scheinbar nahtlos mit Handschuhen und Stiefeln aus dem gleichen Material verschmolz. Sein Kopf verbarg sich unter einem runden, ebenfalls silberfarbigen Helm, dessen Visier aus verspiegeltem Glas zu bestehen schien, so daß sein Gesicht nicht zu erkennen war. Ein wuchtiger, viereckiger Tornister auf dem Rücken und ein breiter Gürtel, in dem eine Unzahl verschiedener Dinge – darunter auch so etwas wie eine Waffe – steckten, vervollständigten die Ausrüstung.

Thomas begriff erst nach einer Weile, daß die Gestalt genau das trug, was man sich im allgemeinen unter einem Raumanzug vorstellte.

Minutenlang standen sie sich reglos gegenüber und starrten sich an, und Thomas hatte plötzlich das unbehagliche Gefühl, daß ihn die Augen hinter dem blitzenden Visier spöttisch musterten. Obwohl er das Gesicht des Fremden nicht sehen konnte, spürte er einfach, daß dieser Mann ihn mit einem einzigen Blick durchschaute, bis in die tiefsten Winkel seiner Seele sah und selbst seine allergeheimsten Gedanken und Wünsche erriet.

Dann, nach einer Ewigkeit, hob der Fremde die Hand und deutete zum Fenster. Thomas wandte sich gehorsam um, öffnete die Tür und trat auf den Balkon hinaus. Der eisige Wind schlug ihm ins Gesicht, aber er spürte die Kälte kaum. Auch davor schien ihn das grüne Licht zu schützen.

Er war nicht einmal überrascht, als es geschah.

Die Luft vor dem Balkon begann zu flimmern. Ein großer, unglaublich großer Schatten bildete sich, verschwamm für einen kurzen Moment und nahm dann immer rascher Form an. Wo Sekunden zuvor noch leere Luft gewesen war, hing plötzlich eine gewaltige, silberfarbige Scheibe.

Das UFO!

Thomas betrachtete es ein paar Sekunden lang mit fast wissenschaftlicher Neugier, ehe er, einem stärkeren als seinem eigenen Willen gehorchend, auf die Balkonbrüstung zuschritt. Das Schiff war riesig: ein flacher Diskus mit einem Durchmesser von sicherlich fünfzig Metern und mehr als zehn Metern Höhe. Obenauf saß eine halbrunde, glänzende Kuppel, hinter der er vage Schatten wahrzunehmen glaubte. Rings um den äußeren Rand der Scheibe verlief eine Kette kleiner runder Öffnungen, durch die milchiges Licht herausschimmerte; Fenster wahrscheinlich.

Er kletterte auf die Balkonbrüstung und blieb stehen. Unter ihm lagen einundzwanzig Stockwerke Nichts und dann der Beton der Straße, aber er fühlte auch jetzt keine Furcht. Ohne zu zögern, trat er ins Nichts hinaus. Ein Band flirrenden grünen Lichts schoß aus dem UFO heraus und bildete unter seinen Füßen eine Brücke, über die er sicher über den Abgrund gehen konnte. Thomas konnte keinerlei Risse oder Fugen in der glänzenden Außenhaut des UFOs erkennen, aber als er näher kam, war plötzlich vor ihm ein ovaler Eingang. Er senkte den Kopf, trat hindurch und blieb stehen. Hinter ihm schloß sich die Wand so lautlos, wie sie sich geöffnet hatte. Der Boden unter seinen Füßen bebte sacht, und Thomas wußte plötzlich, daß das Schiff nicht mehr reglos vor dem Hotel schwebte, sondern mit fantastischer Geschwindigkeit dorthin zurückjagte, wo es hergekommen war.

Und langsam, ganz langsam nur, begann er zu begreifen, daß sein Abenteuer nicht beendet war, sondern gerade erst angefangen hatte.

Lange Zeit stand er reglos in der winzigen Kammer. Das grüne Leuchten umfloß seinen Körper wie ein Mantel aus Licht, und der Boden unter seinen Füßen begann stärker zu beben. Ein heller, singender Ton lag in der Luft, ein Geräusch, das eigentlich in den Ohren hätte schmerzen müssen, es aber nicht tat. Nach einer Weile begann das grüne Licht zu verblassen, erlosch jedoch nicht vollständig, sondern blieb weiter als sanfter Schimmer in der Luft hängen.

In der Wand vor ihm bildete sich ein Spalt. Mildes, blaues Licht schien in die Kammer. Die Tür glitt vollends auf und gab den Blick auf einen niedrigen, sanft gekrümmten Gang frei, der tiefer in das Raumschiff hineinführte. Als Thomas zögerte, der stummen Einladung Folge zu leisten, leuchtete vor ihm in der Luft ein gelber Pfeil auf, der sich langsam in Bewegung setzte. Thomas folgte dem Pfeil.

Er hatte noch immer keine Angst, und er wunderte sich fast selbst darüber. Aber in seinem Innern war noch immer dieses seltsame, vollkommen unbegründete Gefühl der Sicherheit.

Der Pfeil glitt lautlos vor ihm her und paßte seine Geschwindigkeit der seiner Schritte an. Thomas ging absichtlich langsam, um jede noch so winzige Kleinigkeit in seiner Umgebung genau in Augenschein nehmen zu können. Viel gab es allerdings nicht zu sehen: Die Wände des Ganges waren vollkommen glatt und bestanden aus dem gleichen, mattblau schimmernden Material, aus dem das ganze Schiff gefertigt zu sein schien. Es gab keine sichtbaren Türen oder andere Öffnungen, auch keine Schalttafeln und Computerkonsolen, wie er halbwegs erwartet hatte.

Nach einer Weile hielt der Pfeil an, drehte sich langsam um neunzig Grad, so daß seine Spitze genau auf die linke Seitenwand des Ganges deutete, und erlosch. Eine weitere Tür öffnete sich, und Thomas trat ohne weitere Aufforderung hindurch. Der Raum, in den er kam, unterschied sich in Größe und Form kaum von der Kammer, in der er zu Anfang gewesen war. Nur an der gegenüberliegenden Wand gab es etwas, das Thomas vage an eine Schalttafel erinnerte. Darüber hing etwas an der Wand, das wie ein leerer Bilderrahmen aussah.

Der »Bilderrahmen« begann sich plötzlich mit grauem Nebel zu füllen, und dann hatte er den Eindruck, in einen weiteren, viel größeren Raum zu blicken. Der »Bilderrahmen« war in Wirklichkeit ein Bildschirm, und die bunten Farbflecke darunter stellten wohl so etwas wie Schalter dar.

Aber Thomas kam nicht mehr dazu, weiter darüber nachzudenken. Seine Aufmerksamkeit wurde ganz von dem in Anspruch genommen, was sich auf dem Bildschirm abspielte. Der Raum, in den er blickte, mußte die Kommandozentrale des Raumschiffes sein – ein gewaltiger runder Dom, dessen Wände ganz aus Glas oder einem anderen durchsichtigen Material zu bestehen schienen, so daß man durch sie hindurch in den freien Weltraum sehen konnte. Gestalten in silbernen Anzügen huschten geschäftig durch das Bild. Nach einer Weile blieb eine von ihnen stehen, wechselte ein paar Worte mit jemandem, den Thomas nicht sehen konnte, und kam dann so weit auf die Kamera zu, daß sein Helm fast den gesamten Bildausschnitt in Anspruch nahm.

Thomas fühlte eine leichte Enttäuschung, daß er das Gesicht des Fremden nicht erkennen konnte. Er trug die gleiche Art von Helm wie der Mann, dem er in seinem Hotelzimmer begegnet war, und wieder hatte Thomas das Gefühl, von einem Paar alles durchdringender Augen gemustert zu werden.

»Sei gegrüßt, Thomas«, sagte der Mann. Seine Stimme klang weich, aber gleichzeitig auch etwas künstlich, so, als spräche dort nicht ein Mensch, sondern eine Maschine. Trotzdem war sie nicht unangenehm.

Thomas nickte zaghaft und suchte nach einer passenden Antwort, fand aber keine. Doch der Fremde schien auch nicht damit gerechnet zu haben.

»Ich hoffe, du verzeihst uns die Unannehmlichkeiten, die wir dir bereiten mußten«, fuhr er nach einer Pause fort. »Aber es war unumgänglich, um dich unauffällig an Bord nehmen zu können.«

»Was ... was wollen Sie von mir?« fragte Thomas stockend. »Wo bin ich, und wer sind Sie?« Die Worte kamen ihm selbst albern vor, aber es waren die besten, die ihm im Moment einfielen.

»Du bist an Bord des Raumschiffes HEDONIA«, antwortete der Mann. »Und mein Name ist Xertal. Ich bin das, was du einen Kommandanten nennen würdest.«

Thomas nickte. Irgend etwas begann sich in seinem Inneren zu regen, eine leise, warnende Stimme, die ihm zuflüsterte, daß hier irgend etwas nicht stimmte, aber sie verstummte fast augenblicklich wieder. Das grüne Leuchten war stärker.

»Deine erste Frage ist nicht ganz so einfach zu beantworten«, fuhr Xertal fort. »Aber wir haben Zeit genug, um über alles zu reden, ehe wir auf Eridiani aufsetzen. Vorerst versichere ich dir, daß du nichts zu befürchten hast. Du bist bei Freunden.«

Thomas nickte erneut. »Das glaube ich«, sagte er verwirrt. »Aber ich ...«

Xertal schnitt ihm mit einer raschen Handbewegung das Wort ab. »Ich werde gebraucht, Thomas«, sagte er. »Das Schiff wird in wenigen Augenblicken die Erdumlaufbahn verlassen und in den Hyperraum gehen. Nach dem Übertritt werde ich dich persönlich aufsuchen und dir alles erklären. Bis dahin bitte ich dich um Geduld. In wenigen Augenblicken wird einer unserer Roboter bei dir erscheinen und dich in deine Unterkunft bringen. Du brauchst keine Furcht vor ihm zu haben.«

Der Bildschirm erlosch, noch bevor Thomas Gelegenheit zu weiteren Fragen hatte, und vor ihm hing plötzlich wieder nur der leere Rahmen. Einen Moment lang sah er, verwirrt, aber auch ein bißchen wütend, auf die mattschimmernde Wand, dann streckte er die Hand nach den Farbflecken unterhalb des Schirmes aus.

Die Tür hinter seinem Rücken glitt auf, und ein mächtiger dunkler Schatten fiel in die Kammer. Thomas drehte sich herum und fuhr unwillkürlich zurück, als er den Roboter sah.

Die Maschine war gewaltig. Ihr Körper hatte die Form einer schlanken, an die zwei Meter hohen Tonne und bestand aus dem gleichen, bläulichen Material wie das Schiff. Zwei lange, fast schon lächerlich dünne Arme hingen bis fast auf den Boden herab, und oben auf der Tonne saß ein winziger Kopf mit einem einzigen, in sanftem Gelb leuchtenden Auge. Das Ding hatte keine Beine, sondern schwebte schwerelos zwei Handbreit über dem Boden.

»Folge mir, Thomas«, sagte der Roboter. Er sprach mit der gleichen sanften und ein wenig synthetisch klingenden Stimme wie zuvor Xertal, und sein einziges Auge flackerte wie eine Lichtorgel im Rhythmus seiner Worte.

Thomas rührte sich nicht. Nervös sah er von der Maschine zum »Bilderrahmen«, aber der Schirm leuchtete nicht wieder auf.

»Ich bringe dich in dein Quartier«, fuhr die Maschine nach einer Weile fort. »Es besteht kein Grund zur Furcht. Mein Äußeres mag erschreckend auf dich wirken, aber ich bin nur eine Maschine und darauf programmiert, dir und den anderen zu Diensten zu sein.«

Thomas rührte sich noch immer nicht. »Wer ... wer bist du?« fragte er stockend.

»Ich habe keinen Namen«, antwortete der Roboter. »Aber die anderen nennen mich Max. Du kannst dabei bleiben, wenn er dir gefällt.«

Max ... ein seltsamer Name für einen Roboter, fand Thomas. Er machte einen Schritt auf den Ausgang zu, blieb plötzlich abermals stehen und sah den schwebenden Koloß nachdenklich an. Es war jetzt schon das zweite Mal, daß Max die »anderen« erwähnt hatte.

»Von welchen anderen sprichst du?« fragte er. »Soll das heißen, daß ich nicht der einzige bin, den ihr entführt habt?«

»Es sind noch mehr Erdenmenschen an Bord, ja«, bestätigte Max. »Fünf Gruppen zu jeweils vier, dich mitgerechnet. Und nun komm. Das Schiff wird in wenigen Minuten die Lichtmauer durchbrechen. Es ist sicherer, wenn du dann in deiner Unterkunft bist.« Der Roboter glitt lautlos zurück, drehte sich um und schwebte vor Thomas den Gang hinunter. Das helle Summen, das ihn seit Betreten des Schiffes begleitet hatte, schien sich zu verstärken, und er konnte spüren, wie irgendwo tief unter seinen Füßen gewaltige Maschinen anliefen.

»Lichtmauer ...«, murmelte er verwirrt. Wenn das sein Vater miterleben könnte!

»Der Ausdruck Lichtmauer«, erklärte Max, der über ein ausgesprochen scharfes Gehör zu verfügen schien, »ist irreführend. Aber die physikalischen Vorgänge beim Überschreiten der Lichtgeschwindigkeit sind äußerst kompliziert. Es würde zu weit führen, sie jetzt erklären zu wollen. Deshalb ist es am besten, du begnügst dich vorerst mit diesem Wort. Später ist Zeit, alles genauer zu erklären.«

Der Roboter hielt an und deutete mit einem seiner dünnen biegsamen Arme auf die Wand. Eine Tür öffnete sich, und Thomas trat zögernd hindurch. Max machte keine Anstalten, ihm zu folgen. Hinter ihm verschwand die Öffnung wieder.

Der Raum, in den er kam, ähnelte mehr einem gemütlichen Spiel- und Wohnzimmer als der Kabine eines Raumschiffes. Er war vielleicht vier mal fünf Meter groß und hatte eine niedrige, sanft gekrümmte Decke. Farbige Kunststoffmöbel standen in einer Art geordnetem Chaos auf dem Boden herum. An der gegenüberliegenden Wand war eine riesige Schalttafel und ein weiterer, größerer »Bilderrahmen«.

Und außerdem waren noch drei Menschen im Zimmer.

Thomas blieb unmittelbar hinter der Tür stehen und sah die drei forschend an. Es waren zwei Jungen und ein Mädchen, alle drei etwa genauso alt wie er. Sie schienen nicht im mindesten erstaunt zu sein, ihn zu sehen, sondern wirkten im Gegenteil wie Menschen, die ungeduldig auf etwas gewartet hatten.

»Hallo«, sagte Thomas schüchtern.

Einer der beiden Jungen – der Größere – winkte ihn mit einer ungeduldigen Handbewegung zu sich heran und deutete auf einen freien Stuhl. »Setz dich«, sagte er. »Gleich wird's ein bißchen wackelig.«

Thomas gehorchte und nahm auf einem der bunten Kunststoffstühle Platz. Sie sahen unbequem aus, waren aber wunderbar weich und schienen sich seinem Körper wie eine zweite Haut anzupassen.

Der Junge, der ihn aufgefordert hatte, sich zu setzen, lächelte flüchtig, als er den verwunderten Ausdruck auf seinen Zügen registrierte. »Toll, die Dinger, nicht?« sagte er. »Aber du wirst noch mehr Sachen kennenlernen, von denen du vor einer halben Stunde noch nicht einmal geträumt hast.«

Thomas nickte zaghaft. Der Boden begann stärker zu zittern, und das helle Singen wurde für einen Moment so laut, daß eine Unterhaltung nicht mehr möglich war. Thomas nutzte die Zeit, um seine drei »Mitgefangenen« etwas eingehender zu betrachten. Der Junge, mit dem er bereits gesprochen hatte, war etwas größer als er, dunkelhaarig und so schlank, daß man schon fast von dürr sprechen konnte. Er hatte ein schmales, fast mädchenhaft geschnittenes Gesicht, in dem die Sommersprossen irgendwie fehl am Platze wirkten. Er trug Jeans und ein dunkelrot kariertes Baumwollhemd, das nicht so recht zu seiner Erscheinung paßte.

Der andere war etwas kleiner, blond und von kräftiger Statur. Seine Augen blinzelten ununterbrochen, und sein Gesicht war etwas zu breitflächig,um noch gut auszusehen. Auch er trug Jeans und Hemd, dazu ein Paar rote Cowboystiefel und ein schreiend buntes Halstuch.

Am meisten staunte Thomas über das Mädchen. Es war eine Asiatin – Chinesin oder Japanerin vielleicht –, hatte langes, schwarzes, in Zöpfe geflochtenes Haar und wache Augen, die ihn die ganze Zeit amüsiert zu mustern schienen. Auch sie trug Jeanshosen und ein buntgemustertes Wollhemd.

Thomas fiel plötzlich ein, daß er noch immer den hellblauen Pyjama trug, den er angezogen hatte, bevor ihn das grüne Licht überfiel. Er sah an sich herab und spürte, wie er rot anlief.

Nach einer Weile verklang das Singen, und der Boden hörte auf zu beben.

»Kein Grund, rote Ohren zu bekommen«, sagte der schwarzhaarige Junge lächelnd. »Wir waren auch nicht wesentlich eleganter gekleidet, als wir an Bord kamen. Unser Freund Max wird dir sicher nachher andere Sachen bringen. Es gibt aber nur Jeans und karierte Hemden. Muß der letzte Schrei in der Galaxis sein.«

Thomas sah den Jungen mit wachsender Verwirrung an.

Sie befanden sich auf einem Raumschiff und rasten jetzt vermutlich schon mit zig-facher Lichtgeschwindigkeit durch den Weltraum, und sie saßen hier und unterhielten sich über Kleider! Aber schließlich verspürte auch er diese vollkommen unbegründete Ruhe, eine Gelassenheit, die der Situation ganz und gar nicht angemessen schien.

»Mein Name ist übrigens Boris«, fuhr der Junge fort. »Das da« – er deutete zuerst auf den anderen Jungen, dann auf das Mädchen – »sind Stephen und Tai Lin. Und du?«

»Thomas«, sagte Thomas. »Die meisten sagen nur Tom zu mir.« Das war glatt gelogen, aber Dirkhoffs Abkürzung hatte ihm gefallen, und außerdem erschien ihm der Name in ihrer Lage irgendwie passender.

»Woher kommst du?« fragte Boris. »Ich meine – aus welchem Land?«

»Deutschland«, antwortete Thomas. »Mein Vater hat mich mitgenommen, als er zu diesem Kongreß ...«

Boris winkte ab. »Geschenkt, Tom. Wir stammen aus dem gleichen Stall. Dieser Xertal muß das ganze Hotel abgegrast haben. Ich komme aus Minsk. Stephens Vater ist aus New York angereist, und Tai Lins Eltern sind gerade gestern aus Peking gekommen.«

»Minsk?« wiederholte Thomas ungläubig. »Aus Rußland?«

Boris nickte. »Eine gute Mischung, nicht?«

»Wieso sprichst du so gut Deutsch?« erkundigte sich Thomas.

Boris begann zu lachen, und ohne daß Thomas einen logischen Grund dafür sah, stimmten auch Stephen und Tai Lin für einen Moment ein.

»Was ist daran so komisch?« fragte Thomas beleidigt.

»Nichts«, sagte Boris. »Aber genausogut könnte ich dich fragen, wieso du so gut Russisch sprichst. Oder Chinesisch.«

Thomas verstand immer weniger. »Wie ... wie meinst du das?« fragte er.

»Ich spreche kein Wort deutsch«, erklärte Boris. »Auch jetzt nicht. Ich weiß nicht, wie sie es machen, aber jeder von uns redet in seiner Heimatsprache, und trotzdem können ihn die anderen verstehen. Und er sie. Diese Galaktiker haben schon was auf dem Kasten.«

»Galaktiker?« wiederholte Thomas stirnrunzelnd.

»Xertal und seine Leute«, mischte sich Stephen ein. »Sie nennen sich jedenfalls so.« Er schwieg einen Moment, sah Thomas durchdringend an und sprach dann mit veränderter Stimme weiter. »Ich bin schon seit vier Tagen hier, weißt du. Boris kam vorgestern, und Tai Lin gestern. Du wirst das alles noch erfahren. Dieser Xertal nimmt sich für jeden extra Zeit, um ihm seine Geschichte aufzutischen.«

»Welche Geschichte?« erkundigte sich Thomas.

Stephen seufzte. »Naja, ich habe sie schon zweimal erzählt, warum soll ich sie nicht noch ein drittes Mal erzählen. Nicht, daß sie dadurch besser würde, aber ...« Er seufzte erneut, schüttelte den Kopf und machte eine weit ausholende Geste. »Dieses Ding hier«, erklärte er, »ist der interplanetare Sternenkreuzer HEDONIA. Eines von Hunderten von Raumschiffen, die ständig durch die Milchstraße fliegen und nach unterentwickelten Planeten wie unserer Erde Ausschau halten. Sie haben uns vier und noch sechzehn andere gekidnappt, damit wir vor dem Rat der Galaktiker antanzen und über unsere Welt berichten sollen. Sie wollen sehen, ob die Erde reif ist, in den Bund der galaktischen Welten aufgenommen zu werden. Soweit die Kurzfassung.«

Thomas tauschte einen raschen Blick mit Boris, aber auf dem Gesicht des jungen Russen war nur sein freundliches Lächeln zu sehen. Anscheinend lächelte er ständig.

»Das ... hört sich nicht so an, als würdest du das glauben«, sagte er vorsichtig, wieder an Stephen gewandt.

Stephen machte ein abfälliges Geräusch. »Natürlich nicht«, sagte er überzeugt. »An der ganzen Geschichte ist doch kein wahres Wort! Xertal! So heißt jeder dritte Außerirdische in einem Science-Fiction-Roman, aber doch kein Mensch. Dann dieser Roboter Max und dieser ganze Krempel hier...« Er wies auf die bunten Möbel und die glitzernde Schalttafel an der Wand. »Ich komme mir vor wie in der Dekoration eines zweitklassigen Hollywoodfilmes. Und dann diese haarsträubende Geschichte. Rat der Galaktiker! Bund der Welten! Das ist doch alles ausgemachter Blödsinn. Schwachsinn hoch drei! Verrat mir einen einzigen logischen Grund, aus dem sie *Kinder* entführen sollten, wo sie praktisch die gesamte Führungsspitze der Weltwissenschaftler zur Verfügung hatten. Und außerdem macht es mich mißtrauisch, daß sie uns manipuliert haben.«

»Manipuliert?«

»Aber sicher«, behauptete Stephen. »Ist dir eigentlich nicht aufgefallen, daß du keinen Augenblick lang erschrocken warst oder gar Angst hattest? Daß du alles wie selbstverständlich hinnimmst und dir auch keine Gedanken darüber machst, daß deine Eltern halb wahnsinnig vor Angst werden müssen, wenn du plötzlich verschwindest? Und dann das mit der Sprache... Wenn sie *das* geschafft haben, dann können sie wahrscheinlich mit unseren Gedanken herumspielen, wie es ihnen paßt. Nein, mein Lieber. Irgend etwas ist hier faul. Oberfaul.«

Thomas dachte einen Moment über Stephens Worte nach. Auf den ersten Blick schienen sie von einer zwingenden Logik zu sein, aber er erkannte den Fehler darin sehr schnell.

»Wenn du recht hättest«, sagte er langsam, »warum sollten sie uns dann diese Geschichte erzählen? Wenn sie wirklich unsere Gedanken manipulieren könnten...«

»Kämen wir wahrscheinlich gar nicht erst auf die Idee, ihre Worte anzuzweifeln«, beendete Boris den Satz. »Genau das versuche ich ihm seit zwei Tagen klarzumachen. Aber er glaubt mir nicht.«

Stephen schenkte ihm einen bösen Blick und wandte sich dann wieder an Thomas. »Vielleicht ist ihre Technik nicht so perfekt«, räumte er ein. »Aber ich bleibe dabei, daß hier etwas nicht stimmt. Warum landen sie nicht einfach vor dem Weißen Haus oder von mir aus auch vor dem Kreml und steigen aus, wenn sie die Erde wirklich in ihren komischen Bund aufnehmen wollen?«

»Weil sie vermutlich sofort verhaftet würden«, sagte Boris ruhig. »Euer Geheimdienst würde sie verschwinden lassen, und eure Wissenschaftler würden auf der Stelle darangehen, ihr Schiff auseinanderzunehmen, um ihre Technik zu erforschen.«

»Eure nicht?« fragte Stephen spitz.

Boris lächelte heiter und schwieg.

»So geht das jetzt schon, seit ich hier bin«, murmelte Tai Lin. »Die beiden haben anscheinend nichts besseres zu tun, als sich den ganzen Tag in den Haaren zu liegen.«

»Und was tust du?« fragte Stephen spitz. »Herumsitzen und lächeln und Löcher in die Luft starren. Was ist das? Chinesischer Gleichmut?«

Tai Lin sah ihn beinahe mitleidig an. »Etwas, das dir zu fehlen scheint«, sagte sie sanft. »Geduld. Ich warte, das ist alles. Viele große Probleme erledigen sich einfach durch Abwarten.«

»Und worauf wartest du?« erkundigte sich Stephen.

»Darauf, daß etwas geschieht. Ich weiß nicht, ob diese Geschichte, die Xertal uns erzählt hat, stimmt oder nicht, aber wir werden es herausfinden.«

Thomas schüttelte den Kopf. Das alles war noch viel zu neu und verwirrend für ihn, als daß er sich wirklich ein Urteil bilden konnte, aber er hatte das Gefühl, daß die drei alles andere als gute Freunde waren. Sie kamen aus drei verschiedenen Ländern – drei verschiedenen Welten fast, wenn man bedachte, wie unterschiedlich ihre Heimatländer sein mußten – und offenbar genügte es doch nicht, einfach ein paar Menschen in eine gefährliche oder auch nur ungewöhnliche Situation zu stoßen, um sie all ihre Vorurteile und Ressentiments vergessen zu lassen. Die Spannung, die in der Luft lag, war direkt fühlbar. Was immer die Galaktiker mit ihnen gemacht hatten – und in diesem Punkt zweifelte Thomas nicht an Stephens Behauptung, *daß* sie irgend etwas mit ihnen getan hatten – es hatte ihnen nur die Furcht vor dem Raumschiff und seiner Besatzung genommen, mehr nicht.

»Das darf nicht wahr sein«, murmelte Stephen. »Die eine sitzt herum und wartet auf den Weihnachtsmann, und der andere grinst die ganze Zeit wie ein Honigkuchenpferd und glaubt jeden Schwachsinn, den man ihm auftischt.« Er schüttelte den Kopf, stand auf und begann unruhig in der Kabine auf und ab zu gehen.

»Und du?« wandte er sich an Thomas. »Was hast du vor?«

Thomas antwortete nicht gleich. Das Gefühl der Hilflosigkeit in seinem Inneren wurde immer stärker, und am liebsten hätte er sich in irgendeine Ecke verkrochen, die Augen zugepreßt und darauf gewartet, daß der Alptraum endlich aufhörte und er erwachte.

»Verrat mir lieber, was *du* vorhast«, sagte Boris. »Selbst wenn du recht hast – was sollen wir tun? Max einen Stuhl über den Schädel schlagen und das Schiff kapern? Du scheinst zu vergessen, daß wir uns irgendwo im Weltraum befinden.«

»Quatsch Weltraum«, schnappte Stephen. »Wenn du mich fragst, dann ist das Ganze ein riesengroßer Schwindel. Humbug! Irgendein verrückter Test, den sie mit uns anstellen.«

»Dann gibst du nicht gerade eine gute Figur ab, mein Lieber«, sagte Boris.

»So?« machte Stephen. »Aber du, wie? Hockst herum und tust gar nichts.«

»Zumindest«, antwortete Boris, noch immer im gleichen, sanft-tadelnden Tonfall, »verliere ich nicht die Nerven.«

Stephen setzte zu einer scharfen Antwort an, aber in diesem Moment ging die Tür auf, und der riesenhafte Roboter schwebte lautlos ins Zimmer. Über dem rechten Arm trug er ein Bündel mit zusammengefalteten Kleidern: Jeans, ein Baumwollhemd und kniehohe Stiefel. Offensichtlich, dachte Thomas, war diese Art von Kleidung in der Galaxis wirklich gerade groß in Mode.

Der Roboter glitt auf ihn zu, legte Kleider und Stiefel wortlos vor ihm auf den Boden und deutete mit einem seiner Arme auf die Wand hinter ihm. »Der Baderaum«, sagte er. »Dort kannst du dich umziehen.«

Thomas wandte unwillkürlich den Kopf und sah in die angegebene Richtung. Die Wand war so glatt und fugenlos wie die anderen, aber er hatte ja schon ein paarmal erlebt, auf welch wundersame Weise die Türen in diesem Raumschiff funktionierten. Er stand auf, nahm die Sachen vom Boden auf und trat auf die Wand zu. Sie glitt lautlos auseinander, als er noch einen halben Schritt davon entfernt war. Er betrat einen kleinen, halbrunden Raum, der vollkommen leer zu sein schien. Auf dem Fußboden war ein etwa anderthalb Meter durchmessender Kreis aufgemalt, und direkt neben der Tür leuchtete ein rotes Dreieck. Darunter war eine niedrige Nische angebracht.

»Wenn du duschen willst, dann tritt in den Kreis und berühre das rote Dreieck«, sagte Max. »Deine Kleider kannst du in das Wandfach legen. Sie werden trocken bleiben.«

Thomas bedankte sich mit einem stummen Kopfnicken und trat von der Tür zurück. Lautlos schloß sie sich wieder. Eigentlich hatte er keine Lust zu duschen, sondern brannte darauf, wieder zu den anderen hinaus zu kommen und mit ihnen zu reden. Die seltsame Lethargie, die ihn erfaßt hatte, begann allmählich zu weichen, und es gab eine Million Fragen, auf die er eine Antwort haben wollte. Aber dann siegte doch seine Neugier. Er zog sich aus, verstaute seinen Pyjama und auch die frischen Kleider, die ihm Max gebracht hatte, in der Nische und trat ins Zentrum des Kreises. Der rote Fleck neben der Tür begann stärker zu leuchten, aber sonst geschah nichts. Thomas legte den Kopf in den Nacken und sah zur Decke hinauf. Es gab weder Löcher noch irgend etwas anderes, das auch nur entfernte Ähnlichkeit mit einer Dusche gehabt hätte. Achselzuckend streckte er die Hand nach dem roten Dreieck aus und berührte es.

Die Luft begann plötzlich zu flimmern. Der erwartete Wasserstrahl blieb aus, aber er hatte plötzlich das Gefühl, von einer unsichtbaren, weichen Hand umschlossen zu werden. Seine Haut begann zu prickeln. Das Gefühl hielt nur wenige Sekunden an, aber er fühlte sich hinterher frisch und sauber, und als er an sich herabsah, sah er, daß seine Haut gerötet und so sauber war, als hätte er stundenlang gebadet.

Er zog sich an, ließ den Pyjama der Einfachheit halber, wo er war, und trat wieder in die Kabine hinaus. Stephen und Boris waren in ein hitziges Streitgespräch verwickelt, hörten aber sofort auf, als er aus der Duschkabine kam.

Boris sah an ihm herab und grinste noch breiter als gewöhnlich.

»Willkommen im Club«, sagte er. »Jetzt sieht man wenigstens, daß du zu uns gehörst. Steht dir wirklich ausgezeichnet.«

Thomas hakte verlegen die Daumen hinter den Gürtel. Die ganze Situation kam ihm mit einem Mal unglaublich absurd vor. Aber absurd oder nicht – er war mitten drin, und er mußte versuchen, das Beste daraus zu machen.

»Wenn du hungrig bist«, fuhr Boris fort, »dann brauchst du nur auf den Knopf da ganz rechts zu drücken. Eine große Auswahl gibt es allerdings nicht. Du kannst wählen zwischen grünen, roten und braunen Pillen. Sie schmecken alle gleich.«

»Nach Pappe«, fügte Stephen hinzu. »Aber sie machen satt.«

Thomas schüttelte den Kopf. »Ich habe keinen Hunger,

danke«, sagte er. »Aber ich glaube, es wird Zeit, daß wir uns ein bißchen gründlicher unterhalten. Also, wie war das mit diesen Galaktikern?«

Stephen seufzte. »Die Geschichte wird nicht besser, wenn man sie noch mal erzählt«, sagte er unlustig. »Außerdem wird dich unser Herr und Meister sicherlich gleich zu einem kleinen Gespräch abholen. Du wirst dann alles erfahren, was du wissen willst. Jedenfalls das, was er dir sagen will«, schränkte er ein.

»Fang nicht schon wieder an«, sagte Tai Lin ruhig. »Tom hat ein Recht, sich eine eigene Meinung zu bilden, oder?«

Stephen schien aufbrausen zu wollen, überlegte es sich aber dann doch anders und zuckte nur stumm mit den Schultern.

Thomas setzte sich wieder. Es gab nichts, was er hätte tun können, aber irgendwie ahnte er, daß diese Untätigkeit nicht mehr lange andauern würde. Wenn er Xertals Worten und denen des Roboters trauen konnte, dann befanden sie sich jetzt schon auf dem Weg nach Eridiani, und es würde eine Menge Dinge geben, die er ihm bis dahin erklären mußte.

Zum zweiten Mal seit seiner Ankunft an Bord verspürte er dieses leise Gefühl des Zweifels. Eridiani ... er hatte diesen Namen schon einmal gehört, und es war noch nicht einmal lange her. Aber er konnte sich nicht mehr erinnern, wann und in welchem Zusammenhang. Trotzdem – er verstand Stephens Mißtrauen plötzlich. Irgend etwas schien hier wirklich nicht so zu sein, wie man sie glauben machen wollte.

»Wie viele sind wir insgesamt an Bord?« fragte er. »Zwanzig?«

Boris nickte. »Mit uns, ja. Es gibt noch vier andere Gruppen, auch jeweils zu viert. Aber wir haben sie noch nicht gesehen.«

»Sie trennen euch?« fragte Thomas verwundert.

»Uns«, verbesserte ihn Boris. »Du gehörst jetzt dazu, Tom.«

»Das tut nichts zur Sache«, sagte Thomas ungeduldig. »Wieso können wir die anderen nicht sehen?«

»Weil wir die Kabine nicht verlassen dürfen«, antwortete Stephen rasch. »Die Tür öffnet sich nur für Max.«

»Das heißt, wir sind eingesperrt?« vergewisserte sich Thomas.

Boris nickte. »Ja. Angeblich nur vorläufig und angeblich nur aus Sicherheitsgründen.«

»Ich frage mich nur, um wessen Sicherheit sie sich Sorgen machen«, sagte Stephen.

»Und woher wißt ihr dann von den anderen?«

»Von Max«, sagte Boris. »Der alte Knabe ist recht gesprächig. Er antwortet auf alle Fragen.«

»Auf *fast* alle Fragen«, verbesserte ihn Stephen.

Boris verzog das Gesicht. »Bitte, auf *fast* alle Fragen, wenn dir das lieber ist. Jedenfalls hat er es uns gesagt. Wir sind insgesamt zwanzig an Bord.«

»Die Delegation der Erde«, murmelte Stephen spöttisch. »Um vor dem Rat der Galaktiker aufzutreten. So ein Blödsinn!«

Boris warf ihm einen bösen Blick zu, schwieg aber.

»Vielleicht«, sagte Thomas schüchtern, »sehen sie die Sache anders. Ich meine, wir glauben, daß nur die Politiker und Wissenschaftler etwas zu sagen haben, aber das muß nicht überall so sein.«

»Aber sicher«, sagte Stephen sarkastisch. »Der Bund der Planeten wird höchstwahrscheinlich von Kindern regiert. Und wir sind zwanzig Auserwählte, die den ganzen Laden übernehmen sollen. Wer weiß, vielleicht übernimmt Boris demnächst den Kreml und ich das Weiße Haus.«

Der Streit wäre sicher noch weitergegangen, doch in diesem Augenblick öffnete sich die Tür, und der Roboter schwebte zu ihnen herein.

»Kommt mit«, sagte er einfach.

Boris blinzelte verwirrt, stand aber gehorsam auf. »Wohin?« fragte er.

»Zu Xertal«, antwortete Max. »Der Kommandant möchte

euch und den anderen ein paar Erklärungen geben. Jetzt, wo wir vollzählig und auf dem Weg sind, ist Zeit dazu.«

Der Roboter schwebte wieder auf den Gang hinaus, und sie folgten ihm gehorsam. Hinter ihnen verschmolz die Tür wieder fugenlos mit der Wand.

Thomas schätzte, daß sie das Schiff etwa zur Hälfte umrundet hatten, ehe die Maschine anhielt und sich eine weitere Öffnung vor ihnen auftat. Dahinter lag ein runder, vollkommen leerer Schacht. Boris ging bis zur Tür, lugte mißtrauisch hindurch und sah den Roboter zweifelnd an. »Was ist das?« fragte er.

»Der Lift. Xertal erwartet euch im Mannschaftsraum.«

Thomas schob sich neugierig an Max vorbei und sah ebenfalls durch die Tür. Das, was Max als Lift bezeichnet hatte, war in Wirklichkeit nichts als ein runder Schacht, der durch das gesamte Schiff zu führen schien. Der Boden lag mindestens zehn Meter unter ihnen.

»Ich sehe keine Kabine«, sagte Boris vorwurfsvoll.

Die Stimme des Roboters klang beinahe amüsiert, als er antwortete.

»Der Lift funktioniert nach dem gleichen Prinzip wie die Maschinen, mit denen ich mich fortbewege«, erklärte er. »Aufhebung der Schwerkraft. Geht ruhig hinein.«

Boris zögerte noch immer. »Naja«, sagte er schließlich. »Ihr werdet euch kaum die ganze Mühe gemacht haben, um dann zuzusehen, wie wir uns die Knochen brechen, oder?« Damit schwang er sich ohne ein weiteres Wort in den Schacht und begann langsam nach unten zu gleiten.

Thomas sah ihm staunend nach. Der Gedanke, sich diesem unsichtbaren Kraftfeld – oder was immer es war – anzuvertrauen, war ihm noch immer nicht geheuer. Trotzdem schwang er sich hinter Boris in den Aufzug und glitt, wie von Geisterhänden getragen, langsam nach unten.

Es war ein durchaus angenehmes Gefühl. Sein Körper

schien mit einem Mal vollkommen gewichtslos zu werden, und er fühlte sich so frei wie nie zuvor in seinem Leben. Er war beinahe enttäuscht, als er am unteren Ende des Schachtes ankam und zur Seite treten mußte, um Platz für Stephen, Tai Lin und den Roboter zu machen.

Sie warteten schweigend, bis die Maschine als letzte unten angekommen war, und gingen weiter. Max übernahm wieder die Führung, und wieder gingen sie durch einen hohen, vollkommen leeren Gang mit glatten Wänden.

Thomas begann, sich zunehmend unwohler zu fühlen. Es mochte sicher praktisch sein, alle möglichen Gebrauchsgegenstände und Maschinen in den Wänden zu verbergen, aber es machte ihn einfach nervös, sich ständig durch ein scheinbar vollkommen leeres Schiff zu bewegen. Er sah sich nach Stephen um und unterdrückte ein Lächeln, als er sah, wie erschüttert der junge Amerikaner plötzlich wirkte. Seine Theorie, daß dies alles hier nichts als Täuschung war und sich jemand einen schlechten Scherz mit ihnen erlaubte, mußte durch den Schwerelosigkeitslift einen gehörigen Knacks abbekommen haben. Aber er schwieg verbissen.

Schließlich – sie hatten das Schiff fast ein weiteres Mal zur Hälfte umrundet und mußten sich annähernd unter ihrem Quartier befinden – erreichten sie eine weitere Tür. Max glitt zur Seite und machte eine einladende Armbewegung.

Der Anblick war so erstaunlich, daß Thomas unwillkürlich stehenblieb und Boris von hinten gegen ihn rempelte. Der Raum war viel größer, als er erwartet hatte, und keineswegs leer. Die gesamte hintere Wand schien aus einem einzigen, gewaltigen Bildschirm zu bestehen, vor der sich eine Anzahl niedriger weißer Tische und dazu passender Kunststoffstühle gruppierten. Es waren fünf Tische, und an vieren davon saßen jeweils vier Kinder.

Thomas registrierte mit einem raschen Blick, daß sie alle etwa im gleichen Alter wie er und seine drei Begleiter waren.

Und sie alle waren auf die gleiche Weise gekleidet – Jeans, Stiefel und karierte Baumwollhemden. Neben jedem Tisch schwebte reglos ein Zwillingsbruder von Max.

»Setzt euch, bitte«, sagte eine Stimme. Thomas sah erschrocken auf und merkte erst jetzt, daß vor der Bildschirmwand ein Mann stand.

Jedenfalls vermutete er, daß es ein Mann war.

Er war sehr groß, schlank, beinahe zerbrechlich, und er trug die gleiche Art von silbernem, vollkommen geschlossenem Anzug, wie er sie schon zweimal gesehen hatte. Das mußte Xertal sein, oder einer seiner Begleiter.

Sie nahmen gehorsam Platz. Der Roboter schwebte ans Kopfende des Tisches und erstarrte zur Bewegungslosigkeit.

Thomas sah sich verstohlen um. Sie waren jetzt insgesamt zwanzig; die zwanzig, von denen Boris und Stephen gesprochen hatten. Die meisten der Jungen und Mädchen kamen ihm seltsam ruhig und gelassen vor, und er sah, daß einige von ihnen noch von einem schwachen, grünlichen Glanz umgeben waren, so, als bliebe das beruhigende grüne Licht immer gerade so lange, bis man sich genügend an seine neue Umgebung gewöhnt hatte, um sie auch aus eigener Kraft hinnehmen zu können. Unwillkürlich hob er die Hände vor die Augen und suchte mißtrauisch nach einer grünen Aura. Aber er fand nichts mehr.

»Ich begrüße euch noch einmal an Bord des Raumschiffes HEDONIA«, sagte der Mann vor dem Bildschirm. Thomas ließ die Hände sinken und konzentrierte seine Aufmerksamkeit ganz auf ihn. Es irritierte ihn, daß er das Gesicht des Mannes nicht sehen konnte.

»Ich bin Xertal«, fuhr der Mann fort, »der Kommandant dieses Raumkreuzers. Die meisten von euch haben ja bereits mit mir gesprochen, aber jetzt, wo wir alle zusammen sind, möchte ich euch noch einmal ausführlich erklären, warum ihr hier seid.« Er legte eine Pause ein und schien einen nach dem anderen durchdringend anzusehen. »Ihr seid zwanzig«, fuhr er fort. »Zwanzig junge Erdenmenschen aus zwanzig verschiedenen Staaten eures Planeten. Es ist kein Zufall, daß wir gerade euch ausgesucht haben, um euch dem Rat der Galaktiker vorzustellen. Ihr stammt aus den zwanzig mächtigsten und einflußreichsten Ländern eurer Welt, und auch wenn ihr noch sehr jung seid, so tragt ihr doch bereits alles in euch, was eure Völker an kulturellem und ethischem Erbe zu vermitteln haben.«

Wieder stockte er, und Thomas nutzte die Pause, um einen raschen Blick in die Runde zu werfen. Die Blicke der meisten hingen wie gebannt an Xertals unsichtbarem Gesicht, aber es gab auch ein paar, die starr zu Boden sahen oder ganz eindeutig Angst hatten. Die ›Konditionierung‹ schien nicht bei jedem so einwandfrei zu wirken wie bei Boris oder Tai Lin.

»Bevor ich dazu komme, euch im einzelnen zu erklären, was euch auf Eridiani erwartet«, fuhr Xertal fort, »will ich euch etwas über den Bund der Welten erzählen. Vielleicht versteht ihr dann vieles besser.«

Die Wand hinter ihm färbte sich schwarz. Gleichzeitig erlosch das Licht. Auf dem Bildschirm erschien die gestochen scharfe Aufnahme der Milchstraße, ein gewaltiges, lohendes Feuerrad, vor dem sich Xertals Gestalt nur noch als schwarzer Schattenriß abzeichnete.

»Der Bund der Welten«, erklärte Xertal mit ruhiger, angenehmer Stimme, »ist ein Gebilde, das einen großen Teil des Milchstraßensystems umfaßt. Er ist so alt, daß nicht einmal wir wissen, wann er entstand und wer ihn gründete. Unsere Geschichtsschreibung reicht mehr als dreißigtausend eurer Jahre in die Vergangenheit, aber selbst damals gab es den Bund der Welten schon. Es ist eine Vereinigung von annähernd zehntausend verschiedenen Völkern und Planeten.«

Er schwieg wieder, und die Galaxis auf dem Bildschirm wuchs heran, als wäre die Kamera in einem Raumschiff befestigt, das sich ihrem Rand mit ungeheurer Geschwindigkeit näherte. Nach wenigen Sekunden füllte sie die gesamte Bildfläche aus. Die Kamera bewegte sich auf einen einzelnen Spiralarm zu und verharrte wieder.

»Aber selbst diese gewaltige Zeitspanne reichte nicht aus, um die gesamte Galaxis zu erforschen«, sagte Xertal. »Heute umfaßt der Bund der Welten den Großteil des Spiralarmes, den ihr auf dem Bild hinter mir seht, aber er stellt nur einen winzigen Bruchteil der Milchstraße dar. Wir wissen, daß es überall in der Galaxis intelligente Rassen geben muß, und wir sind ständig auf der Suche nach Kontakten.«

Wieder wechselte das Bild, und diesmal sahen sie eine Armada schimmernder flacher Scheiben, die aus der Atmosphäre eines dunkelgrün leuchtenden Planeten hervorbrachen und in den Raum hinausjagten.

»Ich will euch nicht verschweigen, daß es auch dunkle Episoden in unserer Geschichte gab«, fuhr Xertal fort. »Zweimal trafen wir auf kriegerische Rassen, die uns ebenbürtig erschienen, und zweimal stand die Galaxis am Rande eines unvorstellbaren Krieges. Es gelang uns beide Male, einzulenken und die Katastrophe zu verhindern, aber wir sind gewarnt. Seither gibt es Schiffe wie die HEDONIA, Beobachtungskreuzer, die unbemerkt durch die Galaxis streifen und Welten wie die eure überwachen. Planeten, die an der Schwelle zu den Sternen stehen. Nicht alle dieser Welten sind wirklich reif für die Galaxis. Oftmals hält die ethische Entwicklung eines Volkes nicht Schritt mit ihrer Technik, und es ist unsere Aufgabe, zu entscheiden, ob und wann ein Volk reif ist für den Frieden.«

Das Bild wechselte, und sie sahen ein Raumschiff, das mit wahnwitziger Geschwindigkeit über der Oberfläche eines fremden Planeten dahinraste.

»Kommen wir zu dem Schluß, daß ein Volk noch Zeit braucht, um zu sich selbst zu finden, so greifen wir behutsam in seine Entwicklung ein und verhindern, daß es den Weg zu den Sternen zu früh findet. Das mag euch im Augenblick vielleicht grausam und anmaßend erscheinen, aber wir wissen aus vielen traurigen Beispielen, daß es oftmals der einzige Weg ist, ein Volk vor dem Untergang zu bewahren.«

Die Bildwand zeigte jetzt eine große Anzahl von Raumschiffen. Sie waren längst nicht so elegant wie die flachen Scheiben, die sie zuvor gesehen hatten, und wirkten irgendwie bedrohlich. Plump, massig und auf schwer zu beschreibende Art gewalttätig. Ein Planet tauchte am linken Bildrand auf. Die Flotte fächerte auseinander, und dann löste sich ein Schwarm kleiner, silberner Raketen von den großen Raumschiffen. Sekunden später blitzte es an zahllosen Stellen auf dem Planeten weiß und orange auf. Thomas schauderte. Xertal erklärte die Bilder nicht, aber das war auch nicht nötig.

»Ist ein Volk reif für die Aufnahme in den Bund«, fuhr der Galaktiker fort, »so nehmen wir ganz offen Kontakt mit ihm auf. Aber es kommt auch vor, daß wir nicht sicher sind, wie weit eine Rasse in ihrer Entwicklung fortgeschritten ist, so wie bei euch. In euch Menschen vereinigt sich Aggressivität und Weisheit in einer seltenen Kombination. In einem solchen Fall suchen wir uns eine Anzahl Lebewesen heraus, um sie vor den Rat der Galaktiker zu bringen. Und es ist kein Zufall, daß ihr so jung seid. Ihr seid alt genug, um dicht vor der Schwelle des Erwachsenseins zu stehen und jeden Charakterzug aufzuweisen, den ihr auch später haben werdet, aber noch jung genug, um nicht durch eure Umwelt beeinflußt zu sein.«

Thomas hatte den Eindruck, daß Xertal eigentlich etwas ganz anderes hatte sagen wollen und es sich im letzten Moment anders überlegt hatte, aber seine Aufmerksamkeit wurde bereits wieder von dem Geschehen auf der Bildwand in Anspruch genommen.

Sie zeigte jetzt Aufnahmen einer fremden Welt. Eine seltsame, gewellte Ebene voller Bäume und grünlich-blauem

Gras glitt auf dem Bildschirm vorbei. Große, bizarr gewachsene Tiere liefen in kleinen Gruppen über die Ebene, aber sie waren zu rasch vorbei, als daß Thomas Einzelheiten erkennen konnte. Dann tauchte eine Stadt am Horizont auf.

Ein erstauntes Raunen ging durch den Raum, als die Stadt näher kam, und auch Thomas hielt erstaunt den Atem an. Die Stadt war gewaltig; eine schier endlose Ansammlung flacher, weißer Gebäude und gigantischer gläserner Türme, die meilenweit in den Himmel zu streben schienen.

»Eridiani«, sagte Xertal. »Die Welt, zu der wir euch bringen werden. Das Zentrum des Bundes. Sie wird euch wie ein Paradies erscheinen, aber ihr dürft nie vergessen, aus welchem Grund ihr dort seid. Und noch etwas dürft ihr nicht vergessen.«

Xertal kam nie dazu zu erklären, was sie noch beachten mußten.

Der Bildschirm erlosch von einem Augenblick zum anderen. Das Licht flammte wieder auf, aber es war jetzt rot statt weiß, und das monotone Singen des Antriebes, das seine Worte bisher untermalt hatte, wurde plötzlich vom nervenzerfetzenden Gellen einer Alarmsirene übertönt.

Im ersten Moment war Thomas gelähmt vor Schrecken. Das Licht begann zu flackern, und das Gellen der Alarmsirene wurde um eine Spur schriller. Ein harter, knirschender Stoß ging durch das Schiff. Der Boden kippte für einen Moment zur Seite und stellte sich dann mit einem Ruck wieder auf. Thomas klammerte sich instinktiv am Tisch fest, aber seine Finger glitten an dem glatten Kunststoffmaterial ab, und er landete unsanft auf dem harten Metallboden.

Der Mannschaftsraum verwandelte sich in ein Chaos. Dutzende von Stimmen schienen gleichzeitig durcheinanderzuschreien. Drei, vier Kinder versuchten gleichzeitig, die Tür zu erreichen, und wurden von einem zweiten, noch machtvolleren Stoß von den Füßen gerissen.

Thomas rollte sich herum, griff nach dem erstbesten Gegenstand, den er erreichen konnte – es war ein Tischbein – und zog sich daran in die Höhe. Das Schiff stampfte und bockte wie ein Boot auf hoher See. Das Licht erlosch für einen Moment ganz, und Thomas spürte, wie in der darauffolgenden Dunkelheit endgültig die Panik ausbrach. Jemand rempelte ihn so hart an, daß er den Halt verlor und abermals gestürzt wäre, hätte ihn nicht jemand von hinten gepackt und festgehalten.

»Keine Panik!« drang Xertals Stimme über das Durcheinander. »Bewahrt Ruhe, Kinder! Ihr seid in Sicherheit!«

Das Licht ging wieder an, und ein dritter, noch härterer Stoß fegte auch die letzten, die sich noch irgendwo festgeklammert hatten, von den Beinen. Auch Xertal stürzte, sprang aber sofort wieder auf und hob in einer beschwörenden Geste die Arme.

»Bleibt zusammen!« schrie er. »Alle Gruppen bleiben zusammen. Eure Roboter bringen euch zu den Rettungskapseln!«

Thomas rappelte sich mühsam hoch. Ein dünner, silberner Arm tastete nach ihm, wickelte sich wie eine Schlange um sein Handgelenk und riß ihn nicht gerade sanft auf die Füße. Er sah erschrocken auf und bemerkte, daß Max plötzlich zwei zusätzliche Arme ausgefahren hatte und sie alle vier – Boris, Stephen, Tai Lin und ihn – auf die gleiche Weise an sich fesselte. Auch die anderen Roboter verfuhren ähnlich, und trotz des unglaublichen Durcheinanders dauerte es nur wenige Sekunden, bis jede der fünf Maschinen mit vier zappelnden und schreienden Anhängseln verbunden war.

»Rasch jetzt!« befahl Xertal. Seine Stimme vibrierte hörbar, als unterdrücke er mit aller Macht den Ausdruck von Angst darin. »Ihr erfahrt alles Nötige, wenn ihr in den Kapseln seid!«

Der Roboter fuhr herum. Diesmal öffnete sich keine Tür, sondern die ganze Wand glitt lautlos auseinander, so daß die Maschinen fast gleichzeitig auf den Gang hinausschweben konnten. Thomas stolperte, aber Max zerrte ihn unbarmherzig hinter sich her und schwebte eilig den Korridor hinab. Das Schiff zitterte immer noch, und das Singen der Triebwerke war vollkommen erloschen. Scharfer Brandgeruch lag in der Luft, und als Thomas im Laufen den Kopf wandte, gewahrte er flackernden Feuerschein am hinteren Ende des Ganges.

Vor ihnen öffnete sich eine Tür. Eine der Maschinen glitt, vier zappelnde Kinder an sich gefesselt, hindurch, und die Öffnung schloß sich wieder.

»Was ist denn hier los?!« schrie Boris über den allgemeinen Lärm hinweg. »Max, was ist los? Antworte!«

Aber diesmal blieb die Maschine stumm. Sie raste weiter, zog sie, beinahe schneller, als ihre Füße zu laufen imstande waren, hinter sich her und glitt schließlich durch eine Tür, die sich urplötzlich vor ihnen in der Wand auftat.

Der Raum dahinter war winzig, gerade groß genug für vier schmale Kunststoffsitze und etwas, das wie ein zu breit geratener Kleiderschrank aussah. Von der Decke hing eine Unzahl von Instrumenten und verwirrenden Apparaturen, und jeder Quadratzentimeter der Wand schien mit Schaltern und Tastaturen bedeckt zu sein. In der vorderen Wand gab es eine hohe, schmale Nische. Max stieß sie unsanft in die Sitze, schnippte mit zwei seiner Arme rasch hintereinander etliche Schalter um und glitt über sie hinweg. Sein Körper paßte sich haargenau in die Öffnung in der Vorderwand ein.

Thomas wollte wieder aufstehen, aber aus den Armlehnen seines Sessels schossen plötzlich dünne, biegsame Metallbänder, die seinen Körper auf dem Sitz festhielten.

Das Licht wechselte von flackerndem Rot zu Weiß. Ein sanfter Stoß ging durch den Boden. Dann trat Ruhe ein.

Eine Ruhe, dachte Thomas erschrocken, die etwas seltsam Endgültiges hatte.

»Was ... was war das?« fragte Tai Lin leise. Ihre Stimme zitterte, und ihr Gesicht war schreckensbleich.

Max' Kopf drehte sich summend um hundertachtzig Grad, und sein großes gelbes Auge sah sie einen Moment beinahe nachdenklich an. Es war nicht das erste Mal, daß Thomas den Eindruck hatte, als wäre Max mehr als eine Maschine. Aber er wagte es nicht, diesen Gedanken laut auszusprechen.

»Ihr seid in Sicherheit«, sagte er nach einer Weile.

»Zum Teufel, ich will wissen, was passiert ist, nicht, ob wir in Sicherheit sind!« begehrte Stephen auf. »Wenn das wieder einer von euren blödsinnigen Tests ist, dann ...«

»Kein Test, Stephen«, unterbrach ihn Max ruhig. »Die HEDONIA ist in einen Energiewirbel geraten.«

»Und was ist das?« fragte Thomas. Er mußte all seine Kraft aufwenden, um einigermaßen ruhig zu sprechen. Sein Herz klopfte bis zum Hals, und seine Hände zitterten, obwohl er sie um die Armlehnen des Sessels gekrampft hatte.

Max zögerte einen Moment mit der Antwort. »Eine Art... Sturm«, erklärte er. »Ja, ihr könnt es mit einem Sturm vergleichen. Ein Sturm aus reiner Energie.«

»Aber wieso habt ihr es nicht früh genug gemerkt?« fragte Boris. »Bei eurer Technik...«

»Sie sind unberechenbar, Boris. Und auch wir können nicht zaubern. Sie treten sehr selten auf, aber sie erscheinen ohne Vorwarnung. Ein Schiff, das in einen Energiewirbel gerät, ist verloren. Aber ihr seid in Sicherheit. Die Rettungskapseln wurden rechtzeitig abgeschossen.«

Thomas begriff nur ganz langsam, was der Roboter da gesagt hatte. »Du... du meinst«, sagte er stockend, »wir sind nicht mehr auf der HEDONIA?«

»Nein«, antwortete Max ruhig. »Die Kapsel befindet sich jetzt schon mehr als zehntausend Meilen vom Zentrum des Wirbels entfernt.«

»Und die Besatzung?« fragte Boris. »Xertal und die anderen?«

Max antwortete nicht, aber sein Auge begann für einen Moment unruhig zu flackern.

»Was ist mit Xertal?« fragte Boris noch einmal.

»Die Rettungskapseln bieten nur Platz für zwanzig Passagiere«, sagte Max. »Alle Erdenmenschen wurden rechtzeitig von Bord geschafft.«

»Das ist keine Antwort«, sagte Thomas. Er hatte plötzlich das Gefühl, als ob sich eine eisige, unsichtbare Hand um sein Gehirn legte und langsam, aber unbarmherzig zudrückte. »Was ist mit der Besatzung?«

Max' leuchtendes Auge richtete sich für eine endlose, quälende Sekunde direkt auf ihn. »Die HEDONIA«, sagte der Roboter, »ist vor vier Komma sieben Sekunden explodiert.«

Die Worte trafen Thomas wie eine Ohrfeige. Er hatte damit gerechnet, hatte es eigentlich gewußt, bevor der Roboter auf seine Frage geantwortet hatte. Trotzdem war es ein Schock. Manchmal half es, die Wirklichkeit einfach zu verleugnen. Er schloß die Augen und kämpfte einen Moment gegen die Tränen an, die in ihm hochstiegen.

»Dann sind sie ... alle tot«, sagte er mühsam.

»Ja.«

Thomas starrte den Roboter an. »Sie haben sich geopfert«, sagte er. »Sie hätten von Bord gekonnt, aber die Plätze haben nur für uns gereicht, nicht?«

»Der Schutz eures Lebens hatte oberste Priorität«, antwortete Max. »Sie waren Raumfahrer. Sie haben gewußt, welche Gefahren auf sie warten. Das Risiko eines Raumfluges war ihnen bekannt. Euch nicht.«

»Und wir?« fragte Boris. »Was geschieht mit uns?«

Max' Auge drehte sich dem jungen Russen zu. »Die HEDONIA hat einen Hilferuf abgesetzt, bevor sie vernichtet wurde«, sagte er. »Ein Rettungsschiff wird kommen.«

»Wann?«

»Die Botschaft braucht zwei Wochen, um Eridiani zu erreichen«, erklärte Max. »In weiteren zwei Wochen werden die Suchmannschaften hier sein.«

»Vier Wochen!« ächzte Stephen. »Du willst uns erzählen, daß wir vier Wochen in diesem Sarg eingesperrt sein sollen?«

»Nein«, sagte Max. »Die Rettungskapseln sind nur für einen begrenzten Aufenthalt im freien Raum konstruiert. Nahrung und Sauerstoffvorräte reichen für achtundvierzig Stunden. Wir werden auf einem nahegelegenen Stützpunktplaneten des Bundes notlanden und dort auf das Eintreffen der Rettungsmannschaft warten.«

Fast eine Minute lang sagte keiner von ihnen ein Wort. Thomas zweifelte das, was Max gesagt hatte, nicht eine Sekunde an. Und trotzdem sah er plötzlich eine grauenhafte Vision. Er sah sich selbst und die drei anderen, elendiglich erstickt in diesem winzigen Metallkasten, der hilflos durch das All trudelte. Was, wenn der Antrieb der Kapsel nicht funktionierte? Wenn Max den richtigen Kurs nicht fand oder irgend etwas – *irgend etwas* – schiefging? Wenn sie einer Sonne zu nahe kamen und hier drinnen langsam zu Tode gegrillt wurden, wenn ein Meteor ein Leck in die papierdünne Außenhülle schlug, wenn ...

Er vertrieb den Gedanken und riß sich mit aller Macht zusammen. Aber als er in die Gesichter der anderen blickte, wußte er, daß sie Ähnliches dachten. Wurde es nicht schon merklich wärmer in der winzigen Kammer? War die Luft nicht schon schlechter geworden?

»Dieser Stützpunkt«, fragte er, mehr, um sich abzulenken als aus wirklichem Interesse, »wie weit ist er entfernt?«

»Bei unserer derzeitigen Geschwindigkeit brauchen wir etwas mehr als vierzehn eurer Stunden, um den Planeten zu erreichen.«

»Kannst du keinen Funkspruch oder so was absetzen, damit sie uns von dort aus entgegenkommen?« fragte Stephen.

»Nein«, antwortete Max. »Wir werden auf dem Planeten Tombstone landen. Es gibt dort nur eine kleine, vollautomatische Station des Bundes. Sie hat keine Besatzung und verfügt auch nicht über eigene Raumschiffe. Aber ihr und die anderen könnt dort in Sicherheit auf das Schiff von Eridiani warten.«

»Tombstone«, murmelte Stephen. »Das klingt nicht sehr einladend.«

»Tombstone ist eine Extremwelt«, antwortete der Roboter. »Die Atmosphäre ist atembar, aber sie ist nicht für menschliche Besiedlung geeignet. Ihre Oberfläche besteht zum Großteil aus unfruchtbaren Wüsten und kleinen Dschungelgebieten. Die Station wurde dort nur errichtet, um Notfällen wie diesem zu begegnen.«

»Ist der Planet bewohnt?« erkundigte sich Tai Lin.

»Ja. Aber seine Lebensform ist äußerst primitiv. Wir haben keinen Kontakt mit ihnen.«

»Reizend«, murmelte Stephen. »Ein Sandklumpen voller fleischfressender Wilder. Das wird ein Urlaub!«

»Ihr werdet keinerlei Kontakt mit ihnen haben«, sagte Max. »Die Station bietet alles, um euch vier Wochen mit allem Komfort beherbergen zu können.«

»Und die anderen Kapseln?« fragte Boris. »Sie fliegen auch dorthin?«

»Selbstverständlich. Es besteht kein Grund zur Sorge.«

Irgendwie hatte Thomas den Eindruck, daß der Roboter ihnen ein paarmal zu oft zu versichern versuchte, daß sie sich nicht zu sorgen brauchten. Er musterte Max mißtrauisch.

»Wie weit sind die anderen Kapseln von uns entfernt?« fragte er.

»Wenige hundert Meilen«, antwortete Max. »Warum?«

»Ich möchte mit den anderen reden«, sagte Thomas. »Die Kapsel wird doch sicher über ein Funkgerät verfügen.«

Das Auge des Roboters begann hektisch zu flackern. »Das ... geht im Moment nicht«, sagte er.

»Und warum nicht?« hakte Boris nach. »Ich sehe keinen Grund, der dagegenspricht, daß wir uns mit den anderen unterhalten.«

Max zögerte. »Das ist richtig«, sagte er nach sekundenlangem Schweigen. »Aber eine Kontaktaufnahme mit einer der anderen Kapseln ist im Moment trotzdem ausgeschlossen.«

»Warum?« fragte Thomas. »Warum ist es ausgeschlossen, Max? Ich will eine Antwort!«

»Die Kapsel wurde beim Verlassen der HEDONIA von einem Ausläufer des Energiewirbels gestreift«, erklärte Max.

»Unsere Außenhülle hat standgehalten, aber die Hitze hat sämtliche externen Instrumente zerstört. Die Antennen sind weggeschmolzen!«

»Weggeschmolzen!« keuchte Boris. »Das heißt, daß wir ... daß wir blind sind.« Seine Stimme schwankte, und Thomas hatte den Eindruck, als würde er jeden Moment losschreien. »Das heißt«, fuhr er fort, »daß wir ... blind und taub durchs Weltall rasen. Heißt es das, Max?!«

»Ja«, antwortete der Roboter. »Das heißt es.«

✶

Lange Zeit saß Thomas wie gelähmt da. Es war alles viel zu schnell gegangen. Vor nicht einmal einer halben Stunde hatten sie noch im Mannschaftsraum gesessen und Xertals Bericht über den Bund der Welten gelauscht, und jetzt saßen sie in diesem winzigen Metallzylinder und rasten blind und hilflos durch den Weltraum. Es war – trotz der gellenden Alarmsirenen, trotz des Feuers und ihrer verzweifelten Flucht in die Rettungskapsel – so verdammt undramatisch gewesen. Aber die wirklich dramatischen Ereignisse verliefen vielleicht oft so.

Nach einigen Minuten, die ihnen allen wie eine Ewigkeit vorkamen, brach Tai Lin das Schweigen mit einer Sachlichkeit, die Thomas kaum jemandem von ihnen zugetraut hätte.

»Dann kannst du auch nicht steuern, Max«, vermutete sie.

Der Roboter löste sich von seinem Platz und schwebte – so weit es die winzige Kabine zuließ – aus der Nische heraus, so daß sie erkennen konnten, daß ihre Hinterwand aus durchsichtigem Material bestand. »Ich steuere optisch«, sagte der Roboter.

»Sind wir so nahe an dieser Welt, daß du sie erkennen kannst?«

»Nein«, antwortete Max. »Aber mir sind sowohl die Geschwindigkeit als auch die genaue Richtung, in der wir die HEDONIA verließen, bekannt. Ebenso bekannt ist mir die Position Tombstones, seine Rotations- und Umlaufgeschwindigkeit und seine Bewegung in Relation zur Eigendrehung der Galaxis und –«

»Danke, danke«, sagte Tai Lin hastig. »Du glaubst also, daß wir den Planeten finden werden.«

»Die Wahrscheinlichkeit beträgt annähernd siebenundachtzig Prozent«, sagte der Roboter. »Das ist sehr viel, bedenkt man, daß die Wahrscheinlichkeit, einen Zusammenstoß mit einem Energiewirbel zu überleben, bei nur sieben Prozent liegt.«

Thomas starrte den Roboter schockiert an. »Siebenundachtzig Prozent!« keuchte er. »Das heißt, wir haben eine Dreizehn-Prozent-Chance vorbeizufliegen?«

»Ja. Aber selbst, wenn wir Tombstone beim ersten Anflug verfehlen sollten, bleibt uns genügend Treibstoff für mindestens drei weitere Anflüge. Es besteht wirklich kein Grund zur Besorgnis. Die Wahrscheinlichkeit für ein endgültiges Verfehlen beträgt nicht einmal ein Prozent.«

»Und wie hoch«, erkundigte sich Thomas, »liegt die Wahrscheinlichkeit für einen Zusammenstoß mit einem Energiewirbel?«

»Unter einem tausendstel Prozent«, sagte Max, während er wieder in seine Nische zurückglitt. Thomas hätte schwören können, eine Spur von Ungeduld in seiner synthetischen Stimme zu vernehmen. »Aber wenn man einmal Pech hat, bedeutet das nicht, daß man auch beim zweiten Mal –«

»Glück haben muß«, fiel ihm Stephen ins Wort.

Max stieß das elektronische Äquivalent eines Seufzers aus. »Sicher nicht«, sagte er. »Aber wir können im Moment kaum etwas anderes tun als abzuwarten. Und Ruhe zu bewahren. Es hat keinen Sinn, in Panik zu geraten.«

Stephen fuhr sichtlich zusammen und starrte den Roboter

böse an. »Was soll das?« fragte er. »Ist das ein neuer Test? Wollt ihr herausfinden, wie wir uns in einer ausweglosen Situation verhalten?«

»Es ist kein Test, Stephen. Und die Situation ist auch nicht ausweglos. Wir werden Tombstone und die Rettungsstation erreichen.«

»Ach, hör doch endlich auf«, schnappte Stephen. »Ich habe die Nase voll von diesem Affentheater.«

»Ich begreife nicht ganz . . .«, begann Max, wurde aber sofort wieder von Stephen unterbrochen.

»Du begreifst nicht, so?« sagte er höhnisch. »Dann will ich es dir ganz genau erklären. Ich glaube kein Wort. Ich glaube weder, daß wir uns in einem Raumschiff befinden, noch daß es so etwas wie den Bund der Planeten gibt. Sag das den Leuten, die an deiner Fernsteuerung sitzen. Ihr habt eine Menge dummer Fehler gemacht, Max.«

»Fehler?« fragte der Roboter. »Was für Fehler?«

Stephens Lächeln wurde ein wenig überlegener. »Verrat mir nur eines, Max«, sagte er. »Dieser Planet, zu dem wir fliegen – wieso trägt eine Welt, auf der man von der Existenz der Erde nicht einmal eine Ahnung hat, einen *englischen* Namen?«

»Tombstone, meinst du?« sagte Max ruhig. »Natürlich heißt der Planet nicht so, aber ich habe seinen Eigennamen sinngemäß übersetzt. Er wäre für euch unaussprechbar und auch ohne jede Bedeutung gewesen.«

»Ha!« rief Stephen. »So kommst du mir nicht davon!«

»Hör jetzt endlich auf, Stephen«, fuhr Boris auf. Zum ersten Mal, seit Thomas den Jungen kennengelernt hatte, war sein Lächeln erloschen, und er sah richtig böse aus. »Wir sitzen wirklich tief genug in der Tinte, auch ohne daß du dich hier aufspielst.«

Stephen fuhr wütend herum, aber zu Thomas' Überraschung antwortete er nicht. Nur in seinen Augen blitzte es zornig auf.

»Laß ihn«, murmelte Thomas. »Vielleicht hat er ja recht.«

»Unsinn«, behauptete Boris. »Wenn er recht hat, dann erklär mir den Lift und die Dusche. Ganz zu schweigen von Max.«

»Und wenn«, seufzte Thomas. »Mein Gott, Boris, du hast es selbst gesagt – wir sitzen tief genug in der Tinte, auch ohne uns gegenseitig anzufahren. Es spielt doch überhaupt keine Rolle, wer von euch beiden nun recht hat. Wir sind nun einmal hier, und so, wie es aussieht, haben wir sowieso keine andere Wahl als abzuwarten.«

»So?« machte Stephen. »Ich wette mit dir, wenn wir die Tür aufbrechen, finden wir ein Labor und eine Menge nervöser Männer in weißen Kitteln.«

»Versuch es doch«, sagte Boris. »Aber hol vorher noch einmal sehr tief Luft. Nur für den Fall, daß du dich doch täuschen solltest.«

Stephen ballte die Fäuste und wollte auffahren, aber die dünnen Metallgurte hielten ihn unverrückbar auf seinem Platz fest. »Ich will hier raus«, sagte er. Seine Stimme schwankte hörbar. »Max, hast du gehört? Ich will raus hier!«

Max wandte ihm sein leuchtendes Auge zu. Einer der dünnen silbernen Arme des Roboters glitt auf Stephen zu und berührte ihn flüchtig am Hals. Stephen stöhnte, sank wie vom Blitz getroffen zurück und erschlaffte.

»Was hast du mit ihm gemacht?« fragte Thomas erschrokken.

»Ein harmloses Beruhigungsmittel«, antwortete die Maschine. »Er wird bis kurz vor der Landung schlafen. Es war nötig. Stephen hatte einen akuten Anfall von Klaustrophobie. Er erträgt es nicht, eingesperrt zu sein. Wenn ihr wollt«, fügte der Roboter nach einer winzigen Pause hinzu, »versetze ich euch ebenfalls in Tiefschlaf. Die Wartezeit wird euch lang werden.«

Thomas wehrte hastig ab. »Nein, danke«, sagte er. »Ich ... drehe schon nicht durch.«

Max wandte sich wieder seinen Kontrollen zu. Thomas ließ

sich zurücksinken und schloß die Augen. Sein Herz jagte, aber er suchte vergeblich nach so etwas wie Angst oder gar Panik in sich. Dabei hätte er Angst haben müssen. Aber vielleicht war alles einfach zu viel. Vielleicht stand er unter einer Art Schock, ohne es selbst zu merken. Die Furcht würde später kommen.

Das monotone Summen der Triebwerke begann ihn einzulullen. Er spürte plötzlich Müdigkeit in sich aufsteigen und rutschte in eine etwas bequemere Lage. Seine letzten Worte taten ihm plötzlich leid, und er war froh, daß Stephen sie nicht gehört hatte. Der Amerikaner hatte nicht »durchgedreht«, wie er es ausgedrückt hatte. Wenn er wirklich unter Klaustrophobie litt, wie Max behauptete, dann hatte er sich sogar ausgezeichnet in der Gewalt gehabt. Jeder Mensch hatte irgend etwas, vor dem er sich fürchtete. Beim einen waren es Spinnen, beim anderen Ratten oder Mäuse, bei wieder anderen vielleicht die Dunkelheit oder – wie bei Stephen – Angst vor engen Räumen. Thomas wußte, daß man gegen diese Art von Ängsten absolut hilflos war; er hatte schon Männer mit der Statur eines Preisboxers beim Anblick einer harmlosen Spinne erbleichen sehen. Nein; seine Äußerung war einfach unfair gewesen, und er entschuldigte sich in Gedanken bei Stephen.

Er döste eine Weile vor sich hin und schrak plötzlich hoch, als ein sanftes Beben durch das Schiff ging.

»Was ist?« fragte er erschrocken.

»Nichts«, antwortete Max. »Eine Kurskorrektur. Wir schwenken in die Umlaufbahn ein.«

Thomas brauchte eine Weile, um die Worte des Roboters zu verstehen. »Umlaufbahn?« echote er. »Aber wieso ...« Er schwieg ein paar Sekunden und sah die Maschine mißtrauisch an. »Max, hast du etwa ...«

»Ich habe den Eigenzeit-Koeffizienten an Bord ein wenig beschleunigt«, gestand die Maschine.

»Aha«, machte Thomas. »Und was bedeutet das, bitteschön?«

»Die Zeit ist wie alles relativ«, führte Max aus. »Während die Kapsel zwölf Stunden durch das All flog, sind hier an Bord nur wenige Minuten vergangen. Ein kleiner technischer Trick, um euch die Wartezeit zu verkürzen. Und Sauerstoff zu sparen.«

Thomas wußte nicht so recht, ob er nun wütend sein sollte oder nicht. Aber im Grunde war er ganz froh, nicht noch zwölf endlose Stunden dasitzen und warten zu müssen, und so schwieg er.

Nach einer Weile begann sich das Geräusch der Triebwerke zu verändern. Es wurde höher, schriller, und gleichzeitig hatte Thomas das Gefühl, als ob jemand mit Sandpapier draußen über die Hülle schliffe.

»Ich beginne jetzt mit der Landung«, verkündete Max.

Thomas fuhr sich nervös mit der Zunge über die Lippen. Es wurde wärmer, und diesmal war er sicher, es sich nicht nur einzubilden. Das Geräusch des Triebwerkes überschritt die Grenzen des Hörbaren, aber das Sandpapier draußen schien gröber zu werden, und die gesamte Kabine begann allmählich zu vibrieren. An den Wänden begannen Dutzende von verschiedenfarbigen Lampen zu flackern.

Die Kapsel begann zu bocken. Zwei, drei, vier kurze, harte Stöße gingen durch den Rumpf des Miniatur-Raumschiffes und schleuderten sie in die Gurte, und irgendwo knisterte etwas, als würde Metall von einer ungeheuren Gewalt zermalmt.

»Da stimmt etwas nicht«, sagte Boris. »Max, was ist los?«

Der Roboter antwortete nicht. Sein Auge war erloschen, aber seine vier Arme flogen mit hektischen Bewegungen über Schalter und Tasten.

»Max!« schrie Thomas. »Was ist los?«

Das Schiff stellte sich mit einem Ruck auf den Kopf, kippte

wieder in normale Fluglage zurück und begann zu trudeln. Tai Lin schrie auf, als sie zuerst in die Gurte und dann mit brutaler Wucht zurück und gegen die Kopfstütze ihres Sitzes geschleudert wurde. Ein dumpfer Schlag erschütterte die Kapsel, dann schoß eine grellweiße Stichflamme quer durch die Kabine, sengte dicht neben Thomas' rechtem Arm eine schwarze Spur in den Lederbezug seines Sessels und explodierte an der Rückwand.

»Festhalten!« schrie Max.

Seine Warnung erfolgte wenig mehr als eine halbe Sekunde vor dem Aufschlag.

Thomas hatte plötzlich das Gefühl, sich auf einem gewaltigen Amboß zu befinden, auf den ein noch gewaltigerer Hammer schlug. Das Schiff brach splitternd und berstend durch ein Hindernis, bäumte sich auf und überschlug sich. Ein greller Blitz löschte die Beleuchtung aus. Er wurde wie von einer unsichtbaren Riesenfaust gepackt und tief in die Polster gepreßt. Irgendwo explodierte etwas. Greller Feuerschein erleuchtete für Sekunden die Kabine und gewährte Thomas einen Blick auf ein Chaos aus zersplitternden Instrumenten, brechendem Glas und zerberstendem Metall. In einer der Seitenwände entstand ein langer, gezackter Riß. Schwarzer Qualm drang in das Raumschiff.

Dann, genauso abrupt, wie es begonnen hatte, war es zu Ende. Das Schiff kam mit einem letzten, machtvollen Knirschen zum Stehen, und alles, was noch zu hören war, war das Knistern unzähliger kleiner Brände und ein auf- und abschwellendes Klingeln in seinen Ohren, das nur allmählich verklang.

»Alles in Ordnung?« fragte Max.

Thomas nickte mühsam. »Ja.«

»Bei mir auch«, sagte Boris.

»Stephen? Tai Lin?«

»Ob alles in Ordnung ist, weiß ich nicht«, knurrte Stephen. »Ich lebe noch, wenn du das meinst.«

»Ich auch«, ließ sich Tai Lin vernehmen. »Aber deine Landetechnik ist miserabel, Max.«

Niemand lachte über den Witz. Thomas stemmte sich mühsam aus dem Gewirr von zerrissenen und gedehnten Gurten hoch und versuchte etwas zu erkennen. Die Kabinenbeleuchtung war ausgefallen, aber durch den Riß in der Kabinenwand strömte Licht wie durch einen gefrorenen Blitz herein. Boris und Tai Lin waren kalkweiß, schienen aber ansonsten mit dem Schrecken davongekommen zu sein. Stephen hatte das Gesicht in den Händen verborgen. Ein dünner Blutfaden sickerte zwischen seinen Fingern hervor.

»Stephen!« sagte Thomas erschrocken. »Was ist passiert?«

»Nichts«, sagte Stephen und nahm die Hände herunter. Sein Mund war voll Blut, aber es schien schlimmer auszusehen, als es war. »Ich hab' mir auf die Lippe gebissen«, sagte er. »Das ist alles.« Er schnaubte wütend und wandte sich an Max. »Findest du nicht, daß es reicht?«

»Was ist passiert?« erkundigte sich Boris.

»Ich mußte die Kapsel notlanden«, sagte Max. »Die Steuerdüsen scheinen doch schwerer beschädigt gewesen zu sein, als ich annahm.«

»Scheinen ist gut«, murrte Stephen. »Ich wundere mich, daß du uns nicht gleich bis zum Kern des Planeten gerammt hast. Was steht als nächstes auf dem Programm? Ein kleines Erdbeben?«

»Hör endlich auf!« sagte Boris wütend. »Sei froh, daß wir noch am Leben sind.« Er stemmte sich hoch, beugte sich über Tai Lin, die zusammengesunken neben ihm in ihrem Sitz hockte, und schlug mit der flachen Hand auf das rote Dreieck neben dem Ausstieg. Nichts geschah.

Boris runzelte die Stirn und drehte sich zu Max um. »Warum geht die Tür nicht auf?« fragte er.

»Sie ist verklemmt«, sagte Max. »Der Aufprall hat die Außenhülle verzogen.«

»Aber es gibt doch einen Notausstieg, wie?« erkundigte sich Boris.

»Ja. Aber der ist ebenfalls verklemmt.«

»Soll das heißen, daß wir hier nicht herauskönnen?« keuchte Stephen.

Max schien einen Moment überlegen zu müssen, bevor er antwortete. »Natürlich nicht«, sagte er. »Dreht euch um.«

»Eh?« machte Stephen.

»Dreht euch in den Sitzen um und schützt eure Augen«, sagte der Roboter. »Ich schweiße ein Loch in die Hülle. Einen anderen Ausweg gibt es leider nicht.«

Stephen schluckte nervös, gehorchte aber. Auch Thomas und die beiden anderen kauerten sich in ihren Sitzen zusammen, wandten die Gesichter ab und verbargen zusätzlich die Köpfe zwischen den Armen.

»Achtung«, sagte Max. »Erschreckt nicht. Jetzt!«

Ein weißes, unglaublich helles Licht drang durch Thomas' geschlossene Lider. Er stöhnte vor Schmerz und schlug die Hände vor die Augen, aber es nutzte nichts. Der Lichtschein fraß sich wie ein brennender Schmerz in seine Netzhäute und schien auf kleinen, feurigen Füßen an seinen Sehnerven entlangzurasen. Neben ihm wimmerten Tai Lin und Boris, während Stephen den Schmerz mit zusammengebissenen Zähnen schweigend erduldete.

Das Licht erlosch, und Thomas öffnete stöhnend die Augen. Im ersten Moment war er fast blind und sah nichts außer vagen Schatten und hin und her wogenden Nebelfetzen. Er fuhr sich mit der Hand über die Augen, wischte die Tränen fort und schüttelte ein paarmal den Kopf.

Der Roboter Max war verschwunden, und wo vorher die Nische gewesen war, gähnte jetzt ein gut zwei Meter großes Loch. Seine Ränder glühten in dunklem Rot, und Thomas spürte die stickige Hitze, die zu ihm herüberwehte.

Ein Schatten erschien vor der Öffnung, und vier dünne,

silberne Arme reckten sich zu ihnen herein. »Gebt acht, daß ihr die Ränder nicht berührt«, sagte Max. »Sie sind glühend heiß.«

Boris lachte humorlos, befreite sich endgültig aus dem Gewirr von Sicherheitsgurten und Kabeln, in das er sich wie in ein bizarres Spinnennetz verstrickt hatte, und griff nach Max' Armen. Der Roboter hob ihn wie ein Kind hoch, bugsierte ihn vorsichtig aus dem Loch und setzte ihn draußen ab. Tai Lin und Stephen folgten auf die gleiche Weise.

Thomas kam als letzter an die Reihe. Er machte sich so klein wie möglich, aber die Hitze strich trotzdem wie eine unsichtbare glühende Hand über sein Gesicht, als er das zerschmolzene Loch passierte. Max zog ihn rasch ins Freie, schwebte ein gutes Stück von dem Wrack der Rettungskapsel fort und setzte ihn behutsam auf die Füße.

Thomas öffnete langsam die Augen und hielt unwillkürlich den Atem an. Er wußte nicht, was er erwartet hatte, aber es war anders.

Ganz anders.

Der Himmel war rot, das war das erste, was ihm auffiel. Nicht das sanfte, schimmernde Rot, das man manchmal bei einem besonders schönen Sonnenuntergang beobachten konnte, sondern eine grelle, irgendwie bösartige Farbe, die in den Augen schmerzte. Über dem Horizont loderte eine kleine, unglaublich grelle Sonne, und ein heißer Wind schleuderte ihm winzige Sand- und Staubkörnchen ins Gesicht. Es war unglaublich heiß.

»Oh Gott!« keuchte Stephen hinter ihm.

Thomas fuhr erschrocken herum. Stephen und Tai Lin standen vor dem Wrack der Rettungskapsel. Von dem Raumschiff war nicht mehr viel übriggeblieben. Es wirkte eher wie eine zerbeulte Konservendose, und es fiel Thomas schwer sich vorzustellen, wie es einmal ausgesehen haben mußte. Er verstand Stephens Schrecken. Es war mehr als ein Wunder, daß sie lebend und unverletzt aus diesem Trümmerhaufen herausgekommen waren. Sein Respekt vor der Technologie der Galaktiker wuchs.

»Stephen«, sagte Boris leise.

Stephen drehte sich um und ging zu dem jungen Russen hinüber. Tai Lin und Thomas folgten ihm.

Boris stand am Rande des Felsplateaus, auf dem sie aufgeschlagen waren. Thomas schrak abermals zusammen, als er sah, wie dicht sie vor dem Abgrund zum Stehen gekommen waren. Der steinige Boden brach dicht vor Boris so übergangslos ab, als hätte jemand den Berg mit einer gigantischen Axt akkurat in zwei Hälften gespalten und die eine weggenommen.

Unter ihnen erstreckte sich eine gewaltige, rotbraun marmorierte Ebene. Der Boden mußte mindestens fünfhundert Meter unter ihnen liegen, und als Thomas sich vorsichtig vorbeugte, sah er, daß die Wand so glatt war, als wäre sie poliert. Irgendwo am Horizont, hundert oder mehr Kilometer entfernt, türmte sich ein gewaltiges Gebirge auf.

»Na«, sagte Boris leise. »Glaubst du immer noch, daß es nur ein Test war?«

Stephen antwortete nicht.

Thomas hielt die Hände so dicht über die Flammen, wie es gerade noch ging, ohne sich zu verbrennen. Das Feuer loderte hoch und tauchte das Felsplateau in flackernde gelbe Helligkeit, aber er fror trotzdem. Die Temperaturen waren nach Sonnenuntergang schlagartig gefallen, und der Wind, der noch immer wehte und sie mit einem beständigen Schauer von Staub und feinkörnigem Sand überschüttete, brachte jetzt eisige Kälte mit sich. Max hatte versucht, aus ein paar losgerissenen Wrackteilen eine Art Windschutz zu bauen, aber die Naturgewalten spotteten seinen Anstrengungen. Der Wind wechselte ständig seine Richtung und schien manchmal sogar senkrecht aus dem Himmel herabzufauchen.

Sie waren sehr schweigsam geworden, nachdem sie von der Felskante zurückgekommen waren. Die Sonne war wenige Minuten später versunken. Es schien auf Tombstone keine Dämmerung wie auf der Erde zu geben; der Horizont hatte einen Moment in gelbem Licht geglüht, als stünde er in Flammen, dann war es übergangslos dunkel geworden. Seltsamerweise war keiner von ihnen auf die Idee gekommen, in die Rettungskapsel zurückzugehen, obwohl es dort sicherlich wärmer gewesen wäre. Auch Max hatte keinen entsprechenden Vorschlag gemacht, sondern war stumm verschwunden und wenige Minuten später mit vier Armvoll Holz zurückgekehrt, aus denen er ein Lagerfeuer entzündete. Jetzt war er dabei, hektisch zwischen dem Wrack und ihrem Lagerplatz hin und her zu flitzen und Kästen und Beutel ins Freie zu tragen. Seine Bewegungen schienen weit weniger elegant und schwerelos zu sein als bisher, und seine gesamte Vorderseite war geschwärzt. Thomas erinnerte sich an das gleißende Licht, mit dem der Roboter sie aus dem Schiff herausgebrannt hatte. Max mußte die ungeheure Hitze, die nötig gewesen war, um den Panzerstahl zu zerschmelzen, mit seinem Körper aufgefangen haben. Obwohl er nur eine Maschine war, hatte Thomas bei dem Gedanken fast so etwas wie ein schlechtes Gewissen. Max' Arbeitseifer erinnerte ihn an Xertal, Xertal und seine Leute, die sich geopfert hatten, um ihn und die anderen zu retten.

Stephen bewegte sich unruhig und rutschte näher an das Feuer heran, obwohl die Flammen bereits fast an seinen Stiefeln leckten. Er kauerte sich zusammen, zog die Decke, die Max ihm aus dem Schiff gebracht hatte, enger um die Schultern und sah den Roboter mißmutig an. Seine Unterlippe war geschwollen und aufgeplatzt, und über dem linken Auge hatte er eine lange, blutige Schramme.

»Wo ist denn nun deine famose Rettungsstation?« fragte er.

Max hielt für einen Moment in seinem Treiben inne und wandte ihm sein einzelnes Auge zu. Sein Glanz hatte abgenommen, fand Thomas.

»Wir sind vom Kurs abgekommen«, sagte er. »Aber nur um wenige Grade.«

»Aha«, sagte Stephen. »Und was heißt das – in Meilen ausgedrückt?«

Max deutete mit einem seiner Arme hinaus in die Dunkelheit. »Sie liegt hinter dem Gebirge im Westen, das ihr gesehen habt«, sagte er. »Die Entfernung beträgt zweihundertsieben Meilen.«

»Nett«, murrte Stephen. »Ist ja nur ein Spaziergang.«

»Sei lieber froh, daß es nicht mehr ist«, sagte Boris. »Wir hätten genausogut auf der anderen Seite des Planeten herunterkommen können. Außerdem spielt es überhaupt keine Rolle, wie weit sie entfernt ist. Sie werden uns so oder so abholen kommen. Nicht wahr, Max?«

Der Roboter glitt ein Stück näher, lud seine Last auf dem größer werdenden Stapel neben dem Feuer ab und senkte sich so weit herab, daß seine Unterseite nur noch wenige Millimeter über dem Boden schwebte.

»Sie kommen uns doch holen, oder?« fragte Boris noch einmal.

Der Roboter schwieg, und Thomas hatte plötzlich den absurden Eindruck, daß es ein fast schuldbewußtes Schweigen war. Sein Blick heftete sich auf den Stapel mit Ausrüstungsgegenständen, den der Roboter aus dem Schiff getragen hatte, und ein furchtbarer Verdacht stieg in ihm hoch.

»Warum antwortest du nicht?« fragte Boris. Seine Stimme verriet deutlich, wie nervös er plötzlich war.

»Weil sie nicht kommen werden«, murmelte Thomas.

Boris Kopf ruckte herum. Ein Schatten von Zorn huschte über sein Gesicht. »Was redest du da?« sagte er wütend. »Natürlich werden sie kommen und uns holen.«

»Nein, Boris«, sagte Max. »Das werden sie nicht.«

Boris zuckte zusammen und starrte den Roboter an. Seine Augen weiteten sich entsetzt. »Sie ...«

»Die Station ist vollautomatisch«, sagte Max leise. »Sie verfügt über keinerlei bewegliche Einheiten. Und die vier anderen Rettungskapseln sind nicht für Flüge innerhalb einer Atmosphäre konstruiert.«

»Was soll das heißen?« keuchte Boris. »Hast du uns hierher gebracht, damit wir auf diesem Steinklumpen verhungern, oder was?«

»Natürlich nicht«, sagte Max sanft. »Unsere Nahrungsmittel

reichen nur für wenige Tage, aber es gibt Wasser und jagdbares Wild in der Nähe. Es wird sicher nicht bequem, aber wir können die vier Wochen durchhalten, bis das Raumschiff eintrifft. Unsere Position ist bekannt. Der Peilsender arbeitet noch, und er setzt pausenlos Notsignale ab.«

»Vier Wochen!« sagte Boris. Er fuhr auf und starrte aus weit aufgerissenen Augen in die Dunkelheit, die sie wie eine massige schwarze Mauer umgab. »Wir sollen vier Wochen lang hierbleiben?«

»Das ist die eine Möglichkeit«, antwortete Max.

»Und die andere?« fragte Boris mißtrauisch.

»Weißt du das wirklich nicht?« fragte Stephen. »Was glaubst du, wozu er den ganzen Krempel anschleppt. Wir machen einen kleinen Spaziergang. Lächerliche zweihundert Meilen.«

»Richtig«, sagte Max. »Aber es ist nicht so schlimm, wie es sich anhört. Wir hatten Glück im Unglück. Die Kapsel ist in einem der ruhigsten Gebiete Tombstones aufgeschlagen, und das Gelände ist relativ eben. Vier Wochen sind mehr als ausreichend. Wenn wir am Tag zehn Meilen schaffen, kommen wir rechtzeitig an.«

»Und wenn nicht«, knurrte Stephen, »verpassen wir eben den Bus.«

»Ich verfüge über einen eingebauten Sender«, sagte Max. »Das Schiff wird uns auf jeden Fall finden.«

»Und was ist mit diesen Wilden, von denen du uns erzählt hast?« fragte Boris. »Und all den anderen Gefahren?«

Max winkte mit einer bedrückend menschlichen Geste ab. »Nichts, was auf dieser Welt lebt, kann mir gefährlich werden«, sagte er. »Solange ich bei euch bin, seid ihr in Sicherheit.«

»Aber du bist beschädigt«, behauptete Thomas, »nicht wahr?« Es war ein Schuß ins Blaue, aber er schien mit seiner Vermutung recht zu haben. Max' Auge flackerte für einen Moment stärker, als fühle er sich ertappt.

»Das stimmt«, antwortete er nach kurzem Zögern. »Einige

meiner Funktionen sind beeinträchtigt. Aber ich werde bis zur Station durchhalten. Die Wahrscheinlichkeit eines Totalausfalles vor Erreichen der Station beträgt weniger als...«

»Behalt deine Zahlen für dich«, fuhr ihm Boris ins Wort. »Wie man sich darauf verlassen kann, haben wir schon zweimal erlebt. Außerdem interessiert es mich nicht, ob du den Weg durchhältst. Ich denke nicht daran, zweihundert Meilen weit durch die Wüste zu latschen.«

»Dann wirst du wohl allein hierbleiben müssen«, sagte Stephen trocken. »Tai Lin und ich gehen jedenfalls. Und ich denke, Tom wird sich uns anschließen. Oder?«

Thomas nickte kaum merklich. Er wußte nicht, welche Gefahren dort unten in der Ebene auf sie lauerten, aber er wußte, daß es unmöglich war, vier Wochen hier oben zu bleiben. Sie brauchten Schutz vor der Sonne, und selbst drinnen im Schiffswrack würde es jetzt, nachdem die Klimaanlage ausgefallen war, tagsüber heiß wie in einem Backofen und nachts kalt wie in einer Tiefkühltruhe werden. Weiter südlich gab es ein paar verkrüppelte Bäume, aber das Holz würde höchstens für drei, vier Nächte reichen.

Und Boris wußte es auch. Er wollte es nur nicht zugeben. Noch nicht.

»Ihr seid ja verrückt«, erklärte er. »Habt ihr vergessen, was Max über diese Welt erzählt hat? Vielleicht lauert dort unten eine ganze Armee blutrünstiger, hungriger Kannibalen auf uns. Oder wir...«

Stephen lächelte. Aber statt einer direkten Antwort deutete er nur stumm in den Himmel. Boris sah hinauf, und auch Thomas hob den Kopf und blickte in die Richtung, in die Stephens ausgestreckter Arm wies.

Über ihnen, vor dem Hintergrund des samtblauen Nachthimmels nur verschwommen auszumachen, kreiste ein gigantischer schwarzer Schatten...

»Er ist schon eine ganze Weile da«, sagte Stephen. »Ich

weiß nicht, was es ist, aber es ist verdammt groß. Und wahrscheinlich überlegt es im Moment, wen von uns es als Abendbrot verspeisen wird.«

*

Sie fanden in dieser Nacht nur wenig Schlaf, obwohl sie alle übermüdet und am Ende ihrer Kräfte waren. Max brachte noch mehr Holz herbei und fachte das Feuer zu größerer Glut an, aber sie froren trotzdem erbärmlich. Thomas schreckte immer wieder aus dem Schlaf hoch und sah angstvoll in den Himmel. Der Schatten war noch immer da, aber er kam nicht näher, sondern zog nur schweigend seine Runden. Er wartet, dachte Thomas. Er wartet darauf, daß wir sterben und er sich seine Mahlzeit holen kann. Sein Blick suchte den Roboter und verharrte einen Moment auf der riesigen, schimmernden Gestalt des Maschinenmenschen. Solange Max in ihrer Nähe war, waren sie sicher, das wußte er. Aber auch Max konnte sie nicht vor der Kälte und dem Wind und den sengenden Strahlen der Sonne schützen. Nein – sie konnten nicht hierbleiben.

Lange vor Sonnenaufgang stand er auf, schlang sich eine Decke um die Schultern und trat an den Rand des Felsplateaus. Der Mond war hinter dunklen, rasch dahintreibenden Wolken verschwunden, aber über der Landschaft lag ein schwacher, bläulicher Glanz, so daß es nicht vollkommen dunkel war. Vorhin, als sie zum ersten Mal hier gestanden hatten, war er noch viel zu betäubt und überrascht gewesen, um sich wirklich auf das zu konzentrieren, was er sah. Die Ebene war nicht so flach, wie es im ersten Moment den Anschein gehabt hatte. Das Sternenlicht ließ die Schatten deutlicher hervortreten, und er erkannte jetzt, daß die vermeintliche Ebene von zahllosen Rissen und Tälern zerschrunden war. Irgendwo auf halbem Wege zwischen hier und dem Gebirge glitzerte etwas, das ein Fluß oder ein See sein konnte, und rechts von sich konnte er eine langgestreckte, flache Mulde erkennen, die von verfilzten Schatten erfüllt schien. Der Wind trug leise Geräusche mit sich, etwas, das das Knurren von Tieren und das Schreien nächtlicher Jäger oder ihrer Opfer sein konnte, vielleicht aber auch nur die Laute, mit denen sich die Böen an den Felsen brachen.

Thomas schreckte aus seinen Betrachtungen hoch, als er leise Schritte hinter sich hörte. Er drehte sich halb um und erkannte Tai Lin, die langsam vom Feuer zu ihm herüber kam. Auch sie hatte sich in eine Decke gewickelt, und sie sah jetzt, in der Dunkelheit, mit ihren schwarzen Zöpfen und den leicht schräggestellten Augen eher wie eine Indianerin als wie eine Chinesin aus.

»Du kannst auch nicht schlafen, wie?« fragte sie, nachdem sie neben ihn getreten war.

Thomas lächelte verlegen. »Ich hoffe, ich habe dich nicht geweckt«, sagte er.

Tai Lin schüttelte den Kopf. »Nein. Ich habe die ganze Zeit wach gelegen. Mir ist es ein Rätsel, wie die beiden anderen überhaupt schlafen können.«

Thomas sah zum Feuer hinüber. Boris und Stephen lagen zusammengekauert unter ihren Decken, aber auch sie bewegten sich immer wieder unruhig. Sie schliefen, aber es war gewiß kein erholsamer Schlaf.

Tai Lin deutete mit einer Kopfbewegung ins Tal hinab. »Was meinst du, was uns dort unten erwartet?« fragte sie leise.

Thomas zuckte hilflos mit den Schultern. »Ich weiß es nicht«, sagte er. Plötzlich lachte er leise. »Weißt du«, murmelte er, »es hört sich wahrscheinlich verrückt an, aber irgendwie glaube ich es einfach nicht. Das Ganze kommt mir vor wie ein schlechter Traum, und eigentlich warte ich darauf, daß ich aus dem Bett falle und aufwache.«

Tai Lin sah ihn ernst an. »Seltsam«, sagte sie. »Ich wollte gerade dasselbe sagen.«

Sie lachten beide, aber nur für einen Augenblick.

»Vor ein paar Tagen war ich noch in meiner Heimat, in Peking«, sagte Tai Lin nach einem langen Blick über die Ebene. »Ich wußte nicht einmal, daß es so etwas wie fremde Planeten überhaupt gibt. Und jetzt ...« Sie schwieg einen Moment und wechselte dann übergangslos das Thema. »Woher kommst du?« fragte sie.

»Aus München«, antwortete Thomas. »Das heißt, wir wohnen seit ein paar Jahren dort. Aber wahrscheinlich hast du noch nie von München gehört.«

»Doch«, sagte Tai Lin rasch, lächelte dann und gestand: »Das heißt, eigentlich nicht. Ist es eine schöne Stadt?«

»Mir gefällt sie. Dir würde sie wahrscheinlich groß und laut vorkommen.«

»Das würde dir Peking auch«, gab Tai Lin zurück. »Obwohl es sehr schön ist.« Sie lachte wieder, aber es klang irgendwie traurig. »Eigentlich ist es beinahe komisch«, sagte sie. »Als wir in das Flugzeug nach Washington gestiegen sind, da dachte ich, ich würde das größte Abenteuer meines Lebens erleben. Und jetzt stehen wir auf einem Planeten, der ein paar hundert Lichtjahre entfernt ist.«

»Dafür hältst du dich ganz gut«, sagte Thomas anerkennend. »Ich wundere mich schon die ganze Zeit über dich. Ich bin vor Angst fast gestorben, als wir abgestürzt sind. Dir scheint das alles gar nichts ausgemacht zu haben.«

Tai Lin schüttelte den Kopf. »Das kommt dir nur so vor«, sagte sie. »Vielleicht ist es wirklich so, wie Stephen behauptet hat – chinesischer Gleichmut. Aber das hat nichts mit Tapferkeit zu tun.«

»Sondern?«

Tai Lin überlegte einen Moment. »Weißt du«, sagte sie nachdenklich, »unser Volk hat eine andere Geschichte als deines oder das von Stephen. Heute sind wir frei, aber wir waren jahrtausendelang unterdrückt. Selbst bei den alten chinesischen Kaisern galten die einfachen Leute nur als Sklaven. Vielleicht hört es sich pathetisch an, aber wir haben gelernt zu leiden, ohne uns zu beklagen. Das heißt nicht«, fügte sie nach einer Sekunde hinzu, »daß wir uns nicht wehren. Aber es nutzt nichts zu schreien, wenn niemand da ist, der deine Schreie hört.«

»Ein altes chinesisches Sprichwort?«

Tai Lin lächelte. »Nein. Ein neues chinesisches Sprichwort. Von mir.« Sie rückte ein bißchen näher an ihn heran und kuschelte sich gegen seine Schulter, um dem kalten Wind zu entgehen. »Was hältst du von den beiden anderen?« fragte sie.

»Boris und Stephen? Was ist mit ihnen?«

»Sie streiten sich ununterbrochen«, sagte Tai Lin. »Du hättest sie hören sollen, als du noch nicht da warst. Ein paarmal dachte ich, sie würden sich prügeln.«

»Und weshalb?«

Tai Lin zuckte mit den Achseln. »Ich weiß es nicht. Vielleicht, weil Stephen Amerikaner und Boris Russe ist.«

»Unsinn«, sagte Thomas.

Tai Lin schüttelte den Kopf. »Ich fürchte, nein«, sagte sie. »Erinnerst du dich, was Xertal gesagt hat? Noch nicht so alt, um von ihrer Umgebung verdorben zu sein.«

»Beeinflußt«, korrigierte Thomas.

»Er wollte verdorben sagen, und genau das ist es«, behauptete Tai Lin. »Die beiden halten einander für den Erzfeind, Stephen Boris für einen Kommunisten, dem der Sinn danach steht, die Welt zu erobern, und Boris Stephen für einen Imperialisten, der sie kaufen will.« Sie lachte wieder leise. »Idiotisch.«

»Vor allem in unserer Lage«, stimmte Thomas zu. Er spürte, daß Tai Lin vollkommen recht hatte. Und er mußte zugeben, daß auch ihn – wenn auch nur für einen kurzen Moment – ein seltsames Gefühl beschlichen hatte, als er erfuhr, daß Boris aus Rußland kam. Aber in der Lage, in der sie sich befanden, spielten Nationalitäten wohl keine Rolle mehr.

»Komm«, sagte er. »Gehen wir zurück zum Feuer. Mir ist kalt.«

Sie gingen zu ihren Plätzen zurück, aber Tai Lin legte sich nicht wieder hin, sondern setzte sich neben ihn dicht an die Flammen und lehnte den Kopf an seine Schulter. Thomas zögerte einen Moment, dann streckte er vorsichtig den Arm aus und legte ihn um ihre Schultern. Die Situation war ihm fast ein bißchen peinlich, aber Tai Lins Nähe löste ein seltsames, warmes Gefühl der Sicherheit in ihm aus. Nicht unbedingt – natürlich auch – aber nicht nur unbedingt, weil sie ein Mädchen war. Aber er spürte zum ersten Mal, wie einsam sie waren, einsam und verloren, vier Menschen inmitten einer gigantischen Welt voller Feinde, und es tat einfach gut, die Nähe eines anderen Menschen zu fühlen, körperlich zu fühlen. Er schloß die Augen und drückte sie sanft an sich.

Sie saßen lange so da, reglos und einfach nur froh, einen anderen Menschen neben sich zu wissen, und Tai Lin schmiegte sich noch enger an ihn. Thomas spürte, daß seine Nähe für sie Schutz und vielleicht so etwas wie Geborgenheit bedeutete. Und ihm ging es nicht anders.

Irgendwann erschien im Westen ein schmaler, grauweißer Streifen am Himmel, und dann war es für einen Moment, als ginge der Horizont in Flammen auf. Der Tag brach so übergangslos herein wie am vergangenen Abend die Nacht. Es wurde hell; gleichzeitig kroch die Kälte in Felsspalten und Nischen zurück, und für einen kurzen Moment waren die Temperaturen beinahe angenehm. Aber nur für einen Moment. Es würde schon bald heiß und danach unerträglich werden.

Max weckte Boris und Stephen und brachte ihnen anschließend ihr Frühstück – eine Handvoll geschmackloser Pillen und klares, eiskaltes Wasser, das allerdings nur zum Trinken, nicht zum Waschen oder Zähneputzen, reichte.

Boris und Stephen waren seltsam ruhig, und zu Thomas'

Überraschung verloren sie nicht einmal eine spitze Bemerkung darüber, daß Tai Lin und er noch immer aneinandergelehnt neben dem Feuer hockten.

Max sammelte die Wasserflaschen nach dem Frühstück wieder ein und verstaute sie sorgfältig. Dann erhob er sich summend ein Stück höher in die Luft und deutete mit einem seiner dünnen Arme auf die Ebene hinaus.

»Ich nehme an, ihr seid mittlerweile übereingekommen, was zu tun ist«, sagte er.

Thomas tauschte einen langen Blick mit Tai Lin und nickte. »Wir gehen.«

»Stephen?«

Stephen nickte nur und blinzelte zum glühenden Ball der Sonne hinauf. Die Temperaturen begannen bereits wieder schnell zu steigen.

»Boris?« fragte Max.

»Natürlich komme ich mit«, sagte Boris übellaunig. »Hast du gedacht, ich bleibe allein hier zurück?«

»Selbstverständlich nicht. Aber ich bin froh, daß eure Entscheidung einstimmig gefallen ist. Bei einem Unternehmen wie dem unseren kommt es ganz besonders darauf an, daß sich alle einig sind.«

»Ich denke, es kann überhaupt nichts schiefgehen?« fragte Boris spöttisch.

»Das bedeutet nicht, daß es einfach wird«, gab der Roboter ruhig zurück. »Aber wir sollten jetzt keine Zeit mehr verlieren und aufbrechen. Zum Reden ist unterwegs noch Zeit genug.« Er glitt lautlos zu dem Stapel mit Ausrüstungsgegenständen hinüber, den er am vergangenen Abend aus dem Wrack gebracht hatte.

»Thomas – deinen Arm bitte.«

Thomas streckte gehorsam den Arm aus, und Max befestigte ein breites, aus schwarzem Kunststoff gefertigtes Armband an seinem rechten Handgelenk.

»Ein Multi-Instrument«, erklärte Max auf Thomas' fragenden Blick. »Ich kann euch damit anpeilen, falls wir aus irgendeinem Grund getrennt werden sollten. Außerdem könnt ihr es als Sprechfunkgerät benutzen. Und es überwacht eure Körperfunktionen und verabreicht euch bei Bedarf Medikamente. Es gibt ein paar unangenehme Krankheiten auf diesem Planeten, aber solange ihr diese Armbänder tragt, seid ihr geschützt.«

»Und wenn wir sie verlieren?« fragte Boris.

Max machte eine auffordernde Geste mit dem Arm. »Nimm es ab.«

Boris versuchte es, aber das schwarze Band saß wie festgeklebt an seinem Gelenk.

»Seine Lebensdauer beträgt ein Jahr«, sagte Max. »Und vor Ablauf dieser Frist läßt es sich nur mit Gewalt abnehmen.« Er glitt wieder zu dem Stapel hinüber und reichte jedem von ihnen einen breiten, silbernen Gürtel, den sie sich gehorsam um die Taillen legten. Eine Unzahl von Taschen und Fächern diente zur Aufnahme zahlloser Dinge, deren Bedeutung Max ihnen im einzelnen später zu erklären versprach. Aber Thomas erkannte auf Anhieb ein Feuerzeug, ein Messer, einen einfachen Kompaß und allerlei anderen nützlichen Kleinkram; Dinge, an die er nie gedacht hätte, hätte er eine derartige Ausrüstung zusammenstellen sollen, die ihm aber bestimmt schmerzlich gefehlt hätten.

Zum Schluß bekamen sie ihre Rucksäcke; wuchtige Gebilde aus einem silbernen Stoff, die sich als überraschend leicht erwiesen, als sie sie umschnallten.

»Noch etwas«, sagte Max abschließend. »Ich tue es ungern, aber es wird sich nicht umgehen lassen ...« Er glitt zum Schiff zurück, verschwand in seinem Innern und kam wenige Augenblicke später wieder heraus. Diesmal trug er in seinen silbernen Schlangenarmen Waffen. Es waren vier Gewehre; große, plump aussehende Dinger, deren Läufe nicht in einer

Mündung, sondern in glitzernden grünen Kristallen endeten, und vier Pistolen, die wie Miniaturausgaben der großen Gewehre aussahen.

Thomas griff zögernd danach, befestigte die Pistole an seinem Gürtel – sie haftete von selbst an dem Metallgewebe, als wäre sie magnetisch – und wog das Gewehr nachdenklich in den Händen. Es war ein seltsames Gefühl: Wie viele Jungen seines Alters interessierte er sich für Waffen, aber dies hier war kein Spielzeug, sondern etwas, mit dem man wirklich töten konnte. Und allein die Tatsache, daß Max ihnen Waffen gab, bewies, daß ihr Marsch vielleicht doch nicht so ungefährlich werden würde, wie er sie am vergangenen Abend hatte glauben machen wollen.

»Was ist das?« fragte Boris. »So eine Art Laser?«

»Etwas Ähnliches«, bestätigte Max.

Stephen hob die Waffe und visierte einen vielleicht dreißig Meter entfernten Felsblock an, als wolle er einen Probeschuß abgeben, aber Max glitt hastig zu ihm hinüber und drückte den Lauf der Waffe nach oben. »Das ist kein Spielzeug«, sagte er streng.

Stephen sah ihn einen Moment lang wütend an.

»Es sind Gammastrahl-Laserwaffen«, erklärte Max. »Ihr dürft die Gewehre nur auf Ziele abfeuern, die mindestens fünfzig Meter entfernt sind, sonst gefährdet euch die Strahlung selbst. Für kürzere Distanzen sind die Pistolen gedacht. Aber geht vorsichtig damit um. Die Ladung reicht nur für zwanzig Sekunden Dauerfeuer.«

»Und das hier?« erkundigte sich Boris mit einer Kopfbewegung auf das Gewehr in seinen Händen.

»Die Gewehre verfügen über einen eigenen Generator. Ihre Lebensdauer ist praktisch unbegrenzt«, sagte Max. »Aber trotzdem – spielt nicht damit herum.«

Stephen wirkte mit einem Mal sehr verlegen. »Entschuldige«, murmelte er. »Das wußte ich nicht.«

Max winkte ab. »Schon gut«, sagte er freundlich. »Wir sollten jetzt gehen. Später wird es zu heiß zum Marschieren.«

Thomas deutete stirnrunzelnd auf den Stapel mit Dingen, die Max aus dem Schiff geschleppt hatte. Er war nicht merklich kleiner geworden. »Und das?« fragte er.

»Wir können nicht alles mitnehmen, obwohl wir das meiste sicherlich gut gebrauchen könnten«, antwortete Max. »Ich habe eine Auswahl der Dinge getroffen, die mir am notwendigsten erschienen. Und nun laßt uns gehen.«

Thomas hatte damit gerechnet, daß der Roboter sie auf die dem Abgrund gegenüberliegende Seite des Berges führen würde, aber Max glitt schnurstracks auf die Felskante zu und hielt unmittelbar davor an.

»Was hast du vor?« fragte Stephen mißtrauisch. »Sollen wir vielleicht nach unten springen?«

»Ich werde euch hinuntertragen«, sagte Max. »Mein Kraftfeld ist nicht stark genug, mich in größere Höhen zu befördern, aber es reicht durchaus, die Fallgeschwindigkeit soweit abzubremsen, daß ich eine relativ große Ladung gefahrlos tragen kann.«

Thomas trat neben den Roboter und sah in die Tiefe. Die Wand schien endlos zu sein; ein senkrechter, spiegelnder Abgrund, so tief, daß ihm schwindlig wurde. Und da sollte er hinunterspringen?

»Gibt es ... keinen anderen Weg?« fragte er stockend.

»Nein«, sagte Max. »Es würde uns mindestens drei Tage kosten, die Ebene auf einer anderen Strecke zu erreichen. Es ist wirklich ungefährlich. Ich bin es gewöhnt, wesentlich schwerere Lasten zu transportieren.«

»In Ordnung«, sagte Stephen. »Ich gehe als erster. Aber wenn du mich fallen läßt, rede ich kein Wort mehr mit dir.«

Max rührte sich nicht. »Ich muß euch alle gemeinsam nehmen«, sagte er. »Wie gesagt – mein Kraftfeld reicht, uns hinunterzubringen – nicht hinauf.«

Thomas schloß die Augen, sandte ein Stoßgebet zum Himmel und trat auf den Roboter zu. Einer der dünnen, silbernen Arme des Maschinenwesens schlang sich um seine Taille und preßte ihn fest an den riesigen Metallkörper. Stephen, Tai Lin und Boris wurden auf die gleiche Weise von Max ergriffen, dann glitt der Roboter langsam auf den Abgrund zu.

Thomas sah, daß die drei anderen kalkweiß geworden waren. Stephen gab sich Mühe, möglichst gelassen auszusehen und erreichte damit genau das Gegenteil. Tai Lin hatte die Augen geschlossen und murmelte unhörbare Worte vor sich hin, und Boris zitterte vor Angst. Thomas war mit einem Mal froh, daß er sich selbst nicht sehen konnte. Wahrscheinlich machte er auch keine bessere Figur als die anderen.

Eine Berührung an der Hand ließ ihn zusammenfahren. Er sah auf und bemerkte, daß Tai Lins Finger nach den seinen gegriffen hatten. Er ergriff sie, drückte sie einen Moment fest und lächelte aufmunternd, obwohl er das Gefühl hatte, jeden Moment vor Angst sterben zu müssen.

Und dann sprang Max.

Ohne ein weiteres Wort der Warnung glitt er über die Kante – und stürzte wie ein Stein in die Tiefe!

Thomas schrie entsetzt auf, aber der Wind riß ihm den Schrei von den Lippen und trug ihn davon. Der Roboter begann zu trudeln. Die Luft strich so rasch an ihnen vorüber, daß es ihm die Tränen in die Augen trieb und er kaum mehr atmen konnte. Tai Lins Hand krampfte sich so fest um seine Finger, daß er noch einmal und diesmal vor Schmerz aufschrie. Die Felswand raste an ihnen vorbei, und der Boden schien ihnen mit fantastischer Geschwindigkeit entgegenzukommen.

Aus dem Inneren der Maschine erklang ein hohes, summendes Geräusch, das rasch an Lautstärke zunahm und zu einem schrillen, fast schon schmerzhaften Winseln wurde. Thomas spürte, wie Max' Körper erst warm, dann heiß wurde.

Ihr Sturz verlangsamte sich. Die Maschine hörte auf zu trudeln, verlor an Geschwindigkeit und glitt gleichzeitig ein Stück näher an die Felswand heran. Aus dem haltlosen Fall wurde ein schnelles Gleiten, schließlich ein Schweben, dann – der zerschrundene Boden war jetzt kaum mehr als zwei, allerhöchstens drei Meter von ihnen entfernt – bewegte sich Max sacht wie ein fallendes Blatt.

Thomas spürte nicht einmal eine Erschütterung, als der Roboter knapp über dem Boden zum Stehen kam und ihn und die drei anderen aus seiner Umklammerung entließ. Er wankte einen Schritt nach vorne, blieb keuchend stehen und ließ sich dann auf den Boden sinken. Seine Knie zitterten so stark, daß er nicht mehr die Kraft hatte, zu stehen.

Max torkelte. Aus seinem Metallkörper erklang noch immer dieses hohe, wimmernde Geräusch, und sein Auge flackerte unstet. Die Maschine drehte sich ein paarmal hilflos im Kreis, berührte für eine halbe Sekunde den Boden und gewann unsicher wieder an Höhe.

Thomas wollte etwas sagen, aber seine Kehle war wie zugeschnürt. Sein Herz begann plötzlich so rasch zu schlagen, daß es schmerzte, und mit einem Mal brach ihm am ganzen Körper der Schweiß aus. Die Angst schlug erst jetzt, da die Gefahr bereits vorüber war, wirklich zu. Als er in die Gesichter der anderen sah, wußte er, daß es ihnen nicht besser erging. Er begriff, warum Max ihnen nicht vorher gesagt hatte, wie sein »Transport« aussehen würde.

Er blieb ein paar Minuten lang reglos sitzen und wartete, daß seine Hände und Knie aufhörten zu zittern. Dann stand er langsam auf und ging zu Tai Lin hinüber.

»Alles in Ordnung?« fragte er.

Sie sah auf. Ihr Gesicht wirkte noch bleicher als sonst, aber sie brachte das Kunststück fertig zu lächeln. »Sicher«, sagte sie. »Bis auf den Schrecken. Ich werde dieser verlogenen Maschine kein Wort mehr glauben, das schwöre ich.«

Thomas lachte leise und reichte ihr die Hand, um ihr beim Aufstehen zu helfen. Nebeneinander gingen sie zu Boris und Stephen zurück, denen die ausgestandenen Ängste ebenso deutlich wie ihnen selbst im Gesicht geschrieben standen.

»Na«, sagte er gezwungen fröhlich, »gehen wir weiter?«

Boris nickte wütend. »Gleich. Aber erst verpasse ich diesem Blechheini einen Fußtritt!« Er ging auf Max zu, als wolle er seine Ankündigung unverzüglich in die Tat umsetzen, und blieb einen halben Meter vor der Maschine stehen.

Max' Auge flackerte stärker. »Es tut mir leid«, sagte er halblaut. »Aber ich hielt es für besser, euch nicht zu sagen, daß ich den Sturz erst auf den letzten fünfzig Metern abbremsen kann.« Seine Stimme schwankte hörbar und hatte viel von ihrer Menschlichkeit verloren. Thomas trat rasch neben Boris und legte ihm beruhigend die Hand auf die Schulter.

»Schon gut«, sagte er hastig. »Was ist mit dir, Max? Bist du beschädigt?«

»Nein«, antwortete der Roboter. »Aber meine Systeme sind überlastet.«

»Was heißt das?« fragte Boris. Der Zorn war aus seiner Stimme gewichen und hatte eindeutig Furcht Platz gemacht.

»Es besteht kein Grund zur Beunruhigung«, sagte Max mit einer Stimme, die seine Worte Lügen strafte. »Aber ich fürchte, ich muß für eine Weile abschalten.«

»Eine Weile? Wie lange?«

»Zwei Stunden. Besser noch drei. Meine Akkumulatoren sind nahezu leer. Die Belastung war zu groß.«

Zwei Stunden ... Thomas tauschte einen raschen Blick mit Boris. Der junge Russe schien das gleiche zu denken wie er: Zwei Stunden ohne Max, das waren zwei Stunden, in denen sie nahezu schutzlos jeder Gefahr ausgeliefert waren, zwei Stunden, in denen ihnen alles mögliche zustoßen konnte.

»Gut«, sagte er widerwillig. »Dann tu es. Wir bleiben solange hier.«

Max sank mit einem fast unhörbaren Summen auf den Boden nieder. Seine vier Arme tasteten wie dünne, suchende Schlangen durch die Luft und suchten festen Halt an Felsbrocken und Büschen.

»Bleibt im Schutze der Wand«, sagte er. »Solange ihr euch nicht zu weit auf die Ebenen hinauswagt, seid ihr nicht in Gefahr. Es gibt kaum gefährliche Raubtiere hier.«

Ein helles, metallisches Knacken erscholl irgendwo aus dem Inneren der Maschine. Das leuchtende Auge erlosch. Der riesige Körper des Roboters neigte sich ein Stück zur Seite und kam dann, von den fest verankerten Armen gehalten, zum Stillstand.

Thomas wußte selbst nicht genau, was er erwartet hatte; irgendein Wort des Abschieds vielleicht, etwas wie »Paßt gut auf euch auf«, aber die Maschine hatte einfach abgeschaltet. Max war eben – trotz allem – nur eine Maschine.

Seine Hand glitt an die Seite und legte sich auf das glatte Material des Laserstrahlers. Vor ein paar Augenblicken noch, dort oben auf dem Felsplateau, hatte ihm die Waffe ein Gefühl unglaublicher Stärke und Sicherheit gegeben, aber davon war jetzt nichts mehr zu spüren. Es war nicht mehr als ein Stück totes, nutzloses Metall. Das Gefühl der Geborgenheit, das begriff er plötzlich, war nicht von ihr ausgegangen, sondern allein von Max.

Er zog die Hand zurück, sah sich einen Moment unschlüssig um und zog sich dann in den Schutz der Felswand zurück. Selbst hier, im Schatten, begann es bereits unangenehm warm zu werden, aber es würde noch lange dauern, bis die Sonne weit genug gewandert war, um sie auch hier mit ihrer unbarmherzigen Glut zu erreichen. Viel länger als die zwei Stunden, die sie bleiben würden. Er setzte sich, lehnte sich gegen den harten Fels und blinzelte aus zusammengekniffenen Augen auf die Ebene hinaus. Der Felsen warf einen gewaltigen, sicherlich hundert Meter breiten Schatten, aber der Boden dahinter schien vor Hitze zu glühen. Die Luft flimmerte, und das Gebirge, das sie erreichen wollten, war nur noch als dünne, auf und ab tanzende Linie irgendwo am Horizont zu erkennen. Er hob den Kopf, beschattete die Augen mit der Hand und blinzelte in den Himmel hinauf. Die Sonne war noch nicht zu sehen, sondern stand hinter ihren Rücken über der Felswand, aber das Licht war dennoch beinahe unerträglich hell. Es waren keine Wolken zu sehen wie in der Nacht, aber der Himmel war trotzdem nicht klar. Es war, als wäre das gesamte Firmament mit einem feinen, flirrenden Staubschleier überzogen. Thomas versuchte sich zu erinnern, ob er während der Nacht einen Mond gesehen hatte. Natürlich wußte er nicht, ob diese Welt überhaupt einen Mond hatte, so wie die Erde.

Neben ihm erklangen Schritte. Er sah auf und erkannte Stephen. Er trug etwas Grünes, Buschiges in der Hand und sah sehr nachdenklich aus.

»Was hast du da?« fragte Thomas.

Stephen ließ sich neben ihm in die Hocke sinken und streckte ihm die Hand entgegen. »Schau mal«, sagte er. »Das ist wirklich komisch.«

Thomas sah genauer hin. Was Stephen ihm zeigte, war ein Büschel Moos, das er offensichtlich von der Felswand losgerissen hatte.

Thomas zuckte mit den Achseln und sah den jungen Amerikaner fragend an. »Ich sehe nichts Auffälliges«, sagte er. »Nur ein bißchen ganz gewöhnliches Moos.«

Stephen nickte. »Eben«, sagte er. »Das ist es auch. Ganz gewöhnliches Moos. Und gerade das finde ich reichlich komisch.«

»Ach?«

»Du nicht?« Stephen legte den Moosklumpen zwischen sie auf den Boden und deutete in den Himmel hinauf. »Findest du es nicht auch seltsam, daß wir angeblich ein paar hundert

Lichtjahre von zu Hause entfernt sind und dann ganz normales Moos finden, wie es auf der Erde an jeder Ecke wächst?«

Es dauerte einen Moment, bis Thomas klar wurde, worauf Stephen hinauswollte. Er schüttelte den Kopf und lächelte flüchtig. »Du gibst nicht auf, wie?« fragte er. »Was muß eigentlich noch passieren, damit du endlich glaubst, daß das hier kein Test ist?«

Stephen schüttelte verärgert den Kopf. »Das habe ich nicht gemeint«, sagte er heftig.

»Sondern?«

Stephen hob die Schultern und gab ein leises, hilfloses Geräusch von sich. »Ich weiß es nicht«, murmelte er. »Ich weiß es einfach nicht. Ich weiß nur, daß hier etwas nicht stimmt.«

Thomas deutete mit einer Kopfbewegung auf den reglos dastehenden Roboter. »Frag Max, wenn er wieder wach ist«, sagte er. »Vielleicht hat er eine Erklärung dafür.«

»Die hat er ganz bestimmt«, antwortete Stephen. »Deshalb frage ich ihn erst gar nicht.«

»Warum?« fragte eine Stimme. Stephen fuhr herum und blickte in Boris' Gesicht. Er war herangekommen, ohne daß sie es bemerkt hatten, und hatte offenbar den letzten Teil ihrer Unterhaltung mitbekommen. »Hast du Angst, du müßtest zugeben, unrecht zu haben?«

In Stephens Augen blitzte es zornig auf. »Dich habe ich nicht gefragt«, sagte er patzig.

Boris nickte ungerührt. »Ich weiß. Aber du wirst dich damit abfinden müssen, daß wir zusammen sind, Stephen. Und so, wie es aussieht, werden wir noch eine ganze Weile zusammenbleiben müssen.« Er seufzte, ließ sich ebenso wie Stephen in die Hocke sinken und legte sein Gewehr griffbereit neben sich auf den Boden.

»Habt ihr euch eigentlich schon einmal überlegt, was wir machen, wenn Max nicht wieder aufwacht?« fragte er, übergangslos das Thema wechselnd.

»Was soll das heißen?« fragte Thomas verärgert. »Natürlich wird er wieder aufwachen.«

Boris nickte traurig. »Diesmal, sicher. Aber in diesem Punkt stimme ich mit Stephen überein – ich glaube nicht alles, was er sagt. Er mag unglaublich stark sein, aber auch er hat irgendwo seine Grenzen. Das haben wir ja soeben gemerkt. Was machen wir, wenn ihm irgend etwas passiert?«

Thomas antwortete nicht. Sein Blick fiel an dem jungen Russen vorbei auf die rotglühende, hitzezerkochte Ebene vor ihnen. Dort hinaus? Ohne Max? Der Gedanke erschien ihm fast absurd in seiner Unvorstellbarkeit. Ohne den Schutz der gewaltigen Maschine würden sie nicht einmal einen Tag dort draußen durchstehen, das wußte er. Nicht einmal wenige Stunden.

Unwillkürlich hob er den Blick und hielt nach dem mächtigen, geflügelten Schatten Ausschau, den er während der Nacht gesehen hatte. Aber der Himmel war leer. Die Hitze des Tages mußte das Tier vertrieben haben.

Stephen stand plötzlich auf, nahm ohne ein weiteres Wort sein Gewehr von der Schulter und entfernte sich ein paar Schritte. Boris sah ihm grinsend nach.

»Der einsame Wächter auf seinem Posten«, murmelte er.

»Du magst ihn nicht, wie?« fragte Thomas leise.

Boris sah ihn an und runzelte die Stirn. Er lächelte noch immer, aber der Ausdruck wirkte mit einem Male ganz anders. »Nicht besonders«, gestand er. »Warum?«

»Dasselbe wollte ich dich gerade fragen«, sagte Thomas. »Warum?«

»Warum ...« Boris setzte sich vollends und lehnte den Kopf gegen den Fels. »Er geht mir auf die Nerven mit seinem Mißtrauen«, sagte er. »Hinter jedem und allem wittert er Verrat und Betrug. Aber das ist typisch. Gäbe es weniger Menschen wie ihn, wäre es zu Hause auf der Erde wahrscheinlich entschieden friedlicher.«

»Wahrscheinlich denkt er dasselbe über dich«, sagte Thomas.

Boris nickte ungerührt. »Wahrscheinlich. Wir stammen nun mal aus zwei verschiedenen Lagern.« Er drehte den Kopf und verzog die Lippen zu einem spöttischen Grinsen. »Das wolltest du doch hören, oder?«

»Na ... natürlich nicht«, sagte Thomas verlegen. Er fühlte sich ertappt. Aber Boris lächelte weiter und schloß wieder die Augen. »Ich weiß nicht, ob es eine gute Idee von den Galaktikern war, uns zusammenzubringen«, murmelte er. »Aber schließlich konnten sie ja nicht wissen, was passieren würde.«

»Nein«, antwortete Thomas leise. »Das konnten sie nicht.«

*

Max wachte pünktlich nach Ablauf der zwei Stunden auf. Sein zylindrischer Körper erhob sich wieder in die Luft, die Arme surrten in den Metalleib zurück, und auch seine Stimme klang wieder so, wie gewohnt. Lautlos glitt er zu ihnen hinüber und sah sie der Reihe nach an.

»Alles in Ordnung?« fragte er.

Thomas nickte. Stephen hatte noch eine halbe Stunde Wache gehalten, es dann aber aufgegeben und sich schweigend zu ihnen gesellt. Das fliegende Ungeheuer war nicht wieder aufgetaucht, und auch sonst hatte sich nichts Lebendes in ihre Nähe gewagt. Es schien so zu sein, wie Max gesagt hatte – dieser Teil der Ebene war sicher.

»Wenn ihr euch genügend ausgeruht habt, können wir aufbrechen«, sagte Max.

Sie standen wortlos auf, schulterten ihr Gepäck und nahmen neben dem Roboter Aufstellung. Boris löste eine Wasserflasche vom Gürtel und wollte den Verschluß abschrauben, aber Max hielt ihn mit einem raschen Wink zurück.

»Trinkt bitte nur, wenn es unbedingt nötig ist«, sagte er.

Boris sah den Roboter erstaunt an, ließ die Flasche aber gehorsam wieder sinken. »Warum?« fragte er.

»Unsere Wasservorräte sind begrenzt«, antwortete Max. »Und ich weiß nicht, wann wir auf eine Quelle stoßen.«

Boris deutete mißtrauisch auf die Ebene. »Willst du damit sagen, daß es dort draußen kein Wasser gibt?« fragte er lauernd.

»Die Eingeborenen«, sagte Max anstelle einer direkten Antwort, »nennen diesen Teil des Tales ›Die Brennenden Ebenen.‹ Es gibt Wasser, aber es sind nur sehr wenige Quellen, und auch sie trocknen häufig aus. Trotzdem besteht kein Grund zur Besorgnis. Es sind nicht mehr als anderthalb Tagesmärsche bis zum nächsten Fluß. Selbst, wenn wir kein Wasser finden, besteht keine Gefahr. Aber hebt euch das Wasser in den Flaschen auf, bis ihr wirklich Durst bekommt.«

»Wenn das so ist«, erkundigte sich Stephen, »warum marschieren wir dann nicht nachts und schlafen tagsüber?«

»Das ist unmöglich«, antwortete Max. »Das Gelände ist zu schwierig. Ich kann nachts ebensogut sehen wie am Tage, aber ihr würdet Gefahr laufen, euch zu verletzen. Es wird hier nach Sonnenuntergang sehr dunkel.«

Thomas dachte für einen Moment an das geheimnisvolle blaue Leuchten, das er während der vergangenen Nacht vom Felsen aus beobachtet hatte. Aber er schwieg. Max würde besser als er wissen, was er tat.

»In Ordnung«, sagte er. »Gehen wir.«

Thomas wußte längst nicht mehr, wie lange sie schon liefen. Die Hitze hatte sie wie ein Hammerschlag getroffen, als sie aus dem Schatten der Felswand getreten waren. Und sie war unablässig weitergestiegen, mit jedem Schritt, jedem Meter, den sie weiter auf die Ebenen hinauskamen. *Die Brennenden Ebenen...* Thomas verstand den Namen jetzt nur zu gut. Die Luft schien zu kochen, und jeder Atemzug brannte wie Feuer in seiner Kehle. Mehr als ein Dutzend Mal hatte er nach der Wasserflasche an seinem Gürtel gegriffen, und es fiel ihm jedes Mal schwerer, die Hand wieder zurückzuziehen und nicht zu trinken. Seine Augen tränten, obwohl er den Kopf gesenkt hielt, aber die Sonne stand jetzt hoch am Himmel, und der Fels, über den sie gingen, reflektierte ihr gleißendes Licht wie ein gewaltiger Spiegel. Vergeblich hielt er nach irgendeinem Anzeichen von Leben Ausschau. Sie waren an ein paar verdorrten Büschen vorübergekommen, aber die waren so trocken gewesen, daß sie bei der leisesten Berührung zerbrachen und zu Staub zerfielen. Einmal hatte er geglaubt, etwas Kleines, Haariges und unbeschreiblich Häßliches dicht vor seinen Füßen davonhuschen zu sehen, aber die Erscheinung war so rasch verschwunden, daß er nicht wußte, ob er sie nun wirklich gesehen hatte, oder ob ihm seine Sinne einen Streich spielten. Er war ein paarmal stehengeblieben und hatte sich umgesehen, aber die Felswand schien noch immer so nahe zu sein wie zu Anfang, als wären sie die ganze Zeit auf der Stelle marschiert. Er war am Ende seiner Kräfte, obwohl sie erst einen winzigen Bruchteil des Weges zurückgelegt hatten, der vor ihnen lag. Vielleicht, dachte er müde, hatte Boris doch nicht so unrecht gehabt, als er sich anfangs geweigert hatte, mitzukommen.

Aber für solcherlei Überlegungen war es jetzt zu spät. Der Weg, den sie gingen, führte nur in eine einzige Richtung. Ein Zurück gab es nicht.

Er sah auf, fuhr sich erschöpft mit der Hand über Stirn und Augen und blinzelte zu Max hinüber. Die Metallhaut des Roboters reflektierte das Sonnenlicht so stark, daß er seine Augen für einen Moment schließen mußte. Der Roboter bestimmte ihr Marschtempo, und er glitt unbarmherzig vor ihnen dahin, viel schneller, als Thomas' Beine eigentlich noch imstande waren mitzuhalten. Aber wäre er nicht gewesen, wären sie wahrscheinlich alle schon zusammengebrochen.

Boris stieß plötzlich einen krächzenden Schrei aus, warf die Arme in die Luft und rannte an Max vorbei. Der Roboter wirbelte blitzschnell herum, fuhr zwei seiner dünnen Arme aus und riß ihn unsanft zurück.

»Laß mich los, du blöder Blechhaufen!« schrie Boris. »Da vorne ist Wasser!«

Thomas und die anderen liefen eilig zu ihm hinüber. Boris zappelte wie eine gefangene Fliege in den silbernen Armen des Roboters, schrie und tobte wie ein Verrückter. Aber Max dachte gar nicht daran, ihn loszulassen. Dicht vor ihm, keine zehn Schritte mehr entfernt, lag eine flache, vielleicht drei Meter durchmessende Senke. Sie war gut zur Hälfte mit Wasser gefüllt.

»Das Wasser ist nicht trinkbar«, sagte Max ruhig.

»Was heißt das, nicht trinkbar?« Stephen hielt sein rechtes Handgelenk mit dem Multiinstrument hoch. »Ich denke, die Dinger schützen uns vor Krankheitskeimen?«

Max setzte Boris behutsam wieder auf den Boden und ließ ihn los, hielt seine Arme jedoch weiter ausgestreckt, um sofort wieder zugreifen zu können.

»Es ist verseucht«, sagte er. »Radioaktiv verseucht. Ihr könntet es trinken, wenn keine andere Möglichkeit mehr besteht, aber ich rate dringend davon ab.«

»Radioak ...« Stephen erbleichte plötzlich noch mehr. »Du meinst, das Wasser strahlt?« Er wich unwillkürlich einen Schritt vom Rand des Tümpels zurück und sah sich erschrokken um. Thomas dachte wieder an das blaue Leuchten und begann sich mit einem Male sehr unbehaglich zu fühlen.

»Es besteht kein Grund zur Sorge«, sagte Max.

»Kein Grund zur Sorge?« keuchte Stephen. »Wenn dieser Tümpel verseucht ist, dann strahlt vielleicht das ganze Gelände, und wir werden langsam zu Tode gegrillt, ohne es zu merken?!«

»Nein«, antwortete Max. »Es gibt große Gebiete auf Tombstone, die hochgradig verseucht sind. Dieser Teil des Planeten ist sicher, zumindest, wenn man sich nicht länger als nötig hier aufhält.«

»Und was heißt das?«

»Zwei, vielleicht drei Jahre, bevor bleibende Schäden zu befürchten sind. Die wenigen Tage, die ihr euch hier aufhalten werdet, sind risikolos.«

»Und wieso strahlt dann das Wasser?« fragte Boris mißtrauisch. Er hatte sich wieder beruhigt und war wie Stephen ein Stück von der Pfütze zurückgewichen, und seine Hände massierten unbewußt die Stellen, an denen ihn Max' Metallarme gepackt hatten.

»Es gibt einen unterirdischen Fluß, tief unter der Ebene«, sagte Max. »Er entspringt im Norden und fließt durch verseuchtes Gebiet.« Er schwieg einen Moment und deutete dann mit seinen Schlangenarmen auf den Horizont. »Wir sollten weitergehen.«

Sie gehorchten wortlos, und Thomas hatte plötzlich den Eindruck, daß Boris es ganz besonders eilig hatte, aus der Nähe des Wasserloches zu verschwinden. Sie redeten nicht mehr über den Zwischenfall, aber Thomas war sicher, daß keiner unter ihnen war, der nicht seine eigene Meinung über die Erklärung hatte, die Max ihnen geliefert hatte.

Radioaktiv ... was gab es sonst noch auf dieser Welt, das Max ihnen verschwiegen hatte? Er würde ihn fragen, das nahm er sich vor.

Die Sonne kletterte langsam höher, und die Hitze nahm weiter zu. Gegen Mittag rasteten sie zwei Stunden, und Max stellte sich so vor ihnen auf, daß sein Körper wenigstens einen bescheidenen Schatten spendete. Trotzdem stiegen die Temperaturen ins Unerträgliche. Thomas leerte seine Wasserflasche fast zur Hälfte, aber sein Durst schien hinterher fast noch größer zu sein als zuvor. Seine Kehle war so ausgedörrt, daß die Flüssigkeit irgendwo auf halbem Wege zwischen seinen Lippen und der Speiseröhre zu versickern schien. Als Max sie schließlich aufforderte weiterzugehen, war er selbst zum Widersprechen zu müde.

Das Gelände wurde langsam unwegsamer. Waren sie zuerst über eine brettflache und manchmal wie poliert wirkende Ebene marschiert, so tauchten jetzt immer öfter Risse und Spalten im Boden auf, manchmal auch flache, aufgeworfene Krater mit gezackten Rändern oder einfach tiefe, scheinbar bodenlose Löcher, die warnungslos vor ihnen im Boden aufklafften, so daß sie immer öfter zu Umwegen gezwungen wurden und noch langsamer vorankamen. Die Sonne wanderte weiter und senkte sich langsam wieder dem Horizont entgegen, aber es wurde nicht merklich kühler. Die Sonne brannte nicht mehr so unbarmherzig vom Himmel herab, aber der Boden strahlte die gespeicherte Hitze wieder ab, so daß es fast noch stickiger zu werden schien.

Kurz bevor die Sonne unterging, hielt Max an und deutete auf einen flachen, wie glasiert wirkenden Krater, der vor ihnen im Boden klaffte.

»Ein guter Platz zum Übernachten«, sagte er. »Stellt die Zelte auf.«

Thomas ließ sich da, wo er stand, zu Boden sinken und blieb erst einmal zwei, drei Minuten lang nahezu reglos hokken. Sein Puls jagte, und das Bild vor seinen Augen verschwamm immer wieder. Übelkeit stieg in ihm hoch, jene eigenartige, besonders unangenehme Übelkeit, die von vollkommener körperlicher Erschöpfung herrührt.

Er trank einen winzigen Schluck Wasser und hielt die Flüssigkeit so lange im Mund, wie es ging, um den ekelhaften Geschmack zu vertreiben. Seine Finger zitterten so stark, daß er Mühe hatte, die Riemen des Rucksackes zu lösen. Mit einem erleichterten Seufzer ließ er das Gepäckstück zu Boden sinken, öffnete den Reißverschluß und nahm das zusammengefaltete Zelt heraus.

»Legt es neben euch auf den Boden und zieht an dem blauen Faden«, sagte Max.

Thomas tat, was der Roboter befohlen hatte. Ein leises Zischen erklang, dann faltete sich das Zelt selbständig zu einem knapp meterhohen, weißen Gebilde auseinander. Thomas fühlte sich viel zu müde, um sich über dieses weitere Wunder noch den Kopf zu zerbrechen. Mit zitternden Fingern kramte er zwei der Nahrungsmitteltabletten aus seinem Gürtel, spülte sie mit einem Schluck Wasser hinunter und verschraubte die Flasche sorgfältig wieder. Seine Kehle war noch immer ausgedörrt und begann allmählich zu schmerzen, aber er wußte, daß er den winzigen Rest, der noch in der Flasche verblieben war, am nächsten Morgen bitter nötig haben würde.

Nach dem »Abendessen« krochen Tai Lin und Stephen

wortlos in ihre Zelte, um zu schlafen, während Boris dort, wo er hockte, eingenickt zu sein schien. Max glitt zu ihm hinüber, hob ihn behutsam hoch und legte ihn in sein Zelt.

»Du kannst auch schlafen gehen«, sagte er, als er sah, daß Thomas noch wach war. »Ihr könnt euch unbesorgt ausruhen. Ich werde Wache halten.«

Thomas schüttelte den Kopf und stand auf. Die Bewegung kostete ihn fast mehr Kraft, als er noch hatte.

»Ich möchte mit dir reden«, sagte er. Seine eigene Stimme klang fremd und schrill in seinen Ohren. Der Durst hatte seine Kehle ausgedörrt, und es bereitete ihm Schwierigkeiten, überhaupt zu sprechen.

»Dazu ist später noch Zeit genug«, sagte Max. »Der Weg ist nicht überall so schwierig.«

Thomas ließ sich neben dem Roboter auf einen Felsen sinken und sah die riesige Maschine sekundenlang an.

»Du verschweigst uns etwas«, sagte er dann.

Max antwortete nicht.

»Ich habe extra gewartet, bis die anderen schlafen«, fuhr Thomas fort. »Stephen ist auch so mißtrauisch genug. Aber ich glaube, daß er nicht mit allem, was er sagt, unrecht hat.«

»So?« sagte Max.

Thomas nickte. »Mit diesem Planeten stimmt etwas nicht«, behauptete Thomas.

»Wie kommst du darauf?«

Thomas machte eine vage Geste. »Es ist nur ... ein Gefühl«, gestand er. »Aber das alles hier ... diese rote Sonne ... radioaktives Wasser ... verseuchte Gebiete ...«

»Du hast recht«, sagte Max plötzlich. »Tombstone ist eine sterbende Welt. Was du hier siehst, war einstmals ein blühender Planet, der der Welt, von der du stammst, nicht unähnlich war. Seine Einwohner hatten eine bescheidene Zivilisation entwickelt, und ich glaube, sie standen sogar kurz davor, den Schritt ins Weltall hinaus zu tun.«

»Du *glaubst?*« fragte Thomas.

Max versuchte, so etwas wie ein Achselzucken darzustellen, was aber kläglich mißlang.

»Wir entdeckten Tombstone vor knapp dreihundert Jahren«, sagte er. »Aber damals befand sich diese Welt schon in dem Zustand, in dem sie sich euch darbietet. Wir wissen nicht, was geschehen ist. Es muß eine schreckliche Katastrophe gewesen sein, etwas, das die Zivilisation dieser Welt mit einem einzigen Schlag auslöschte und Tombstone in eine Hölle verwandelte. Eine kosmische Katastrophe vielleicht; ein gewaltiger Meteoritenregen, ein Sonnenflackern ... es gibt unzählige mögliche Erklärungen.«

»Und die Menschen, die hier gelebt haben?«

»Sie wurden ausgelöscht«, erklärte Max. »Es gibt ein paar Legenden, nach denen Feuer vom Himmel fiel, aber sie wissen nicht einmal mehr selbst, was geschah. Die wenigen, die heute noch leben, sind auf das Niveau von Steinzeitmenschen zurückgesunken. Sie sind mutiert. Die radioaktive Strahlung hat ihre Erbanlagen geschädigt, Thomas. Nur wenige von denen, die heute noch geboren werden, sind überhaupt lebensfähig. Sie sterben aus.«

»Aber warum helft ihr ihnen nicht?« fragte Thomas.

»Weil wir es nicht können«, antwortete der Roboter. In seiner Stimme schien fast so etwas wie Trauer zu schwingen. »Der Bund der Planeten ist mächtig, aber nicht allmächtig. Und ich glaube auch nicht, daß es gut wäre, wenn wir es versuchten. Tombstone stirbt, und keine Macht des Universums kann diesen Tod noch aufhalten. Wir könnten ihn hinauszögern, um ein paar Jahrzehnte oder auch Jahrhunderte, aber damit wäre niemandem gedient.«

»Und die Eingeborenen? Diese ... Mutanten?«

»Wir haben kaum Kontakt mit ihnen«, antwortete Max. »Sie wissen, daß es unseren Stützpunkt in den Bergen gibt, aber sie kommen nie in seine Nähe. Ich glaube, sie fürchten ihn.

Aber sie lassen uns in Ruhe, solange wir sie in Ruhe lassen. Du brauchst dich nicht zu sorgen. Sie sind zwar wild und aggressiv, aber sie kennen Maschinen wie mich und würden es nie wagen, uns anzugreifen.«

Thomas teilte den Optimismus des Roboters in diesem Punkt ganz und gar nicht, aber er zog es vor zu schweigen. Eine Weile blieb er noch reglos neben der gigantischen Maschine hocken, dann stand er auf und schlich mit hängenden Schultern zu seinem Zelt zurück. Die Worte des Roboters hatten ihn nicht sonderlich überrascht. Er hatte mit etwas Ähnlichem gerechnet. Aber sie hatten ihn traurig gestimmt, auf eine seltsame, schwer zu begründende Art traurig. Plötzlich begriff er, warum die Galaktiker diese Welt Tombstone getauft hatten. Sie *war* ein Grabstein, ein gewaltiges, schweigendes Grab, in dem die Hoffnungen und Träume eines ganzen Volkes begraben worden waren. Eine grausame Laune der Natur hatte all ihre Träume von einem Moment auf den anderen ausgelöscht, hatte sie zertrümmert, mit einem einzigen, gewaltigen Hammerschlag. Ein Felsbrocken, irgendwo in den Tiefen des Alls von seinem Kurs abgekommen, ein kurzes Flackern der rotglühenden Sonne dort oben – und alles war vorbei gewesen.

Er legte sich hin, zog den Verschluß des Zeltes zu und bettete in Ermangelung eines Kissens den Kopf auf die Arme. Draußen ging die Sonne unter, und im Zelt wurde es übergangslos stockfinster. Aber trotz seiner Müdigkeit dauerte es noch lange, ehe er an diesem Abend Ruhe fand.

*

Max weckte sie am nächsten Morgen noch vor Sonnenaufgang. Thomas brauchte fast fünf Minuten, um so weit wach zu werden, daß er aus dem Zelt kriechen und mit unsicheren Bewegungen damit beginnen konnte, seine Ausrüstung zusammenzupacken. Er nahm zwei weitere der kleinen geschmacklosen Tabletten und trank den Rest seines Wassers, aber er fühlte sich hinterher genauso durstig wie zuvor. Sein Magen knurrte, obwohl der Roboter versichert hatte, daß die Pillen alles Notwendige enthielten, um ihren Körpern Kraft zu geben.

Als die Sonne aufging, marschierten sie weiter. Der Rucksack schien während der Nacht auf geheimnisvolle Weise schwerer geworden zu sein, und obendrein wurde das Gelände jetzt mit jedem Schritt unwegsamer.

Nach einer Weile tauchte ein dunkler, verschwommener Fleck vor ihnen auf. Thomas konnte nicht genau erkennen, was es war; die Luft flimmerte vor Hitze, und alles, was vor ihnen lag, schien hinter einem klaren, hin und her wogenden Schleier aus schnellfließendem Wasser verborgen zu sein. Aber was immer es war – es mußte gewaltig sein.

Sie marschierten mehr als eine Stunde, ohne ihm sichtlich näher gekommen zu sein. Schließlich hielt Max an und deutete auf einen halbrunden Felsbuckel, in dessen Schatten sie ein wenig Schutz vor der sengenden Sonne finden konnten.

»Es ist besser, wir legen noch eine Pause ein«, sagte er.

Boris sah blinzelnd in den Himmel und beschattete die Augen mit der Hand. Sein Gesicht wirkte eingefallen, das fiel Thomas jetzt zum ersten Mal auf. Unter seinen Augen lagen dünne, dunkle Ringe, und seine Haut war da, wo sie ungeschützt der Sonne ausgesetzt gewesen war, unnatürlich rot. Er würde einen gehörigen Sonnenbrand bekommen. Sie alle würden einen Sonnenbrand bekommen, verbesserte sich Thomas in Gedanken. Auch sein Gesicht begann bereits zu jucken.

»Es ist fast Mittag«, beschwerte sich Boris. »Eigentlich sollten wir jetzt schon aus dieser Wüste heraus sein.«

»Es ist nicht mehr weit«, sagte Max. »Zwei, vielleicht drei Kilometer.«

»Und warum marschieren wir dann nicht durch?«

»Das Gelände wird sehr schwierig. Ihr werdet klettern müssen. Es ist besser, ihr ruht euch noch einmal aus und sammelt Kräfte.«

Thomas war nicht sonderlich begeistert von der Idee des Roboters. Er fühlte sich zum Umfallen müde, aber er wußte auch, daß ein, selbst zwei Stunden Ruhe daran gar nichts ändern würden. Im Gegenteil. Hinterher würde es ihnen nur noch schwerer fallen, aufzustehen und weiterzumarschieren. Aber er fügte sich widerstandslos. Max war nun einmal der Führer der Gruppe, und er würde tun, was er sagte. Auch wenn er nur eine Maschine war.

Mit einem erleichterten Seufzer ließ er sich in den Schatten des Felsens sinken, löste den Rucksack und legte ihn neben sich auf den Boden. Seine Haut war von den Trageriemen wundgescheuert, und seine Augen brannten so heftig, daß er sie nur noch mit Mühe offenhalten konnte.

Tai Lin lehnte sich neben ihn gegen den Felsen, aber er war zu müde, um auch nur mit ihr zu reden. Wie lange waren sie jetzt hier? überlegte er. Sechsunddreißig Stunden, nicht einmal. Und doch kam es ihm vor, als wäre es länger, viel, viel länger. Wochen, Monate – es schien Jahre her zu sein, daß er das letzte Mal geschlafen, sich richtig ausgeruht hatte. Vorgestern abend, als er oben auf dem Plateau gestanden und ins Tal hinuntergesehen hatte, da hatte er – sie wohl alle – außer Ungewißheit und Furcht auch eine leise Erregung gespürt, Vorfreude? Nein – Vorfreude war wohl das falsche Wort; es war ein seltsam prickelndes Gefühl gewesen, sich vorzustellen, daß er und die anderen drei die ersten Menschen sein würden, die einen Blick in eine vollkommen fremde Welt tun sollten. Aber von diesem Gefühl war nichts mehr geblieben. Er war nur noch müde und erschöpft, jetzt schon, obwohl sie gerade den ersten Tag einer Wanderung hinter sich gebracht hatten, die noch Wochen zählen sollte.

Müde hob er den Kopf und blinzelte nach Westen. Sie waren dem Schatten doch ein Stück näher gekommen, und wenn er genau hinsah, dann glaubte er, einen kaum merklichen Stich ins Grünliche zu erkennen.

»Was ist das dort drüben, Max?« fragte er. »Wald?«

Obwohl er sehr leise gesprochen hatte, hatte der Roboter seine Worte verstanden. »Ja«, antwortete er. »Aber wir werden ihn umgehen. Es gibt eine Menge gefährlicher Raubtiere in diesen Dschungelgebieten. Das Risiko wäre zu groß.«

»Aber es gibt auch Schatten, und vermutlich Wasser!« protestierte Stephen. »Dir macht die Hitze vielleicht nichts aus, aber ich drehe allmählich durch, wenn ich nicht bald aus diesem Backofen rauskomme.«

»Unten am Flußufer gibt es Schatten«, sagte Max. »Und genügend Trinkwasser. Wir würden viel länger zum Dschungel brauchen als bis zum Fluß. Und die Hitze wird nachlassen, sobald wir die Brennenden Ebenen hinter uns haben.«

Stephen protestierte weiter, aber Thomas hörte schon gar nicht mehr hin. Er war viel zu müde, um sich länger als ein paar Augenblicke auf eine bestimmte Sache konzentrieren zu können. Selbst hier, im Schatten, war die Hitze beinahe unerträglich, und der feinkörnige Staub, mit dem der heiße Wind sie den ganzen Tag überschüttet hatte, war unter seine Kleider gekrochen und juckte wie wahnsinnig.

Trotz allem schlief er ein. Aber es war kein erholsamer Schlaf. Er hatte einen entsetzlichen Alptraum, an den er sich hinterher zwar nicht mehr erinnerte, aus dem er aber schweißgebadet und mit klopfendem Herzen aufwachte. Daher war er beinahe dankbar, als Max ihn wachrüttelte und sie zum Weitergehen trieb.

Der Roboter hatte keineswegs übertrieben. Das Gelände wurde nicht nur schwieriger, es wurde nahezu unbegehbar. Gigantische, wie von einer ungeheuren Riesenfaust in den Boden gerammte Felsbrocken wechselten sich mit spiegelglatten, schräg ansteigenden oder abfallenden Ebenen ab, und mehr als einmal mußte Max sie über Hindernisse hinwegtragen, die sie aus eigener Kraft nicht überwinden konnten. Die Sonne kletterte unbarmherzig höher, und die Luft zwischen den Felsen schien zu kochen. Ein paarmal glaubte Thomas ernsthaft, beim nächsten Schritt zusammenzubrechen, und einmal ließ Max sie anhalten und in weitem Bogen eine Fläche trügerisch glatten Sandes umgehen, die wie ein gefrorener See in der Felswüste eingebettet war.

»Was ist das?« fragte Stephen, während sie mühsam über die Felsen am Rande des Sandtümpels stiegen. »Treibsand?«

»Nein«, antwortete Max. »Das Nest einer Sandspinne. Wer dort hineingerät, ist verloren.«

»Sandspinne?« echote Stephen. »Was soll das sein?«

Max hielt an und deutete mit einem seiner dünnen Arme hinunter. »Wollt ihr sie sehen?«

Stephen nickte. Max forderte sie auf, ein paar Schritte zurückzutreten, klaubte einen faustgroßen Stein vom Boden auf und schleuderte ihn in weitem Bogen auf den Sandsee hinunter.

Thomas verfolgte gebannt die Flugbahn des Steines. Für einen winzigen Moment war seine Müdigkeit wie fortgewischt, und alles, was er fühlte, war eine starke Erregung. Sie hatten – mit Ausnahme des fliegenden Schattens über ihrem ersten Nachtlager – noch keinen Bewohner dieser Welt zu Gesicht bekommen.

Es ging beinahe zu schnell, als daß er irgend etwas erkennen konnte: Der Stein schlug haargenau in der Mitte des Sandsees auf. Eine halbe Sekunde lang geschah gar nichts, dann schien der Sand in einer ungeheuren Explosion auseinanderzubersten. Eine braune, brodelnde Wolke stob fast zehn Meter hoch in die Luft, und Thomas erhaschte einen kurzen Blick auf einen gigantischen schwarzen Körper mit drahtigem Haar und einer Unzahl langer, stachelbewehrter Beine.

Als die Sandwolke auseinandertrieb, war das Ungeheuer verschwunden, und die Oberfläche des Tümpels war so glatt wie zuvor.

»Mein Gott!« keuchte Boris. »Was war das?«

»Eine Sandspinne«, wiederholte Max ruhig. »Aber es sind harmlose Tiere, solange man ihnen nicht zu nahe kommt. Sie verlassen ihre Nester nie.«

»Harmlos?« keuchte Boris. »Diese Monster!«

»Ihr könnt ihre Nester leicht erkennen«, sagte Max. »Sie liegen fast immer in Mulden wie dieser, und der Sand ist unnatürlich glatt.«

»Harmlos«, wiederholte Boris ungläubig. »Wenn du dieses Ungeheuer als harmlos bezeichnest, dann möchte ich nicht denen begegnen, die wirklich gefährlich sind!«

»Das wirst du auch nicht«, gab Max trocken zurück, »solange wir den Dschungel nicht betreten.«

Thomas wandte sich widerstrebend um. Auch er war beim Anblick der gewaltigen Sandspinne zusammengefahren. Seine Hand hatte sich um den Griff des Gewehres gekrampft, aber er hatte die unbestimmte Ahnung, daß ihnen die Waffen, so gefährlich sie auch waren, gegen die Ungeheuer dieses Planeten nicht allzuviel nutzen würden.

Keiner von ihnen widersprach, als Max sie zum Weitergehen aufforderte. Der Sandkessel blieb hinter ihnen zurück, aber Thomas fiel auf, daß Stephen und Boris sich öfter als zuvor nervös umsahen, und auch er selbst ertappte sich dabei, wie seine Hand immer wieder zu der Waffe an seiner Seite tastete. Er war mit einem Male gar nicht mehr so versessen darauf, die Bewohner dieser Welt näher kennenzulernen.

Sie marschierten eine weitere halbe Stunde, ehe Thomas auffiel, daß es kühler zu werden begann. Die Sonne brannte noch immer unbarmherzig von einem blutroten Himmel herab, aber der Wind war jetzt nicht mehr heiß, sondern fast wohltuend, und in der Luft lag ein seltsamer, scharfer Geruch.

Max blieb plötzlich stehen, drehte sich um und blickte in den Himmel hinauf. Auch Thomas und die anderen hielten an und blickten in die Richtung zurück, aus der sie gekommen waren. Der Himmel im Osten hatte sich mit schweren, dunkelbraunen Wolken überzogen. Das Sonnenlicht zeichnete ihre Konturen in flammendem Rot nach, und die Luft zwischen den Wolken und der Wüste schien von dünnen, treibenden grauen Schleiern durchsetzt zu sein. Regen.

»Es ... es regnet«, seufzte Stephen. »Endlich.«

Max drehte den Kopf und sah ihn zwei, drei Sekunden lang schweigend an. »Gehen wir weiter«, sagte er nach einer Weile. »Es wird noch Stunden dauern, ehe die Regenfront hier ist. Bis dahin haben wir längst den Fluß erreicht.«

Stephen warf der Wolkenfront einen sehnsüchtigen Blick zu. »Wäre es nicht einfacher«, seufzte er, »hier irgendwo im Schatten abzuwarten bis –«

»Nein«, unterbrach Max ihn scharf, »das wäre es nicht. Außerdem kann es sein, daß die Wolken weit an uns vorüberziehen. Und nun kommt.«

Irgend etwas an der Art, in der der Roboter sprach, irritierte Thomas. Sicher – Max war nur eine Maschine; aber Thomas hätte schwören können, daß seine Stimme ... verändert klang. Beinahe besorgt. Er warf der Wolkenbank einen letzten, abschätzenden Blick zu und beeilte sich dann, hinter den anderen herzulaufen.

Max schlug jetzt ein eindeutig schärferes Tempo ein, und Thomas fiel auf, daß er in regelmäßigen Abständen den Kopf wandte und nach Osten sah, zurück auf die Brennenden Ebenen und die langsam näherrückende Wolkenfront ...

Stephen stieß plötzlich einen Schreckensruf aus und blieb stehen.

»Was ist los?« rief Thomas. Mit zwei, drei Schritten war er neben Stephen – und blieb so abrupt stehen, als wäre er vor eine unsichtbare Wand gelaufen.

Vor ihnen lag ein gewaltiger, tiefer Krater. Thomas versuchte seinen Durchmesser zu schätzen, aber er konnte es nicht. Es mußten fünf, vielleicht sechs oder sieben Kilometer sein; möglicherweise sogar mehr. Seine Wände schimmerten im Sonnenlicht, als wären sie mit Glas überzogen, und auf seinem Grund befand sich ein dampfender, dunkelgrüner Dschungel.

»Weiter!« drängte Max. »Es ist nicht mehr weit zum Fluß. Wenn wir auf dem Kraterrand bleiben, eine halbe Stunde. Beeilt euch.« Er deutete mit einem seiner Schlangenarme nach Westen und gab gleichzeitig Boris, der ebenfalls stehengeblieben war, einen sanften Stoß in den Rücken.

Sie liefen weiter, aber Thomas starrte unverwandt in den Krater hinab und achtete kaum mehr darauf, wo er seine Füße hinsetzte. »Was ist das, Max?« fragte er.

»Ein Dschungelkrater«, antwortete der Roboter ungeduldig. »Sie sind sehr häufig anzutreffen, wenn die meisten auch nicht so groß sind wie dieser hier. Aber sie sind gefährlich.«

Ein dumpfes Grollen erklang irgendwo hinter ihnen, dann tauchte ein greller Blitz den Krater für einen Sekundenbruchteil in gleißende Helligkeit. Max drehte den Kopf und machte eine erschreckte Bewegung mit den Armen.

Der Roboter hatte mit seiner Schätzung gewaltig danebengegriffen. Das Unwetter zog nicht an ihnen vorbei, und es brauchte auch nicht noch Stunden, um sie einzuholen. Die Front der schwarzen, brodelnden Wolken war bereits bis auf weniger als einen Kilometer nahegekommen.

»Zur Seite!« schrie Max. »In den Krater!«

Stephen sah ihn vollkommen verwirrt an. »Aber gerade hast du noch gesagt ...«

»In den Krater!« schrie Max noch einmal. »Schnell! Lauft um euer Leben!«

Thomas zögerte nicht länger. Er fuhr herum, flankte über einen Felsen und schlitterte den Kraterrand hinunter. Der

Boden war nicht so glatt, wie es von oben den Anschein gehabt hatte. Er verhakte sich irgendwo, schlug lang hin und rutschte die letzten zwanzig, dreißig Meter bis zum Kraterboden hinab. Eine Sekunde lang blieb er benommen liegen, dann stemmte er sich mühsam hoch und sah zu den anderen empor. Stephen, Tai Lin und Boris kamen wenige Meter hinter ihm angerannt. Max bildete den Abschluß.

Und hinter ihnen rückte die Wolkenfront heran. Die Luft unter ihr war grau vom niederprasselnden Regen, und wieder fiel Thomas dieser eigentümliche, scharfe Geruch auf, viel stärker als bisher. Dort, wo der Regen die Erde berührte, begannen die Felsen zu dampfen.

»Max!« stammelte er verwirrt. »Was ist denn über –«

Er kam nicht dazu, den Satz zu Ende zu sprechen. Der Roboter jagte an ihm vorüber, ergriff ihn mit einem seiner Schlangenarme und riß ihn rücksichtslos mit sich. Wieder drehte er den Kopf und sah zu den Wolken zurück. Sein Auge flackerte stärker. Dann erklang aus seinem Inneren erneut dieses helle, winselnde Geräusch, das sie schon einmal gehört hatten, als er mit ihnen von der Felswand gesprungen war. Er erhob sich einen halben Meter über den Boden, fuhr blitzschnell alle vier Arme aus und griff sich Boris, Stephen und Tai Lin, als wären sie leblose Gepäckstücke. Ihre Schreckensschreie gingen im Rauschen des niederprasselnden Regens unter. Der Roboter stieg noch ein Stück höher, beugte sich ein wenig nach vorne und preschte mit der Geschwindigkeit eines Sportwagens auf den Waldrand zu.

Er schaffte es nicht ganz.

Die Regenfront holte sie ein, als sie zehn Meter von den ersten Bäumen entfernt waren.

Thomas schrie vor Schmerz, als die ersten Tropfen sein Gesicht berührten. Der Regen brannte wie Säure. Der ätzende Geruch wurde mit einem Mal so stark, daß er kaum mehr Luft bekam. Er drehte instinktiv das Gesicht aus dem Wind und schrie erneut auf, als einige der ätzenden Tropfen in seinen Nacken fielen und dünne, flammende Schmerzlinien in seinen Rücken brannten.

Dann hatten sie die Bäume erreicht und waren in Sicherheit. Max sank winselnd auf seine gewohnte Flughöhe zurück und setzte sie unsanft zu Boden. Thomas fiel auf die Knie, schlug die Hände vors Gesicht und preßte mit zusammengebissenen Zähnen die Finger auf die brennenden Wunden, die der Regen in seine Haut gefressen hatte. Er hatte Glück gehabt – sein Gesicht und seine Hände hatten nicht mehr als sieben, acht Tropfen abbekommen, aber selbst das war schon fast mehr, als er ertragen konnte. Er wartete, bis der ärgste Schmerz abgeklungen war, nahm vorsichtig die Hände herunter und hob den Kopf.

Neben ihm erklang ein dumpfes Stöhnen. Boris war gleich ihm auf die Knie gesunken und hatte die Hände vors Gesicht geschlagen. Seine Kleidung war mit einer Unzahl schwarzer, runder Punkte übersät, von denen sich dünne Rauchfäden emporkräuselten.

»Was ist mit dir?« fragte Thomas besorgt. Er beugte sich hinüber, drückte vorsichtig Boris' Hände zur Seite und besah sich sein Gesicht. Der junge Russe hatte weniger Glück gehabt als er. Seine linke Wange wies mindestens ein Dutzend runder, feuerroter Flecke auf, und seine Mundwinkel zuckten ununterbrochen vor Schmerz.

»Es ... geht schon«, murmelte er undeutlich.

Thomas runzelte die Stirn. »Übertriebene Tapferkeit kann auch schaden«, sagte er. Er schnallte seinen Rucksack ab, kramte einen Moment darin herum und nahm den Verbandskasten heraus. Max hatte ihnen vor ihrem Aufbruch seinen Inhalt erklärt, und er erinnerte sich, eine Sprühflasche mit Brandgel gesehen zu haben. Er zog sie hervor, legte Boris die Hand unter das Kinn und drückte auf den Sprühknopf. Ein dünner, farbloser Nebel schoß aus dem Ventil, legte sich über die verletzte Wange des anderen und erstarrte zu einer dünnen, durchsichtigen Haut.

»Danke«, sagte Boris.

»Der Schmerz läßt gleich nach.«

Thomas sah auf und blickte in Max' gelbleuchtendes Auge.

»Du machst deine Sache sehr gut«, lobte der Roboter.

»Was man von dir nicht behaupten kann«, schnappte Thomas wütend. »Warum hast du uns nicht gewarnt?«

Max zögerte einen Moment mit der Antwort. »Ich wollte euch nicht beunruhigen«, sagte er dann. »Es sah so aus, als würden wir es noch gut bis zum Fluß schaffen. Am Ufer gibt es genug Plätze, wo wir Schutz gefunden hätten. Aber das Unwetter kam wesentlich rascher heran. Es tut mir leid.«

Boris stieß ein ungläubiges Keuchen aus. »Es tut dir leid?« wiederholte er ungläubig. »Wie reizend von dir! Was bist du eigentlich? Ein Roboter mit einem Elektronengehirn oder eine Ratemaschine?«

»Auch ich kann nur Wahrscheinlichkeiten berechnen«, gab Max beleidigt zurück. »Und es gibt Dinge, die nicht berechenbar sind.«

»Ja«, knurrte Boris. »Das haben wir gemerkt. Eine ganze Menge sogar.« Er preßte die Hand auf die schmerzende Wange, schenkte dem Roboter noch einen giftigen Blick und sah dann wütend weg.

Ein einzelner, glitzernder Tropfen fiel neben ihnen ins Gras und brannte ein schwarzes Loch in den Boden. Max deutete in den Wald hinein. »Wir sollten uns noch ein paar Schritte zurückziehen«, sagte er. »Wenn der Regen stärker wird, sind wir hier nicht mehr sicher.«

Thomas sah unwillkürlich nach oben. Die Bäume waren gewaltig – mannsdicke, borkige Stämme, die zwanzig, fünfundzwanzig Meter weit in die Höhe strebten, ehe sie zu einem kompakten, grünen Dach verwuchsen. Es war Thomas ein Rätsel, wie sie dem Säureregen standhielten, aber sie taten es offensichtlich. Trotzdem stand er gehorsam auf und folgte dem Roboter einige Dutzend Schritte tiefer in den Wald hinein.

Es wurde dunkler. Das Blätterdach des Dschungels ließ nicht den winzigsten Lichtstrahl durch, und der Waldrand verschwand allmählich hinter einer brodelnden, zischenden grauen Nebelwand, als der Regen stärker niederprasselte. Aber es wurde nicht vollkommen finster. Als Thomas' Augen sich an die veränderte Beleuchtung gewöhnt hatten, gewahrte er einen sanften, grünlichen Schimmer, der aus dem Boden, den Bäumen, ja selbst der Luft zu kommen schien. Es war ein Licht, das irgendwie ... unangenehm war, dachte Thomas.

Ohne daß er einen logischen Grund dafür hätte nennen können, hatte er plötzlich Angst. Furchtbare Angst.

»Was war das für ein Regen?« fragte Tai Lin.

Thomas sah zu ihr hinüber und empfand einen Moment lang fast so etwas wie Gewissensbisse, daß er die ganze Zeit nicht einmal an sie gedacht hatte. Aber sie schien mehr Glück als er und Boris gehabt zu haben. Ihr Gesicht war unverletzt.

»Säureregen«, antwortete Max. »Die Strahlung und der in der Atmosphäre gelöste Staub bewirken einen chemischen Prozeß, der die in den Wolken gesammelte Flüssigkeit in Schwefelsäure umwandelt. Die meisten Pflanzen und einige Tierarten sind resistent dagegen, aber für euch wäre er tödlich.«

»Soll das heißen«, keuchte Stephen, »daß das hier normal ist? Daß es immer Säure regnet?«

»Nicht immer«, antwortete Max. »Und nicht überall. Aber es kommt vor, besonders in diesem Teil des Planeten, wenn auch nicht häufig.«

»Und was machen wir jetzt?«

»Warten«, sagte Max lakonisch. »Der Regen wird nicht lange anhalten. Und er hat auch sein Gutes. Das Unwetter dürfte alle gefährlichen Raubtiere tiefer in den Dschungel hineingetrieben haben. Sie spüren die Gefahr und ziehen sich instinktiv zurück. Wir werden nicht mehr hier sein, wenn sie sich aus ihren Verstecken wagen.«

»Das ist kein Planet«, stöhnte Boris, »das ist ein Irrenhaus.«

»Nein, Boris«, antwortete Max geheimnisvoll. »Das war es einmal. Was ihr hier seht, ist –«

Aus dem Dschungel erscholl ein krächzender Schrei. Max brach mitten im Satz ab und fuhr mit einer irrsinnig schnellen Bewegung herum. Ein gewaltiger, grüngrau geschuppter Schatten wuchs wenige Meter hinter ihnen aus dem Boden; ein ungeheuerliches Ding mit zu vielen Armen und einem gewaltigen Krokodilmaul.

»Zurück!« brüllte Max. Ein dünner, kalkweißer Strahl zuckte aus seiner Brust, traf den Kopf der Bestie und verwandelte ihn in eine Fackel. Das Ungeheuer schrie noch einmal, diesmal vor Schmerz und Wut, schlug mit seinen gewaltigen, krallenbewehrten Pranken in die Luft – und stürzte sich mit einem wütenden Satz auf Max.

Der Roboter erzitterte unter dem Aufprall der Bestie. Seine Arme peitschten wie zustoßende Schlangen durch die Luft, wickelten sich um Kopf und Oberkörper des Ungeheuers und rissen es von den Füßen. Aber so gewaltig die Kraft des Roboters war – sein Gegner schien ihm ebenbürtig zu sein. Mit einer ungeheuren Anstrengung sprengte er den Griff des Roboters, taumelte einen Schritt zurück und griff erneut an. Seine Pranken schlugen mit unbeschreiblicher Gewalt auf den Metallkörper des Roboters ein. Funken stoben auf. Max wankte. Er packte einen Arm der Bestie, verdrehte ihn und versuchte, genug Distanz zwischen sich und das Ungeheuer zu bringen, um seine Waffe einsetzen zu können. Aber die Bestie schien die Gefahr zu spüren. Mit einem wütenden Kreischen warf sie sich vor, packte den Roboter mit allen vier Pranken und versuchte, ihn zu zermalmen.

Max' Körper ächzte hörbar. Er zitterte, riß das Tier vom Boden hoch und schleuderte es fünf, sechs Meter weit weg.

Stephen, Boris und der Roboter schossen gleichzeitig. Das Ungeheuer kam nicht einmal mehr dazu, sich aufzurichten. Von drei der dünnen, weißen Blitze getroffen, kippte es hintenüber, zuckte noch ein paarmal und lag dann still. Trotzdem gab Max noch mehr als ein halbes Dutzend Schüsse auf den reglosen Körper ab, ehe er sich endlich umwandte.

»Gut gemacht«, lobte er. »Wenn ihr immer so schnell reagiert, bin ich um eure Sicherheit nicht mehr besorgt.«

Thomas senkte verlegen den Blick. Er hatte nichts anderes gespürt als Angst und Schrecken. Der Gedanke, die Waffe zu ziehen, war ihm gar nicht gekommen.

»War das wieder eine von deinen Berechnungen?« fragte Boris. Aber seine Stimme zitterte, und der Schrecken stand ihm überdeutlich im Gesicht geschrieben.

»Ich verstehe das nicht«, sagte Max langsam. »Garillos greifen sonst niemals etwas an, das so groß ist wie ich.«

»Garillos?« Boris deutete auf den verkohlten Leib des Ungeheuers.

»Das ist der Name, den die Eingeborenen für dieses Tier haben«, erklärte Max.

»Garillo ...« Boris schüttelte den Kopf. »Mir kam er eher vor wie ein Bär.«

»Wenn es ein Bär war«, sagte Stephen spöttisch, »dann war es die gelungenste Mißgeburt von einem Bären, die ich je gesehen habe.«

Aber Boris reagierte diesmal nicht auf den unüberhörbaren Spott in Stephens Stimme, und als Thomas sich vorsichtig dem toten Ungeheuer näherte, mußte er zugeben, daß der Vergleich nicht ganz unberechtigt war. Sicher – der Garillo war gute drei Meter groß, hatte eine grüne, schuppige Haut und sechs statt vier Beine; aber er sah wirklich ein wenig so aus, als habe jemand einen Bären genommen und ihn so lange verändert, bis er zu dieser Scheußlichkeit geworden war.

»Das ist wirklich sonderbar«, sagte Max noch einmal. »Sie leben normalerweise tief im Wald. Irgend etwas muß ihn herausgetrieben haben.«

Thomas versuchte vergeblich, sich ein Wesen vorzustellen, das in der Lage war, ein solches Ungeheuer davonzujagen. Er schauderte.

»Wir sollten auf jeden Fall vorsichtig sein«, fuhr Max fort. »Haltet eure Waffen bereit.«

Thomas sah den Roboter zweifelnd an, löste aber gehorsam die Pistole von seinem Gürtel und legte den Sicherungshebel herum. Sein Blick glitt ängstlich über den Waldrand.

Das Prasseln des Regens wurde stärker, und Thomas bildete sich ein, dazwischen noch etwas anderes zu hören: ein leises, auf und abschwellendes Heulen. Er drehte ängstlich den Kopf, starrte aus zusammengekniffenen Augen in die grünliche Dämmerung hinter sich und wich unwillkürlich näher an den Roboter zurück.

»Was ist?« fragte Max. »Hast du etwas gesehen?«

Thomas schüttelte nervös den Kopf. »Nein«, sagte er. »Nichts.«

Jedenfalls versuchte er sich einzureden, nichts gesehen zu haben – aber für einen winzigen Moment hatte er sich eingebildet, zwischen den mächtigen Stämmen der Urwaldriesen eine geduckte, menschliche Gestalt gesehen zu haben.

Oder wenigstens etwas, das einem Menschen ähnlich war.

Der Regen hielt länger als eine Stunde an. Der Waldrand verschwand vollends hinter einer grauen, brodelnden Wolke, und auch dort, wo sie zuerst gelagert hatten, fielen immer mehr Tropfen zwischen den Baumkronen hindurch ins Gras, so daß es aussah, als würde der Boden brennen. Der ätzende Geruch in der Luft wurde immer stärker. Stephen schlug vor, sich noch weiter in den Dschungel zurückzuziehen, aber Max deutete nur wortlos auf den toten Garillo und schüttelte den Kopf.

Sie hatten sich dicht um den Roboter geschart, und alle – auch Tai Lin – hatten ihre Waffen in die Hand genommen. Thomas konnte jetzt, nachdem sich seine Augen vollends an das dämmrige grüne Geisterlicht gewöhnt hatten, mehr Einzelheiten erkennen. Aber was er sah, trug nicht gerade zu seiner Beruhigung bei. Die Bäume rückten weiter zum Zentrum des Waldes hin dichter zusammen, und die Zwischenräume waren von einem nahezu undurchdringlichen Dickicht von Büschen und ineinander verwobenen Ranken und Lianen ausgefüllt. Auf dem Boden wuchs Gras, aber das einzige, was es mit irdischem Gras gemein zu haben schien, war seine Farbe. Die einzelnen Halme waren etwa fingerlang und hatten messerscharfe Kanten, und als Thomas versuchte, einen von ihnen abzureißen, gelang es ihm nicht. Alles, was auf diesem Planeten wuchs und lebte, schien extrem widerstandsfähig zu sein und zäh.

Thomas ertappte sich immer wieder dabei, wie er unruhig in den Wald starrte und an seiner Waffe herumfingerte. Die Gestalt, die er gesehen hatte – oder zu sehen geglaubt hatte – ging ihm nicht aus dem Sinn. Sie war menschlich gewesen, aber irgend etwas war ihm falsch vorgekommen, etwas in ihrer Art, sich zu bewegen oder ...

Er vertrieb den Gedanken mit einem ärgerlichen Kopfschütteln. Er mußte sich getäuscht haben. Max mit seinen superscharfen Sinnen hätte jeden, der sich an sie angeschlichen hätte, lange vor ihm entdeckt. Es hatte keinen Sinn, sich selbst nervös zu machen.

»Der Regen wird bald nachlassen«, sagte Max. »Aber wir müssen noch eine Weile hierbleiben. Wenigstens so lange, bis das ... Wasser verdunstet ist.«

Boris sah ängstlich in den Dschungel hinüber. »Bist du sicher, daß wir nicht noch mehr Überraschungen erleben?« fragte er.

»Sicher nicht«, antwortete Max. »Aber wie du gesehen hast, bin ich durchaus in der Lage, mich zu verteidigen. Das einzige, was mir Sorgen bereitet«, fügte er nach einer winzigen Pause hinzu, »ist der Zwischenfall von vorhin.«

»Du meinst dieses Vieh dort?« fragte Boris mit einer Geste auf das tote Ungeheuer. Eine Anzahl schwarzer, glänzender Punkte mit schillernden Flügeln hatte sich auf dem Kadaver niedergelassen und huschte geschäftig über die verbrannte Schuppenhaut.

»Ja«, antwortete Max. »Garillos sind trotz ihrer Größe feige. Er hätte uns niemals angegriffen, außer ...«

»Außer?« fragte Stephen, als Max den Satz nicht zu Ende sprach.

»Außer er war halb wahnsinnig vor Angst«, sagte Max.

Stephen wollte eine weitere Frage stellen, aber in diesem Moment ertönte aus dem Wald hinter ihnen wieder dieses schrille, auf- und abschwellende Heulen, das Thomas vor einer Stunde schon einmal gehört hatte. Aber diesmal war es näher viel näher.

Max fuhr in einer fast erschrocken wirkenden Bewegung herum. Sein Auge begann nervös zu flackern.

»Was ist los?« fragte Thomas.

»Das, was ich befürchtet habe«, sagte Max. Wieder ertönte dieser schrille Laut, und für einen Moment hatte Thomas den Eindruck, ein helles Splittern und Bersten zu hören, als breche irgend etwas weit vor ihnen durch das Unterholz. Max deutete mit einem seiner Arme in die Richtung, aus der das Geräusch erklungen war. »Der Grund, aus dem der Garillo aus seinem Versteck geflüchtet ist«, sagte er. »Ein Schreihals.«

»Ein was?« machte Boris.

»Schreihals«, wiederholte Max. »Die Eingeborenen nennen sie so. Die einzigen Wesen, die einem Garillo wirklich gefährlich werden können. Und mir auch, fürchte ich.«

»Aber was ist das, ein Schreihals?« erkundigte sich Stephen.

»Ich weiß es nicht«, gestand Max. »Niemand hat jemals einen Schreihals gesehen. Jedenfalls«, fügte er hinzu, als er den ungläubigen Ausdruck auf Stephens Gesicht sah, »hat bisher niemand von unserer Welt eine Begegnung mit einem Schreihals überlebt. Aber die Eingeborenen fürchten sie wie den Teufel.«

»Soll das heißen, ihr wißt nicht einmal, wie diese Viecher aussehen?« keuchte Stephen.

»Wir haben sehr wenig Kontakt mit den Eingeborenen dieser Welt«, sagte Max ruhig. »Die ersten Raumschiffe, die hier landeten, führten ein paar Untersuchungen durch, aber normalerweise verlassen wir das Gebiet um die Station niemals.«

Noch einmal erklang dieser schauerliche, krächzende Schrei, und Max brach erschrocken ab.

»Es kommt direkt auf uns zu«, sagte Tai Lin leise.

»Das stimmt«, sagte Max. »Ich fürchte, wir müssen fliehen.«

Thomas sah zweifelnd zum Waldrand zurück. Der Regen fiel jetzt nicht mehr so stark, aber es wäre noch immer der reine Selbstmord, dort hinauszugehen.

»Du glaubst wirklich, dieses ... Ding könnte dir gefährlich werden?« fragte Boris.

»Ich weiß es nicht«, sagte Max. »Wäre ich allein, würde ich es auf eine Konfrontation ankommen lassen, allein aus wissenschaftlichen Gründen. Aber eure Sicherheit geht vor. Wir ziehen uns zurück.«

»Und wohin?« wollte Stephen wissen.

Max deutete nach links, tiefer in den Wald hinein. »Dorthin. Wir halten uns dicht am Waldrand. Vielleicht hört der Regen noch rechtzeitig auf.«

»Aber vorhin hast du uns noch gewarnt!« protestierte Stephen.

Max machte eine wegwerfende Geste. »Der Schreihals dürfte alles, was lebt und sich bewegen kann, in weitem Umkreis vertrieben haben«, sagte er. »Und nun kommt. Wir haben keine Zeit zu verlieren.«

Keiner von ihnen widersprach. In aller Eile sammelten sie ihre Ausrüstung zusammen und brachen auf. Max schwebte drei Meter vor ihnen dahin und brach mit seinem tonnenschweren Metallkörper eine Gasse in das Unterholz, aber nicht einmal seine gewaltige Kraft reichte immer, das zähe Geflecht aus Lianen und Dornenranken zu zerreißen, und er mußte mehr als einmal seine Strahlenwaffe einsetzen.

Thomas sah ein paarmal zurück. Die Art ihres Vorwärtskommens gefiel ihm nicht. Max war nicht gerade leise, und hinter ihnen blieb ein breiter, weithin sichtbarer Korridor zurück, der den Schreihals so sicher auf ihre Fährte bringen mußte, als hätten sie Hinweisschilder aufgestellt. Aber vermutlich hatten sie keine andere Wahl.

Das Kreischen und Schreien ihres unheimlichen Verfolgers schien allmählich hinter ihnen zurückzubleiben, aber Thomas war keineswegs beruhigt. Der Säureregen wollte nicht aufhören, und sie konnten nicht ewig durch diesen Dschungel laufen. Obwohl Max ihnen einen Weg bahnte, war ihr Marsch doch nicht mehr als ein mühsames, kräftezehrendes Vorwärtsstolpern. Das Blut rauschte in seinen Ohren, und er hatte das Gefühl, daß seine Glieder mit Blei beschwert waren.

Auch den anderen erging es nicht besser. Boris stolperte mit letzter Kraft vorwärts und schien jeden Moment zusammenbrechen zu wollen, und Tai Lin und Stephen wankten halb blind und weit vornübergebeugt unter dem Gewicht ihrer Rucksäcke hinter dem Roboter her. Schließlich brach Boris mit einem erschöpften Keuchen in die Knie. Stephen war mit einem raschen Schritt neben ihm und versuchte ihn auf die Füße zu ziehen. Aber seine Kraft reichte nicht. Boris sank zurück und blieb mit einem halblauten, schmerzverzerrten Wimmern liegen.

»Laßt mich ... hier«, keuchte er. »Ich kann nicht mehr. Verschwindet endlich.«

»Kommt überhaupt nicht in Frage«, sagte Stephen. »Wir gehen entweder alle, oder wir bleiben alle hier.«

Boris lachte humorlos. »Genau das habe ich von dir erwartet«, sagte er abfällig. »Alle für einen, und einer für alle, wie? Hör endlich auf zu spinnen, Stephen. Wir sind hier nicht in einem von euren Hollywood-Filmen.«

Stephens Gesicht verfinsterte sich vor Zorn. »Das stimmt«, schnappte er zurück. »Aber bei *uns* ist es eben üblich, daß man zusammenhält und für einen Kameraden etwas riskiert.« Er drehte sich wütend in die Richtung um, aus der das Lärmen des Schreihalses noch immer kam, und nahm sein Gewehr von der Schulter.

»Nicht, Stephen«, sagte Max sanft. »Du hast zwar recht, aber es wäre der reine Wahnsinn, hier eine Schlacht zu beginnen.«

»Hast du eine bessere Idee?« zischte Stephen. »Boris kann nicht mehr, und mir geht es nicht viel besser.« Er hob das Gewehr, ließ die Sicherung herumschnappen und blickte kurz durch das elektronische Zielfernrohr. Max glitt rasch an seine Seite und drückte den Lauf der Waffe nach oben.

»Du hast recht«, sagte er, als Stephen auffahren wollte. »Wir werden kämpfen. Aber nicht hier.«

Stephen ließ die Waffe widerwillig sinken. Der Roboter fuhr herum und deutete tiefer in den Wald hinein. »Kommt.«

Gemeinsam gelang es ihnen, Boris noch einmal auf die Füße zu stellen, aber er hatte nicht mehr die Kraft zu laufen, sondern mußte von Thomas und Stephen gestützt werden. Die Geschwindigkeit ihres Marsches nahm dadurch noch mehr ab, und das Toben und Kreischen des Schreihalses kam immer näher.

Der Dschungel wurde noch dichter, und Max mußte seine Waffe immer öfter einsetzen, um eine Gasse durch das Unterholz zu brennen. Schließlich, nach einer Ewigkeit, wie es Thomas schien, hielt der Roboter an und deutete auf einen massigen, von wucherndem dunklem Grün überwachsenen Umriß, der vor dem dunklen Hintergrund des Dschungels kaum zu erkennen war. Seine Waffe blitzte ein letztes Mal auf und ließ Blätter und Ranken zu Asche zerfallen. Vor Thomas und den anderen lag plötzlich ein gezackter, gut zwei Meter hoher Höhleneingang.

»Dort hinein«, sagte Max. »Schnell!«

Sie gehorchten widerspruchslos. Das Toben des Schreihalses war jetzt ganz nahe – Thomas hatte mit einem Male nicht mehr den Mut, sich umzudrehen, aber er schätzte, daß das Ungeheuer allerhöchstens noch hundert Meter hinter ihnen war. Max glitt zur Seite und forderte sie mit nervösen Armbewegungen auf, sich zu beeilen, und Thomas und Stephen schleiften Boris ächzend in die Höhle.

Sie war erstaunlich groß. Hinter dem schmalen, gezackten

Eingang erhob sich eine gewaltige, mehr als zehn Meter hohe Kuppel, die von einem Netzwerk aus Rissen und Sprüngen durchzogen war. Sie schleiften Boris ein paar Schritte vom Eingang weg, legten ihn behutsam zu Boden und ließen ihre Taschenlampen aufflammen. Die dünnen, weißen Lichtstrahlen tasteten über zerborstenen Stein und ölig glänzende Pfützen, ehe sie sich irgendwo im Dunkel verloren.

»Unheimlich«, murmelte Stephen. Seine Stimme zitterte, und aus dem Dunkel jenseits des Einganges antworteten ihm leise, verzerrte Echos. »Das muß künstlich sein«, murmelte er. »Sieh doch, wie glatt die Decke ist. Und dort hinten, die Nischen. Viel zu regelmäßig.«

Thomas nickte wortlos. Was sie im ersten Augenblick für eine Höhle gehalten hatten, war in Wirklichkeit eine Ruine. Die Ruine eines ehemals gewaltigen Bauwerkes, das hier gestanden hatte, bevor Tombstone unterging. Er dachte wieder an das, was ihm Max über die Kultur dieser Welt erzählt hatte. Eine bescheidene Technologie ... hatte er gesagt. Bescheiden vielleicht vom Standpunkt der Galaktiker aus, dachte er. Auf der Erde, von der sie kamen, wäre ein Bauwerk wie dieses eine architektonische Sensation gewesen. Und es stand seit dreihundert Jahren hier, mindestens. Allen Katastrophen und dem Ansturm des Dschungels zum Trotz.

»Wo ist Max?« fragte Tai Lin plötzlich.

Thomas drehte den Kopf und sah zum Eingang hinüber. Die Silhouette des Roboters zeichnete sich groß und dunkel vor dem gezackten Riß in der Kuppelwand ab.

»Max!« rief er laut. »Komm herein!«

»Ruhe!« antwortete der Roboter hastig. »Keinen Laut mehr. Ich werde versuchen, ihn wegzulocken.«

»Du bist verrückt!« keuchte Boris. »Du kannst uns doch hier nicht allein lassen!«

»Es ist die einzige Möglichkeit«, antwortete Max. »Ganz egal, was passiert – ihr bleibt dort drinnen. Ich locke ihn weg.« Er stockte einen Moment und fügte dann, etwas leiser, hinzu: »Wenn ich in zwei Stunden nicht zurück bin, macht ihr euch allein auf den Weg. Und denkt daran – ich mache mich deutlich bemerkbar, wenn ich zurückkomme. Sollte irgend etwas anderes versuchen, in die Höhle einzudringen, dann schießt!«

»Max!« keuchte Stephen. »Bleib hier!«

Aber der Roboter war bereits verschwunden. Sie waren allein. Und draußen, im Dschungel, kam das Lärmen des Schreihalses unbarmherzig näher.

»Dieser Idiot«, wimmerte Stephen. »Dieser verdammte hirnlose Blechhaufen. Läßt uns hier allein zurück! Was machen wir, wenn dieses Ungeheuer hier hereinkommt?«

»Das, was Max gesagt hat«, murmelte Boris. Er hatte sich aufgesetzt und den Lauf seines Gewehres auf den Eingang gerichtet. »Schießen. Und es wäre besser, wenn du dann nicht mehr vor dem Eingang stehen würdest.«

Stephen erbleichte und trat hastig ein paar Schritte zur Seite. »Witzbold«, knurrte er. »Das hat man davon, daß man dich kilometerweit mitschleppt.«

Boris wollte auffahren, aber Tai Lin brachte ihn mit einem wütenden Blick zum Schweigen. »Fangt nicht schon wieder an, euch zu streiten«, sagte sie ärgerlich. »Hört lieber auf das, was Max gesagt hat, und seid ruhig.« Sie stand auf, schaltete ihre Lampe ein und ließ den Strahl über den zerschrundenen Boden gleiten. Er bestand aus Beton, aber die Jahrhunderte hatten ihren Preis gefordert. Grünes, an drahtiges Moos erinnerndes Unkraut wucherte aus unzähligen Rissen und Spalten, und an den Wänden hatten sich große Flecken weißlichen Schimmels ausgebreitet, von denen ein schwacher, flackernder Lichtschein ausging. Irgendwo weiter hinten tropfte Wasser, ein monotones, beinahe unheimliches Geräusch.

»Glaubst du, daß wir hier sicher sind?« fragte Stephen.

Es dauerte einen Moment, bis Thomas begriff, daß die

Frage an ihn gerichtet gewesen war. Er nickte, lächelte nervös und zuckte dann mit den Schultern.

»Ich weiß es nicht«, murmelte er. »Aber wenn Max uns hier hereingeschickt hat . . .«

»Max!« schnappte Stephen. »Max hat sich schon ein paarmal geirrt.«

»Was willst du damit sagen?«

»Nichts«, sagte Stephen. »Ich denke nur daran, daß wir vielleicht nicht die einzigen sind, die in dieser Höhle Schutz suchen. Und es nutzt uns verdammt wenig, wenn Max dort draußen den Schreihals fertigmacht und wir inzwischen hier drinnen von irgendeinem anderen Monster zum Frühstück verspeist werden.«

Thomas versuchte, Stephens Worte mit einem Lächeln abzutun, aber es gelang ihm nicht. Er hatte insgeheim bereits die gleichen Befürchtungen gehegt, nur hatte er sie nicht auszusprechen gewagt.

Von draußen drang wieder das Heulen des Schreihalses herein, und diesmal war es so nahe, daß Thomas fast darauf wartete, den gewaltigen Umriß der Bestie im Eingang auftauchen zu sehen. Aber das Geräusch zog vorüber, und nach einer Weile verklang auch das Splittern und Bersten, mit dem das Ungeheuer durch das Unterholz brach.

Boris atmete hörbar auf. »Es scheint zu funktionieren«, murmelte er. »Max lockt ihn tatsächlich weg.«

Stephen brachte ihn mit einer ärgerlichen Bewegung zum Verstummen. Gebannt starrten sie alle auf den Eingang. Für einen Moment schien die Zeit stehenzubleiben, und Thomas hatte das Gefühl, als ob die Luft im Inneren der Ruine plötzlich stickiger wurde.

»Es funktioniert«, sagte Stephen nach einer Weile. Die Erleichterung in seiner Stimme war unüberhörbar.

»Dann wollen wir nur hoffen«, murmelte Boris, »daß er auch wirklich mit ihm fertig wird.«

Stephen runzelte die Stirn. »Alter Miesmacher«, sagte er. Aber seine Worte waren nicht ernst gemeint. Er lächelte, trat vom Eingang zurück und blinzelte aus zusammengekniffenen Augen in die Höhle hinein. »Was meint ihr?« sagte er. »Sehen wir uns ein bißchen um, bis Max zurückkommt?«

Thomas stand auf und trat neben ihn, winkte jedoch ab, als Boris sich ebenfalls erheben wollte. »Nicht«, sagte er. »Bleib mit Tai Lin hier und ruh dich noch ein wenig aus.«

»Aber geht nicht zu weit«, mahnte Tai Lin.

Stephen lächelte aufmunternd. »Keine Sorge. Wir bleiben in der Nähe.«

Vorsichtig, die Lichtkreise ihrer Taschenlampen dicht vor sich über den Boden hüpfen lassend, gingen sie tiefer in den gewaltigen Kuppelbau hinein. Ihre Schritte erzeugten seltsame, verzerrte Echos unter der gewölbten Decke, und Thomas war schon nach ein paar Metern gar nicht mehr sicher, ob es wirklich eine gute Idee gewesen war, auf eigene Faust auf Erkundung zu gehen. Aber er hatte nicht den Mut, Stephen zum Umkehren zu bewegen.

»Sieh mal dort hinten«, sagte Stephen plötzlich. Er hob seine Lampe und ließ den Lichtstrahl auf eine der Nischen in der Seitenwand fallen. In der mehr als drei Meter hohen Nische glitzerte ein gewaltiges, weißes Spinnennetz. Etwas Schwarzes, Pelziges huschte erschrocken davon, als es vom Licht getroffen wurde.

Thomas unterdrückte den Ekel, der in ihm aufstieg.

»Ist das ein Vieh«, murmelte Stephen.

Thomas nickte. »Besser, wir kommen ihm nicht zu nahe.«

Sie gingen weiter, aber Thomas sah sich immer wieder nervös zum Eingang um. Sie waren nicht weiter als zwanzig Meter ins Innere des Gebäudes vorgedrungen, aber das Licht, das von draußen hereinfiel, schien auf geheimnisvolle Weise aufgesogen zu werden, als wäre die Dunkelheit hier drinnen zu eigenem Leben erwacht.

Stephen griff plötzlich nach seinem Arm und umklammerte ihn so fest, daß Thomas vor Schmerz zusammenzuckte.

»Was ist?« fragte er.

Stephen antwortete nicht gleich. Der Strahl seiner Lampe wanderte nervös durch die Dunkelheit. »Ich ... ich dachte, ich hätte etwas gesehen«, murmelte er.

»Etwas?«

»Ich bin nicht sicher«, sagte Stephen. »Aber es sah fast aus wie ... wie ein Mensch.«

»Ich weiß«, antwortete Thomas.

Stephen fuhr verblüfft herum.

»Ich habe es auch gesehen«, fuhr Thomas fort. »Vorhin, als Max mit dem Garillo gekämpft hat. Aber ich dachte, ich hätte mich getäuscht.«

»Das müssen die Eingeborenen sein, von denen Max erzählt hat«, murmelte Stephen. »Diese Mutanten. Wir –« Er zuckte zusammen und hob erschrocken seine Lampe.

Diesmal sah Thomas es auch: Für einen winzigen Moment erschien eine kleine, geduckte Gestalt im Lichtkreis des Handscheinwerfers. Sie war nicht größer als er oder Stephen, hatte dunkle, mit Büscheln zottigen Fells bewachsene Haut und faustgroße, in allen Farben des Regenbogens schillernde Augen. Eine Sekunde stand sie reglos im grellen Licht, dann schlug sie mit einem erschrockenen Kreischen die Arme vors Gesicht und huschte blitzschnell davon.

»Mein Gott!« keuchte Stephen. »Was war das? Das war doch kein Mensch!«

»Gehen wir zurück«, sagte Thomas nervös.

Stephen widersprach nicht. Er ließ den Strahl seiner Lampe noch einmal nervös über die Stelle wandern, an der die zottige Gestalt gestanden hatte, und wandte sich dann mit einer hastigen Bewegung um.

Boris sah erstaunt auf, als sie zum Eingang zurückkehrten. »Das war ein kurzer Ausflug«, sagte er.

Thomas tauschte einen raschen Blick mit Stephen. Er hielt es für besser, nichts von ihrer unheimlichen Begegnung zu sagen, und Stephen schien zu dem gleichen Schluß gekommen zu sein.

»Dort hinten ist nichts«, sagte er hastig. »Nur ein paar Spinnen und jede Menge Löcher im Boden, in denen wir uns die Knochen brechen können. Wir bleiben besser hier.« Er sah auf die Uhr und blickte dann nervös zum Eingang. Draußen war wieder Stille eingekehrt.

»Vielleicht sehen wir mal nach, was draußen los ist«, schlug er vor.

»Aber Max hat gesagt, wir sollen hier drinnen warten«, erinnerte Tai Lin.

»Das stimmt«, nickte Stephen. »Aber mir ist wohler, wenn ich weiß, was dort draußen los ist.«

Boris stand ächzend auf. Er wirkte noch immer blaß, aber der Schwächeanfall schien vorüber zu sein. »Wie ihr wollt«, sagte er. »Ich schließe mich der Mehrheit an. Ganz demokratisch.«

Stephen warf ihm einen giftigen Blick zu und trat wortlos an ihm vorbei in den Ausgang.

Die Hitze hüllte sie wie ein schwerer Mantel ein, als sie wieder in den Dschungel hinaustraten. Es war noch immer unnatürlich still. Selbst das Rauschen des Regens, das sie die ganze Zeit wie eine monotone Hintergrundmusik begleitet hatte, war verstummt. Trotzdem verspürte Thomas ein starkes Gefühl der Erleichterung, als sie wieder im Freien waren. Er merkte es erst jetzt richtig, wie schwer ihm das Atmen im Inneren dieser jahrhundertealten Ruine gefallen war.

»Geht nicht zu weit in den Dschungel hinein«, sagte er. »Wir – «

Seine Warnung kam zu spät. Eine dünne, dunkelbraune Schlange schoß plötzlich aus dem Gebüsch, wickelte sich wie eine vorschnellende Peitsche um Tai Lins Knöchel und riß sie von den Füßen. Sie schrie auf, ließ ihre Waffe fallen und versuchte sich im Boden festzukrallen. Eine zweite Schlange schoß heran, wickelte sich um ihren anderen Fuß und begann erbarmungslos zu zerren.

Thomas fuhr herum, riß seine Waffe hoch und legte den Finger auf den Auslöser. Aber er drückte nicht ab. Immer mehr und mehr der dünnen, biegsamen Schlangen – die gar keine Schlangen waren, sondern eine Art Ranken, wie er jetzt sah – peitschten aus dem Gebüsch hervor und wanden sich um Tai Lins Beine. Er konnte nicht schießen, ohne sie zu gefährden.

»Hilfe!« schrie Tai Lin. »Helft mir doch!« Verzweifelt versuchte sie, irgendwo festen Halt zu finden, aber die Ranken zerrten sie mit unglaublicher Kraft auf das Gebüsch zu.

»Duck dich!« schrie Stephen. Er warf sein Gewehr zu Boden, riß die Pistole aus dem Gürtel und zielte direkt über Tai Lins Kopf hinweg auf den Busch. Tai Lin verbarg erschrocken das Gesicht zwischen den Händen und rutschte weiter auf den Busch zu, als die Ranken ihren Zug verstärkten.

Stephen drückte ab. Ein dünner, grellweißer Blitz fuhr in den Busch und ließ Blätter und Äste aufflammen. Schwarzer, fettiger Qualm begann aufzusteigen. Die Ranken zuckten. Tai Lin schrie auf, als sich die dünnen Pflanzenfasern noch stärker als zuvor um ihre Füße krampften. Stephen schoß noch einmal. Ein gellender, an einen krächzenden Schrei erinnernder Laut drang aus dem Gebüsch. Plötzlich schnellten Dutzende der dünnen braunen Ranken hervor, schlugen in blinder Wut durch die Luft und fegten Stephen von den Beinen. Er schrie auf, verlor seine Waffe und rollte sich blitzschnell zu einem Ball zusammen, als die Ranken wie dünne gefährliche Peitschenschnüre nach ihm schlugen.

Thomas erwachte endlich aus seiner Erstarrung. Er bückte sich blitzschnell nach Stephen, zerrte ihn aus der Reichweite der peitschenden Arme und zog seine eigene Waffe.

Aber es war nicht mehr nötig zu schießen. Die Pflanzenarme erzitterten ein letztes Mal und sanken dann schlaff zu Boden. Der Griff um Tai Lins Beine lockerte sich. Das Ungeheuer war tot.

»Bist du in Ordnung?« fragte Thomas. Stephen stemmte sich hoch, schüttelte benommen den Kopf und nickte. »Ja«, murmelte er. »Was ist mit Tai Lin?«

Thomas ging rasch zu ihr hinüber. Boris kümmerte sich bereits um die Chinesin, aber sie schien – wie Stephen – mit dem Schrecken davongekommen zu sein. Ihre Beine waren in ein Netz aus Dutzenden der dünnen Ranken eingesponnen, und sie mußten ihre Messer zu Hilfe nehmen, um sie zu befreien.

»Kannst du gehen?« fragte Boris.

Tai Lin nickte, rutschte ein Stück von dem verkohlten Busch zurück und begann ihre Jeans hochzukrempeln. Die Pflanzenarme hatten sich so fest um ihre Beine gewickelt, daß auf ihrer Haut dünne, rote Striemen zurückgeblieben waren. Aber sie war nicht ernsthaft verletzt.

Boris deutete auf den Busch. »Sehen wir uns das Ding an?« fragte er.

Thomas nickte. Eigentlich hatte er keine Lust, sich das Monstrum aus der Nähe anzusehen, aber es war wohl besser, wenn sie wenigstens einige der Gefahren, die auf sie lauerten, kannten.

Boris stieg mit großen Schritten über die schlaff daliegenden Ranken hinweg, als hätte er Angst, sie durch eine Berührung aufzuwecken, und näherte sich dem Busch. Thomas ging dicht neben ihm. Mit dem Lauf seines Gewehres schob er die angesengten Ranken zur Seite. Der Busch war nicht so groß, wie es von außen aussah. Eigentlich war es nur eine dünne, an die zwei Meter hohe Hecke aus verwobenen Dornenranken, hinter der das Monstrum wie hinter einer natürlichen Deckung auf der Lauer gelegen hatte.

Stephens Schüsse hatten es fast bis zur Unkenntlichkeit verbrannt, aber es war noch immer genügend übrig, um Thomas einen eisigen Schauer über den Rücken zu jagen. Es war eine Pflanze; eine riesige, fleischfressende Pflanze. Ihr Körper bestand aus einer gewaltigen Kugel, die an einen übergroßen, gepanzerten Kohlkopf erinnerte und mit unzähligen harten Wurzeln im Boden verankert war. Hunderte der dünnen braunen Ranken, die Tai Lin gepackt hatten, wuchsen rings um ein rundes, mit einem fürchterlichen Gebiß versehenes Maul.

Thomas schauderte. Selbst die Pflanzen waren auf dieser Welt zu wilden Bestien geworden.

»Puh«, machte Boris. »Ich bin heilfroh, wenn wir aus diesem Krater heraus sind. Ob alle Bewohner dieses Dschungels so reizende Zeitgenossen sind?«

Die Frage beantwortete sich im nächsten Augenblick von selbst; wenn auch auf andere Weise, als ihnen lieb war.

Diesmal war es Stephen, der von einem der Dschungelbewohner attackiert wurde. Boris und Thomas fuhren im gleichen Moment herum, als hinter ihnen ein helles Splittern erklang. Aus dem Gebüsch brach eine stelzbeinige Scheußlichkeit, die auf drei unmöglich langen, dürren und mit viel zu vielen Gelenken versehenen Beinen herangewackelt kam. Ihr Körper bestand aus einem pelzigen grünen Ball und schien lächerlich klein im Verhältnis zu den Stielaugen und dem gewaltigen, aufgerissenen Maul. Sie sah beinahe komisch aus.

Jedenfalls hätte sie komisch ausgesehen, wäre sie nicht fast anderthalb Meter groß gewesen, und hätte sie sich nicht mit einem triumphierenden Krächzen genau in diesem Augenblick auf Stephen gestürzt.

Wieder reagierte Boris schneller als Thomas.

Er rannte los, ließ seine Pistole fallen und riß statt dessen das schwere Fahrtenmesser aus dem Gürtel. Mit einem wütenden Schrei prallte er gegen das Ungeheuer, rammte ihm die Schulter in den Leib und trieb es allein durch seinen ungestümen Angriff zwei, drei Meter zurück. Das Vieh stieß ein wütendes Grunzen aus, kämpfte einen Moment lang auf seinen drei Beinen um sein Gleichgewicht und griff dann erneut an. Boris brachte sich mit einem verzweifelten Satz in Sicherheit, als das gewaltige Maul genau da zuschnappte, wo eine halbe Sekunde zuvor noch seine Hände gewesen waren, stolperte, und fiel der Länge nach hin. Thomas hielt unwillkürlich den Atem an.

Aber das dreibeinige Ungeheuer schien damit zufrieden zu sein, den plötzlich aufgetauchten Angreifer verjagt zu haben. Mit einer blitzschnellen Bewegung wirbelte es herum und stürzte sich erneut auf Stephen, der noch immer benommen am Boden lag. Sein Maul klaffte auf und gewährte einen Blick auf zwei Reihen fingerlanger Reißzähne.

Stephen rollte sich instinktiv zur Seite, riß die Hände vor das Gesicht und trat mit beiden Füßen aus. Seine Stiefel krachten in den weichen Unterkörper der Bestie und schleuderten sie ein Stück zurück.

Als das Ungeheuer zum dritten Mal angriff, war Boris wieder heran. Ohne auf das mörderische Raubtiergebiß zu achten, warf er sich zwischen Stephen und die Bestie, schlug mit der Faust nach den wippenden Stielaugen des Ungeheuers und schwang gleichzeitig sein Messer. Die Klinge traf mit hellem Klirren auf den stahlharten Panzer, der unter dem flauschigen Fell verborgen war, glitt ab und prallte gegen eines der drei Spinnenbeine. Das Ungeheuer zischte wütend, stieß Boris zu Boden und warf sich mit einem schrillen Schrei auf ihn. Boris rammte ihm das Knie in den Leib, wechselte das Messer blitzschnell von der Linken in die Rechte – und stieß es ihm tief zwischen die Augen.

Die Bestie brüllte; ein hoher, vibrierender, gequälter Laut, der keinerlei Ähnlichkeit mehr mit ihren krächzenden Angriffsschreien hatte. Ihre dürren Beine knickten ein. Sie stürzte, riß Boris mit sich und lag dann still.

Thomas kniete besorgt neben ihm nieder. Boris preßte vor Schmerz die Zähne zusammen und versuchte mit der freien Linken seinen eingeklemmten rechten Arm zu befreien. Aber es gelang ihnen erst mit Thomas' Hilfe, den Körper des Tieres beiseite zu schieben.

Thomas betastete besorgt Boris' Arm. »Schlimm?« fragte er.

Boris zog eine Grimasse. »Es geht«, stöhnte er.

Der Arm sah schlimm aus. Boris konnte ihn zwar bewegen, der Knochen schien also nicht gebrochen zu sein, aber die Wucht des Aufpralls hatte offensichtlich einige Quetschungen und Prellungen verursacht. Tai Lin brachte den Verbandskasten, und Thomas gelang es, einen – wenn auch alles andere als fachmännisch aussehenden – Verband anzulegen. Boris ließ die schmerzhafte Prozedur schweigend über sich ergehen, aber er wurde leichenblaß, und auf seiner Stirn erschien ein Netz feiner, glitzernder Schweißtropfen.

Thomas stand anschließend auf und entfernte sich ein paar Schritte. Der Dschungel war wieder still geworden, aber sie wußten jetzt, wie trügerisch diese Ruhe sein konnte. Der Regen hatte aufgehört, und die Bewohner dieser grünen Hölle würden nach und nach aus ihren Verstecken auftauchen. Und sie würden nicht jedes Mal so viel Glück haben wie jetzt.

Er sah auf, als Stephen neben ihn trat.

»Wir müssen hier weg«, murmelte der junge Amerikaner. »So schnell wie möglich. Hoffentlich kommt Max bald zurück.«

Thomas deutete mit einer Kopfbewegung auf Boris. »Du könntest dich wenigstens bei ihm bedanken«, sagte er so leise, daß nur Stephen die Worte verstehen konnte. »Immerhin hat er dir das Leben gerettet.«

Stephen schwieg einen Moment, und Thomas konnte direkt sehen, wie es hinter seiner Stirn arbeitete. »Ich hätte dasselbe für ihn getan«, sagte er schließlich. »Und für dich und Tai Lin auch.«

»Ich weiß«, sagte Thomas. »Trotzdem hat er dir das Leben gerettet.«

»Er hätte schießen können«, gab Stephen patzig zurück.

Thomas nickte. »Und dich dabei gleich mit verbrennen, wie? Er hat sein eigenes Leben riskiert, um dich zu retten. Also geh hinüber und sag wenigstens danke.«

Stephen schürzte trotzig die Lippen. »Spiel dich nicht auf«, sagte er. »Immerhin hast *du* es nicht nötig gehabt, mir zu helfen.« Er drehte sich wütend um, hob seine Waffe vom Boden auf und stapfte davon.

Thomas sah ihm betroffen nach. Stephens Worte hatten ihn stärker verletzt, als er zugeben wollte. Aber er hatte trotzdem recht. Während Boris die Lage sofort erfaßt und das einzig Richtige getan hatte, hatte er nur wie gelähmt dagestanden. Und nicht zum ersten Mal. Schon vorhin, als sie von dem Garillo angegriffen worden waren, war er nicht einmal auf die Idee gekommen, seine Waffe zu ziehen.

Nach einer Weile ging er zu Boris und Tai Lin zurück und hockte sich neben sie ins Gras.

»Was war denn los?« fragte Tai Lin mit einer Kopfbewegung zu Stephen.

Thomas zuckte mit den Schultern. »Ich weiß es nicht«, murmelte er. »Wahrscheinlich ist er nur verlegen, weil Boris ihn gerettet hat.«

»Aber das ist doch kein Grund, beleidigt zu sein«, sagte Tai Lin.

»Für ihn schon.« Thomas drehte sich um und sah Boris an. »Was macht der Arm?«

»Tut nur noch weh, wenn ich lache«, murrte Boris. »Warum?«

»Kannst du die Hand bewegen?«

Boris hob den rechten Arm und ballte die Faust. Seine Mundwinkel zuckten schmerzhaft, aber es ging. »Das ist schon in Ordnung. Ich hoffe bloß, Max kommt bald zurück. Ich will endlich aus diesem verdammten Wald heraus.«

»Vielleicht sollten wir zum Waldrand zurückgehen«, schlug Tai Lin vor. »Da sind wir wenigstens vor Angriffen aus dem Hinterhalt sicher.«

Boris schüttelte den Kopf. »Nein. Max hat gesagt, wir sollen hier auf ihn warten.«

Thomas sah auf die Uhr. »Aber die zwei Stunden sind fast um«, gab er zu bedenken. »Und schließlich haben wir die Dinger hier.« Er hob den Arm mit dem Multiinstrument. »Er kann uns anpeilen.«

Boris überlegte einen Moment und sah an Thomas vorbei zum Rande der Lichtung hinüber. Der Dschungel umgab sie wie eine lebende, grüne Mauer, eine Mauer, hinter der sich alles mögliche verbergen konnte.

»Gut«, sagte er. »Vielleicht ist es besser so.«

Thomas half ihm aufzustehen und den Rucksack umzuschnallen. Sein Arm schmerzte offenbar stärker, als er zugeben wollte, und Tai Lin knotete aus einem Streifen Verbandmaterial eine Schlinge, in die er die Hand legen konnte.

Sie brachen auf. Stephen und Thomas machten rücksichtslos von ihren Gewehren Gebrauch, um eine Gasse durch das Unterholz zu brennen, und hinter ihnen blieb eine rauchende, verkohlte Schneise zurück. Trotzdem brauchten sie fast eine halbe Stunde, um den Waldrand zu erreichen.

Thomas atmete unwillkürlich auf, als die Bäume endlich auseinandertraten und zwischen den verfilzten Blättern die ersten Flecken rötlichen Himmels sichtbar wurden. Die Regenwolken hatten sich verzogen, aber in der Luft hing noch immer der stechende, ätzende Geruch, und zwischen den Felsen draußen im Krater hatten sich zahllose, gefährlich schillernde Pfützen angesammelt.

Stephen ließ sein Gewehr sinken und sah in den Wald zurück. »Warten wir hier?«

Thomas schüttelte den Kopf. »Wir können genausogut oben auf dem Kraterrand warten«, sagte er. »Ich möchte so weit von diesem verdammten Dschungel weg wie möglich.«

Keiner der anderen widersprach. Vorsichtig traten sie aus dem Wald heraus und begannen mit dem Aufstieg. Es war wesentlich schwieriger, den Krater wieder hinaufzukommen, als es vorhin gewesen war hinabzusteigen. Dazu kam, daß sich der ätzende Regen überall zwischen den Felsen gesammelt hatte, so daß sie oft zu großen Umwegen und gefährlichen Kletterpartien gezwungen wurden.

Aber irgendwie schafften sie es. Vollkommen erschöpft und am Ende ihrer Kräfte erreichten sie den Kraterrand und ließen sich zwischen den Felsen niedersinken.

»Er müßte längst ... längst hier sein«, keuchte Stephen. »Er hätte uns schon lange einholen müssen.«

Thomas antwortete nicht, aber er sah lange und mit finsterem Gesicht zum Dschungel hinunter. Natürlich hatte Stephen recht. Max hätte längst wieder bei ihnen sein müssen. Die zwei Stunden waren beinahe doppelt vorbei, und selbst wenn sie ihre Peilsender nicht gehabt hätten, hätte die verbrannte Schneise, die sie hinterlassen hatten, den Roboter zu ihnen führen müssen. Dafür, daß der Roboter nicht da war, gab es im Grunde nur eine Erklärung. Aber die war zu erschreckend, als daß er den Gedanken auch nur zu Ende dachte.

»Er wird schon kommen«, murmelte Boris ohne rechte Überzeugung.

»Und wenn nicht?« fragte Stephen.

Boris sah ihn lange und ernst an. »Wir warten hier«, sagte er unsicher. »Hier draußen sind wir sicher.«

»Und wenn er nicht kommt?« fragte Stephen noch einmal.

»Er wird kommen«, behauptete Boris. »Wir bleiben auf jeden Fall bis Sonnenuntergang hier.«

Er wollte noch mehr sagen, aber in diesem Moment

erscholl ein erschrockener Ausruf von der anderen Seite der Felsen.

Thomas fuhr wie von der Tarantel gestochen herum. Tai Lin war, ohne daß sie es bemerkt hatten, aufgestanden und ein paar Schritte gegangen. Jetzt stand sie in seltsam verkrampfter Haltung zwischen zwei kantigen Felsbrocken und deutete auf die Ebene hinab.

Thomas, Stephen und Boris eilten zu ihr hinüber.

Der Kraterrand fiel vor ihnen sanft ab und ging in den glasierten, brüchigen Fels der Brennenden Ebene über. Und unter ihnen, vielleicht noch zehn, fünfzehn Meter entfernt, lag Max.

Oder das, was von ihm übrig war.

Sekundenlang standen sie stumm da; starr und gelähmt vor ungläubigem Schrecken über das Bild, das sich ihnen bot. Der Roboter lag, halb auf die Seite gekippt, im Sand. Zwei seiner dünnen, silbernen Arme waren abgerissen. Sein Auge war erloschen und von Rissen durchzogen, und in einer Seite gähnte ein gewaltiges, gezacktes Loch, aus dem Drähte und elektronische Bauteile wie metallene Eingeweide hervorquollen. Seine ehemals schimmernde Außenhülle war zerschrammt und mit großen, brandigen Flecken übersät; eine grünliche, zähe Flüssigkeit tropfte irgendwo heraus und versickerte im Boden.

Thomas war der erste, der seinen Schrecken überwand. Vorsichtig, um auf dem spiegelglatten Felsen nicht auszugleiten, ging er den Kraterrand hinunter und näherte sich der zerstörten Maschine. Die anderen folgten ihm, blieben aber, ebenso wie er, zwei Meter vor dem Roboter stehen.

»Mein Gott!« keuchte Boris. »Was… was ist mit ihm geschehen?«

Er warf Thomas einen hilfesuchenden Blick zu, aber der konnte nur mit den Achseln zucken. Er war erschrocken, wie sie alle, aber er fühlte noch mehr. Trauer. Trauer darüber, einen guten Freund verloren zu haben. Ohne, daß er es so recht gemerkt hatte, war ihm die große, starke Maschine ans Herz gewachsen, und als er die zertrümmerten Überreste des Roboters betrachtete, schien sich etwas in seinem Inneren zu verkrampfen. Plötzlich mußte er sich zusammenreißen, um die Tränen zurückzuhalten.

»Das muß der Schreihals gewesen sein«, sagte Stephen dumpf. »Deshalb also wollte er, daß wir in der Ruine zurückbleiben.«

Boris fuhr erschrocken herum. »Du meinst, er hat es gewußt?« keuchte er.

»Gewußt nicht«, antwortete Thomas an Stephens Stelle. »Aber befürchtet. Oder warum sonst hat er deiner Meinung nach gesagt, daß wir allein aufbrechen sollen, wenn er nach zwei Stunden nicht zurück ist? Er hat dieses Biest hier herausgelockt und sich zum Kampf gestellt, damit wir in Sicherheit sind.«

»Aber das ist unmöglich!« keuchte Boris. »Er ... er hat gesagt, daß nichts, was auf dieser Welt lebt, ihm gefährlich werden kann.«

»Nichts *von* dieser Welt«, verbesserte ihn Stephen.

»Du meinst ...«

»Ich meine gar nichts«, sagte Stephen grob. »Aber die Galaktiker sind hier, wir sind hier – warum sollte nicht auch etwas anderes hier sein?«

»Ob er es ... besiegt hat?« fragte Tai Lin stockend.

»So, wie es hier aussieht?« Stephen lachte rauh. »Aber ich hoffe, er hat es wenigstens vertrieben. So ganz ungeschoren dürfte der Schreihals nicht davongekommen sein.«

»Und woraus schließt du das?« murmelte Boris.

»Aus der Tatsache, daß wir noch leben«, antwortete Stephen trocken. Er näherte sich dem Roboter, legte vorsichtig die Hand auf seine Metallhaut und runzelte die Stirn. »Er ist noch warm«, sagte er.

Thomas trat neugierig neben ihn und fühlte ebenfalls. Stephen hatte sich nicht getäuscht. Max' Außenhülle war nicht nur warm, sondern heiß, und als er genau hinhörte, glaubte er aus dem Inneren der zerstörten Maschine ein leises Zischen zu hören.

»Vielleicht wäre es besser, wenn wir hier verschwinden«, murmelte Stephen. »Ich möchte nicht in der Nähe sein, wenn er explodiert oder so etwas.«

Thomas nickte widerwillig. Irgendwie widerstrebte es ihm, den Roboter einfach hier zurückzulassen, wie ein ausgedientes Auto, das man auf den Schrottplatz bringt, wenn es nicht mehr zu reparieren ist. Aber Stephen hatte wohl recht. Max konnte ihnen nicht mehr helfen, und sie taten ihm keinen Gefallen, wenn sie hierblieben und sich weiteren, unbekannten Gefahren aussetzten.

»Aber ihr könnt ihn doch nicht so einfach hier liegenlassen!« sagte Boris.

»Ach nein?« machte Stephen. »Und was sollen wir deiner Meinung nach tun? Ihn begraben? Oder eine Trage bauen und ihn mitnehmen?«

Boris schwieg betroffen, aber der Zwischenfall machte Thomas klar, daß er nicht der einzige war, dem die Vernichtung des Roboters naheging. Irgendwie fand er den Gedanken tröstlich.

In ziemlich gedrückter Stimmung brachen sie auf. Sie verzichteten darauf, wieder auf den Kraterrand hinaufzusteigen, und gingen im Schatten des mehr als zehn Meter hohen Steinwalles entlang, auch wenn dies vermutlich einen Umweg bedeutete. Aber keiner von ihnen hatte Lust, auch nur noch einen Blick auf den Dschungelkrater zu werfen.

Thomas blieb absichtlich ein wenig zurück, um an Tai Lins Seite zu kommen. Wieder hatte er so etwas wie ein schlechtes Gewissen, daß er sich während der vergangenen Tage so gut wie gar nicht um sie gekümmert hatte. Aber eigentlich war er die ganze Zeit über viel zu müde und erschöpft gewesen, um überhaupt mit irgend jemandem zu reden. Auch mit Boris und Stephen hatte er nur das Allernotwendigste gesprochen.

»Wie fühlst du dich?« fragte er.

Tai Lin lächelte flüchtig. »Es geht«, sagte sie. »Sieht man davon ab, daß ich halb verdurstet bin.«

Thomas nickte mitfühlend. Die letzten Stunden waren so aufregend gewesen, daß er seinen Durst beinahe vergessen hatte, aber auch seine Kehle war so ausgedörrt, daß ihm das Sprechen Schmerzen bereitete. Nur der Gedanke an den Fluß, den sie nun bald erreichen würden, hielt ihn überhaupt noch auf den Beinen.

»Was meinst du«, fragte Tai Lin plötzlich, »ob wir es schaffen? Jetzt, wo Max nicht mehr da ist?«

Thomas starrte sie verwirrt an. Tai Lins Offenheit irritierte ihn. Er selbst hatte bis jetzt ängstlich davor zurückgeschreckt, über diese Frage nachzudenken.

»Natürlich schaffen wir es«, sagte er mit einem erzwungenen Lächeln. »Schließlich wissen wir, wo die Station ist. Wir haben Lebensmittel für ein paar Tage und Waffen, um uns Wild zu schießen. Warum sollten wir es nicht schaffen?«

Aber das war es nicht, was er wirklich dachte. Ganz und gar nicht. Im Gegenteil. Tai Lins Frage hatte ihm erst richtig zu Bewußtsein gebracht, wie schmerzlich er die große, starke Maschine vermißte, wie sicher er sich in ihrer Begleitung gefühlt hatte. Ohne Max, das spürte er plötzlich, war ihre Chance, den Stützpunkt der Galaktiker zu erreichen, auf ein Minimum gesunken. Sie wußten ja noch nicht einmal genau, wo er sich befand! Irgendwo jenseits des Gebirges, hatte Max gesagt. Aber das Gebirge war gewaltig. Und auf dem Weg dorthin mochten noch unzählige Gefahren auf sie lauern.

Boris schrie plötzlich auf und deutete nach vorne. Thomas schrak hoch und sah in die Richtung, in die Boris wies.

Unter ihnen lag der Fluß.

Er war nicht so breit, wie er erwartet hatte – eigentlich ein etwas zu groß geratener Bach statt eines Flusses, keine zehn Meter breit und so seicht, daß sie selbst von hier oben aus auf seinen Grund sehen konnten, aber er war klar und reißend und führte Wasser. Wasser!

Sie rannten, alle Vorsicht vergessend, los und überwanden die letzten zweihundert Meter in weniger als einer Minute. Stephen stürzte sich mit einem krächzenden Schrei in die Fluten, ließ sich der Länge nach hineinfallen und tauchte den Kopf unter.

Thomas dachte ganz kurz an die Pfütze mit verstrahltem Wasser, an der sie vorbeigekommen waren. Sie hatten keine Garantie dafür, daß der Fluß nicht auch radioaktiv oder anderweitig vergiftet war. Aber sie hatten auch gar keine andere Wahl, als von seinem Wasser zu trinken. Und dann war er neben Stephen und ließ sich gleich ihm der Länge nach in den Fluß fallen, tauchte das Gesicht unter und trank so lange, bis seine Lungen zu zerplatzen drohten und er den Kopf heben mußte, um nach Luft zu schnappen. Einen Moment lang blieb er reglos so hocken, stemmte sich dann auf Hände und Knie hoch und trank langsamer weiter. Das Wasser hatte einen leicht metallischen Beigeschmack, aber es war eisig und klar und schien das Köstlichste, was er je zu sich genommen hatte. Er trank weiter, bis er wirklich nicht mehr konnte, dann setzte er sich vollends auf und schüttete sich ein paar Handvoll des eisigen Wassers über Kopf und Nacken.

Etwas Kleines, Silbernes schoß unter der Wasseroberfläche auf ihn zu und zupfte mit zahnlosen Lippen an seiner Hand. Thomas scheuchte es angewidert fort und stand hastig auf. Er war hier nicht zu Hause, und dieser Fluß war garantiert nicht so harmlos, wie er aussah. Er ging zum Ufer zurück, strich sich das nasse Haar aus der Stirn und setzte sich in den Sand. Seine Kleider klebten am Körper, aber die Sonne begann sie bereits wieder zu trocknen.

Nach einer Weile gesellten sich auch die anderen zu ihm. Sie wirkten noch immer so erschöpft wie zuvor, aber der Ausdruck auf ihren Gesichtern war wesentlich optimistischer. Auch Thomas mußte zugeben, daß er sich nicht mehr halb so niedergeschlagen wie noch vor wenigen Minuten fühlte. Ein paar Schluck Wasser konnten im wahrsten Sinne des Wortes Wunder bewirken.

Stephen ließ sich mit einem erschöpften Seufzer neben ihm in den Sand fallen, legte sich zurück und steckte die Füße ins Wasser. »Das war höchste Zeit«, sagte er. »Noch fünf Minuten, und ich wäre verdurstet.«

»Ich auch«, stimmte Boris zu. Er war ebenfalls herangekommen, blieb jedoch stehen und beschattete das Gesicht mit der Hand, um in den Himmel hinaufzusehen. »Was meint ihr?« fragte er. »Übernachten wir hier?«

Thomas sah ebenfalls auf. Die Sonne hatte den größten Teil ihrer Wanderung zurückgelegt und würde in spätestens einer halben Stunde hinter dem Horizont versunken sein. Er nickte.

Stephen war anderer Meinung. »Das gefällt mir nicht«, sagte er. »Es gibt hier kaum Deckung. Wenn wir hier unsere Zelte aufschlagen, sind wir jedem Angriff schutzlos ausgesetzt.«

Boris sah sich nachdenklich um. »Max sprach von Verstekken, die es hier geben sollte«, sagte er.

Stephen hob widerstrebend den Kopf und stemmte sich auf die Ellbogen hoch. »Vielleicht meinte er die Löcher dort drüben«, sagte er.

Thomas folgte seinem Blick und entdeckte eine Anzahl flacher, trichterförmiger Senken am gegenüberliegenden Flußufer. Sie waren ihm bisher nicht einmal aufgefallen.

»Ich bin trotzdem dagegen«, fuhr Stephen nach einer Weile fort. »Der Fluß lockt garantiert jedes Raubtier im Umkreis von zwanzig Kilometern an. Wir sollten unsere Wasserflaschen füllen und weitermarschieren. Vielleicht«, fügte er nach kurzem Überlegen hinzu, »sollten wir sowieso in Zukunft nachts marschieren.«

Boris schüttelte den Kopf. »Auf gar keinen Fall«, sagte er. »Es ist schon tagsüber gefährlich genug.«

»Und das bestimmst du?« fragte Stephen freundlich.

Boris' Miene verfinsterte sich. »Was willst du damit sagen?« grollte er.

»Nichts«, antwortete Stephen. »Aber wenn wir schon einmal dabei sind – vielleicht sollten wir die Frage klären, wer das Kommando übernimmt, jetzt, wo Max nicht mehr da ist.«

»Oh nein«, stöhnte Thomas. »Kaum seid ihr wieder einigermaßen zu Kräften gekommen, schon streitet ihr euch wieder. Meint ihr wirklich, wir hätten nichts Besseres zu tun?«

»Doch«, sagte Stephen ruhig, »das haben wir. Einen Anführer wählen.«

»Am besten dich, wie?«

Stephen überging Boris' Bemerkung und setzte sich vollends auf. »Für wen bist du, Tom?« fragte er. »Für mich, oder für Boris?«

»Für niemanden«, sagte Thomas verärgert. »Hör bloß mit dem Quatsch auf. Wir sind zu viert! Ich glaube nicht, daß wir da einen Anführer brauchen.«

»Und ob wir den brauchen«, sagte Stephen. »Du siehst es doch. Ich bin dafür weiterzugehen, und Boris will bleiben. Also – was tun wir?«

»Wir stimmen ab«, sagte Tai Lin.

»Ganz demokratisch«, fügte Boris grinsend hinzu.

»Quatsch«, sagte Stephen. »Wir brauchen einfach jemanden, der bestimmt. Vielleicht wollt ihr das nächste Mal, wenn wir von irgendeinem Biest angegriffen werden, auch erst abstimmen, was getan wird, wie?«

»Möglicherweise brauchen wir wirklich jemanden, der bestimmt«, sagte Boris. »Aber dieser Jemand wirst ganz bestimmt nicht du sein.«

Stephen fuhr auf. »Ich kann mir vorstellen, an wen du denkst.«

»Nein«, sagte Boris ruhig, »das kannst du bestimmt nicht.« Er hielt Stephens Blick eine Weile gelassen stand, drehte sich dann betont langsam um und sagte: »Wie ist es, Tai Lin?«

Tai Lin schrak sichtlich zusammen. »Ich?« fragte sie verwirrt. »Wie kommst du ausgerechnet auf mich?«

»Weil du die einzige bist, von der ich wenigstens *glaube,* daß sie unparteiisch ist«, sagte er. Er warf Thomas einen raschen, entschuldigenden Blick zu. »Das ist nicht persönlich gemeint, Tom«, sagte er, »aber . . .«

Thomas winkte ab. »Schon gut. Ich hätte sowieso abgelehnt.«

»Und ich auch«, sagte Tai Lin. »Thomas hat recht. Wir brauchen keinen Anführer. Ich bin auch dafür hierzubleiben.«

»Ich auch«, sagte Thomas. »Ihr kriegt mich nicht einmal mit Gewalt hier weg. Ich bin viel zu müde, um heute noch mehr als drei Meter zu gehen.«

Boris wandte sich langsam zu Stephen um. »Du hast es gehört«, sagte er.

Stephen gab ein wütendes Geräusch von sich. »Wie ihr wollt«, schnappte er. »Aber sagt hinterher nicht, daß ich euch nicht gewarnt hätte.«

Boris lächelte kalt. »Keine Angst«, sagte er. »Ganz gewiß nicht. Ich übernehme freiwillig die erste Wache, wenn es dich beruhigt.«

»Und wie«, murmelte Stephen. »Vor allem, da ich nicht vorhabe, auch Wache zu schieben. Wenn ihr unbedingt hierbleiben wollt, dann paßt gefälligst selbst auf euch auf.«

Boris setzte zu einer zornigen Entgegnung an, überlegte es sich dann aber anders und ging schweigend davon. Stephen sah ihm wütend nach.

*

Sie schlugen ihr Lager am jenseitigen Flußufer auf. Der Boden war hier, als bilde der Fluß eine unsichtbare Grenze, nicht so felsig und voller Sand wie auf der anderen Seite, sondern glatt und mit einem dichten Grasteppich bewachsen. Sie hatten die Zelte zu einem Viereck aufgebaut, und Boris hatte Büsche und ein paar Bündel trockenes Gras herbeigeschleppt, aus dem sie ein provisorisches Lagerfeuer aufschichteten. Als die Sonne unterging, setzten sie es mit einem Schuß aus Thomas' Pistole in Brand. Sie verzehrten den Rest ihrer Nahrungspillen und tranken dazu eisiges Wasser aus dem Fluß. Danach zogen sich Stephen, Thomas und Tai Lin in ihre Zelte zurück, während Boris wie verabredet die erste Wache übernahm.

Thomas rollte sich auf seiner Decke zusammen und schlief beinahe augenblicklich ein. Diesmal hatte er keine Alpträume, aber als Boris ihn nach einer Weile wachrüttelte, hatte er das Gefühl, nur wenige Minuten geschlafen zu haben.

»Was ist los?« murmelte er schlaftrunken. »Sind die drei Stunden schon ...«

Boris legte ihm rasch die Hand auf den Mund und schüttelte hastig den Kopf. »Still«, zischte er.

Thomas blinzelte verwirrt, setzte sich auf und sah an Boris vorbei zum Zelteingang. Draußen herrschte noch tiefe Nacht.

»Was ist los?« fragte er noch einmal, wenn auch wesentlich leiser.

Boris hob die Schultern. Die Bewegung war im Dunkeln kaum zu sehen. »Ich weiß nicht«, murmelte er unsicher. »Aber ich hatte das Gefühl, als ob dort draußen ... jemand herumschleicht.«

Thomas war plötzlich hellwach. »Herumschleicht?« sagte er so laut, daß Boris erneut zusammenfuhr und den Zeigefinger über die Lippen legte.

»Ich bin mir nicht sicher«, sagte er nervös. »Aber ...«

Thomas schlug die Decke vollends zurück, stand auf, soweit es das niedrige Zelt zuließ, und griff nach seinem Gewehr. »Hast du Stephen schon Bescheid gesagt?« fragte er.

Boris verneinte. »Ich wollte erst sichergehen«, murmelte er, während sie gebückt ins Freie traten. Thomas verstand. Hätte Boris Stephen geweckt und hätte sich alles als falscher Alarm herausgestellt, hätte der junge Amerikaner nur noch mehr Anlaß zu Hohn und Spott gehabt.

Es war empfindlich kalt draußen. Das Feuer brannte zwar noch, aber die Flammen kämpften vergeblich gegen die beißende Kälte an, die der Wind herantrug. Wie schon in den Nächten zuvor schien kein Mond, obwohl ihnen Max gesagt hatte, daß dieser Planet ebenso wie die Erde über einen Trabanten verfügte. Dafür lag über der Ebene wieder der geheimnisvolle, blaue Glanz. Trotzdem konnten sie kaum drei Schritte weit sehen. Der Fluß schnitt links von ihnen wie ein schmaler, mit glitzerndem Silber gezeichneter Strich durch die Nacht, und das Feuer verbreitete eine trübgelbe, flackernde Helligkeit, die aber die Dunkelheit jenseits des Lagers eher noch zu betonen schien. Die Nacht war erfüllt von Geräuschen: dem Säuseln des Windes, dem leisen Plätschern des Flusses und einer Vielzahl anderer Laute, die einzeln nicht zu identifizieren waren.

»Wo?« fragte Thomas. Obwohl er sich bemühte zu flüstern, schien ihm der Klang seiner Stimme doch so laut, daß er unwillkürlich zusammenzuckte und einen halben Schritt zum Feuer zurückwich.

Boris antwortete nicht gleich. Er stand auf der anderen Seite des Feuers und starrte aus weit aufgerissenen Augen in die Dunkelheit. Thomas fiel auf, daß er das Gewehr im linken Arm trug, obwohl er eigentlich Rechtshänder war.

»Was macht dein Arm?« fragte er.

Boris lächelte, aber es wirkte nicht echt. »Er tut weh«, gestand er nach ein paar Sekunden. »Aber – still!«

Diesmal hatte Thomas es auch gehört. Es waren Schritte.

Sie waren leicht, schleifend und fast zu schnell, um von menschlichen Füßen verursacht zu werden – aber eindeutig Schritte. Er senkte die Hand, um die Taschenlampe aus dem Gürtel zu ziehen. Aber der Gürtel lag, zusammen mit seinen übrigen Ausrüstungsgegenständen, im Zelt.

»Weck Stephen!« flüsterte er hastig. »Und Tai Lin. Und bring eine Lampe mit.«

Boris nickte nervös und bewegte sich rückwärts auf Stephens Zelt zu.

Er erreichte es nie.

Hinter ihm wuchs plötzlich ein gewaltiger, schwarzer Schatten aus der Nacht, packte ihn mit einem blitzschnellen Griff und verschwand ebenso schnell, wie er aufgetaucht war. Boris fand nicht einmal mehr Zeit, einen Schreckensschrei auszustoßen.

Eine halbe Sekunde lang war Thomas gelähmt vor Schrekken. Dann fuhr er herum, stieß einen gellenden Schrei aus und richtete den Gewehrlauf schräg in die Luft. Ein greller, unbeschreiblich gleißender Blitz erhellte den Himmel und das Flußufer, als er den Finger um den Abzug krümmte, und für den Bruchteil einer Sekunde konnte er einen bizarren, grotesk verzerrten Schatten erkennen, der mit flinken Bewegungen durch den Fluß lief, Boris wie ein lebloses Paket unter einen Arm geklemmt.

Aber er sah noch mehr.

Der Schatten war nicht allein. Rings um das Lager, in einem Kreis von vielleicht vierzig, fünfzig Metern Durchmesser aufgestellt, lauerten noch Dutzende der großen, mißgestalteten Kreaturen.

Thomas wirbelte erschrocken herum, als er Schritte hinter sich hörte. Aber es waren nur Stephen und Tai Lin, die – aufgeschreckt durch seinen Schrei und den grellen Lichtblitz der Laserwaffe – aus ihren Zelten gestürzt kamen.

»Was ist passiert?« keuchte Stephen.

Thomas deutete nervös in die Dunkelheit. »Sie haben Boris«, sagte er.

»*Wer* hat Boris?«

Vom Flußufer her erscholl ein keckernder Laut, der Thomas an ein hämisches, verzerrtes Lachen erinnerte. Ein gigantischer Schatten erschien auf der anderen Seite des Lagerfeuers und verschwand sofort wieder, als Thomas mit dem Gewehr auf ihn zielte.

»Verdammt!« fluchte Stephen. Er fuhr herum, verschwand für zwei, drei Sekunden in seinem Zelt und kam mit seinem Gewehr und der Taschenlampe wieder heraus.

»Zum Feuer!« befahl er. »Rasch!«

Sie rückten so eng an die prasselnden Flammen heran, wie es ging. Wieder erscholl dieser keckernde Laut, der ihnen allen einen eisigen Schauer über den Rücken laufen ließ, dann zischte etwas aus der Dunkelheit heran und bohrte sich mit dumpfem Geräusch dicht neben Stephens Füßen in den Boden. Es war ein Bolzen.

Stephen riß sein Gewehr an die Schulter und drückte ab. Der dünne, grellweiße Strahl zerfetzte die Dunkelheit, zeichnete eine feurige Linie über den Fluß und schlug am jenseitigen Ufer ein. Ein berstender Schlag erschütterte den Boden, und für kurze Augenblicke wurde die Nacht zum Tage, als drüben am Flußufer eine brüllende Feuersäule emporschoß. Eine Anzahl dunkler, im flackernden Licht des Feuers nur unscharf zu erkennender Gestalten hetzte davon.

»So«, sagte Stephen, »das wird sie wohl für eine Weile in Schach halten.«

»Glaubst du, daß du jemanden getroffen hast?«

Stephen schüttelte den Kopf. »Kaum. Aber ich hoffe, der Schrecken jagt sie davon.« Er bückte sich, riß den Armbrustbolzen aus dem Boden und betrachtete ihn eine Weile angewidert. Es war ein schlankes, mit dünnen Flugfedern und einer nadelscharfen Metallspitze versehenes Geschoß, das aus kurzer Entfernung sicherlich genauso tödlich wie ein Treffer aus einer Laserwaffe war. Wütend schleuderte er den Bolzen ins Feuer und starrte wieder in die Dunkelheit hinaus. »Was ist passiert?« fragte er, ohne Thomas anzusehen.

»Boris weckte mich, weil er dachte, er hätte etwas gehört. Und dann tauchte dieses ... Ding auf und hat ihn mitgenommen. Es ging unglaublich schnell.«

Stephen nickte grimmig. »Konntest du es erkennen?«

Thomas schüttelte den Kopf, nickte dann und trat unruhig von einem Fuß auf den anderen. »Ich bin mir nicht sicher«, sagte er zögernd. »Aber ich glaube, es war dasselbe wie ... in der Höhle. Nur größer.«

Stephen nickte, als habe er nichts anderes erwartet. »Das müssen diese Eingeborenen sein, vor denen Max uns gewarnt hat«, sagte er mit zusammengebissenen Zähnen. »Vermutlich haben sie die ganze Zeit in unserer Nähe gelauert. Und jetzt, wo Max nicht mehr da ist ...«

»Wenn man euch zwei so reden hört«, sagte Tai Lin, »dann könnte man glauben, es wäre gar nichts passiert. Wollt ihr euch nicht um Boris kümmern?«

Stephen lächelte traurig. »Sobald es hell ist«, sagte er. »Jetzt dort hinauszugehen wäre Selbstmord.«

»Wenn es hell ist!« ächzte Tai Lin. »Bis dahin können sie ihn längst umgebracht oder zwanzig Kilometer weit weggeschafft haben.«

»Es nutzt Boris gar nichts, wenn wir jetzt dort hinausgehen und uns ebenfalls schnappen lassen«, sagte Thomas sanft.

»Aber ihr könnt ihn doch nicht einfach im Stich lassen!« begehrte Tai Lin auf. »Wenn ihr dort draußen wärt, dann würde er keine Sekunde zögern –«

»Er würde dasselbe tun wie wir und warten, bis es hell ist«, unterbrach Stephen sie ruhig. »Sie werden ihn nicht töten.«

»So?« machte Tai Lin.

Stephen deutete mit einer knappen Geste auf die Stelle zwischen seinen Füßen, an der der Bolzen eingeschlagen hatte. »Das Ding hätte mich getroffen, wenn der Schütze das wirklich gewollt hätte«, behauptete er. »Außerdem hätten sie uns schon ein dutzend Mal und leichter erledigen können, wenn sie das wollten. Die wollen uns lebendig, mein Wort darauf.«

Thomas schwieg, als Tai Lin ihn hilfesuchend ansah. Stephen hatte wahrscheinlich mit jedem Wort recht, aber das bedeutete nicht, daß ihn Stephens Theorie beruhigte. Im Gegenteil.

»Wie lange dauert es noch, bis es hell wird?« fragte Stephen.

Thomas sah rasch auf die Uhr. »Drei Stunden«, sagte er. »Vielleicht etwas länger. Warum?«

»Das Feuer geht langsam aus«, murmelte Stephen.

Thomas sah sich erschrocken um. Die Flammen loderten zwar noch hell, aber das Brennholz war zu einem kümmerlichen Haufen zusammengesunken. Stephen hatte recht; das Feuer würde auf keinen Fall bis Sonnenaufgang halten.

»Und was machen wir jetzt?«

Stephen zuckte mit den Achseln. »Das weiß ich ebensowenig wie du«, antwortete er. »Aber ich schlage vor, wie ziehen uns zum Flußufer zurück. Auf diese Weise hören wir wenigstens, wenn sich jemand von hinten an uns anschleicht.«

Nachdem sie die Zelte zusammengepackt und in den Rucksäcken verstaut hatten, nahm sich jeder von ihnen einen brennenden Scheit aus dem Feuer. Thomas drehte sich noch einmal nervös um seine Achse und starrte in die wattige Schwärze hinaus. Aber außer verschwommenen Schatten und dem vagen Eindruck von Bewegung konnte er nichts erkennen. Und noch nicht einmal da war er sich sicher, ob ihm einfach seine Nerven einen Streich spielten.

Langsam, die Waffen schußbereit erhoben, wichen sie zum Fluß zurück. Vom jenseitigen Ufer waren hastige Schritte und ein metallisches Schaben zu hören, als sie näherkamen, aber wieder konnte Thomas keine Einzelheiten erkennen.

Dort, wo Stephens Laserschuß eingeschlagen hatte, glühte der Boden noch immer in dunklem Rot, und in der Luft lag ein scharfer, verbrannter Geruch. Thomas war insgeheim froh, daß Stephen keinen der Eingeborenen getroffen hatte. Ein Treffer aus dieser Waffe mußte einen grauenhaften Tod bedeuten. Bei lebendigem Leibe verbrannt zu werden ... Er schauderte.

»Okay«, sagte Stephen, als sie den Fluß erreicht hatten und bis zu den Knöcheln im Wasser standen. »Wenigstens haben wir jetzt den Rücken frei.«

»Und jetzt?« fragte Tai Lin.

Stephen gab einen undefinierbaren Laut von sich. »Nichts jetzt«, murmelte er dumpf. »Jetzt warten wir auf den Morgen.«

*

Es wurden die längsten drei Stunden ihres Lebens. Die Nacht war erfüllt von trappelnden Schritten, schleifenden, raschelnden und knirschenden Geräuschen und dem spöttischen Keckern, das sie schon ein paarmal gehört hatten und in dem Thomas nach und nach so etwas wie eine Sprache zu erkennen glaubte. Mehrmals hörten sie Geräusche vom Fluß her und fuhren erschrocken herum, aber das Ufer war stets leer, wenn sie ihre Taschenlampen aufflammen ließen. Stephen gab noch zwei oder drei Schüsse aus seiner Waffe ab; jedes Mal in eine andere Richtung und jedes Mal so, daß die Energieblitze mehr als hundert Meter von ihnen entfernt in den Boden fuhren. Thomas bezweifelte den Sinn dieser Aktion, aber sie schien sowohl Stephen als auch Tai Lin zu beruhigen, und so schluckte er seinen Protest herunter.

Schließlich, nach einer Ewigkeit, ging die Nacht zu Ende, und die Sonne erschien mit ihrem gewohnten flammenden Morgengruß über dem Horizont.

Sie waren umzingelt.

Es waren mindestens zwei Dutzend der großen, zottigen Gestalten, die sie in einem weit auseinandergezogenen Halbkreis, kaum dreißig Schritte entfernt, umstanden. Ihre Körper wirkten im ersten, blutig-roten Licht der Morgensonne noch gewaltiger, als sie ohnehin waren. Aber Thomas konnte trotz der schlechten Lichtverhältnisse genug erkennen, um zu begreifen, wie aussichtslos ihre Lage war. Die Mutanten waren bewaffnet; einige mit wuchtigen Armbrüsten, von deren Gefährlichkeit sie während der Nacht schon eine recht eindrucksvolle Demonstration erhalten hatten, andere mit Bögen oder auch nur einfachen, roh zurechtgeschnittenen Keulen, die aber in den Händen dieser muskelbepackten Giganten trotzdem mörderische Waffen darstellen mußten. Er hatte recht gehabt; es waren die gleichen Wesen, wie sie Stephen und ihm bereits in der Ruine im Krater begegnet waren. Sie waren tatsächlich menschenähnlich – das hieß, sie hatten zwei Arme, zwei Beine und einen Kopf.

Die meisten wenigstens.

Für einen Moment ließ der bizarre Anblick Thomas sogar die Gefahr vergessen, in der sie schwebten. Die Mutanten waren – mit wenigen Ausnahmen – sehr groß und ungeheuer muskulös; sicherlich das Ergebnis eines Lebens in einer Welt, in der nur die Stärksten und Besten eine Chance hatten zu überleben. Das, was Thomas im ersten Augenblick für Fell gehalten hatte, stellte sich bei genauerem Hinsehen als Kleidung heraus: knöchellange, dicke Fellumhänge, die die Gestalten der Mutanten fast vollkommen verhüllten und Thomas angesichts der herrschenden Hitze geradezu irrsinnig vorkamen. Ihre Gesichter waren erschreckend. Die meisten hatten noch vage, menschenähnliche Züge, aber es gab auch abstoßende, vernarbte Grimassen, Gesichter mit zu wenigen oder zu vielen Augen und Raubtiergebissen. Eine der Gestalten schien über einen zusätzlichen Arm zu verfügen, bei einer anderen wuchs ein unförmiger, dunkler Klumpen aus der Schulter, als hätte dort ein zweiter Kopf versucht, sich zu entwickeln.

»Oh mein Gott!« flüsterte Stephen. »Das ist ja das reinste Gruselkabinett!«

Thomas nickte nervös. Er versuchte verzweifelt sich einzureden, daß dies eine fremde Lebensform war und er nicht das Recht hatte, über ihr Aussehen zu urteilen, daß sie vielleicht umgekehrt ebenso abstoßend auf die Tombstoner wirkten wie diese auf ihn. Er versuchte, seinen Ekel zu unterdrücken, aber seine Gefühle – und vor allem sein Magen – machten ihm einen Strich durch die Rechnung.

»Nimm bloß den Finger vom Abzug«, murmelte Stephen nervös. »Ein Schuß und wir sind tot.«

Thomas zog so hastig die Hand vom Gewehr zurück, als wäre die Waffe plötzlich glühend heiß. Die Eingeborenen kamen zwar nicht näher, aber sie hatten trotzdem keine Chance. Selbst wenn er den Mut gehabt hätte, die Waffe auf ein lebendes Wesen zu richten und abzudrücken, wäre er eine halbe Sekunde später tot gewesen.

»Nette Situation«, knurrte Stephen. »Sie können uns nicht angreifen, ohne ein Dutzend Leute zu verlieren, und wir können nicht weg. So etwas nennt man, glaube ich, ein Patt.«

»Beim Schach, ja«, sagte Tai Lin ruhig. »Aber leider ist das hier kein Spiel.«

Stephen wollte etwas darauf erwidern, aber in diesem Moment teilte sich die Reihe der stumm dastehenden Mutanten, und eine weitere, kaum anderthalb Meter große Gestalt trat hervor.

Thomas sog erstaunt die Luft ein. Der Eingeborene hatte seinen Fellumhang abgelegt und trug nur noch einen schmalen Lendenschurz sowie grobe, bis an die Waden hinauf geschnürte Sandalen. Sein Körper wirkte dürr, ausgemergelt, aber trotzdem ungeheuer sehnig. Seine Arme schienen Thomas zu lang für seine Größe, und die Haut war grob und rissig und von der Farbe alten Leders. Das Erstaunlichste waren seine Augen – gewaltige, faustgroße Insektenaugen, die fast die Hälfte seines Gesichtes bedeckten und in allen Farben des Regenbogens schillerten. Es war das Wesen, das sie schon in der Ruine getroffen hatten.

Der Mutant blieb einen Moment reglos stehen und kam dann, mit weit ausgebreiteten Armen und nach außen gekehrten Handflächen – wohl, um ihnen zu demonstrieren, daß er unbewaffnet war – auf sie zu. Das Gewehr in Stephens Hand folgte jeder seiner Bewegungen, aber Thomas wußte genau, daß er nicht abdrücken würde.

»Das genügt«, sagte Stephen, als der Eingeborene bis auf zehn Meter herangekommen war. Thomas hatte keine Ahnung, ob er die Worte verstand, aber wenn nicht, so reagierte er zumindest auf ihren Klang und Stephens befehlende Geste.

»Was wollt ihr von uns?« fragte Stephen. Er gab sich Mühe, beherrscht zu wirken, aber seine Stimme zitterte trotzdem hörbar.

»Nehmt die Waffen runter«, sagte der Mutant.

Thomas tauschte einen überraschten Blick mit Tai Lin. Der Übersetzungsmechanismus der Galaktiker schien auch hier zu funktionieren.

»Warum?« fragte Stephen. »Warum greift ihr uns an? Wir haben euch nichts getan.«

»Ihr seid Sandmänner«, antwortete der Mutant.

Stephen blinzelte irritiert. »Das ist... keine Antwort«, sagte er unsicher. »Was wollt ihr von uns?«

»Hör mal«, mischte sich Thomas ein. »Ich habe keine Ahnung, was ein Sandmann ist, aber wir gehören bestimmt nicht dazu.«

Der Mutant sah ihn einen Herzschlag lang aus seinen schillernden Insektenaugen an. »Ihr seid Sandmänner«, behauptete er dann. »Nur Sandmänner haben Waffen wie ihr.«

»Wenn ihr diese Waffen kennt«, sagte Stephen, »dann solltet ihr wissen, wie gefährlich sie sind. Wir könnten euch alle töten.«

»Das könnt ihr nicht«, widersprach der Eingeborene gelassen. »Mich vielleicht, und ein paar von den anderen. Außerdem haben wir euren Kameraden, vergeßt das nicht.«

»Boris?« keuchte Tai Lin. »Wie geht es ihm?«

»Er lebt, aber wenn ihr uns angreift, stirbt er.«

»Verdammt noch mal«, sagte Stephen verzweifelt, »so begreift doch, daß wir nichts von euch wollen. Wir ... wenn wir versehentlich auf euer Gebiet geraten sein sollten, dann tut es uns leid. Wir wollen keinen Streit mit euch, glaubt das bitte.«

»Ihr seid Sandmänner«, wiederholte der Mutant ruhig, als wäre dies Erklärung genug.

»Der Kerl ist stur wie ein Panzer«, murmelte Stephen so leise, daß der Eingeborene die Worte nicht verstehen konnte. »Ich habe noch nicht einmal eine Ahnung, was ein Sandmann überhaupt ist.«

»Auf jeden Fall jemand, auf den sie verdammt schlecht zu sprechen sind.«

»Ich fürchte, ganz so harmlos ist es nicht«, sagte Tai Lin.

Stephen runzelte die Stirn. »Wie meinst du das?«

Tai Lin deutete mit einer Kopfbewegung auf das Gewehr in seinen Händen. »Wer außer uns hat auf diesem Planeten noch solche Waffen?«

»Niemand«, antwortete Stephen verwirrt. »Außer ...« Er brach erschrocken ab und sah erst den Mutanten, dann Tai Lin an. In seinen Augen begann sich allmählich so etwas wie Entsetzen abzuzeichnen. »Außer den Galaktikern«, murmelte er.

»Eben«, nickte Tai Lin. »Und wenn sie die Galaktiker als Sandmänner bezeichnen, dann ...«

»Dann gehören wir zu ihnen«, vollendete Thomas den Satz. »Wir sind Sandmänner, wenigstens für sie. Ihre Feinde.«

Der junge Mutant trat einen Schritt vor und machte eine

ungeduldige Handbewegung. »Also«, sagte er, »wie habt ihr euch entschieden? Wollt ihr kämpfen und sterben, oder legt ihr die Waffen nieder?«

»Ich sehe da keinen großen Unterschied«, murrte Stephen. Aber er ging trotzdem vorsichtig in die Hocke und legte sein Gewehr vor sich auf den Boden. Thomas und Tai Lin folgten seinem Beispiel. Thomas wollte auch nach seiner Pistole greifen und sie ebenfalls ablegen, aber Stephen warf ihm einen raschen, warnenden Blick zu und schüttelte fast unmerklich den Kopf. Thomas zog die Hand hastig zurück. Vielleicht hatte Stephen recht.

Durch die Reihe der Eingeborenen ging ein sichtliches Aufatmen. Ein paar von ihnen kamen näher und nahmen die Waffen an sich, um sie rasch und unter triumphierendem Gebrüll wegzutragen. Jeweils zwei nahmen hinter Stephen, Thomas und Tai Lin Aufstellung, während sich die anderen unter gellendem Geschrei daranmachten, die Zelte aufzureißen und ihre Ausrüstung zu plündern.

Der kleine Mutant, der mit ihnen gesprochen hatte, versuchte Thomas den Gürtel abzunehmen, scheiterte aber an der komplizierten Schnalle und gab mit einem wütenden Knurren auf. Rasch und mit nervösen Bewegungen begann er, Taschen und Schnallen des Gürtels zu leeren und alles an sich zu nehmen, dessen er habhaft werden konnte. Natürlich versuchte er auch, die Pistole von der Magnethalterung zu zerren, aber er zog in die falsche Richtung, nach unten, und selbst ein Dutzend seiner größeren Artgenossen zusammen hätte es kaum vermocht, die Magnetsperre in dieser Richtung zu überwinden. Schließlich gab er auch dieses Vorhaben auf und machte sich mit seiner Beute eilig davon.

Thomas starrte die beiden anderen ungläubig an. Auch Tai Lin und Stephen waren ausgeplündert worden – und auch sie hatten ihre Pistolen behalten.

Stephen schüttelte hastig den Kopf. »Nicht«, zischte er, als

Thomas etwas sagen wollte. »Ich weiß nicht warum, aber sie scheinen sie nicht als Waffen zu erkennen.«

Thomas schwieg verwirrt. So unglaublich es klang, aber Stephen mußte recht haben. Die Eingeborenen kannten und fürchteten zwar die Gewehre, aber die kleineren und anders geformten Handlaser schienen in ihren Augen keine Gefahr darzustellen.

»Macht jetzt bloß keinen Mist«, flüsterte Stephen gehetzt. »Wir warten auf eine bessere Gelegenheit.«

Die Eingeborenen hatten ihren Raubzug beendet. Vom Lager war mit Ausnahme des niedergebrannten Feuers und einiger Kleinigkeiten, die den Mutanten wohl des Mitnehmens nicht wert erschienen, nichts mehr übrig. Selbst die Zelte hatten sie abgerissen, zu unordentlichen Haufen zusammengeknüllt und davongetragen.

Einer ihrer Wächter gab Thomas einen Stoß in den Rükken, der ihn vorwärts taumeln ließ. Er ging los, lief – durch einen zweiten, etwas derberen Stoß dazu ermuntert – schneller und verfiel schließlich ebenso wie die Eingeborenen in einen leichten, kräftesparenden Trab.

Trotzdem brach ihm bereits nach wenigen Schritten der Schweiß aus. Die Sonne stand noch dicht über dem Horizont, aber es war bereits drückend heiß. Wie die Eingeborenen in ihren dicken Pelzen die Temperaturen aushielten, war ihm ein Rätsel.

Sie liefen fast eine halbe Stunde ohne anzuhalten. Schließlich tauchte vor ihnen eine Anzahl dunkler Punkte auf, die beim Näherkommen rasch zu einer zweiten, etwa gleich starken Mutantengruppe wurden. Es mußte das Lager der Eingeborenen sein. Die Mutanten hatten aus Stöcken und darüber gespannten Fellen eine Anzahl primitiver Zelte errichtet, und weiter westlich gab es eine Art provisorisch aufgebauter Koppel, in der Dutzende von großen, pferdeähnlichen Tieren eingepfercht waren.

Sie hatten nicht viel Zeit, sich das Lager genauer anzusehen. Ihre Begleiter stießen helle, weithin hörbare Schreie aus, die aus dem Lager auf die gleiche Weise beantwortet wurden. Ein Teil der Eingeborenen eilte ihnen entgegen, während die anderen eilig damit begannen, das Lager abzubrechen und die Tiere aus der Koppel zu holen.

Als sie den Platz erreicht hatten, war von dem Nachtlager kaum noch eine Spur zu entdecken.

Thomas brach mit einem erschöpften Keuchen in die Knie, als seine Wächter endlich anhielten, aber er wurde sofort von einer unmenschlich starken Hand gepackt und auf die Füße gestellt.

»Da ist Boris«, sagte Tai Lin.

Thomas sah auf und gewahrte den jungen Russen drüben bei der Pferdekoppel. Er sah unverletzt aus, aber als Thomas die Hand hob und winkte, reagierte er nicht.

Ein weiterer Stoß in den Rücken ließ sie weitertaumeln. Sie wurden hinüber zum Pferch getrieben, und ihre Wächter entfernten sich, um beim Abbauen des Lagers zu helfen. Thomas wunderte sich einen Moment darüber, daß man sie allein und unbeaufsichtigt zurückließ. Aber ein Fluchtversuch wäre ohnehin aussichtslos gewesen. Sie wären nicht einmal fünf Schritte weit gekommen.

Rasch ging er zu Boris hinüber. Der junge Russe hockte zusammengekauert und mit hängendem Kopf auf dem Boden. Als Thomas näherkam, sah er auf und lächelte schwach. »Na?« fragte er. »Haben sie euch auch erwischt?«

»Wie du siehst.« Thomas kniete neben ihm nieder und sah ihm besorgt ins Gesicht. »Bist du unverletzt?«

Boris nickte. »Ich glaube, ich habe euch da in eine ziemlich blöde Lage gebracht«, murmelte er.

Thomas winkte ab. »Quatsch«, sagte er. »Genausogut hätten sie mich schnappen können. Oder Stephen. Hast du eine Ahnung, was sie mit uns vorhaben?«

Boris schüttelte schwach den Kopf. »Nein. Ich habe Raun gefragt, aber ...«
»Raun?«
Boris machte eine vage Kopfbewegung zum Lager hin. »Der Kleine mit den Froschaugen«, sagte er. »Er ist ihr Anführer.«
Stephen, der inzwischen ebenfalls herangekommen war, verzog überrascht die Lippen. »Dieser Zwerg ist ihr Anführer?«
Boris nickte. »Er ist der Sohn des Häuptlings oder so was«, murmelte er. »Aber er schweigt wie ein Grab, und –« Boris brach verblüfft ab. Seine Augen wurden rund, als er die Pistolen an ihren Gürteln sah.
»Was ...«
»Sag nichts«, unterbrach ihn Stephen hastig.
Boris hob verwirrt den Kopf, starrte ihn eine Weile wortlos an und nickte.
Das Geräusch von Schritten ließ Thomas herumfahren. Es war Raun, der in Begleitung zweier weiterer Mutanten herangekommen war.
»Könnt ihr reiten?« fragte er.
Tai Lin nickte. Boris, Stephen und Thomas schüttelten gleichzeitig den Kopf.
»Dann werdet ihr es lernen müssen«, meinte Raun gleichmütig. »Es sind vier Tagesritte bis zu unserem Sommerlager. Zeit genug.« Er wollte sich herumdrehen und wieder gehen, aber Thomas hielt ihn mit einer raschen Bewegung zurück.
»Raun«, sagte er, »bitte – was habt ihr mit uns vor?«
Raun riß seine Hand mit einem wütenden Ruck los. »Wir bringen euch zu unserem Lager«, sagte er.
»Und dann?« murmelte Stephen. »Was geschieht dort mit uns? Wollt ihr uns ... töten?«
Raun bedachte ihn mit einem Blick, der so voller Verachtung und Abscheu war, daß Stephen unwillkürlich den Kopf senkte.

»Töten?« wiederholte er in einer Art, als hätte Stephen etwas unglaublich Schmutziges und Abscheuliches gesagt.

»Töten?« wiederholte er noch einmal. »Sandmänner töten, Fremder. Wir nicht.«

Das waren die letzten Worte, die sie für die nächsten vier Tage von ihm hören sollten. Aber Thomas dachte noch lange, sehr lange, darüber nach.

Während der nächsten vier Tage lernte Thomas eine Menge über die Leistungsfähigkeit eines menschlichen Körpers und seine Grenzen; insbesondere seines eigenen. Die Mutanten hatten offensichtlich überzählige Pferde, so daß er und die anderen wenigstens nicht zu laufen brauchten, aber gegen den viertägigen Ritt über die sonnendurchglühte Steppe erschien ihm ihre vorherige Wanderung bald wie ein harmloser Spaziergang. Die Tombstoner gönnten sich und ihren Tieren nur die allernotwendigsten Pausen und legten ein unbarmherziges Tempo vor. Die Pferde jagten, ungeachtet der Lasten, die sie schleppen mußten, fast ununterbrochen im Galopp dahin, und sie ritten selbst abends noch bis weit in die Nacht hinein. Ihr Plan, bei der ersten sich bietenden Gelegenheit ein paar Pferde zu stehlen und zu fliehen, erwies sich als undurchführbar. Die Mutanten stellten zwar keine Wachen auf, aber Thomas und die anderen waren schon am ersten Abend einfach zu erschöpft, um auch nur noch einen einzigen Schritt zu tun.

Zumindest bewegten sie sich weiter nach Westen, in die Richtung, in der die Rettungsstation der Galaktiker lag.

Am Abend des vierten Tages erreichten sie das Vorgebirge. Sie ritten an diesem Tag nicht bis nach Sonnenuntergang, sondern hielten etwa eine Stunde vor Sonnenuntergang in einem flachen, von bröckeligem grauem Fels umgebenen Talkessel an, und die Eingeborenen begannen unverzüglich damit, ihr Lager zu errichten. Thomas fiel mehr vom Pferd, als daß er herunterstieg, und hätte ihn nicht einer der Mutanten gestützt, wäre er auf der Stelle zusammengebrochen. Den anderen erging es nicht viel besser. Selbst Tai Lin, die sich vom ersten Augenblick an so gut auf dem Rücken des Pferdes gehalten hatte, als wäre sie in einem Sattel zur Welt gekommen, wankte.

Thomas erwartete, daß sie zu ihrem Schlafplatz geführt und allein gelassen würden, wie an den Abenden zuvor, aber es kam anders. Einer der riesigen, schweigenden Wächter, die sie auf Schritt und Tritt begleiteten, bedeutete ihnen mit einer stummen Geste, ihm zu folgen, und geleitete sie quer durch das Lager zu Raun. Der junge Tombstoner hockte mit übereinandergeschlagenen Beinen auf einem Fellbündel und sprach leise mit einem seiner Männer, brach jedoch sofort ab, als Thomas und die anderen näherkamen.

»Ich habe über euch nachgedacht«, begann er übergangslos, nachdem sie vor ihm standen. »Ihr sagt, ihr seid keine Sandmänner?«

Thomas schüttelte schwach den Kopf. Irgendwie spürte er, daß Raun sie nicht nur hatte kommen lassen, um mit ihnen zu reden, sondern daß von seiner Antwort vielleicht sehr viel abhängen konnte. Aber er war so müde, so unendlich müde.

»Und ihr bleibt dabei?« fuhr Raun fort, als keiner von ihnen antwortete.

»Wir sind keine Sandmänner«, murmelte Thomas. »Wir wissen nicht einmal, was das ist.«

Raun sah ihn einige Sekunden lang wortlos an, aber Thomas vermochte den Blick seiner starren, glitzernden Insektenaugen nicht zu deuten. Anders als am ersten Tag empfand er jetzt keinen Schrecken oder gar Ekel beim Anblick des kleinwüchsigen Mutanten mehr. Im Gegenteil – wenn man sich erst einmal an den fremdartigen Anblick gewöhnt hatte, konnte man Raun eine bizarre Art von exotischer Schönheit nicht absprechen.

»Ich glaube euch«, sagte er schließlich. »Vielleicht haben wir vorschnell gehandelt, als wir euch für Sandmänner hielten. Ihr seht nicht aus wie Sandmänner, und ihr benehmt euch nicht wie sie. Aber ihr seid auch keine von uns. Was also seid ihr?«

»Menschen«, antwortete Thomas. »Menschen von der Erde.«

»Das ist keine Antwort«, entgegnete Raun. »Was sind Menschen, und wo liegt dieses Land, Erde?«

»Menschen ist der Name unseres Volkes«, antwortete Thomas. »Und die Erde ist kein Land, sondern ein Planet.«

Raun schwieg einen Moment. »Planet ...« wiederholte er. »Was ist das?«

»Eine ganze Welt, so groß wie Tombstone. Und sie liegt« – Thomas zögerte einen Moment und deutete dann in den Himmel hinauf – »irgendwo dort oben. Sehr weit entfernt.«

Ein erschrockenes Raunen ging durch die Reihen der Tombstoner, und Rauns Haltung spannte sich sichtlich. In Thomas keimte plötzlich der Verdacht auf, daß er etwas ziemlich Dummes gesagt hatte.

»Dort oben?« wiederholte er lauernd.

Thomas nickte.

»Aber dort oben ist nichts«, sagte Raun. »Nichts als das große Feuer.«

Thomas schwieg verwirrt. In einer blitzartigen Vision glaubte er diese Welt zu sehen, wie sie einmal gewesen war, ein grüner, blühender Planet voller fröhlicher Menschen, eine Welt, deren Himmel plötzlich Feuer fing und alles verbrannte, was nicht in Bunkern oder tiefen Höhlen Schutz gefunden hatte. Ja – so oder so ähnlich mußte es gewesen sein. Und die Erinnerung daran hatte sich tief in die Gedächtnisse der

Überlebenden eingegraben. Mußte ein Volk, das eine solche Katastrophe überlebt hatte, nicht automatisch Angst vor dem Himmel und allem, was aus ihm kam, haben?

»Das stimmt nicht«, widersprach er nach einer Weile. »Es gibt Welten dort oben, Tausende von Welten, auf denen Menschen wie wir und ihr leben. Wir kommen von einer dieser Welten.«

»Menschen, die im Feuer leben?« fragte Raun zweifelnd.

Thomas seufzte. »Natürlich nicht. Aber das Feuer ist... nicht immer da. Es ist nur...« Er brach ab und suchte händeringend nach den passenden Worten. Er spürte, daß Raun seine Ruhe nur noch mühsam bewahrte. Im Inneren des jungen Tombstoners kochte es. Ein Wort, ein einziges, falsches Wort konnte genügen, um seine Gefühle zur Explosion zu bringen.

»Raun«, setzte er noch einmal an, »ich weiß nicht, was hier geschehen ist. Aber es war ein... ein Unfall. Eine schreckliche Katastrophe. Jedenfalls etwas sehr Ungewöhnliches. Es *gibt* Welten dort oben, und wir kommen von einer dieser Welten. Wir...«

»Du lügst«, unterbrach ihn Raun. »Dort oben ist nichts als das große Feuer. Niemand kann dort leben! Sieh doch hin! Sieh doch hinauf. Es brennt noch, und es wird sich wieder erheben und uns wieder versengen!« Er sprang auf und deutete aufgebracht auf die lodernde Sonne über dem Horizont. »Ich weiß nicht, wer ihr seid und woher ihr kommt, aber ihr könnt nicht unsere Freunde sein, wenn ihr versucht, uns zu belügen«, fuhr er erregt fort. »Vielleicht seid ihr klüger als wir, und vielleicht habt ihr Dinge, die wir nie begreifen werden, aber ihr solltet uns nicht für so dumm halten.«

»Aber Thomas hat recht«, mischte sich Boris ein. »Es gibt Welten dort oben, unzählige Welten. Ihr *müßt* das wissen! Ihr... ihr kennt doch auch die Station der Galaktiker oben in den Bergen, und...«

»Schweig!« unterbrach ihn Raun. »Ich habe euch rufen lassen, weil ich dachte, mich geirrt zu haben und euch nicht als Gefangene in unser Lager bringen wollte. Ich dachte, ihr wärt nicht unsere Feinde ...«

»Aber das sind wir auch nicht!« sagte Thomas verzweifelt. »Boris hat vollkommen recht. Ihr müßt die Basis doch kennen. Das sind Menschen wie wir, Menschen, die von den Sternen gekommen sind, um eure Welt zu besuchen!«

»Ich weiß nicht, was eine Basis ist«, sagte Raun mit erzwungener Ruhe. »Wenn ihr von der Zitadelle der Ewigkeit sprecht, so habt ihr vielleicht recht. Vielleicht sind es Menschen wie ihr; doch wenn das so ist, dann beweist das nur, daß ihr lügt.«

»Aber warum?« fragte Boris. »Ihr müßt sie doch gesehen haben. Ihre Roboter und ... ihre Raumschiffe. Die großen Scheiben, mit denen sie fliegen.«

»Vieles fliegt«, gab Raun zurück. »Vögel, Drachen – selbst Steine, wenn der Sturm heftig genug ist. Wenn ihr wirklich zu ihnen gehört, dann sagt uns, woher ihr kommt, wo dieses Land liegt, in dem es Dinge wie fliegende Scheiben und stählerne Menschen gibt.«

»Dort oben«, sagte Boris verzweifelt. »Wir ...«

Raun unterbrach ihn mit einem wütenden, knurrenden Laut. »Genug«, sagte er scharf. »Ich wollte euch die Möglichkeit geben, offen zu uns zu sein. Aber wenigstens bin ich jetzt sicher, daß ihr keine Sandmänner seid. Sandmänner hätten sich eine geschicktere Lüge ausgedacht.«

»Aber wir lügen nicht!«

»Zwischen den Sternen ist das große Feuer«, beharrte Raun. »Jedes Kind kann es sehen und fühlen. Und nun geht. Ich will nicht mehr mit euch reden. *Geht!*«

Thomas wollte noch etwas sagen, aber einer seiner Bewacher packte ihn grob am Kragen und stieß ihn unsanft davon. Boris, Stephen und Tai Lin wurden auf ähnliche Weise zu ihrem Lagerplatz zurückgetrieben. Die Tombstoner stießen sie unsanft auf die Bündel aus Fellen und Lumpen, die andere Eingeborene in der Zwischenzeit für sie vorbereitet hatten, machten noch ein paar drohende Gebärden und entfernten sich dann.

»Das war knapp«, sagte Stephen, als die Mutanten außer Hörweite waren.

»Wie meinst du das?« fragte Thomas.

Stephen grinste säuerlich. »Ihr beiden Witzbolde hättet uns fast um Kopf und Kragen geredet«, sagte er. »Oder ist euch das nicht einmal aufgefallen?«

Thomas schüttelte den Kopf. »Ich verstehe sowieso nicht ganz, was dieser Auftritt jetzt sollte, aber ...«

»Aber vielleicht«, unterbrach ihn Stephen, »verstehst du in Zukunft, daß man einem Volk, welches von einer Art Feuerregen beinahe ausgelöscht wurde, nicht unbedingt erzählen sollte, daß man vom Himmel kommt.«

Thomas fuhr erschrocken zusammen. Er ahnte, worauf Stephen hinauswollte. »Du meinst ...«

»Ich meine«, unterbrach ihn Stephen erneut, »daß es genausogut anders hätte ausgehen können. Sie hätten dir genausogut glauben können, weißt du. Sie hätten glauben können, daß wir von dort kommen, woher das Feuer kommt. Vielleicht auch, daß wir es ihnen geschickt haben.«

»Sie haben es aber nicht«, sagte Boris grob.

»Aber sie hätten es tun können.«

»Wollen wir jetzt anfangen uns darüber zu streiten, was alles hätte geschehen können?« murrte Boris. »Es ist nicht passiert, und damit basta. Ich möchte viel lieber wissen, was Raun von uns wollte.«

»Wissen, wer wir sind, was sonst?«

Boris schüttelte den Kopf. »Dazu hätte er bisher genug Gelegenheit gehabt«, sagte er. »Ich glaube, er hat etwas ganz Bestimmtes gewollt.«

»Und was?«

Boris hob die Schultern. »Frag ihn doch. Jedenfalls scheint das, was Max über die Tombstoner erzählt hat, einigermaßen übertrieben zu sein.«

»Ach«, machte Stephen spöttisch, »glaubst du? Nur, weil sie uns nicht sofort umgebracht haben?«

»Sie werden uns nicht umbringen«, behauptete Tai Lin. »Und Boris hat vollkommen recht. Sie behandeln uns viel besser, als man es nach Max' Schilderungen erwarten könnte.«

»Oh ja«, höhnte Stephen, »das stimmt. Sie schinden uns fast zu Tode, geben uns fauliges Wasser und Abfälle zu essen und –«

»Wir essen dasselbe wie sie«, sagte Tai Lin ruhig. »Und sie verlangen nichts von uns, was sie nicht selbst tun. Ich glaube nicht, daß sie uns wirklich etwas antun wollen. Aber wir sind Fremde für sie, und ich kann mir gut vorstellen, daß in einer Welt wie dieser jeder Fremde erst einmal ein Feind ist. Warten wir ab, bis wir ihr Lager erreicht haben.«

»Zumindest wissen wir jetzt, daß sie die Station der Galaktiker kennen«, sagte Thomas, um den beginnenden Streit zu schlichten.

»Diese Zitadelle von Dingsbums?« fragte Stephen.

»Raun nannte sie die Zitadelle der Ewigkeit«, nickte Thomas. »Wenn es uns gelingt, ihr Vertrauen zu gewinnen, bringen sie uns vielleicht hin.«

»Natürlich«, murrte Stephen. »Wenn auch vielleicht in kleine Portionen zerlegt, aber wenn wir sie nett bitten ...«

Boris warf ihm einen feindseligen Blick zu, schwieg aber. Ihre Unterhaltung kam ins Stocken, und eigentlich war es Thomas nur recht. Er hatte im Grunde keine Lust mehr zu reden, sondern war nur noch hungrig und müde. Sicher hatte Boris recht – Raun hatte sie nicht kommen lassen, um Konversation zu machen, sondern weil er irgend etwas von ihnen gewollt hatte, etwas ganz Bestimmtes. Nur was, das würden sie jetzt vielleicht nie mehr erfahren.

Er sah dankbar auf, als zwei der Eingeborenen kamen und jedem von ihnen eine Schale mit Wasser und ein Stück Fleisch brachten. Das Wasser war warm, und das Fleisch schmeckte geradezu widerwärtig, aber er verzehrte es trotzdem bis auf den letzten Bissen und verspürte selbst hinterher noch Hunger. Er verzichtete jedoch darauf, nach einem Nachschlag zu fragen, obwohl er ihn wahrscheinlich bekommen hätte. Es schien keinen Mangel an Nahrungsmitteln im Lager zu geben, und die Tombstoner hatten sie bisher nicht hungern lassen.

Er ließ sich rücklings auf sein Lager sinken, legte den Unterarm über die Augen, um sie vor dem grellen Licht der letzten Sonnenstrahlen zu schützen, und versuchte zu schlafen. Es ging nicht. Er döste ein, schrak aber fast sofort wieder auf. Boris und Tai Lin waren seinem Beispiel gefolgt und schliefen bereits, während Stephen noch zusammengekauert, die Arme um die Knie geschlungen, dahockte und nach Westen starrte.

»Irgendwas stimmt hier nicht«, murmelte er, als er sah, daß Thomas wach war.

Thomas hatte eigentlich keine Lust, mit ihm zu reden, aber er stemmte sich trotzdem auf die Ellbogen hoch und sah den Amerikaner fragend an.

»Sie sind ziemlich aufgeregt«, erklärte Stephen. »Anders als sonst.«

»Sie sind beinahe zu Hause«, murmelte Thomas.

Stephen schüttelte den Kopf. »Das ist es nicht«, sagte er. »Es sieht eher aus, als ob sie sich vor irgend etwas fürchten. Sie stellen Wachen auf, dort oben – siehst du?« Er deutete mit der Hand auf die Felsen, die das Lager wie ein Spalier stummer natürlicher Wachtürme überragten, und Thomas erkannte die gedrungenen Gestalten von vier, fünf Eingeborenen gegen den rotglühenden Himmel. »Sieht aus, als fürchteten sie sich davor, überfallen zu werden.«

»Überfallen?« ächzte Thomas. »Sie sind fast vierzig! Eine kleine Armee! Wer sollte sie überfallen?«

»Eine große Armee«, gab Stephen trocken zurück.

Thomas seufzte. »Du kannst wohl nur an Mord und Totschlag denken, wie?«

»Habe ich keinen Grund?«

Thomas zögerte einen Moment, setzte sich ganz auf und rutschte ein Stück näher an Stephen heran.

»Vielleicht sollten wir die Situation ausnutzen und fliehen«, sagte Stephen.

»Fliehen? Ausgerechnet jetzt, wo sie wachsamer sind als sonst?«

Stephen lächelte. »Aber sie konzentrieren sich auf irgend etwas, das von *außerhalb* des Lagers kommt. Wenn wir die Dunkelheit abwarten und uns in Richtung Wüste wegschleichen ... Außerdem«, fügte er mit einer Geste zu der Laserpistole an seinem Gürtel hinzu, »haben wir immer noch die da.«

Thomas schüttelte erschrocken den Kopf. »Du irrst dich, wenn du glaubst, daß ich damit auf einen von ihnen schieße«, sagte er.

»Wer redet denn davon? Aber im Notfall können wir sie damit einschüchtern. Natürlich nur, wenn es gar nicht anders geht.«

Thomas schwieg einen Moment.

»Und dann?« fragte er.

Stephen zuckte mit den Achseln. »Keine Ahnung. Hauptsache, wir kommen erst einmal hier raus. Im Moment tun sie uns vielleicht noch nichts, aber das kann sich ändern, sobald wir in ihrem Lager sind. Das weißt du so gut wie ich.«

»Das glaube ich nicht. Sie ...«

»Und wenn«, unterbrach ihn Stephen. »Selbst, wenn sie uns nur festhalten, reicht das. Wenn wir nicht pünktlich in der Station sind, verpassen wir das Schiff. Und ich habe keine Lust, auf diesem Staubklumpen zu versauern. Heute ist die letzte Gelegenheit, Tom! Wenn wir erst einmal in ihrem Hauptlager sind, haben wir gar keine Chance mehr.«

Thomas schwieg. Natürlich hatte Stephen mit jedem Wort recht. Wenn sie fliehen wollten, dann war diese Nacht vermutlich die letzte Gelegenheit. Aber der Gedanke gefiel ihm trotzdem nicht. Obwohl sie Gefangene waren und einem ungewissen Schicksal entgegengingen, hatte er sich in Begleitung der großen, schweigsamen Eingeborenen sicher, beinahe geborgen gefühlt. Und irgendwie glaubte er zu spüren, daß ihnen diese Wesen nichts Böses wollten. Sie mochten aussehen wie Ungeheuer, aber sie waren es nicht.

Trotzdem nickte er nach einer Weile.

»In Ordnung«, sagte er leise. »Und wie stellst du dir die Sache vor?«

Stephen wiegte den Kopf. »Ideal wären Pferde«, sagte er; »aber wir werden wohl kaum welche stehlen können. Das beste wird sein, wir gehen ein paar Meilen auf unserer eigenen Spur zurück und umgehen das Lager dann in weitem Bogen. Mit ein bißchen Glück bemerken sie nicht einmal, daß wir weg sind, ehe morgen früh die Sonne aufgeht.«

»Ein paar Meilen!« keuchte Thomas. »Ich bin froh, wenn ich noch ein paar Meter gehen kann.«

»Du kannst ja hierbleiben«, antwortete Stephen trocken.

»Gilt das auch für mich?«

Thomas fuhr überrascht herum und blickte in ein Paar mattschimmernder, faustgroßer Insektenaugen.

»Raun!« keuchte er. Weder er noch Stephen hatten irgend etwas von seinem Näherkommen bemerkt. Der Tombstoner mußte lautlos wie eine Katze herangeschlichen sein.

»Ich habe mich schon gefragt, wann ihr es tun wollt«, sagte Raun gelassen.

»Was ... tun wollt?« wiederholte Stephen langsam.

»Fliehen.« Raun deutete auf den Boden zwischen ihren beiden Lagern. »Darf ich?«

Thomas nickte und tauschte einen raschen Blick mit Stephen. Aber der sah genauso überrascht und hilflos aus wie er.

»Ich habe alles gehört«, sagte Raun, nachdem er sich gesetzt hatte. »Aber ihr würdet nicht weit kommen, glaubt mir.«

»So?« machte Stephen trotzig.

»Selbst wenn wir euch nicht verfolgen und wieder einfangen würden – was wir täten – würde euch die Wüste umbringen.«

»Oh, wir haben eine ganze Weile dort draußen verbracht, ohne umgebracht zu werden«, murmelte Stephen. Aber sein Hohn war nur gespielt, ein schwacher Versuch, seine Enttäuschung und Wut zu verbergen.

Raun machte eine wegwerfende Handbewegung. »Da hattet ihr den stählernen Mann«, sagte er. »Und eure Waffen. Hier draußen würdet ihr keine Nacht überleben. Die Wüste wimmelt von Trogglots und Sandspinnen, und wenn ihr allein in die Berge ginget, würden euch die Ants erwischen.«

»Vielleicht ist das immer noch besser, als bei euch zu sein«, sagte Stephen trotzig.

Seltsamerweise lächelte Raun. »Du ziehst es vor, dort draußen zu sterben?«

»Immerhin wäre ich frei.«

»Die einzige Freiheit, die du da draußen hast«, sagte Raun ruhig, »ist die, zu sterben.«

Stephen starrte ihn feindselig an, aber Raun sprach unbeeindruckt weiter. »Eure Furcht ist vollkommen unbegründet. Wir werden euch nichts tun.«

»Warum habt ihr uns dann gefangengenommen?« schnappte Stephen.

»Weil wir euch für Sandmänner hielten. Und vielleicht auch zu eurem eigenen Schutz.«

»Was sind das«, fragte Thomas, »Sandmänner?«

Raun sah ihn zweifelnd an und machte mit den Händen eine rasche, komplizierte Geste, deren Bedeutung Thomas nicht zu deuten wußte. »Willst du damit sagen, daß es da, wo ihr herkommt, keine Sandmänner gibt?«

»Nein. Jedenfalls ... glaube ich das nicht. Ich weiß ja nicht einmal, wie sie aussehen«, antwortete Thomas mit einem nervösen Lächeln.

»Sie sind unsere Feinde«, erklärte Raun mit veränderter Stimme. »Sie leben nicht von der Jagd wie wir, sondern rauben und morden.«

Thomas seufzte. »Wenn das so ist, dann gibt es sie bei uns doch«, erklärte er. »Wir nennen sie nur nicht so.«

Raun sah ihn verwirrt an, aber Thomas ging nicht weiter darauf ein. Sie schwiegen eine Weile. Schließlich bewegte sich Raun, sah unsicher zum Himmel hinauf und wiederholte die Geste, die er schon einmal gemacht hatte. »Aber ich bin nicht gekommen, um mit euch über Sandmänner zu reden«, knüpfte er an seine Worte an.

»Sondern?«

»Aus dem gleichen Grund, aus dem ich euch vorhin eigentlich rufen ließ. Ich war ... aufgebracht. Verzeiht mir.«

»Wir haben dich nicht belogen«, sagte Thomas. Stephen warf ihm einen raschen, warnenden Blick zu, und Raun preßte den Mund zu einem schmalen Schlitz zusammen, aber das war ihm egal.

»Darüber reden wir später«, sagte Raun. »Ich habe euch gerufen, weil wir durch Ant-Gebiet ziehen. Ich ... wollte euch um eure Hilfe bitten.«

»Unsere Hilfe?« stieß Stephen überrascht hervor. »Wobei?«

Raun zögerte sichtlich. Man spürte deutlich, daß es ihm schwerfiel, sein Anliegen vorzubringen. »Gegen die Ants.«

Stephen unterdrückte im letzten Moment ein Lachen. »Wir sind deine Gefangenen, Raun«, sagte er. »Was bringt dich auf die Idee, daß wir dir helfen sollten?«

»Die Ants sind auch eure Feinde.«

»Meine nicht«, sagte Stephen patzig.

Thomas warf ihm einen flehenden Blick zu. »Wie könnten wir dir helfen?«

»Indem ihr ... indem ihr mir zeigt, wie eure Waffen funktionieren«, sagte Raun.

Stephens Unterkiefer klappte herunter. Sekundenlang starrte er Raun fassungslos an, dann begann er schallend zu lachen. »Du mußt vollkommen übergeschnappt sein«, keuchte er, nachdem er sich wieder beruhigt hatte. »Zuerst legst du uns praktisch in Ketten, und dann verlangst du auch noch, daß wir dir zeigen, wie du mit den Waffen umgehen mußt, die du uns gestohlen hast.«

»Ich sehe absolut keinen Grund zum Lachen«, sagte Raun ernst. »Wir beobachten ihre Spuren schon den ganzen Tag. Wir müssen mitten durch ihr Gebiet hindurch. Mit euren Waffen könnten wir sie besiegen.«

»Dann zieht doch woanders lang.«

»Das geht nicht«, sagte Raun traurig. »Es gibt nur diesen einen Weg.«

»Dann gib mir mein Gewehr, und ich brenne deine Ants weg – was immer das sein mag«, sagte Stephen.

Raun antwortete nicht einmal darauf.

»Viele meiner Männer werden sterben, wenn ihr uns nicht helft«, sagte er nach einer Weile.

Stephen lächelte kalt. »Geh zum Teufel.«

Raun sah ihn einen Moment lang beinahe traurig an, stand dann mit einer abrupten Bewegung auf und verschwand in der Nacht.

Thomas sah ihm nach, bis er in der Dunkelheit verschwunden war.

»Warum warst du so abweisend?« fragte er. »Vielleicht wäre das die Gelegenheit gewesen, ihr Vertrauen zu erringen.«

Stephen lachte. »Du glaubst auch noch an den Weihnachtsmann, wie? Ich werde diesen Wilden ganz bestimmt nicht zeigen, wie man einen Laser bedient. Oder möchtest du vielleicht die Station erreichen und sie von einer Horde grölender Mutanten besetzt vorfinden?«

»Aber das ist doch Blödsinn.«

»Das ist es nicht. Außerdem – überleg doch mal, Tom! Was kann uns denn Besseres passieren, als daß das Lager von diesen Ants angegriffen wird?! Das ist die Gelegenheit für uns! Einen besseren Moment zur Flucht gibt es nicht!«

»Hast du vergessen, was er gesagt hat?«

»Nein. Aber ich habe nicht vor, mich von diesen Wilden weiß Gott wohin schleppen zu lassen.«

»Wir könnten versuchen, uns mit ihnen zu arrangieren«, sagte Thomas, obwohl er ganz genau wußte, daß seine Worte vergeblich sein würden. »Vielleicht zeigen sie uns den Weg zur Station.«

»Ja«, antwortete Stephen, »um sie anzugreifen.« Er gab ein abfälliges Geräusch von sich und schüttelte heftig den Kopf. »Tut mir leid, Tom, aber der Traum von der interplanetarischen Verbrüderung funktioniert so nicht.«

»Du und dein verdammtes Mißtrauen, du –«

»Hör auf, Tom«, sagte eine Stimme neben ihm. »Stephen hat vollkommen recht. Ich bin zwar selten mit ihm einer Meinung, aber in diesem Fall stimme ich ihm zu.«

Thomas wandte verärgert den Kopf. Boris hatte sich halb aufgesetzt und sah ihn kopfschüttelnd an.

»Du bist wach?«

Boris lächelte. »Die ganze Zeit schon. Ihr wart ja laut genug.«

»Dann bist du also auch dafür abzuhauen?« fragte Stephen.

»Ja. Aber in einem Punkt gebe ich Tom recht – wir werden nicht auf einen von ihnen schießen.«

Stephens Gesichtsausdruck verriet keine Regung, aber in seinen Augen blitzte es zornig auf. Trotzdem klang seine Stimme ruhig, als er antwortete. »Okay. Und wann?«

Boris sah sich unschlüssig um. Die Sonne war untergegangen, aber der Talkessel war vom flackernden Schein zahlreicher Lagerfeuer erhellt. »Später«, murmelte er. »Vielleicht gegen Morgen. Im Moment sind sie noch zu wachsam.«

Stephen nickte. »In Ordnung. Dann wecke Tai Lin und sag ihr Bescheid.« Er wickelte sich umständlich aus seinen Dekken, reckte sich übertrieben und hakte die Daumen hinter den Gürtel.

»Wo willst du hin?« fragte Thomas.

Stephen grinste. »Dorthin, wo selbst der Oberhäuptling der Mutanten zu Fuß hingeht«, erklärte er. »Mal sehen – vielleicht kann ich unterwegs eine passende Stelle zum Verschwinden entdecken ...«

*

Es dauerte fast eine halbe Stunde, bis Stephen zurückkam. Sie hatten Tai Lin geweckt und sie kurz über ihren Plan (der Thomas mit jeder Sekunde weniger wie ein Plan, sondern vielmehr wie eine aus reiner Verzweiflung geborene Idee vorkam) unterrichtet. Als Stephen nicht wie erwartet nach wenigen Minuten zurückkehrte, fingen sie an, sich Sorgen um ihn zu machen.

»Was ist los?« fragte Boris ihn, nachdem er endlich zurückgekommen war. »Wo warst du die ganze Zeit?«

Stephen machte eine weit ausholende Handbewegung, die fast das gesamte Lager einschloß. »So ziemlich überall«, sagte er niedergeschlagen. »Sie hatten nicht einmal was dagegen.«

»Wogegen?«

»Daß ich mich gründlich umsehe«, antwortete Stephen. »Ihr könnt euch wieder hinlegen. Hier kommt nicht einmal eine Maus unbemerkt raus.«

»Wie meinst du das?«

»So, wie ich es sage. Sie passen auf wie die Schießhunde. Was immer diese Ants sind, sie scheinen eine höllische Angst vor ihnen zu haben. Fast die Hälfte von ihnen steht an allen möglichen und unmöglichen Orten Wache, und der Rest patrouilliert draußen um das Lager herum.«

Thomas war von Stephens Entdeckung nicht sonderlich überrascht. Er hatte sich seine eigenen Gedanken über Rauns Verhalten gemacht – immerhin waren sie für die Tombstoner Fremde, Menschen zwar, aber doch Angehörige eines Volkes, das sie niemals zuvor zu Gesicht bekommen hatten. Wenn Raun sie um Hilfe bat, dann mußte er nicht nur Angst haben, sondern nahezu verzweifelt sein. Aber was, dachte er erschrokken, konnte jemanden, den der Anblick einer Sandspinne oder eines Garillos höchstens zu einem Achselzucken veranlaßte, halb verrückt vor Angst werden lassen?

Stephen ließ sich mit einem Seufzer auf sein Lager sinken, verschränkte die Arme hinter dem Kopf und zog die Knie an. »Vielleicht ergibt sich morgen eine bessere Gelegenheit«, murmelte er. »Noch sind wir nicht in ihrem Lager. Zwischen uns und ihm liegen immerhin noch ein paar Meilen.«

»Und die Ants«, sagte Tai Lin leise.

Keiner von ihnen antwortete darauf.

Auch Thomas und Boris legten sich wieder hin. Tai Lin, die gar nicht erst von ihrem Lager aufgestanden war, zog die Decke höher und starrte mit weit geöffneten Augen in den Himmel. Thomas fragte sich, woran sie wohl denken mochte.

Wahrscheinlich an das gleiche wie er, wie sie alle vermutlich, wenn sie zum Himmel sahen und die Sterne erblickten. Irgendeiner dieser winzigen, funkelnden Lichtpunkte dort oben war die Sonne, ein kleiner, gelber Ball, um den ein noch winzigerer Punkt kreiste, unsichtbar und unendlich weit entfernt. Er dachte an Zuhause, an das Hotel in Washington und an seinen Vater. Was er jetzt wohl machen würde? Vielleicht lag er gerade jetzt ebenso wie er selbst wach auf seinem Bett und konnte vor Sorgen nicht einschlafen; vielleicht saß er auch in einem verräucherten Tagungszimmer und diskutierte mathematische Probleme, oder ...

Nun, auf jeden Fall würde er sich Sorgen um ihn machen.

Er versuchte, den Gedanken zu verdrängen, aber seine Anstrengungen bewirkten eher das Gegenteil. Unruhig warf er sich auf seinem Lager herum. Aber er konnte, trotz seiner Müdigkeit, keinen Schlaf finden. Wie schon zuvor dämmerte er ein paarmal ein und schrak wieder hoch, ehe er wirklich in Schlaf versinken konnte.

Er fuhr endgültig hoch, als ihn eine Hand an der Schulter berührte. Thomas blinzelte, setzte sich mit einem Ruck auf und schluckte die Frage, die ihm auf der Zunge gelegen hatte hinunter, als er Stephens besorgten Gesichtsausdruck sah.

»Was gibts?« flüsterte er.

Stephen legte den Zeigefinger über die Lippen und deutete mit einer Kopfbewegung nach Westen. Die Berge erhoben sich wie gewaltige schwarze Schatten gegen den Nachthimmel, aber davor brannten jetzt unzählige, niedrige Feuer, viel mehr als zuvor, und Dutzende der großen Eingeborenen rannten, mit Fackeln und Reisigbündeln beladen, zwischen ihnen hindurch und errichteten immer mehr und mehr Feuer.

»Es geht los«, murmelte Stephen.

Thomas nickte, stemmte sich auf Hände und Knie hoch und rüttelte Tai Lin und Boris wach. Stumm und voller banger Erwartung sahen sie zu, was weiter geschah.

Das Lager befand sich in heller Aufregung. Jeder einzelne Mutant schien auf den Beinen und damit beschäftigt zu sein, den Feuerkreis rings um das Lager zu vervollständigen oder sonstige Vorbereitungen zu treffen.

»Die Ants?« flüsterte Boris.

Stephen zuckte mit den Achseln.

»Oder jemand anders«, antwortete er nach sekundenlangem Überlegen. »Haltet euch bereit. Vielleicht ergibt sich doch noch eine Gelegenheit zu verschwinden.«

Die Stille fiel Thomas auf. Das Knistern und Prasseln der Feuer war lauter geworden, und vom anderen Ende des

Lagers wehte das nervöse Schnauben und Stampfen der Pferde herüber. Die Eingeborenen selbst dagegen gaben trotz ihrer Geschäftigkeit kaum einen Laut von sich. Ihr Verhalten erschien Thomas fast absurd – auf der einen Seite umgaben sie das Lager mit einem lodernden Feuerkreis, der meilenweit zu sehen sein mußte, und auf der anderen Seite schlichen sie fast auf Zehenspitzen, um nur ja kein überflüssiges Geräusch zu verursachen.

Der Feuerkreis war jetzt nahezu geschlossen, aber die Mutanten waren mit ihren Vorbereitungen keineswegs fertig. Im Gegenteil. Noch rascher und mit beinahe noch größerer Hast begannen sie, innerhalb des ersten, äußeren Kreises einen zweiten, noch höheren Wall aus Reisig und trockenen Zweigen aufzuschichten, ohne ihn allerdings zu entzünden. Andere Eingeborene waren damit beschäftigt, die Pferde in den inneren Ring zu bringen und auch dort überall kleine Reisighaufen aufzuschichten.

Und keiner von ihnen trug eine Waffe.

Obwohl sie am ersten Abend mit einem ganzen Arsenal von Mordinstrumenten aufgewartet hatten, war jetzt nicht einer von ihnen bewaffnet – eigentlich eine recht seltsame Art, sich auf einen Angriff vorzubereiten, fand Thomas.

Stephen ergriff ihn plötzlich am Arm und deutete nach Osten, zur Wüste hin. Der Feuerkreis war auch an dieser Stelle geschlossen, aber die Flammen loderten hier nicht halb so hoch wie auf der anderen Seite. Und es war nicht ein einziger Eingeborener zu sehen.

»Das ist unsere Chance!« sagte Stephen. »Kommt jetzt!«

»Und das Feuer?« fragte Tai Lin erschrocken.

Stephen machte eine wegwerfende Handbewegung. »Unsinn. Die Flammen sind doch nur einen halben Meter hoch. Wir springen darüber. Du wirst nicht einmal was davon spüren. Los jetzt!«

Sie liefen los. Keiner der Eingeborenen schien überhaupt

Notiz von ihnen zu nehmen, und sie erreichten schon nach wenigen Augenblicken den Flammenkreis.

Thomas blieb unwillkürlich stehen, als er die sengende Hitze spürte. Die Flammen brannten nicht hoch, aber die Eingeborenen mußten irgend etwas in das Feuer getan haben, das besondere Hitze entwickelte. Selbst in einer Entfernung von über zwei Metern war die Hitze kaum zu ertragen. Springen konnten sie jedenfalls nicht.

»Die Felsen dort hinten!« sagte Stephen gehetzt. »Wenn wir da raufklettern, können wir über das Feuer springen. Schnell!«

Irgendwo in der Dunkelheit hinter ihnen ertönte ein hoher, spitzer Schrei, gefolgt von einem prasselnden, rauschenden, immer lauter werdenden Geräusch, ein Laut, als stürzten Tonnen von Sand und Kies von den nahen Bergen ins Tal herab.

»Beeilt euch!« schrie Stephen. »Es geht los!«

Sie rannten, so schnell sie überhaupt konnten. Stephen erreichte die Felsen als erster, versuchte an den glatten, beinahe senkrecht in die Höhe strebenden Steinen Halt zu finden und rutschte mit einem wütenden Laut wieder zurück.

»So geht das nicht«, keuchte er. Er sah sich gehetzt um, lehnte sich dann mit dem Rücken gegen den Fels und verschränkte die Hände vor dem Bauch.

»Tom, du steigst auf meine Schultern!« befahl er. »Wenn du oben bist, kommt Boris nach, und ihr zieht Tai Lin und mich dann hoch. Beeilt euch!«

Wie, um seine Worte zu unterstreichen, erscholl von der anderen Seite des Lagers wieder dieses prasselnde Geräusch, aber diesmal hörte es sich eher an, als trappelten Millionen und Abermillionen winziger horniger Füßchen über den felsigen Boden. Und es war näher, viel viel näher.

Thomas griff nach Stephens Schultern, setzte den Fuß in seine verschränkten Hände und stieg mit einem entschlossenen Ruck nach oben. Stephen stöhnte unter seinem Gewicht, stand aber fest wie ein Fels. Thomas kämpfte, mit beiden

Füßen auf Stephens Schultern balancierend, einen Moment lang um sein Gleichgewicht, warf sich dann mit einer verzweifelten Bewegung nach vorne und streckte gleichzeitig die Hände nach der Oberkante des Felsbrockens aus. Im ersten Moment glitten seine Finger auf dem spiegelblank polierten Stein ab, dann fand er irgendwo festen Halt, spannte noch einmal die Muskeln und zog sich mit letzter Kraft nach oben.

Während er noch dahockte und mühsam nach Luft schnappte, stieg Boris auf die gleiche Weise zu ihm hinauf. Wenig später kam auch Tai Lin bei ihnen an, und zu dritt gelang es ihnen, Stephens ausgestreckte Hände zu ergreifen und ihn ebenfalls auf den Felsen hinaufzuziehen.

»Und ... jetzt?« fragte Boris atemlos.

Stephen deutete mit einer stummen Kopfbewegung auf die andere Seite der Steinbarriere. Die Hitze, die von dem flammenden Scheiterhaufen aufstieg, war hier oben fast noch stärker zu spüren. Ihre Gesichter brannten, und die Luft schien wie flüssiges Feuer durch ihre Kehlen zu rinnen. Aber auf der anderen Seite des Felsens lag sicherer Wüstenboden. Sie brauchten nur die zwei Meter über die Steinbarriere zu kriechen und dann in die Tiefe zu springen, um frei zu sein.

Thomas hob müde den Kopf und sah zum Lager zurück. Das Geräusch war mittlerweile zu einem ungeheuren Rauschen und Knistern angeschwollen. Aber obwohl das Lager von grellem Feuerschein beleuchtet war, konnte er keine Einzelheiten erkennen. Die Tombstoner liefen aufgeregt vor dem Flammenring auf und ab, die meisten mit einer oder mehreren Fackeln bewaffnet, aber er konnte nicht erkennen, was sie im einzelnen taten.

»Worauf wartest du?« fragte Stephen ungeduldig. »Daß sie uns eine Leiter bringen?«

Thomas winkte unwillig ab. »Sieh doch!« sagte er.

Jenseits des Feuerkreises bewegte sich etwas. Etwas Großes, Helles, Flimmerndes. Die Luft waberte vor Hitze und ließ keine Einzelheiten erkennen, aber Thomas sah auch so, daß – was immer sich dort draußen vor der Hitzebarriere bewegte – gigantisch sein mußte.

Die Flammen schossen jetzt höher empor, als würde ihnen von außen neue Nahrung zugeführt, und in das Prasseln des Feuers mischte sich immer öfter ein leiser, knackender Laut, ein Geräusch, das Thomas an den Knall erinnerte, mit dem Kastanien im Feuer explodierten. In Sekundenschnelle wuchs das Geräusch heran, wurde laut, unerträglich laut und verschlang das Knistern der Flammen. Es hörte sich an, als würde das Lager von Maschinengewehren beschossen.

»Mein Gott!« keuchte Boris. »Seht euch das an!«

Starr vor Schreck beobachteten sie, was weiter geschah. Die Flammen loderten immer höher empor, wurden fünf, acht, schließlich zehn Meter hoch und wuchsen immer noch. An ihrem Fuß loderte grelle Weißglut.

Und dann entstand die erste Lücke. Ein Teil der Feuerwand brach übergangslos zusammen, und etwas Weißes, Wirbelndes quoll durch die entstandene Bresche. Die Mutanten schrien erschrocken auf und eilten von überall herbei, schlugen mit ihren Fackeln und brennenden Reisigbündeln auf den weißen Strom ein und versuchten ihn zurückzudrängen.

Genausogut hätten sie versuchen können, eine Lawine mit bloßen Händen zu stoppen. Immer mehr und mehr der weißen, kribbelnden Masse quoll durch die Bresche. Die Lücke wurde breiter, und schon nach wenigen Augenblicken war es kein dünnes Rinnsal mehr, sondern ein reißender, klickender und sirrender Strom, der durch die Barriere drängte. Einer der Eingeborenen schrie plötzlich auf, ließ seine Fackel fallen und begann wie irr auf seine Beine einzuschlagen. Thomas glaubte zu erkennen, wie sich ein dünner Zweig von der Hauptmasse der weißen Lawine abteilte und zu ihm hinübereilte. Der Tombstoner stürzte, schrie in irrsinniger Furcht auf und schlug mit den Händen um sich.

Sein Körper begann sich weiß zu färben. Langsam, so wie sich ein Tintenfleck auf Löschpapier ausbreitet, begann die weiße Farbe seinen Körper zu überziehen. Als der Vorgang beendet war, lag der Eingeborene still.

»Oh verdammt!« stöhnte Stephen. »Nichts wie weg hier! *Schnell!*« Er sprang auf und war mit zwei schnellen Schritten bei der jenseitigen Felskante, aber keiner der anderen rührte sich. Der furchtbare Anblick hatte sie in seinen Bann geschlagen, und sie begriffen nicht einmal, daß sie ebenfalls in tödlicher Gefahr schwebten.

Die überlebenden Eingeborenen zogen sich hastig zurück. Während der äußere Feuerring an immer mehr Stellen zusammenbrach und den quirlenden weißen Strom hereinließ, zogen sie sich hinter den zweiten Wall zurück und stießen hastig ihre Fackeln in das trockene Reisig. Das Holz fing sofort Feuer und flammte grell auf. Aber in Anbetracht der ungeheuerlichen weißen Masse, die von außen heranströmte, schien es nicht mehr als ein glimmender Streichholzkopf gegen eine Flutwelle. Schon erreichte der erste Ausläufer der Ant-Armee das Feuer, flammte grell auf und verging, nur um sofort von einer neuen Front abgelöst zu werden. Es waren Tiere, das erkannte Thomas jetzt, Milliarden und Abermilliarden winziger, weißer Tiere, die sich mit Todesverachtung in die Flammen stürzten und starben, um für die Nachdrängenden eine Brücke über die Glut zu bilden.

»Jetzt kommt schon!« schrie Stephen voller Panik.

Thomas tauschte einen kurzen Blick mit Tai Lin. Er brauchte nichts zu sagen, um zu erkennen, daß sie dasselbe dachte wie er.

Mit einem entschlossenen Ruck zog er die Laserpistole aus dem Gürtel, legte die Sicherung um und sprang in die Tiefe.

Zurück!« schrie Stephen mit überschnappender Stimme. »Kommt sofort zurück! Seid ihr völlig wahnsinnig?!«

Aber Thomas hörte seine Worte gar nicht. Mit weit ausgreifenden Schritten rannte er neben Tai Lin auf den Feuerkreis zu, schlug einen Haken, um einem schmalen Ausläufer der Ant-Armee, der dem Haupttrupp vorausgeeilt war, auszuweichen, und feuerte seine Waffe blind in Richtung der Hauptmasse ab. Der nadeldünne weiße Blitz schlug zwischen den Tieren ein, verwandelte einen Quadratmeter Boden in Lava und ließ die Miniatur-Monster im Umkreis von vier, fünf Metern zu Asche zerfallen. Aber die Lücke schloß sich unter der Masse der nachdrängenden Tiere beinahe augenblicklich. Die Ants stürmten blind auf den weißglühenden Boden, verbrannten und bildeten in Sekunden eine schwarze, zusammengebackene Masse, über die die Nachdrängenden unbeschadet hinwegeilen konnten.

Der Feuerring war bereits durchbrochen, als sie an der letzten Bastion der Eingeborenen anlangten. Wie eine gewaltige weiße Zange umschloß das Ant-Heer den Flammenkreis, drängte von drei Seiten immer schneller heran und erstickte die Flammen an drei, vier Stellen. Thomas schoß wieder, brannte für sich und Tai Lin eine schmale, rauchende

Gasse in das brodelnde weiße Meer und stürmte in den Feuerkreis.

Im Inneren des Ringes herrschte das totale Chaos. Die Ants hatten die Feuerbarriere an drei Stellen durchbrochen, aber diesmal hatten die Tombstoner nichts mehr, wohin sie fliehen konnten, sondern stürzten sich mit Todesverachtung in den Kampf.

Aber es war ein Kampf, den sie nicht gewinnen konnten. Noch gelang es ihnen, den Ansturm der Tiere mit verzweifelter Kraft aufzuhalten, aber sie wurden Schritt für Schritt zurückgedrängt. Die meisten von ihnen bluteten bereits aus Dutzenden von kleinen Bißwunden an Beinen und Unterarmen.

Thomas war stehengeblieben, um sich einen Überblick über die Lage zu verschaffen. Plötzlich spürte er einen brennenden Schmerz an der Wade. Er schrie auf, sah an sich herab und gewahrte eines der weißen, vielleicht fünf Zentimeter langen Tiere. Es war an seinem Bein heraufgeklettert und hatte das zähe Leder seiner Stiefel mit einem einzigen Biß seiner winzigen Zangen durchtrennt. Mit einer wütenden Bewegung streifte er das Ant ab und rammte es mit dem Absatz in den Boden.

Neben ihm schrie Tai Lin plötzlich auf. Er fuhr herum, erstarrte für einen Moment vor Schrecken und sprang dann mit einem verzweifelten Satz zur Seite. Der Boden wimmelte plötzlich von Ants. Hunderte, Tausende der winzigen Tierchen trippelten durch die Lücke im Feuer heran, formierten sich zu einem Keil und drangen mit klickenden Zangen auf ihn und Tai Lin ein.

Thomas hob seine Waffe, drückte den Daumen auf den Auslöser und jagte Blitz auf Blitz in die heranwogende Masse, bis der Boden vor ihm in dunklem Rot glühte und von den Ants nur noch kleine, verschmorte Klümpchen übriggeblieben waren. Aber es war nur ein Tropfen auf den heißen Stein. Immer mehr und mehr der winzigen, gefräßigen Ungeheuer drängten von außen herein, und Thomas und Tai Lin mußten sich Schritt für Schritt zurückziehen.

Verzweifelt sah er sich nach Raun um. Er entdeckte den kleinen Tombstoner zwischen seinen größeren Artgenossen, direkt in vorderster Front. In der Rechten hielt er einen brennenden Ast, mit dem er immer wieder auf die Ants einschlug, die den Boden dicht vor ihm wie weißer Schaum bedeckten, mit der anderen Hand fummelte er ungeschickt an einem der großen Gammastrahl-Lasergewehre herum, die er ihnen abgenommen hatte.

Thomas stieß einen Fluch aus, fuhr herum und rannte auf ihn zu. Ein Trupp Ants verlegte ihm den Weg und hob drohend die Beißzangen. Thomas stieß sich ab, sprang, so weit er konnte, und feuerte gleichzeitig seine Waffe ab.

Jedenfalls versuchte er es.

Der grüne Kristall im Lauf der Pistole glühte sanft auf und erlosch. Die Waffe war leergeschossen.

Thomas hatte nicht einmal Zeit, Schrecken zu empfinden. Er landete wenige Zentimeter hinter der Front der Ants, verlor das Gleichgewicht und schlug lang hin. Irgend etwas berührte seine Beine, etwas Eisiges, Hartes, Kribbelndes, dann schoß ein greller Schmerz durch seinen Körper und ließ ihn aufschreien. Er warf sich herum, schlug in blinder Panik auf die Ants ein, die sich an seinen Hosenbeinen verbissen hatten, und kroch rückwärts davon. Es war aussichtslos. Für einen Ant, den er abstreifte, krabbelten zehn neue an seinen Stiefeln empor, und er spürte jetzt schon den beißenden Schmerz von einem Dutzend winziger Bißwunden.

Ein gedrungener Schatten tauchte neben ihm auf, trat mitten unter die Ants und riß ihn hoch. Thomas schrie erneut auf, als der Tombstoner seine brennende Fackel an seiner Hose herabgleiten ließ. Aber die Hitze sengte nicht nur den Stoff seiner Jeans an, sie tötete oder vertrieb auch die Ants, die sich bereits in ihr verbissen hatten.

Der Tombstoner sprang zurück und trug ihn wie ein Kind mit sich. Thomas brach keuchend zusammen, als der Eingeborene ihn absetzte und sich sofort wieder in den Kampf stürzte. Seine Beine taten unglaublich weh, und ihm wurde übel vor Anstrengung. Aber er hatte jetzt keine Zeit, sich auszuruhen. Der Kampf näherte sich seinem Ende. Das Feuer brach an immer mehr Stellen zusammen, und plötzlich waren es nicht mehr Tausende, sondern Millionen von Ants, die die Mutanten bedrängten.

Thomas kam wankend auf die Füße, steckte die nutzlose Waffe in den Gürtel zurück und hielt erschrocken nach Tai Lin Ausschau. Er konnte sie nirgends entdecken, aber die Szene wurde immer wieder vom gleißenden Licht ihres Lasers erhellt. Wenigstens lebte sie noch.

Mit letzter Kraft wankte er auf Raun zu. Der junge Tombstoner sah schrecklich aus. Seine Beine waren bis über die Knie hinauf blutüberströmt, und selbst in seinem Gesicht gewahrte Thomas zwei winzige Bißwunden.

Raun fuhr herum und starrte eine halbe Sekunde lang fassungslos auf die Laserpistole an Thomas' Gürtel. Thomas streckte wortlos die Hand aus.

Wieder dauerte es eine endlose, quälende Sekunde, in der Raun ihn anstarrte und verzweifelt überlegte. Dann hob er mit sichtlichem Widerwillen die Hand und reichte Thomas das Gewehr.

Thomas riß die Waffe hastig an sich, bedeutete Raun mit einer Kopfbewegung, beiseite zu treten und legte die Sicherung um. Das Gewehr begann sanft in seinen Händen zu vibrieren, und der fingernagelgroße Kristall an seinem Lauf glühte in hellem Grün. Max' Warnung schoß ihm blitzartig durch den Kopf – schießt nur auf Ziele, die mehr als fünfzig Meter entfernt sind, sonst gefährdet euch die Strahlung selbst. Aber er hatte keine andere Wahl.

Die Nacht wurde übergangslos zum Tage, als er den Auslöser drückte. Er hatte den Lauf des Gewehres schräg gehalten, so daß der Strahl weit draußen jenseits des Feuerkreises einschlug. Trotzdem ließ ihn die Hitze zurücktaumeln. Eine gewaltige Feuersäule schoß in den Himmel. Der Felsboden verdampfte, verwandelte sich in glühendes kochendes Plasma, das wie tödlicher Feuerregen auf die Ants niederfiel. Er taumelte zurück, fiel auf ein Knie und schoß erneut. Neben und hinter ihm schrien die Mutanten entsetzt auf, als die sonnenhellen Blitze des Lasergewehres unaufhörlich zwischen den Ants einschlugen und das Tal jenseits der Flammenbarrieren in einen brodelnden Lavasee verwandelten.

Der Boden vor ihm wimmelte noch immer von Ants. Thomas wagte es nicht, auch auf die Tiere zu schießen, die so dicht vor ihnen waren, aber jetzt, als sie von außen keine Verstärkung mehr erhielten, wurden Rauns Männer rasch mit ihnen fertig. Thomas hob das Gewehr noch ein wenig höher, drückte den Daumen auf den Auslöser und ließ ihn darauf. Der grelle Gammastrahl schnitt wie eine Sense aus Licht und Hitze durch die Masse der Ants, schuf einen zwanzig, dreißig Meter breiten Korridor aus weißglühender Lava und trieb die Tiere, die dem Inferno entgingen, in wilder Panik zurück.

Der Kampf endete so übergangslos, wie er begonnen hatte. Thomas gab sich keinen Illusionen hin – selbst mit dem Lasergewehr hätte er die Ant-Armee nicht vollständig vernichten können. Ihre Zahl überstieg die Grenze des Faßbaren. Aber die Tiere zogen sich trotzdem zurück. Ungeachtet ihrer unbeschreiblichen Angriffslust schienen die Verluste, die sie im Laufe der letzten Sekunden erlitten hatten, zu gewaltig zu sein. Die weiße, kribbelnde Flut floß zurück, überrannte den verkohlten, äußeren Verteidigungsring der Tombstoner zum zweiten Male, nur diesmal in umgekehrter Richtung, und verschwand nach wenigen Augenblicken in der Nacht. Nur hier und da waren noch kleine, abgesprengte Truppen von Rückzüglern zu erblicken.

Thomas ließ erschöpft das Gewehr sinken. Die Hitze war unerträglich, und der Boden glühte dort, wo ihn die Laserschüsse getroffen hatten, so grell, daß es in den Augen schmerzte. Sekundenlang blieb er mit geschlossenen Augen stehen, rang keuchend nach Atem und versuchte die Übelkeit zurückzudrängen, die aus seinem Magen emporstieg.

Als er die Augen öffnete, war er allein. Die Eingeborenen hatten sich zurückgezogen und einen weiten Kreis um ihn herum gebildet. Er versuchte zu lächeln, machte einen Schritt und brach kraftlos in die Knie. Das Gewehr schien plötzlich Zentner zu wiegen. Wie durch einen dichten Nebel sah er, daß Raun auf ihn zutrat. Er sagte irgend etwas, aber in Thomas' Ohren war nur ein dumpfes, auf- und abschwellendes Rauschen, das jedes andere Geräusch verschluckte.

»Weg hier«, murmelte er mit letzter Kraft. »Ihr müßt hier ... verschwinden ... die ... die Strahlung ...«

Dann verlor er das Bewußtsein und kippte haltlos nach vorne.

*

Als er erwachte, lag eine kühle, schmale Hand auf seiner Stirn. Im ersten Augenblick sah er nichts als treibende Nebelfetzen, dann klärte sich sein Blick, und er erkannte ein schmales, von dunklem Haar eingerahmtes Gesicht. Tai Lin.

»Na«, sagte eine Stimme irgendwo hinter ihm, »wie geht es unserem großen Helden?«

Irgendwie, fand Thomas, klang die Stimme nicht sehr freundlich. Nicht so freundlich, wie sie es der Wahl der Worte nach hätte sein müssen. Er stemmte sich hoch, blinzelte ein paarmal, um den Blick endgültig klar zu bekommen, und drehte den Kopf. Stephen hockte mit finsterem Gesicht neben ihm und starrte abwechselnd ihn und den breitschultrigen Tombstoner an, der reglos wie eine Statue neben ihrem Lager stand und offensichtlich Wache hielt.

»Was ist passiert?« fragte er schwach. Er versuchte sich daran zu erinnern, was geschehen war, aber die Bilder in seinem Kopf wirbelten wild durcheinander.

»Oh, nichts«, sagte Stephen. »Nichts von Bedeutung jedenfalls. Du hast unsere letzte Chance verspielt, hier mit heiler Haut rauszukommen, hast deine Waffe leergeschossen und diesen Wilden verraten, daß wir nicht so wehrlos sind, wie sie dachten, hast dich beinahe selbst umgebracht und diesen Steinzeitmenschen obendrein gezeigt, wie man mit den großen Lasern umgeht. Mehr nicht.«

»Du bist unfair«, sagte Tai Lin aufgebracht. »Er hat ihnen allen das Leben gerettet. Und uns wahrscheinlich auch.«

»Wie edel«, sagte Stephen spöttisch.

»Oder glaubst du im Ernst«, fuhr Tai Lin unbeeindruckt fort, »daß wir den Ants entkommen wären?«

Stephen antwortete nicht, aber sein Gesichtsausdruck sprach Bände.

»Das spielt doch jetzt gar keine Rolle«, sagte Boris in einem ebenso gutgemeinten wie vergeblichen Versuch, Frieden zu stiften. »Es ist nun mal passiert.«

Er wollte noch mehr sagen, aber in diesem Moment regten sich ihre beiden Wächter, und Raun trat, gefolgt von vier seiner Männer, zwischen sie. Thomas sah voller Schrecken, daß die vier Tombstoner nicht nur die schweren Lasergewehre, sondern auch ihre Pistolen in Händen trugen. Ihm fiel erst jetzt auf, daß die Magnethalterungen an den Gürteln der anderen leer waren.

Rauns Gesichtsausdruck war schwer zu deuten, als er vor Thomas stehenblieb. Zehn, fünfzehn endlose Sekunden lang starrte er ihn wortlos aus seinen großen, glitzernden Augen an, dann streckte er, ohne sich umzublicken, die Hand aus und ließ sich von einem seiner Männer Thomas' Pistole reichen.

»Ihr hattet diese Waffen die ganze Zeit«, stellte er fest.

Thomas schwieg.

»Ihr hättet euch jederzeit damit befreien und uns töten können«, fuhr er nach einer Weile fort.

Thomas lächelte verlegen. »Nein. Wir ...«

»Ihr hättet es gekonnt«, unterbrach ihn Raun sanft. »Aber ihr habt es nicht getan. Und ihr hättet fliehen können, vorhin, als uns die Ants angriffen. Statt dessen habt ihr euer eigenes Leben riskiert, um das Leben meiner Männer und meines zu retten. Ich danke euch dafür.«

Thomas wußte für einen Moment nicht, was er antworten sollte. Raun meinte seine Worte durch und durch ehrlich, das spürte er. Aber es *war* keine Heldentat gewesen, jedenfalls nicht von seinem Standpunkt aus. Es war eher ... ja, was eigentlich? Eigentlich hatte er überhaupt nicht gedacht, sondern einfach auf seine innere Stimme gehört, eine Stimme, die ihm gesagt hatte, daß dort vorne Menschen in Lebensgefahr waren. Richtig betrachtet war das, was er getan hatte, sogar ziemlich dumm gewesen.

»Ihr seid ab sofort unsere Gäste, nicht mehr unsere Gefangenen«, sagte Raun. Er lächelte, legte die Pistole vor Thomas in den Sand und machte eine auffordernde Geste. »Nimm sie.«

Thomas griff zögernd nach der Waffe, drehte sie ein paarmal in den Händen und warf sie dann achtlos hinter sich.

Raun sah ihn verblüfft an. »Du wirfst deine Waffe weg?«

»Sie ist leergeschossen«, antwortete Thomas. »Nutzlos. Behaltet sie von mir aus als Andenken.«

»Leergeschossen?« wiederholte Raun. »Heißt das, daß sie nicht mehr funktioniert?«

»Das heißt es«, bestätigte Thomas.

»Aber dann warst du ... dann warst du wehrlos, als du dich zu uns durchgekämpft hast«, murmelte Raun.

Thomas seufzte. »Vielleicht. Aber jetzt hör bitte auf, meinen Heiligenschein zu polieren, ja?«

Raun verstand sicher nicht, was Thomas' Worte bedeuteten, aber er lächelte trotzdem. Dann wandte er sich zu Stephen und Boris um. »Ihr seid frei«, sagte er. »Meine Leute werden euch euren Besitz zurückgeben.«

»Frei?« echote Stephen. »Heißt das, daß wir gehen können, wohin wir wollen?«

Raun nickte. »Ja. Wenn ihr wirklich wollt, dann könnt ihr gehen. Wir geben euch Pferde und Nahrung, soviel ihr wollt. Aber es wäre besser, ihr würdet uns begleiten.«

Stephens Mißtrauen war keineswegs beseitigt. »Wenn wir unbedingt wollen«, wiederholte er lauernd. »Was heißt das?«

Raun deutete nach Westen. »Der Weg zur Zitadelle der Ewigkeit ist weit und voller Gefahren«, sagte er ernsthaft. »Es wäre sicherer, wenn ihr uns zu unserem Lager begleiten und von dort aus weiterziehen würdet. Ich bin sicher, mein Vater gibt euch eine Eskorte mit auf den Weg.«

»Ist das eine Bitte«, fragte Stephen, »oder ein Befehl?«

Thomas sah ihn böse an, aber Stephen ließ sich nicht beirren.

»Es ist eine Bitte«, sagte Raun. »Und ein guter Rat. Ihr mögt mächtig sein und schreckliche Waffen haben, aber in den Bergen lauern Gefahren, denen ihr allein trotzdem nicht gewachsen wärt. Aber ich verlange jetzt keine Entscheidung. Denkt den Rest der Nacht in Ruhe darüber nach. Morgen bei Sonnenaufgang ziehen wir weiter.« Er nickte zum Abschied, wandte sich um und verschwand in der Dunkelheit.

»Versteh' einer diesen Kerl«, murrte Stephen, als Raun außer Hörweite war. »Gestern hätte er uns am liebsten noch aufgehängt, und heute behandelt er uns wie . . .«

»Gestern wußte er auch noch nicht, daß wir seine Freunde sind«, unterbrach ihn Thomas.

Stephen sah ihn finster an. »Spiel dich bloß nicht auf«, sagte er spitz. »Die Sache hätte auch anders ausgehen können. Du hast Glück gehabt, das ist alles.«

»Ich weiß«, sagte Thomas. »Aber das ändert nichts daran, daß wir jetzt vielleicht die Möglichkeit haben, einigermaßen bequem und unbeschadet zur Station zu kommen.«

»Du willst also wirklich bei ihnen bleiben?«

Thomas zuckte mit den Achseln. »Warum nicht? Ich glaube, Raun hat vollkommen recht – allein hätten wir wohl keine allzugroße Chance, die Station zu erreichen.«

»Und ein paar Tage Ruhe täten uns allen gut«, fiel Boris ein.

Stephen zog die Augenbrauen zusammen und antwortete erst gar nicht darauf. »Ich traue diesen Mutanten nicht«, murmelte er nach einer Weile. »Wenn du mich fragst, dann ist das alles nur ein Trick. Sie wollen uns einseifen und dann mit unserer Hilfe die Station überfallen.«

»Dich fragt aber keiner«, sagte Thomas böse. Stephens Worte riefen in ihm eine kaum zu beherrschende Wut wach. »Wir bleiben bei ihnen und nehmen Rauns Angebot an, und damit basta.«

»Und das bestimmst du?«

»Nein«, sagte Tai Lin an Thomas' Stelle.

»Aber wir alle«, stimmte Boris zu.

»Ganz demokratisch«, nickte Thomas.

*

Sie brachen am nächsten Morgen noch vor Sonnenaufgang auf. Dank Thomas und Tai Lins mutigem Eingreifen hatten die Eingeborenen durch den Überfall der Ants nur drei Mann verloren, aber es war trotzdem ein zerschlagener und ziemlich mitgenommener Haufen, der – den noch immer von Flecken knisternder Rotglut durchsetzten Talkessel in weitem Bogen umgehend – an diesem Morgen nach Westen zog. Zum ersten Mal paßten die Eingeborenen ihr Tempo demjenigen ihrer erschöpften und des Reitens weitgehend unkundigen Begleiter an. Als die Sonne nach der kurzen, feurigen

Dämmerung über dem Horizont erschien, hatten sie kaum zwei Meilen zwischen sich und den Lagerplatz gebracht.

Sie sahen keine Ants mehr, aber ihre Spuren kreuzten mehrmals den Weg der kleinen Kolonne: Breite, kahlgefressene Streifen, mit fast mathematischer Präzision über den Boden gezogen. Nichts, absolut nichts war dort stehengeblieben, wo die Insekten entlanggezogen waren, und einmal kamen sie an dem völlig blankgefressenen Skelett eines gewaltigen, sechsbeinigen Tieres vorbei, das größer – und wohl auch wesentlich stärker – als ein Elefantenbulle gewesen sein mußte.

Der Anblick brachte Thomas wieder auf eine Frage, mit der er sich schon die ganze Nacht beschäftigt hatte. Er lenkte sein Pferd aus der Marschordnung heraus, gab ihm die Sporen und ritt mit zusammengebissenen Zähnen an die Spitze des Trupps, um zu Raun zu gelangen. Die ungewohnte Art der Fortbewegung forderte allmählich ihren Tribut – sein Rükken schmerzte, als wolle er jeden Moment wie ein trockener Ast durchbrechen, und er spürte jeden einzelnen Hufschlag des Pferdes wie einen schmerzhaften Hieb in jedem Knochen.

Raun lächelte erfreut, als er neben ihm anlangte.

»Nun«, sagte er, »ihr habt euch entschieden. Ihr kommt mit uns.«

Es war keine Frage, aber Thomas nickte trotzdem. »Ja«, sagte er. »Wenigstens bis zu eurem Lager. Ein paar Tage Ruhe tun uns sicher gut.«

»Dein Freund ist nicht damit einverstanden?«

»Stephen?« Thomas zuckte mit den Achseln. »Ich weiß es nicht. Ich glaube, er sehnt sich genauso nach einem weichen Bett und Schlaf wie ich und die anderen, aber er ist wohl zu stolz, um zuzugeben, daß er sich geirrt hat.«

Raun dachte einen Moment über seine Worte nach. »Das verstehe ich nicht«, sagte er kopfschüttelnd. »Auch ich habe mich geirrt, als ich euch für Sandmänner hielt.«

»Das ist etwas anderes«, antwortete Thomas. »Er ist... er stammt aus einem Volk, das nicht gerne zugibt, sich zu irren. Ich glaube, keiner von uns gesteht das gerne. Aber ich wollte über etwas anderes mit dir reden.«

Raun nickte. »Bitte. Worüber?«

Thomas deutete auf das Lasergewehr, das wieder an seinem Sattel hing. »Darüber. Und über die Sandmänner.«

Rauns Gesicht verdüsterte sich sichtlich.

»Erinnerst du dich, was du sagtest, als ihr uns gefangengenommen habt?« fragte Thomas. »Du sagtest, nur Sandmänner hätten solche Waffen.«

»Ich weiß«, sagte Raun. »Aber ich habe mich geirrt. Sie sehen ähnlich aus, aber eure Waffen sind viel mächtiger. Hätten die Sandmänner Blitzschleudern wie ihr, gäbe es unser Volk nicht mehr.«

»Dann leben die Sandmänner nicht in der Zitadelle der Ewigkeit?« fragte Thomas erleichtert.

Raun schüttelte heftig den Kopf. »Natürlich nicht. Aber warum fragst du? Ich dachte, ihr kämet dorther?«

»Wir wollen dorthin«, berichtigte Thomas lächelnd. »Das ist ein Unterschied.«

»Dann wurde die Zitadelle der Ewigkeit nicht von eurem Volk erbaut«, schloß Raun nach kurzem Nachdenken.

»Nein«, sagte Thomas. »Das heißt – ja und nein. Es ist... ziemlich kompliziert.«

Raun nickte. »Das scheint mir auch so. Aber du mußt nicht darüber reden. Wenn du nicht sagen willst, woher ihr kommt, so ist das deine Sache.«

Thomas winkte hastig ab. »So einfach ist es leider nicht. Die Basis – die Zitadelle der Ewigkeit, wie ihr sie nennt – wurde von einem Volk erbaut, das mit dem unseren befreundet ist. Aber ich hatte Angst, sie wären eure Feinde.«

»Sie sind nicht unsere Feinde«, sagte Raun. »Aber auch nicht unsere Freunde.«

»Aber ihr kennt sie?«

»Eigentlich nicht«, gestand Raun. »Du mußt mit meinem Vater darüber reden, wenn wir im Lager sind. Er war dort, vor langer Zeit. Vielleicht kann er dir mehr erzählen.«

»Und die Sandmänner?« hakte Thomas nach. »Was ist mit ihnen? Wer sind sie?«

»Unsere Feinde«, erklärte Raun, als wäre dies allein Antwort genug. »Sie leben oben in den Bergen, in tiefen Höhlen. Sie kommen nur selten heraus, und wenn, dann um zu stehlen und zu morden.«

»Und ihr habt nie versucht, mit ihnen zu reden? Euch mit ihnen zu verständigen?«

»Mit Sandmännern kann man nicht reden«, sagte Raun. Irgend etwas in seiner Stimme ließ Thomas schaudern. Wenn Raun über die Sandmänner sprach, schien er plötzlich ein ganz anderer zu sein. In seiner Stimme war mit einem Mal keine Spur von Freundlichkeit mehr, sondern nur noch Haß, Haß und Verachtung.

Ihr Vormarsch kam für einen Augenblick ins Stocken. Der schmale Bergpfad, über den sie seit wenigen Minuten ritten, wurde von den Trümmern eines Erdrutsches blockiert, und vier von Rauns Männern stiegen ab, um die Hindernisse zu beseitigen. Raun schien über die Unterbrechung ihres Gespräches nicht gerade böse zu sein, und Thomas schnitt das Thema auch nicht wieder an, als sie weiterritten.

Trotzdem blieb er an Rauns Seite, auch als sie gegen Mittag lagerten und ein zwar einfaches, aber reichhaltiges Mahl einnahmen. Sie unterhielten sich fast den ganzen Tag – das hieß, Thomas fragte, und Raun antwortete geduldig und manchmal amüsiert – und Thomas erfuhr mehr über die Welt der Tombstoner, als er sich jemals hätte träumen lassen. Es war eine einfache, harte Welt, aber wenn er Rauns manchmal schwärmerischen Erzählungen lauschte, dann war es auch eine schöne Welt. Raun war elf Jahre alt, also sogar noch jünger als er selbst, aber er war trotzdem schon ein Krieger und umsichtig genug, die Männer des Dorfes auf der Jagd zu führen.

Die Tombstoner lebten fast ausschließlich von der Jagd. Es gab hier in den Bergen nicht sehr viele eßbare Pflanzen, und der verbrannte Boden eignete sich nicht zum Ackerbau; ganz davon abgesehen, daß der Säureregen, der zwar nicht oft, aber beinahe regelmäßig fiel, jede Ernte verbrannt hätte. Die knapp vierzig Männer, die Raun bei sich hatte, stellten fast die Hälfte seines Volkes dar. Und sie ritten manchmal Hunderte von Meilen, um genügend Fleisch für die Daheimgebliebenen zu jagen. Der Kraterdschungel, in dem sie Max verloren hatten, gehörte zu ihren bevorzugten Jagdrevieren, und dort war es auch gewesen, wo sie die vier Fremden zum ersten Mal gesehen hatten. Aber sie hatten es nicht gewagt, sich offen zu zeigen. Der gewaltige Roboter jagte ihnen Furcht ein, und das Auftauchen des Schreihalses hatte sie endgültig vertrieben. Erst als die Maschine zerstört gewesen war, hatten sie sich wieder aus ihren Verstecken tief im Dschungel hervorgewagt und die Verfolgung aufgenommen.

Aber Thomas erkundigte sich nicht nur nach Dingen wie diesen, sondern auch nach der Geschichte der Eingeborenen und ihrer Welt. Leider konnte ihm Raun dazu kaum etwas sagen. Die Tombstoner schienen so etwas wie eine Geschichtsschreibung weder zu kennen noch zu brauchen, und als Thomas fragte, wie die Welt vor der großen Katastrophe ausgesehen hatte, sah ihn Raun verständnislos an. Er kannte seine Welt nur so, wie sie war – eine heiße, trockene Welt voller Ungeheuer und Gefahren, eine Welt, in der es Säure regnete und in der nur jedes dritte oder vierte Kind, das zur Welt kam, lebensfähig war.

Als Raun an diesem Punkt seiner Erzählung angekommen war, beschlich Thomas ein ungutes Gefühl. Er hatte sich an den bizarren Anblick von Raun und seinen Artgenossen gewöhnt, aber die Worte des jungen Tombstoners erinnerten ihn schlagartig wieder daran, was die Eingeborenen wirklich waren: Mutanten. Die Nachfahren von Menschen, deren Erbanlagen durch harte Gammastrahlen geschädigt worden waren. Mißgeburten, wie Stephen es ausgedrückt hatte. Und längst nicht die schlimmsten. Rauns Volk hatte eine Regel, die Thomas schaudern ließ: Wurde ein Kind geboren, dessen Behinderung zu schlimm war, so töteten sie es. Eine grausame und unmenschliche Regel, aber die einzige Wahl, die ihnen blieb. Nur die, die aus eigener Kraft für sich zu sorgen imstande waren, durften weiterleben. Jede andere Art zu handeln hätte das Volk binnen einer Generation in den Untergang geführt. Trotzdem konnte sich Thomas mit dem Gedanken nicht abfinden. Es war nicht richtig. Es war das einzige, was die Eingeborenen tun konnten, aber es war einfach nicht richtig.

Aber war es nicht in der Welt, aus der er kam, ähnlich? Sicher, dort wurde niemand getötet, wenn er mit einer Behinderung auf die Welt kam, aber überlebte dort – wenn auch im übertragenen Sinne – nicht auch nur der Starke? Vielleicht waren die Tombstoner nur konsequenter, und vielleicht war diese ganze Welt nichts als ein gigantischer, überzeichnender Spiegel, der ihnen vor die Augen gehalten wurde.

Er schob den Gedanken fast erschrocken von sich, aber er konnte ihn nicht ganz verdrängen.

*

Am späten Nachmittag erreichten sie das Dorf. Der Pfad hatte sich endlos lang die Berge hinaufgeschlängelt, und ein paarmal hatten sie einen Grat überschritten, nur um vor einem weiteren, noch höheren Berg zu stehen. Die Müdigkeit hatte sich langsam, aber beharrlich wieder in Thomas' Körper geschlichen, und seine Unterhaltung mit Raun war immer einsilbiger geworden, bis er schließlich erschöpft zu den drei anderen in die Mitte der Kolonne zurückkehrte. Stephen kommentierte seinen Alleingang mit einer seiner üblichen spitzen Bemerkungen, aber Thomas nahm sie schon gar nicht mehr zur Kenntnis. Schweigend ritt er neben ihm her, hing seinen Gedanken nach und konzentrierte sich im übrigen ganz darauf, die Augen offenzuhalten. Nicht, daß das wirklich nötig gewesen wäre – viele der Eingeborenen dösten in ihren Sätteln vor sich hin, und die Pferde schienen den Weg ganz von selbst zu finden. Aber das waren geübte Reiter, während Thomas bei jeder Unebenheit um sein Gleichgewicht kämpfen mußte.

Sie waren alle erleichtert, als der letzte Grat überschritten war und das Dorf unter ihnen lag. Thomas' Müdigkeit verflog noch einmal für einen Moment, als er das Sommerlager der Eingeborenen sah. Es war rund und ganz von einer wuchtigen, sicher drei Meter hohen Mauer aus kunstvoll ineinandergepaßten Felssteinen umgeben, die nur von einem einzigen, sehr schmalen Tor durchbrochen wurde. Außerhalb der Mauer zog sich ein tiefer, mit Holz und trockenen Zweigen gefüllter Graben dahin, über den ein schmaler hölzerner Steg führte; offenbar eine Verteidigungsanlage gegen die Ants oder sonstige Angreifer. Die Häuser im Inneren des Dorfes schienen ebenfalls aus Stein gemauert zu sein, erhoben sich aber zu Thomas' Verwunderung auf mächtigen, wie poliert wirkenden Steinsäulen fast eine Manneslänge über den Boden. Mit den primitiven Werkzeugen, die den Eingeborenen zur Verfügung standen, mußte es eine gigantische Leistung gewesen sein, diese steinerne Festung zu errichten. Sein Respekt vor den Tombstonern stieg um ein gehöriges Stück.

Sie ritten nun in rascherem Tempo den Hang hinunter und näherten sich dem Dorf. Das wuchtige Tor, das – wie Thomas beim Näherkommen feststellte – aus einer einzigen, sorgfältig behauenen Steinplatte bestand, schwang auf, als sie sich dem Graben näherten, und eine Abordnung der Tombstoner eilte ihnen entgegen. An ihrer Spitze ritt ein grauhaariger, vom Alter gebeugter Mann: Der Häuptling, Rauns Vater. Offensichtlich wußte man im Dorf bereits, daß der Jagdtrupp nicht allein zurückgekehrt war.

Raun ließ die Gruppe anhalten und ritt seinem Vater ein Stück entgegen. Thomas konnte nicht hören, was sie sprachen, aber die Unterredung schien recht hitzig zu sein. Rauns Vater deutete ein paarmal auf ihn und die anderen und fuhr seinen Sohn heftig an; Raun antwortete kaum weniger barsch und machte eine Geste, die die ganze Gruppe einschloß. Der Häuptling schwieg einen Moment, drängte sein Pferd dann mit einem wütenden Ruck herum und preschte auf sie los.

Thomas duckte sich instinktiv, als die mächtige, grauhaarige Gestalt des Häuptlings vor ihm auftauchte. Der Tombstoner war noch älter, als er geglaubt hatte, aber selbst jetzt war noch zu erkennen, daß er früher einmal ein sehr starker Mann gewesen sein mußte. Er sah fast normal aus – seine Haut war so grobporig und dunkel wie die seines Sohnes, aber sein Gesicht war das eines ganz normalen Menschen. Erst als er den Mund öffnete und sprach, sah Thomas, daß er anstelle von Zähnen zwei weiße, scharfgeschliffene Knochenplatten hatte.

»Mein Sohn hat mir berichtet, ihr hättet unsere Leute gerettet«, sagte er übergangslos. »Stimmt das?«

Thomas nickte. In seiner Kehle saß plötzlich ein bitterer, harter Kloß, und seine Stimme zitterte hörbar, als er antwortete: »Ja.«

»Du hast die Ants besiegt?« fragte der Häuptling mißtrauisch. »Du allein?«

Thomas schüttelte schüchtern den Kopf. »Ich habe sie vertrieben«, sagte er, »aber nicht allein. Deine Männer haben tapfer gekämpft.«

»Danach habe ich nicht gefragt«, schnappte der Häuptling.

Sein Blick richtete sich auf das Gewehr an Thomas' Sattel. »Ist das die Waffe, die Blitze speit und Felsen schmelzt?«

Thomas nickte.

Der Häuptling streckte die Hand aus. »Gib sie mir«, sagte er herrisch.

Thomas löste zögernd den Laser vom Sattel und reichte ihn dem Mann. In den Händen des Tombstoners wirkte selbst die schwere Waffe plötzlich wie ein Kinderspielzeug. Er betrachtete sie einen Moment lang mit unbewegtem Gesicht und reichte sie dann achtlos an einen seiner Begleiter weiter.

»Die anderen auch!« befahl er.

Thomas sah, wie Stephen zusammenzuckte und die Hand auf den Griff der Waffe legte.

»Nicht«, flüsterte er erschrocken.

Stephen starrte ihn einen Herzschlag lang haßerfüllt an und händigte dem Häuptling dann das Gewehr aus. Auch Tai Lin und Boris lieferten ihre Waffen ab.

»Ihr habt meinen Sohn gerettet«, sagte der Häuptling, »und viele gute Männer meines Volkes. Dafür danke ich euch. Aber ihr seid trotzdem unsere Gefangenen. Zumindest, bis über euer endgültiges Schicksal entschieden ist.«

»Nun, Tom«, sagte Stephen gepreßt, »bist du jetzt zufrieden?«

Der Raum war klein, viereckig und hatte, mit Ausnahme der durch eine zentnerschwere Steinplatte verschlossenen Tür, keinerlei Öffnungen. Eine Fackel an einer der steinernen Wände verbreitete rötliches, flackerndes Licht, und aus den Ritzen des Steinbodens krochen Kälte und Feuchtigkeit herein. Vor etwa einer Stunde hatten sie etwas zu essen bekommen; abgestandenes Wasser und einen nicht sonderlich gut schmeckenden, weißlichen Brei. Als die Tür geöffnet wurde, hatte Thomas gesehen, daß draußen die Sonne bereits untergegangen war. Trotzdem war das Dorf taghell erleuchtet. Dutzende von Feuern brannten, und an den Außenseiten der Häuser waren zahllose Fackeln aufgehängt. Die dicken Steinmauern ihres Gefängnisses dämpften jedes Geräusch, aber sie spürten trotzdem, daß draußen helle Aufregung herrschte.

Stephen hatte die ganze Zeit über kein Wort gesagt, sondern sich in eine Ecke gehockt und beharrlich geschwiegen. Thomas war froh, daß er sich so verhielt. Das, was geschehen war, hatte sein Vertrauen in Raun und die Eingeborenen tief erschüttert. Er hätte nicht die Kraft gehabt, sich zu verteidigen.

Lustlos stocherte er in seinem Brei herum. Er war hungrig,

aß aber kaum, sondern hielt das roh aus Holz geschnitzte Besteck eigentlich nur fest, um seine Hände zu beschäftigen. Immer wieder wanderte sein Blick zur Tür, und bei jedem noch so leisen Geräusch fuhr er zusammen und wartete darauf, daß die Tür aufging und etwas geschah.

Aber was ...? Er hatte fast selbst Angst vor der Antwort auf diese Frage. Bis vor wenigen Stunden hatte er noch geglaubt, den schlimmsten Teil ihres Abenteuers überstanden zu haben. Aber wie es schien, hatten sie nur eine Gefahr gegen eine andere – und womöglich größere – eingetauscht. Rauns Vater war so ganz anders als sein Sohn. Er war ... hart. Ein Mann, der sich der Welt, in der er aufgewachsen war und lebte, angepaßt hatte. Und von seinem Standpunkt aus war das, was er getan hatte, vielleicht sogar richtig. Sie hatten seinen Sohn und viele seiner Männer gerettet, aber sie waren trotz allem Fremde; Fremde, deren Ziele und Absichten er nicht kennen konnte; Fremde, die über Waffen verfügten, mit denen sie sein ganzes Dorf auslöschen konnten. Nein – Thomas konnte sein Handeln nicht einmal verurteilen.

Draußen vor der Tür erscholl ein gedämpftes Geräusch. Thomas ließ hastig seinen Löffel sinken und blinzelte, als die schwere Steinplatte zur Seite geschoben wurde und heller Lichtschein in die Kammer fiel. Es war Raun, der, eine brennende Fackel in der Hand, in Begleitung zweier weiterer Eingeborener ihr Gefängnis betrat. Er trug jetzt statt des Fellmantels einen prachtvollen, mit bunten Stickereien verzierten Umhang, der sein fremdartiges Gesicht noch bizarrer erscheinen ließ.

»Kommt«, sagte er einfach.

Thomas stand auf, ging zur Tür und wartete, bis die anderen ihm gefolgt waren. Dann ging er hinter Raun und seinen beiden Begleitern durch die Tür.

Das Gebäude, in dem sie eingesperrt worden waren, erhob sich wie alle anderen Häuser des Dorfes etwa zwei Meter auf steinernen Säulen über den Boden. Sie stiegen über eine Art Strickleiter herab, blieben stehen und sahen sich unschlüssig um. Die Dorfbewohner umstanden sie in weitem Kreis. Es waren jetzt nicht nur Männer, sondern auch Frauen und eine erstaunlich große Anzahl Kinder. Sie hielten ängstlich vier, fünf Meter Abstand, und als Raun eine auffordernde Bewegung machte, bildete sich vor ihnen eine Gasse.

Sie durchquerten das Dorf und hielten vor einem besonders großen Gebäude dicht neben dem Tor an. Es besaß als einziges im Dorf zwei Stockwerke und thronte auf einer gewaltigen Felsplatte, getragen von mehr als zwei Dutzend mannsdicker Säulen. Eine breite, aus Baumstämmen gezimmerte Treppe führte zu seinem Eingang hinauf. Raun machte eine einladende Geste, und Thomas ging, gefolgt von den anderen, mit zitternden Knien hinauf.

Im Inneren des Gebäudes erwartete sie ein halbes Dutzend Tombstoner. Sie waren ähnlich wie Raun gekleidet, aber allesamt viel älter. Offenbar, dachte Thomas, so etwas wie die Stammesältesten. Rauns Vater hockte mit untergeschlagenen Beinen auf dem Boden und blickte ihnen mit steinernem Gesicht entgegen. Thomas sah, daß ihre Lasergewehre sorgsam aufgereiht vor ihm auf dem Boden lagen.

»Setzt euch«, flüsterte Raun. »Und keinen Laut, bevor ihr angesprochen werdet.«

Thomas nickte unmerklich und gehorchte. Sein Blick glitt nervös über die Gesichter der anderen. Stephens Mißtrauen hatte jetzt eindeutig Furcht Platz gemacht, und auch Boris sah aus, als beherrsche er sich gerade noch mit äußerster Kraft. Tai Lins Gesicht war vollkommen unbewegt, aber hinter der Maske zur Schau getragenen asiatischen Gleichmutes konnte sich alles Mögliche verbergen.

Er selbst hatte einfach Angst. Erbärmliche Angst.

»Wer von euch ist der Anführer?« fragte Rauns Vater plötzlich.

Thomas sah unsicher auf. »Niemand«, antwortete er leise. »Wir ... wir haben keinen Anführer.«

Das Gesicht des alten Mannes zeigte keinerlei Reaktion auf seine Worte. »Dann rede ich mit dir«, sagte er nach kurzem Überlegen. »Und überleg dir deine Antworten gut. Euer Schicksal hängt vielleicht davon ab.« Er schwieg einen Moment, sah sie alle der Reihe nach und sehr ernst an und wandte sich dann wieder an Thomas.

»Wir stehen in eurer Schuld«, sagte er, »doch bevor wir darüber reden, möchte ich, daß du mir ein paar Fragen beantwortest.«

Thomas nickte stumm.

»Wer seid ihr?« fragte der Häuptling. »Und woher kommt ihr? Und was wollt ihr hier?«

Thomas hörte, wie Raun hinter ihm scharf die Luft einsog. Sein Mund schien mit einem Mal so trocken zu sein, daß er kaum sprechen konnte, und er spürte, daß von seiner Antwort vielleicht sogar ihr Leben abhing.

»Wir gehören einem Volk an«, sagte er vorsichtig, »das dem euren ähnelt. Aber unsere technische Entwicklung ist etwas weiter fortgeschritten. Und wir kommen aus einem Land, das sehr weit von hier entfernt ist. Weit hinter den Brennenden Ebenen und den Bergen.«

Er spürte, wie Raun sich entspannte. Offensichtlich hatte er das Richtige gesagt.

»Und was wollt ihr in unseren Bergen?«

»Unser Schiff ist jenseits der Brennenden Ebenen gestrandet«, antwortete Thomas. »Wir mußten euer Gebiet durchqueren, um zu unserer Basis zu gelangen.«

»Die Zitadelle der Ewigkeit?«

»So nennt ihr sie wohl«, nickte Thomas. »Ja.«

Der alte Mann schwieg einen Moment. Seine Fingerspitzen glitten nachdenklich über das kühle Metall eines der Lasergewehre.

»Ihr hättet unsere Jäger töten können, wenn ihr gewollt hättet«, fuhr er fort. »Warum habt ihr es nicht getan?«

»Warum hätten wir es tun sollen?« gab Thomas zurück. »Ihr seid nicht unsere Feinde.«

»Das ist *eine* Antwort«, wandte einer der anderen Tombstoner ein. »Aber es kann auch noch andere geben. Zum Beispiel die, daß ihr gewartet habt, bis ihr unser Dorf erreicht, um uns alle zu töten.«

»Aber warum sollten wir das tun?« fragte Thomas. »Wir sind allein und hilflos in einer fremden Welt. Wir brauchen Freunde, keine Feinde.«

»Deine Worte klingen gut, Tom«, sagte der Häuptling. »Aber wir wissen nicht, ob sie stimmen.«

In Thomas machte sich langsam so etwas wie Verzweiflung breit. »Aber so überlegt doch«, sagte er flehend. »Wenn wir das wirklich vorgehabt hätten, hätten wir es ein Dutzend Mal tun können! Wir hatten unsere Waffen, als wir oben auf dem Berg waren. Es wäre uns leichtgefallen, deine Männer zu überwältigen und das Dorf von dort aus zu vernichten.«

»Das sind mehr als zwei Meilen!«

»Mit diesen Gewehren schieße ich *zwanzig* Meilen weit, wenn es sein muß«, sagte Thomas. Seine Verzweiflung wich allmählich schlichter Wut. Wut auf diesen vernagelten alten Mann, aber auch eine völlig unbegründete Wut auf die vier Waffen vor ihm. Alles ging im Grunde nur um sie. Die Waffen waren es, die die Tombstoner so mißtrauisch hatten werden lassen. Bisher hatte Thomas die Gewehre immer nur als Werkzeuge angesehen, aber jetzt wurde ihm klar, daß sie mehr bedeuteten. Plötzlich erinnerte er sich an ein Gespräch mit seinem Vater, in dem er ihm klarzumachen versucht hatte, warum die Welt nicht von Vernunft, sondern von Gewalt beherrscht wurde. Waffen gaben die Macht zur Zerstörung – daher auch die unauslöschbare Angst der Eingeborenen vor ihnen, den Besitzern so mächtiger Waffen!

»Ihr könnt sie behalten«, sagte Thomas unvermittelt. »Wenn es diese Gewehre sind, vor denen ihr Angst habt, dann nehmt sie. Ich schenke sie euch!«

Ein erstauntes Raunen ging durch den Raum, und Stephen starrte ihn an, als zweifle er ernsthaft an seinem Verstand.

Der einzige, der unbeeindruckt schien, war Rauns Vater. »Eine großzügige Geste«, sagte er mit einem dünnen, schwer zu bestimmenden Lächeln. »Aber so, wie die Dinge liegen, gehören sie uns schon.«

»Das stimmt«, sagte Thomas trocken. »Aber wenn du noch lange am Auslöser herumspielst, wirst du ein hübsches Loch in dein Haus brennen.«

Der Häuptling starrte ihn eine halbe Sekunde lang verblüfft an und zog dann die Hand so abrupt zurück, als wäre die Waffe plötzlich glühend heiß.

Thomas lächelte gegen seinen Willen. »Ich mache dir einen Vorschlag, Häuptling«, sagte er mit einem Mut, der ihn selbst am allermeisten verwunderte. »So, wie ich die Sache sehe, haben wir etwas gut bei euch. Wir schenken euch diese Waffen und zeigen euch, wie man damit umgeht, ohne sich selbst die Zehen wegzubrennen. Als Gegenleistung bringst du uns zur Zitadelle der Ewigkeit.«

Für einen Moment sah es so aus, als hätte er den Bogen überspannt. Die Ältesten hielten erschrocken den Atem an, und auf dem Gesicht des Häuptlings spiegelten sich widerstrebende Gefühle: Staunen, Zorn, aber auch so etwas wie widerwillige Bewunderung.

Plötzlich lächelte er.

»Ich weiß nicht, woher du die Frechheit nimmst, so zu reden«, sagte er, »aber es beweist, daß du Mut hast, und was sollte mich deiner Meinung nach daran hindern, die Gewehre auch so zu behalten?«

»Nichts«, sagte Thomas. »Aber es würde dich vermutlich

einen Teil deiner Stadtmauer und deines Stammes kosten herauszufinden, wie man mit ihnen umgeht.«

Der Häuptling begann schallend zu lachen.

»Außerdem könnte es sein, daß du sie zerstörst, wenn du daran herumspielst«, fügte Thomas hinzu.

»Du stellst also Forderungen?« fragte der Häuptling.

Thomas schüttelte den Kopf. »Ich mache dir einen Vorschlag«, korrigierte er. »Ein Geschäft. Mit diesen Gewehren könntet ihr euch die Ants für immer vom Leibe halten. Wir verlangen nichts dafür als ein paar Tage Gastfreundschaft und jemanden, der uns den Weg zeigt.«

»Schweig endlich!« zischte einer der anderen Eingeborenen. »Was erlaubst du dir, so mit unserem Stammesführer zu reden?«

Aber der Häuptling hob nur besänftigend die Hand und lächelte. »Laß ihn, Behren. Er hat recht – es ist ein günstiges Angebot. Ich werde es annehmen.«

Es dauerte einen Moment, bis Thomas begriff. »Heißt das, wir . . .«

»Betrachtet euch als unsere Gäste«, nickte der Häuptling.

*

Sie kamen weder an diesem Abend noch während des Restes der Nacht zum Schlafen. Während Thomas und die anderen drinnen mit dem Häuptling redeten, hatten die Dorfbewohner mit den Vorbereitungen für ein Fest begonnen. Ein Fest, das, wie Thomas später erfuhr, eigentlich zu Ehren der zurückgekehrten Jäger ausgerichtet, jetzt aber kurzerhand in ein Freudenfest für die vier Fremden umgewandelt wurde. Die ganze Nacht hindurch hallten Musik und dumpfe Trommelwirbel durch das Dorf. Über Dutzenden von Feuern wurde Fleisch gebraten, und mit fortgeschrittener Stunde begannen die Eingeborenen zu tanzen und ausgelassen zu singen. Große

Krüge mit einem scharf schmeckenden, sehr alkoholhaltigen Wein machten die Runde, und obwohl Thomas nur sehr wenig davon trank, fühlte er sich gegen Morgen zum ersten Mal in seinem Leben ein wenig beschwipst.

Die Dorfbewohner nahmen sie auf, als wären sie alte Freunde. Thomas verlor Tai Lin und die anderen schon bald aus den Augen. Jeder einzelne Dorfbewohner schien sich vorgenommen zu haben, ihn wie einen König zu bewirten, und er wurde von Familie zu Familie weitergereicht und mußte die Geschichte seines Kampfes gegen die Ants immer wieder erzählen. Erst als die Sonne schon am Himmel stand, wankte er unter Rauns Führung in die Hütte, die man ihnen zur Verfügung stellte, und schlief augenblicklich ein.

Er erwachte mit grauenhaften Kopfschmerzen. Seine Augen brannten, und in seinem Mund war ein Geschmack, als hätte er die halbe Nacht auf seinen Stiefelsohlen herumgekaut. Er stemmte sich stöhnend hoch, hielt die Hand schützend vors Gesicht, als das grelle Sonnenlicht in seine Augen stach, und schüttelte ein paarmal den Kopf, um das Schwindelgefühl loszuwerden. Aber es wurde eher noch stärker. Irgendwo in seinem Hinterkopf saß zu allem Überfluß ein häßlicher kleiner Zwerg und schlug mit Begeisterung auf einen gigantischen Gong ein.

Unsicher wankte er zur Tür, schlug den Vorhang, mit dem sie verschlossen war, beiseite und blinzelte auf das Dorf hinunter. Die Sonne stand bereits hoch am Himmel, und er schien das einzige lebende Wesen im Dorf zu sein, das noch nicht mit irgend etwas beschäftigt war.

Einer der Eingeborenen, die unter ihm vorbeiliefen, hob die Hand und rief irgend etwas zu ihm herauf. Er grüßte zurück und versuchte sich krampfhaft zu erinnern, woher er den Tombstoner kannte, aber sein Gedächtnis funktionierte noch nicht so recht. Müde ging er in die Hütte zurück, wusch sich mit dem eiskalten, klaren Wasser, das in einer Schale neben seinem Lager bereitstand, und verließ das Haus dann zum zweiten Mal.

Seine Kopfschmerzen legten sich ein wenig, als er über die wankende Strickleiter auf den Boden hinabkletterte. Er blieb einen Moment unschlüssig unter der Hausplattform stehen. Die drei Bettstellen neben seinem Lager waren leer gewesen, was bedeutete, daß Stephen, Boris und Tai Lin bereits wach und irgendwo im Lager unterwegs waren. Aber er konnte sie nirgends entdecken.

Dafür sah er Raun. Der Häuptlingssohn stand auf der anderen Seite des Platzes und unterhielt sich mit einem etwa gleichaltrigen Mädchen, brach aber sofort ab und eilte auf ihn zu, als er ihn gewahrte.

»Hallo«, sagte er erfreut. »Ich dachte schon, du wachst gar nicht mehr auf.«

Thomas zog eine Grimasse. »Wo sind die anderen?« fragte er.

»Deine Freunde?« Raun machte eine vage Geste, die alles oder auch gar nichts bedeuten konnte. »Boris und Stephen sind mit zwei unserer Krieger ausgeritten, um die Umgebung zu erkunden«, sagte er. »Tai Lin ist irgendwo mit den Mädchen unterwegs. Und was hast du vor?«

Thomas blinzelte irritiert. »Wie meinst du das?«

»Ihr seid unsere Gäste«, erinnerte ihn Raun. »Wenn du irgend etwas sehen oder tun willst, dann sag es.«

Thomas überlegte einen Moment und schüttelte dann den Kopf. Sein Rücken schmerzte immer noch, und allein der Gedanke, sich schon wieder auf ein Pferd setzen zu sollen, jagte ihm eine Gänsehaut über den Leib.

»Zeig mir dein Dorf«, sagte er schließlich.

Raun nickte. »Gerne. Viel gibt es allerdings nicht zu sehen. Du warst ja gestern nacht schon fast überall.«

Thomas nickte. Ja, er erinnerte sich schwach. Aber es war alles zuviel gewesen, und eigentlich war er vor lauter Erzählen kaum dazu gekommen, sich umzusehen oder gar selbst Fragen zu stellen. Was ihm am besten in der Erinnerung geblieben war, war die Freundlichkeit der Tombstoner. Er konnte sich kaum ein gastfreundlicheres Volk vorstellen. Aber irgendwie, fand er, paßte das auch zu diesen großen, häßlichen Barbaren. Sie schienen alles, was sie taten, ins Extrem zu treiben.

Sie schlenderten gemächlich durch den Ort, und Raun antwortete geduldig auf alle Fragen, die ihm Thomas stellte.

»Wozu stehen eure Häuser eigentlich auf Stelzen?« fragte er.

»Wegen der Ants«, antwortete Raun.

Thomas blieb verblüfft stehen. »Sie greifen euch auch hier an?«

Raun nickte. »Manchmal. Sie kommen nicht oft in diesen Teil des Gebirges, und das ist auch der Grund, aus dem wir hier herauf geflohen sind. Aber in manchen Jahren, wenn sie unten nicht mehr genug Nahrung finden, kommen sie doch. Daher auch die Mauern und der Graben.«

»Und das nutzt?«

Raun zuckte die Achseln. »Nicht immer. Wir bestreichen die Pfeiler mit Fett, so daß sie nicht daran hochklettern können, aber manchmal schaffen sie es doch.«

»Und dann?«

Raun antwortete nicht, aber Thomas wußte die Antwort auch so. Er hätte sich am liebsten selbst geohrfeigt. Seine gute Laune war verflogen, und plötzlich dachte er wieder an all die gefährlichen und bedrückenden Dinge, die er unterwegs gesehen und erlebt hatte.

»Warum zieht ihr nicht fort?« fragte er. »In einen anderen Teil der Berge, wo es keine Ants gibt?«

»Ants gibt es überall«, antwortete Raun lakonisch. »Außerdem – wohin sollten wir ziehen? Es gibt noch mehr Stämme wie die unseren, und das Land ernährt nicht so viele Menschen. Sollen wir einen Krieg beginnen, nur, um einem anderen Volk die Jagdgründe zu stehlen?«

Auf der Erde, dachte Thomas, hätte die Antwort eindeutig ja gelautet. Aber das sprach er lieber nicht laut aus.

»Aber jetzt vergiß die Ants«, fuhr Raun gutgelaunt fort. »Mit euren Waffen können wir uns vor ihnen schützen.«

Waffen, dachte Thomas düster. Schon wieder dieses Wort. Allmählich begann er den Moment herbeizusehnen, an dem er die Gewehre endgültig vergessen konnte.

»Wie weit ist es eigentlich bis zur Zitadelle der Ewigkeit?« fragte er.

Raun erschrak sichtlich. »Warum fragst du? Wollt ihr schon fort?«

Thomas lächelte. »Nicht sofort. Aber ich fürchte, sehr lange können wir nicht bleiben.«

Raun nickte. »Ja, das habe ich ... befürchtet. Der Weg ist nicht mehr weit. Zwei Tage, vielleicht weniger. Aber er ist sehr anstrengend. Ihr müßt euch noch erholen.«

»Zwei Tage!« rief Thomas überrascht. Das war weniger, viel weniger. als er geglaubt hatte. Aber in den vier Tagen, in denen sie mit Raun geritten waren, mußten sie weit über hundert Meilen zurückgelegt haben. Thomas kam erst jetzt allmählich zu Bewußtsein, wieviel Glück sie bis hierher gehabt hatten, trotz Ants und Schreihälsen und Säureregen. Nach allen Regeln der Logik müßten sie längst irgendwo dort draußen tot in der Wüste liegen.

»Keine Sorge«, sagte er lächelnd. »Wenn es wirklich nur noch zwei Tagesmärsche sind, dann bleiben wir euch noch ein bißchen erhalten.«

Aber Raun blieb ernst.

»Es war klug von dir, gestern abend auf die Frage meines Vaters, woher ihr kommt, so zu antworten, wie du es getan hast«, sagte er plötzlich.

Thomas lächelte unsicher. »Nach der Art, in der du reagiert

hast, als ich dir erzählte, daß wir vom Himmel kommen, erschien es mir klüger«, sagte er.

»Aber *das* war die Wahrheit, nicht?« sagte Raun leise.

Thomas hielt seinem Blick ein paar Sekunden lang stand und nickte dann kaum merklich. »Ja«, sagte er. »Das war es.«

Eine seltsame Veränderung ging mit Rauns Gesicht vor sich. Zuerst wirkte er fast erschrocken, dann trat ein schwer zu beschreibendes, fast melancholisches Lächeln auf seine nichtmenschlichen Züge. »Ich wußte es«, flüsterte er. »Ich wußte immer, daß dort oben nicht nur Feuer sein kann. Die alten Lieder haben gelogen.«

»Die alten Lieder?« wiederholte Thomas. »Was ist das?«

»Lieder«, antwortete Raun. »Geschichten, die die Alten erzählen. Aber ich habe sie nie geglaubt. Und es ist alles wahr, was du mir gesagt hast? Daß es dort oben viele Welten gibt, Welten, auf denen Menschen wie du leben?«

Thomas nickte. »Ja. Und auch andere Wesen. Aber was ist mit diesen alten Liedern? Erzähl mir davon.«

Raun wurde merklich ernster. »Es sind keine schönen Geschichten«, sagte er. »Die meisten handeln vom großen Feuer. Aber du bist der Beweis dafür, daß sie falsch sind.«

»Nicht unbedingt«, sagte Thomas vorsichtig. »Dieses große Feuer hat sicher einmal existiert. Und ich möchte gerne mehr darüber wissen.«

»Da gibt es nicht viel zu erzählen«, sagte Raun. »Die Lieder sagen, daß unsere Welt nicht immer so war, wie sie ist. Daß es früher keine Wüsten und keine Ants gegeben hat ...«

»Und als dann das große Feuer kam, wurde alles anders?« hakte Thomas nach, als Raun nicht weitersprach.

Der junge Tombstoner nickte abgehackt. »Eines Tages«, erzählte er, »so sagen die alten Lieder, fing der Himmel Feuer. Die Erde brannte, und unser Volk wurde bis auf wenige ausgelöscht. Als das Feuer ging, waren die Wüsten da und die Ants, und in den Wäldern lebten die großen Ungeheuer.« Plötzlich lachte er, wenn auch etwas gezwungen. »Aber wie kann das sein? Die Lieder behaupten, daß unser Volk früher hundertmal größer war, wo wir doch schon heute in manchen Wintern kaum genug zu essen haben und viele verhungern müssen. Und wenn die Lieder recht haben, wie kann es dann die Welten geben, von denen du redest?«

»Ich fürchte, es ist beides richtig«, murmelte Thomas.

»Beides?« wiederholte Raun stirnrunzelnd. »Aber wie kann es zwei Wahrheiten geben?«

»Diese Frage versuchen unsere Politiker seit Jahrhunderten zu beantworten«, sagte Thomas grinsend. »Aber leider erfolglos.«

»Politiker...« Raun wiederholte das Wort, als höre er in seinem Klang etwas völlig anderes als Thomas. »Ein seltsames Wort. Aber eure Welt muß sowieso seltsam sein. Erzähl mir davon.«

Thomas antwortete nicht gleich. Er sah an Raun vorbei auf das Treiben im Dorfe und überlegte einen Moment, was er Raun erzählen sollte. Es hätte vieles gegeben, aber nichts erschien ihm passend. Was hätte er sagen sollen? Daß sie in einer Welt ohne Ants und Sandmänner und Säureregen lebten? Daß sie sich diese Welt untertan gemacht hatten und eigentlich die nötigen Mittel besaßen, sie in ein Paradies zu verwandeln? Oder daß Männer wie sein Vater verzweifelt darum kämpften, dieses Beinahe-Paradies nicht durch Dummheit und Machtgier vernichten zu lassen?

»Unsere Welt ist... anders«, antwortete er schließlich. »Völlig anders. Ich glaube nicht, daß du sie verstehen würdest, Raun. Es mag verrückt klingen, aber in mancher Beziehung ist eure Welt sogar besser.«

»Besser...« Raun überlegte einen Moment. »Dir gefällt sie nicht, wie?«

Thomas unterdrückte ein Lachen. »Nein. Ganz gewiß nicht.«

»Aber sie ist nicht schlimm«, sagte Raun. »Sie ist hart und

wild und tötet dich, wenn du unachtsam bist, aber das ist gut so. Wenn du achtsam bist und stark, dann lebst du. Wenn nicht, dann nicht.«

»Du sprichst über den Tod, als wäre er etwas Selbstverständliches«, sagte Thomas.

»Ist er das nicht?«

»Bei uns nicht.«

»Das muß eine sehr seltsame Welt sein«, wunderte sich Raun. »Wo kein Tod ist, kann auch kein Leben sein. Wie soll das Neue wachsen und leben, wenn das Alte nicht weicht?«

»So meine ich das nicht«, widersprach Thomas, führte den Satz aber nicht zu Ende. Raun würde nie verstehen, wie die Erde wirklich war, ebensowenig, wie er jemals verstehen würde, wie Tombstone war. Für ihn war Tombstone die Hölle, im wahrsten Sinne des Wortes, aber für diesen schmalen Jungen mit den Insektenaugen war es alles, was er sich vorstellen konnte, und vielleicht sogar das beste. Raun hätte so wenig für immer auf der Erde leben können wie er und die anderen hier auf Tombstone.

»Ich verstehe«, sagte Raun plötzlich, als hätte er seine Gedanken gelesen. »Ihr fürchtet den Tod, dort wo du herkommst, nicht?«

Thomas schüttelte erst den Kopf und nickte dann.

»Wir nicht«, sagte Raun. »Nicht so wie ihr. Aber vielleicht«, fügte er nachdenklich hinzu, »ist das auch der Grund, aus dem ihr Dinge wie Blitzgewehre und stählerne Männer habt und wir nicht.«

»Sicher nicht«, widersprach Thomas. »Waffen vernichten Leben.«

»Es fragt sich nur, wessen.«

Das Gespräch begann langsam auf eine Ebene abzugleiten, die Thomas mehr als unangenehm war. Obwohl er sich der Unfreundlichkeit seines Tuns bewußt war, drehte er sich um, ließ Raun einfach stehen und ging ein paar Schritte.

Raun folgte ihm nach wenigen Augenblicken. »Habe ich irgend etwas gesagt, was dich verletzt hat?« fragte er erschrokken.

Thomas schüttelte den Kopf. »Nein. Du kannst nichts dafür. Es war meine Schuld. Ich hätte nicht soviel fragen sollen. Entschuldige.«

»Na, dann werde ich jetzt einmal fragen«, sagte Raun heiter. »Erzähl mir von den Welten, die es dort oben gibt. Von allen. Ich will alles wissen.«

Thomas überlegte einen Moment, setzte sich dann in den Schatten eines Hauses und begann zu erzählen. Er erzählte von grünen, paradiesischen Welten, von Planeten voller denkender Kristalle und Welten, auf denen die Meere lebten und die Winde Geschichten erzählten. Er erzählte von Welten, die nur in seiner Phantasie existierten, von goldenen Welten und Sternenreichen voller sanftmütiger, weiser Menschen, berichtete von hunderterlei Wundern, die er sich in genau dem Augenblick ausdachte, in dem er sie erzählte. Rauns Blicke hingen gebannt an seinen Lippen, und Thomas spürte, daß er jedes einzelne Wort gierig in sich aufnahm. Nichts von dem, was er sagte, war wahr, aber er erzählte trotzdem weiter und wußte genau, daß er das Richtige tat. Es war keine Lüge. Er gab Raun ein paar Träume, die ihm vielleicht helfen würden, das Leben auf dieser harten Welt ein wenig besser zu ertragen.

Aber in der ganzen Zeit, während er von all den Wundern des Kosmos berichtete, mußte er an eine Welt denken, in der Menschen verhungerten oder wegen Nichtigkeiten sterben mußten, eine Welt, in der nur die Allerstärksten überlebten und die ständig am Abgrund zu schweben schien.

Es dauerte lange, bis ihm klar wurde, daß er nicht an Tombstone, sondern an die Erde dachte.

✶

Boris und Stephen kehrten erst gegen Abend zurück. Sie waren in Begleitung einiger Eingeborener weit hinaus in die Berge geritten, und was sie unterwegs gesehen und erlebt hatten, lieferte für den Rest des Abends genügend Gesprächsstoff.

Thomas fiel auf, daß sich die beiden Jungen an diesem Abend zum ersten Male nicht stritten. Irgend etwas schien mit Stephen geschehen zu sein, etwas, das er sich zwar nicht erklären konnte, das aber deutliche Wirkung zeigte. Er war entspannt und gelöst wie selten zuvor und hatte sogar ein freundliches Wort für Boris übrig.

Der Abend endete wie der vorherige – die Dorfbewohner richteten zwar kein Fest mehr für sie aus, aber sie wurden alle von verschiedenen Familien in Beschlag genommen und bewirtet und gefüttert, als hätten sie eine monatelange Hungerkur hinter sich. Thomas lernte die Tombstoner im Verlauf dieser beiden Abende besser kennen als in der gesamten Woche zuvor. Wenn er jemals auf Leute getroffen war, auf die das Wort »rauh, aber herzlich« zutraf, so auf die Angehörigen dieses Volksstammes.

Raun wich den ganzen Abend nicht von seiner Seite, aber er schnitt das Thema fremde Welten und Planeten nicht mehr an, und auch Thomas blieb, wenn man ihn danach fragte, bei der Version, daß sie aus einem sehr weit entfernten Land kamen.

Lange nach Mitternacht ging er in seine Hütte zurück. Boris und Stephen lagen bereits unter ihren Decken und schliefen, aber Tai Lin war noch wach, als er den Raum betrat.

Ohne ein Wort zu sagen, stand sie auf, trat neben ihn und setzte sich auf den Sims vor dem Ausgang. Thomas nahm neben ihr Platz. Eine Zeitlang saßen sie wortlos so da, die Köpfe gegeneinander gelegt, und zum ersten Mal seit langer, langer Zeit fühlte sich Thomas wieder sicher und geborgen.

Was er noch heute morgen gedacht hatte, war falsch.

Tombstone war keine Hölle. Im Gegenteil; nach allem, was sie in den letzten Wochen erlebt und durchgemacht hatten, erschien ihm dieses friedliche Dorf mit seinen beschützenden Mauern wie ein winziges Stückchen des Paradieses.

Es war eine Illusion, und er wußte es, aber in diesem Moment war er damit zufrieden, einfach so dazusitzen, Tai Lin neben sich zu spüren und sich dieser Illusion hinzugeben.

Sie überdauerte nicht einmal zwei Tage.

Am nächsten Morgen ritt er zusammen mit Raun und einigen Kriegern hinaus in die Berge. Im ersten Moment hatte er Rauns Vorschlag entsetzt abgelehnt; die Folgen des viertägigen Gewaltrittes über die Ebenen waren noch immer nicht ganz überwunden, und sein Kreuz begann beim Anblick des Pferdes beinahe augenblicklich wieder zu schmerzen. Aber seine Neugierde siegte schließlich doch.

Sie ritten ein Stück den Weg zurück, den sie gekommen waren, und bogen schließlich im rechten Winkel ab, tiefer ins Gebirge hinein. Anderthalb Stunden lang sahen sie nichts außer nackten Felsen, zwischen denen nur hier und da ein Büschel Gras oder ein dürrer Dornenbusch wuchs, dann änderte sich der Charakter der Landschaft allmählich. Die Felsen überzogen sich mit Moos und Flechten, und er sah die ersten Blumen. Nach einer Weile überschritten sie einen schmalen, von gewaltigen steinernen Säulen wie von einem natürlichen Tor eingerahmten Grat und betraten einen weiteren, flacheren Talkessel.

Thomas ließ sein Pferd überrascht anhalten und saß länger als eine Minute reglos im Sattel. Staunend sah er auf den grünen, von Wiesen und glitzernden Bachläufen unterbrochenen Wald unter sich herunter. Es war nicht der tödliche, von

Ungeheuern und mörderischen Pflanzenwesen bevölkerte Wald, den sie bereits kennengelernt hatten, sondern ein ganz normaler Wald mit Bäumen, wie er sie von der Erde her kannte, saftigen Wiesen und unzähligen Blumen.

»Das ist... phantastisch«, sagte er, als Raun sein Pferd neben ihm zügelte.

Raun nickte. »Ich dachte mir, daß es dir gefällt. Deshalb habe ich dich hierher geführt.«

Thomas wollte sein Pferd weitertraben lassen, aber Raun griff rasch nach seinen Zügeln und hielt ihn zurück. »Nicht«, sagte er.

Thomas sah ihn überrascht an.

»Aber warum nicht?« fragte er. »Ich dachte, wir wollten hinuntergehen?«

Raun nickte abermals, nahm aber die Hand nicht vom Zügel, sondern drängte sein und Thomas' Pferd sogar einige Schritte zurück. »Das werden wir auch«, sagte er. »Aber zu Fuß.« Er stieg ab, reichte die Zügel an einen seiner Begleiter weiter und wartete, bis Thomas ebenfalls aus dem Sattel geklettert war.

»Komm. Und sei leise, bitte.«

Thomas gehorchte. Rauns Stimme hatte beinahe andächtig geklungen, und Thomas spürte, daß ihm die Stille sehr wichtig war.

Langsam gingen sie den sanft geneigten Hang hinunter. Es war still hier im Tal, viel stiller als oben in den Bergen. Das Geräusch des Windes war noch immer zu hören, aber es war nicht mehr das harte, metallische Schleifen, mit denen die Böen an Felsen und Steinen vorbeizogen, sondern ein beinahe einlullendes Raunen und Wispern, wenn sich die Wipfel der Bäume langsam im Wind bewegten. Als sie zwischen den ersten Bäumen hindurchtraten, wurde es kühler, und das Licht der Sonne wirkte mit einem Mal nicht mehr hart und böse, sondern sanft und weich.

Raun blieb stehen, berührte mit einer zögernden, beinahe andächtigen Geste den Stamm eines Baumes und machte eine Handbewegung in den Wald hinein.

»Habt ihr dort, wo du herkommst, so etwas auch?« fragte er.

Thomas wollte instinktiv nicken, tat es aber dann doch nicht, sondern sagte nach kurzem Zögern: »Nein. So etwas nicht.«

Raun lächelte. »Das dachte ich mir. Es gibt hier auch nur diesen einen Wunderwald.«

Wunderwald ... Normalerweise hätte Thomas über ein Wort wie dieses gelacht, aber in diesem Moment erschien es ihm seltsam passend. Es *war* ein Wunderwald, ein wirkliches, leibhaftiges Wunder, das durch eine Laune der Natur inmitten einer höllischen Welt geblieben war. So, dachte er, mußte es früher überall auf Tombstone ausgesehen haben, vor der Katastrophe, dem großen Feuer. Eine Laune des Schicksals hatte dieses winzige Tal vor der Vernichtung bewahrt, ein ganz kleiner Ausschnitt der Welt, wie sie einmal gewesen war.

»Du hast mir so viel von den Wundern deiner Welt berichtet, daß ich dir auch einmal ein Wunder zeigen wollte«, sagte Raun. Er wirkte ein bißchen verlegen, aber Thomas verstand nur zu gut, was er meinte.

»Warum ...«, fragte er stockend, »warum lebt ihr nicht hier? Hier ist es doch viel schöner als oben in dem Tal, in dem eure Stadt liegt.«

Raun erschrak sichtlich. »Hier leben?« keuchte er. »Aber das geht nicht! Wir ... wir würden es vernichten, und wenn wir noch so vorsichtig wären!« Er kniete nieder, legte die Hand auf das weiche Moospolster, das den Boden bedeckte, und strich mit einer fast liebkosenden Geste darüber. »Sieh, wie empfindlich alles ist. Dieses Tal ist nicht für Menschen gemacht. Wir behüten und beschützen es, aber leben können wir hier nicht. Noch nicht.«

»*Noch* nicht?« wiederholte Thomas fragend.

»Nicht in diesem Leben«, nickte Raun ernsthaft. Er sprach nicht weiter, und der Tonfall, in dem er die vier Worte hervorbrachte, machte deutlich, daß er nicht weiter über dieses Thema reden wollte. Thomas verstand auch so sehr gut, was er meinte. Für ein Volk, das in einer Welt wie Tombstone lebte, mußte dieses winzige Tal das Paradies sein, im wahrsten Sinne des Wortes. Wenn sie an ein Weiterleben nach dem Tode glaubten, dann mußte die Welt, die sie sich erträumten, so aussehen wie dieses Tal hier. Für Raun und seine Leute war dieser Wald mehr als ein Naturwunder. Er war Kathedrale, Tempel und Wallfahrtsort zugleich, auf jeden Fall aber etwas, das sie mit aller Macht zu behüten und bewahren versuchten.

Thomas versuchte sich vorzustellen, was zu Hause auf der Erde mit einem Tal wie diesem geschehen würde. Es würde nicht über Hunderte von Jahren unberührt bleiben, da war er sicher.

Sie streiften länger als eine halbe Stunde durch den Wald. Die harte Gammastrahlung, in die Tombstone seit mehr als dreihundert Jahren gebadet war, hatte auch hier ihren Tribut gefordert; bei genauerer Betrachtung waren die Bäume nicht mehr ganz unversehrt, und er sah Blumen und Gräser, die durchaus Spuren der Umweltkatastrophe aufwiesen. Aber für Raun und seine Leute waren sie vermutlich kaum zu erkennen.

Als sie zu ihren Pferden zurückkehrten, glaubte er Rauns Volk ein gutes Stück besser zu verstehen als bisher. Er stieg wieder in den Sattel, aber es dauerte noch eine ganze Weile, bis er sein Pferd herumdrängte und den Blick fast widerwillig von dem winzigen grünen Tal löste. Er fühlte sich ein bißchen traurig. Die unberührte Natur dort unten hatte in ihm die Erinnerung an die Erde und sein Zuhause wachgerufen, und zum ersten Mal, seit sie auf diesen wilden Planeten gekommen waren, verspürte er so etwas wie Heimweh.

Sie ritten sehr langsam zurück, aber Thomas hatte kaum mehr einen Blick für ihre Umgebung übrig. Er spürte auf einmal eine Müdigkeit, die weit über das rein Körperliche hinausging.

Als sie etwa die Hälfte des Weges zurückgelegt hatten, hielt Raun plötzlich an. Auch Thomas zügelte sein Pferd und sah neugierig in die Richtung, in die Raun starrte.

»Was ist das?« fragte er.

Irgend etwas war seltsam. Die Sonne loderte als weißglühender Feuerball über dem Horizont und erschien ihm an diesem Tage besonders bösartig, vor allem jetzt, nachdem er unten im Wald gewesen war. Ihr Licht trieb ihm die Tränen in die Augen und ließ ihn blinzeln, aber er erkannte trotzdem einen feinen, dunstigen Schleier, der irgendwo auf halbem Wege zwischen ihnen und der glühenden Sonnenscheibe in der Luft zu hängen schien. Es war wie der Staub, der überall in der Atmosphäre gelöst war, nur irgendwie dichter, wirbelnd und ständig in brodelnder, unruhiger Bewegung.

»Was ist das?« fragte er noch einmal.

»Sand«, sagte Raun. »Ein Sandsturm. Und ich fürchte, er wird noch vor Sonnenuntergang hier sein.«

»Ein Sandsturm?« fragte Thomas ungläubig. »Hier, mitten im Gebirge?«

Raun nickte. »Ja. Du kennst die Sandstürme hier nicht. Sie sind hier fast ebenso schlimm wie draußen in der Wüste.«

»Aber die Stadtmauer schützt uns doch, oder?« fragte Thomas erschrocken. Für einen Moment sah er die gewaltige, aus tonnenschweren Felsbrocken errichtete Mauer der Stadt vor sich. Er konnte sich keine noch so schreckliche Naturgewalt vorstellen, die diesem mächtigen Bollwerk wirklich gefährlich werden konnte. Weder ihm noch den massiven, ebenfalls aus Stein erbauten Häusern des Dorfes.

»Vor dem Sturm schon«, sagte Raun nach einer Weile. »Aber nicht vor den Sandmännern.«

»Du glaubst, sie könnten euch ... uns angreifen?«

»Ihre Spuren sind hier überall«, sagte einer der anderen Tombstoner. »Anscheinend schleichen sie schon seit Tagen in den Bergen herum.«

»Sie spüren das Nahen eines Sandsturmes lange vor uns oder irgendeinem anderen Lebewesen«, bestätigte Raun. »Aber noch ist nichts entschieden. Es ist nicht gesagt, daß sie uns wirklich angreifen.«

»Das sagst du nur, um mich zu beruhigen, stimmt's?« fragte Thomas.

Raun drehte den Kopf und sah ihn sekundenlang mit ausdruckslosem Gesicht an. Dann lächelte er. »Nein. Ihr letzter Überfall liegt noch nicht so lange zurück. Mit ein wenig Glück hocken sie noch in ihren Höhlen und lecken ihre Wunden. Ihre Verluste waren sehr hoch.«

Aber trotz dieser optimistischen Worte spürte Thomas ganz deutlich, daß Raun – wie seine Begleiter – mit einem Angriff rechnete.

»Dann sollten wir machen, daß wir zurück ins Dorf kommen«, sagte er. Instinktiv sah er zu den wuchtigen, zerschrundenen Felsen rechts und links des Weges hinauf, und für einen Moment bildete er sich ein, in den schwarzen Schatten dazwischen Bewegung und huschendes Leben zu erkennen; dunkle, stechende Augen, die voll stummer Bosheit auf sie herabblickten.

Aber natürlich war das Unsinn. Die scharfen Sinne der Tombstoner hätten jede Annäherung lange vor ihm registriert.

Trotzdem war er froh, als sie schneller weiterritten. Für den Weg hinauf zum Tal hatten sie mehr als zwei Stunden gebraucht, aber Raun legte jetzt ein wesentlich schärferes Tempo vor, und Thomas hatte den Eindruck, daß er noch viel schneller geritten wäre, hätte er nicht Rücksicht auf seinen des Reitens noch weitgehend unkundigen Gast genommen.

Die Mittagsstunde war vorbei, als sie zurück ins Dorf kamen. Thomas spürte sofort die Veränderung, die mit dem Mutantenlager vor sich gegangen war. Es war nichts Sichtbares, aber dafür fühlte er es um so deutlicher. Die Eingeborenen gingen scheinbar normal ihrer Wege, aber hinter der Maske der Normalität brodelte eine spürbare Erregung, fast Furcht.

Sie ritten über die Brücke und durch das weit offenstehende Tor. Raun sprang aus dem Sattel, noch bevor sein Pferd stehengeblieben war, und eilte sofort zur Hütte seines Vaters, während Thomas – wesentlich vorsichtiger und nicht halb so elegant wie der junge Tombstoner – vom Rücken seines Reittieres kletterte und steifbeinig zu seiner Hütte hinüberging.

Boris, Tai Lin und Stephen saßen in einer Ecke des halbdunklen Raumes und unterhielten sich leise, als er die Hütte betrat. Boris sah flüchtig auf, lächelte und bedeutete ihm mit einer knappen Geste, neben ihm Platz zu nehmen.

»Ich nehme an«, begann er übergangslos, als Thomas sich gesetzt hatte, »du weißt, was los ist.«

»Der Sandsturm«, nickte Thomas.

»Die Sandmänner«, korrigierte ihn Stephen ruhig. »Sie werden angreifen.«

»Aber Raun sagte mir ...«

»Ich kann mir vorstellen, was dir Raun gesagt hat«, unterbrach ihn Stephen, »aber das kannst du getrost vergessen. Sie haben uns denselben Blödsinn erzählt.«

»Wahrscheinlich wollen sie uns nicht beunruhigen«, sagte Tai Lin. »Aber sie wissen ganz genau, daß die Sandmänner kommen.«

»Sie kommen immer mit den Sandstürmen«, fügte Boris hinzu. »Deshalb heißen sie nämlich Sandmänner.«

Thomas sah die drei der Reihe nach an. »Seid ihr sicher?«

Stephen nickte übertrieben heftig. »Todsicher, Tom. Ich

habe ein paar der jüngeren Eingeborenen gefragt. Die Alten schweigen wie die Gräber, aber von den Jungen weiß ich, daß sie *immer* kommen. Spätestens heute abend geht der Tanz los.«

»Wir haben beraten, während du weg warst«, sagte Tai Lin. »Es gibt zwei Möglichkeiten – wir können hierbleiben und mit ihnen kämpfen, oder wir packen unsere Sachen und versuchen zu verschwinden.«

»Verschwinden?« wiederholte Thomas ungläubig. »Und ihr denkt, wir wären draußen sicher vor ihnen?«

»Vielleicht«, murmelte Boris ohne rechte Überzeugung. »Sie werden damit beschäftigt sein, das Dorf zu stürmen.«

»Das kommt überhaupt nicht in Frage«, sagte Thomas aufgebracht. »Wir verdanken diesen Leuten unser Leben.«

Stephen wirkte sichtlich erleichtert. »Gut, daß du so denkst. Wir sind zu dem gleichen Schluß gekommen. Aber wir wollten natürlich nicht über deinen Kopf hinweg bestimmen.«

Thomas entging der Spott in Stephens Worten keineswegs, aber er fand es im Moment besser, darüber hinwegzugehen.

»Und was machen wir nun konkret?«

Stephen schwieg einen Moment. Dann lehnte er sich zurück, bettete den Kopf an der harten Steinwand und verschränkte die Arme vor der Brust.

»Abwarten«, sagte er ruhig. »Aber es würde mich doch interessieren, was für ein Gesicht die Sandmänner machen, wenn sie mit ihren eigenen Waffen angegriffen werden.«

✳

Der Sandsturm begann am späten Nachmittag. Das Rot des Himmels hatte einen Stich ins Bräunliche bekommen, und in der Luft hing ein schwerer, fremdartiger Geruch wie nach heißem Stein. Die wirbelnden Schwaden hatten sich den ganzen Tag über verdichtet, und die Eingeborenen hatten eine hektische Aktivität entfaltet. Thomas konnte nicht im einzelnen erkennen, was sie taten, aber es schien – sah man von ihm und den drei anderen ab – keine lebende Seele im Dorf zu geben, die nicht mit irgend etwas beschäftigt war und eilig von hier nach dort hetzte. Das mächtige Steintor in der Mauer wurde geschlossen, und ein halbes Dutzend Männer baute mit raschen, geschickten Handgriffen den schmalen Holzsteg, der über den Verteidigungsring führte, ab.

Als der Sturm dann kam, kam er warnungslos und mit der Gewalt eines Weltunterganges. Der Himmel verdunkelte sich so rasch, als zöge jemand einen gigantischen Vorhang vor die Sonne. In dem kurzen Moment, in dem das Licht noch ausreichte, mehr als die Hand vor Augen zu sehen, hatte Thomas den Eindruck gewonnen, eine gewaltige, brodelnde Wand rase auf die Stadtmauer zu. Er hatte sich wie alle anderen in den toten Winkel direkt unter der Mauer zurückgezogen und spürte, wie die mächtigen Felsbrocken unter dem Ansturm der Sandmassen erbebten. Die Häuser waren geräumt worden, und er erkannte jetzt auch, warum. Der Sturm fetzte die massiven Bohlen, mit denen Türen und Fenster verschlossen waren, wie Papier zur Seite und schleuderte Tonnen und Tonnen von Sand in die Gebäude. Ein helles, sirrendes Geräusch drang durch das Brüllen des Sturmes zu ihm herüber, und er sah, wie sich um die Umrisse der Häuser allmählich ein blasser, hellblau flackernder Schimmer legte. Es dauerte einen Moment, bis er begriff, was dort geschah. Der Sand schlug Funken aus dem Stein. Plötzlich war er froh, nicht irgendwo dort draußen in den Bergen von diesem Sturm überrascht worden zu sein. Nichts, was lebte, konnte auch nur eine Minute diesen Sturm ungeschützt überstehen. Die Böen schmirgelten selbst massiven Felsen glatt.

Nach einer Weile ebbte das Heulen des Sturmes ab, und der Himmel hellte sich ein wenig auf. Er ging zu Raun hinüber und berührte ihn an der Schulter.

»Ist es vorbei?«

Raun schüttelte den Kopf. »Es hat noch nicht einmal richtig angefangen«, schrie er über das Heulen des Windes hinweg. »Das war nur die erste Böe. Der wirkliche Sturm kommt noch.«

»Und die ... Sandmänner?« fragte Thomas stockend.

Raun grinste. »Keine Sorge. Die liegen jetzt in ihren Verstekken und zittern vermutlich vor Angst. Sie kommen erst, wenn alles vorbei ist. Wenn sie überhaupt kommen.«

Thomas drehte sich herum, als er Schritte hinter sich hörte. Es war Stephen. Er wirkte blaß und erschrocken. Anscheinend hatte er sich einen Sandsturm auch etwas anders vorgestellt.

»Wo ist dein Vater?« fragte er, an Raun gewandt.

Der Tombstoner deutete mit einer vagen Geste hinter sich. »Irgendwo dort. Er organisiert die Verteidigung.«

»Ich denke, sie greifen nicht an?« fragte Thomas.

»Laß das jetzt«, wies ihn Stephen zurecht. »Ich muß mit dem Häuptling reden.«

»Ich glaube nicht, daß er Zeit für euch hat«, sagte Raun. »Warum willst du ihn sprechen?«

»Weil ich ihn bitten möchte, uns unsere Waffen zurückzugeben«, sagte Stephen. »Wenn die Sandmänner wirklich kommen, brauchen wir sie. Ich glaube, wir können ein bißchen besser damit umgehen als ihr.«

Raun zögerte einen Moment, aber dann nickte er wortlos und ging, um seinen Vater zu suchen.

»Hoffentlich rückt er die Gewehre raus«, flüsterte Stephen, als Raun außer Hörweite war.

»Warum?« fragte Thomas spitz. »Bist du so scharf darauf, Krieg zu spielen?«

»Nein. Aber ich möchte verhindern, daß sie unter den Sandmännern ein Blutbad anrichten«, erwiderte Stephen ernst. »Kannst du dir vorstellen, was passiert, wenn sie das Feuer auf die Angreifer eröffnen?«

Thomas schwieg betroffen. Er selbst hatte ja erlebt, wie furchtbar die Gewehre waren. Eine einzige Salve aus den Lasern auf die Angreifer, und ...

Er dachte den Gedanken lieber nicht zu Ende.

»Du hast recht«, murmelte er. »Entschuldige.«

Stephen machte eine wegwerfende Handbewegung. »Schon gut. Ich hoffe nur, der Alte denkt genauso.«

Es dauerte fast fünf Minuten, bis Raun in Begleitung seines Vaters und eines halben Dutzends weiterer Tombstoner zurückkam. Der Sturm hatte weiter abgeflaut, und sie konnten wieder reden, ohne sich anschreien zu müssen. Aber im Osten lauerte bereits die schwarze Wand des eigentlichen Sandsturmes. Es würde nicht mehr lange dauern, bis er das Tal und das Dorf erreicht hatte.

»Mein Sohn hat mir berichtet, was ihr gesagt habt«, begann der Häuptling mit seiner ruhigen, tiefen Stimme. »Aber seid ihr sicher, daß ihr unseren Kampf zu eurem machen wollt? Die Sandmänner sind gnadenlose Mörder. Sie werden euch nicht schonen.«

»Deshalb wollen wir die Waffen ja zurückhaben«, sagte Stephen ruhig. »Ihre Bedienung ist nicht einfach. Die Zeit reicht nicht mehr, um sie euch so zu erklären, wie es nötig wäre. Und es ist sehr wohl unser Kampf, Häuptling. Wenn sie das Dorf stürmen, dann werden sie uns nicht schonen.«

Der Häuptling nickte. »Das stimmt.« Er hob die Hand und machte eine rasche, befehlende Geste. Zwei seiner Leute kamen heran und reichten Thomas und Stephen je zwei der großen Lasergewehre. Die Pistolen wurden ihnen nicht zurückgegeben, und Thomas fiel auf, daß der Häuptling eine der kleinen Handwaffen im Gürtel trug.

»Sei vorsichtig damit«, sagte er mit einer entsprechenden Geste. »Und schieß nur, wenn es unbedingt nötig ist. Wenn sie erschöpft sind, nutzen sie euch nichts mehr. Und wir haben keine Möglichkeit, sie wieder aufzuladen.«

»Und jetzt zu den Sandmännern«, sagte Stephen. »Wann kommen sie und aus welcher Richtung?«

Raun deutete nach Osten. »Von dort. Aus der gleichen Richtung, aus der der Sturm kommt.«

»Immer?«

Raun nickte. »Kommt mit. Es dauert noch ein wenig, bis der Hauptsturm hier ist. Ich zeige euch den Grund.«

Sie folgten dem Häuptlingssohn bis zu einer Stelle, an der eine schmale, direkt aus dem Fels gehauene Treppe zur Mauerkrone hinaufführte. Hinter Raun erklommen sie die Mauerkrone. Der Wind war hier oben noch immer so heftig, daß sie Mühe hatten, sich auf den Beinen zu halten. Stephen drehte blinzelnd das Gesicht aus dem Sturm und hielt die Hände vor die Augen, um sie vor dem feinen, beißenden Sand, den der Wind mit sich trug, zu schützen.

»Seht dort hinunter!« schrie Raun über das Heulen der Böen hinweg.

Thomas gehorchte. Die Luft war mit grauen und braunen Schleiern durchsetzt und schien zu kochen, aber er erkannte trotzdem, was Raun ihnen hatte zeigen wollen. Schon diese erste, »harmlose« Böe hatte den Verteidigungsgraben halb zugeschüttet und eine fast meterhohe Sandverwehung am Fuße der Mauer hinterlassen. Er begriff. Wenn der Sturm erst richtig losging, würde sich mehr und mehr Sand dort unten ansammeln und rasch eine schräge Rampe bilden, über die jeder Angreifer bequem heraufkommen konnte. Deshalb also versuchten die Sandmänner nach jedem Sturm erneut, das Dorf zu erobern. Die Naturgewalten ließen die mächtige Verteidigungsanlage der Mutanten nutzlos werden.

»Wir müssen runter«, sagte Raun besorgt. »Der Sturm kommt.«

Sie beeilten sich, die Mauerkrone zu verlassen und so rasch wie möglich hinunter ins Dorf zu kommen.

Der Sturm brach los, wenige Sekunden nachdem sie wieder im Schutze der Mauer waren, und er war schlimmer als alles, was Thomas sich je hätte vorstellen können.

Er wußte nicht, wie lange er dauerte. Sein Zeitgefühl erlosch bereits nach wenigen Augenblicken. Die Erde bebte, und selbst die mächtigen Flanken der Berge schienen unter den Hieben des Sturmes aufzuschreien. Das Dorf versank beinahe unter einer massiven Mauer aus Sand und Lärm, und er spürte deutlich, wie die meterdicke Mauer, hinter der sie Schutz gesucht hatten, immer stärker bebte und wankte. Der Lärm steigerte sich ins Unerträgliche, und plötzlich wurde es stickig, dann heiß, irrsinnig heiß. Eines der wuchtigen Steinhäuser ächzte hörbar, neigte sich auf seinen Pfeilern ganz langsam zur Seite und brach, scheinbar lautlos, zusammen. Überall war Sand, Sand, Sand, Sand. Thomas hatte sich in einem Winkel der Mauer zusammengekrümmt und die Arme schützend über den Kopf geschlagen, aber der glühendheiße Sand drang ihm trotzdem in Mund und Nase, kroch sogar unter seine Augenlider und ließ ihn vor Schmerz aufstöhnen. Die Luft war von wirbelnden Schwaden erfüllt, und in der gewaltigen schwarzen Mauer, die über das Dorf hinwegraste, wetterleuchtete es immer wieder. Ein gezackter, vielfach verästelter Blitz zuckte nieder, schlug mit schmetterndem Krach in das Dach eines Gebäudes und ließ die massiven Steinschindeln wie Glas zersplittern. Thomas schrie vor Angst, aber der Sturm riß den Laut davon. Er versuchte aufzustehen, stemmte sich mühsam an der Mauer empor und wankte blind auf Stephen zu. Er sah, wie der Amerikaner die Lippen bewegte und etwas sagte, aber das Heulen des Sturmes verschluckte seine Worte. Stephen gestikulierte hektisch und deutete nach oben. Thomas nickte. Sie mußten dort hinauf, sowie der Sturm vorüber war. Trotz des Tobens der entfesselten Naturgewalten hatten die Eingeborenen schon damit begonnen, lange, roh zusammengezimmerte Leitern herbeizuschaffen und sich zu bewaffnen. Sie rechneten offensichtlich damit, unmittelbar nach dem Sturm angegriffen zu werden.

Aber es dauerte noch lange. Der Sturm ebbte nicht ab, sondern nahm eher an Gewalt zu. Die Blitze zuckten immer rascher nieder, und einmal schlug einer der grellen blauen Blitze in die Mauerkrone ein, riß Steinsplitter und Trümmer aus dem Fels und lief als funkelndes blaues Netz zum Boden herab. Wie durch ein Wunder wurde keiner der Eingeborenen verletzt oder gar getötet.

Irgendwann schien es Thomas, als ob die Gewalt des Tornados nachließ. Die Luft war noch immer voller brodelnder Bewegung und winziger, gefährlicher Sandhosen, und das Atmen bereitete ihm noch immer Schmerzen, aber die Gewalt des Sturmes war gebrochen.

Er stand abermals auf, lief mit gesenktem Kopf zu Raun hinüber und kniete neben ihm nieder.

»Haltet euch bereit«, sagte der Häuptlingssohn. »Sie kommen.«

Es war Thomas ein Rätsel, woher Raun das so genau wissen wollte, aber er schien mit seiner Überzeugung nicht allein dazustehen. Trotz des noch immer tobenden Orkans begannen die Eingeborenen bereits, ihre Leitern gegen die Mauer zu legen und sich für den Aufstieg bereitzuhalten.

Auch Thomas ging zu seiner Position zurück. Sie hatten sich entlang der Ostmauer verteilt, um dem erwarteten Angriff der Sandmänner auf breiter Front begegnen zu können. Thomas überprüfte ein letztes Mal sein Gewehr. Er hatte den Leistungsregler des Lasers auf die niedrigste Stufe gestellt; die Waffe würde keinen Feuerteppich mehr speien, wie im Kampf gegen die Ants, sondern nur noch dünne, kaum sichtbare Lichtblitze. Trotzdem hatte er ein sehr ungutes Gefühl.

Der Sturm ebbte jetzt sichtlich ab. Rechts und links von ihm begannen die Eingeborenen die Leitern hinaufzusteigen. Zögernd folgte er ihrem Beispiel. Er hielt dicht unter der Mauerkrone an, atmete noch einmal tief durch und nahm dann entschlossen die letzten Sprossen in Angriff.

Der Wind schlug ihm wie eine eiserne Faust ins Gesicht. Um ein Haar wäre er hintenüber gekippt und die drei Meter auf den steinernen Boden zurückgefallen. Er klammerte sich im letzten Moment fest, biß die Zähne zusammen und kroch vollends auf die Mauer hinauf.

Das Tal hatte sich völlig verändert. Wo vorher Fels und Risse im Boden gewesen waren, erstreckte sich jetzt eine gewellte Wüste. Der Sturm hatte eine flache, bis weit über den Verteidigungsgraben reichende Rampe aufgeschüttet. Die Luft war noch immer voller Sand und Staub, so daß alles, was weiter als drei oder vier Meter entfernt war, hinter einem dichten, wirbelnden Vorhang aus Grau und Braun zu verschwimmen begann. Der Sturm verschwand mit der gleichen Schnelligkeit, mit der er gekommen war. Trotzdem würde es noch Stunden, wenn nicht Tage dauern, bis sich die in der Atmosphäre gelösten Staubmassen gesenkt hatten. Thomas entdeckte überall zwischen den Sandmassen draußen Steine; Felsen, angefangen von Kieselsteingröße bis hin zu Brocken, die eine halbe Tonne oder mehr wiegen mußten, und mit einem Mal war er gar nicht mehr so überzeugt davon, daß sie hinter der Dorfmauer wirklich sicher gewesen waren.

Ein leises Piepsen ließ ihn aufsehen. Er schob den Hemdsärmel zurück und blickte einen Moment stirnrunzelnd auf sein Multiinstrument. Max hatte ihnen zwar gesagt, daß sie auch als Sprechfunkgeräte dienten, aber er hatte es nie ausprobiert.

»Drückt die blaue Taste«, drang Stephens Stimme, deutlich verzerrt, aber hörbar, aus dem kleinen Gerät.

Thomas gehorchte, und auf dem Gerät begann eine winzige grüne Lampe zu blinken.

»Okay«, sagte Stephen. »Jetzt können wir uns verständigen. Sieht jemand die Angreifer?«

»Nein«, sagte Thomas. Auch Tai Lin verneinte nach einer Weile, aber Boris blieb die Antwort schuldig.

»Was ist mit dir, Boris?« fragte Stephen. »Kannst du etwas erkennen?«

»Ich ... bin nicht sicher«, sagte Boris. »Vielleicht. Irgend etwas scheint sich dort drüben zu bewegen – zwischen den beiden spitzen Felsen. Könnt ihr es sehen?«

Thomas starrte aus zusammengekniffenen Augen in den wirbelnden Sturm hinaus. Im ersten Moment sah er nichts als Schatten, aber nach einigen Sekunden glaubte er, ein halbes Dutzend niedriger, gedrungener Umrisse zu erkennen. »Ich glaube ja«, murmelte er.

»Ich sehe sie auch«, bestätigte Stephen. »Also gut, es scheint loszugehen ... Und denkt dran – wir schießen nur, um sie zu vertreiben, klar? Ich will hier kein Gemetzel.«

Seine Stimme verstummte, aber Thomas empfand noch für einen Moment ein Gefühl der Dankbarkeit. Stephen war der letzte gewesen, von dem er eine Reaktion wie diese erwartet hätte. Aber er war froh, sich getäuscht zu haben.

»Sie kommen!« rief einer der Eingeborenen neben ihm. Thomas hob das Gewehr an die Schulter, schaltete die elektronische Zielvorrichtung ein und spähte hindurch. Sehr viel besser konnte er dadurch allerdings auch nicht sehen. Die Gestalten der Angreifer blieben hinter einem grauen, wirbelnden Schleier verborgen, aber zumindest sah er jetzt, daß die Angreifer menschlich waren. Irgendwie erschreckte ihn diese Entdeckung. Er hätte sich wohler gefühlt, wenn sie gegen irgendwelche Monster hätten kämpfen können. Es mußten an die fünfzig sein; geduckte, huschende Gestalten, die in bodenlange braune Gewänder gehüllt waren und blitzende Metallmasken vor den Gesichtern trugen; wohl zum Schutz gegen den Sand. Sie waren mit Schleudern und langen, dünnen Gewehren bewaffnet, und einige trugen zusätzlich Schwerter und Äxte in den Gürteln.

Ein heller, keckernder Laut wehte vom Dorf herauf; das gleiche Geräusch, das Thomas in der Nacht gehört hatte, in der sie das erste Mal auf die Eingeborenen trafen. Der Tombstoner neben ihm richtete sich auf die Knie auf, spannte seine Armbrust und ließ den Bolzen von der Sehne schnellen.

»Noch nicht«, drang Stephens Stimme aus dem Sprechgerät. Thomas' Hände krampften sich um das Gewehr. Die Waffe vibrierte sanft in seinen Händen, und der Abstrahlkristall glühte in milchigem grünem Licht. Er hatte Angst, ganz eindeutig Angst. Er hatte Szenen wie diese zu Dutzenden im Film gesehen und zu Hunderten in Büchern gelesen, aber dies hier war kein Spiel, sondern tödlicher Ernst.

Die Sandmänner kamen rasch und lautlos näher. Zwei, drei der Armbrustbolzen fanden ihr Ziel, und ein paar der dunklen Gestalten brachen wie vom Blitz getroffen zusammen, aber der Rest stürmte unbeeindruckt weiter. Die Eingeborenen stimmten jetzt ein gellendes Kriegsgeschrei an und überschütteten die Angreifer mit einem Hagel von Pfeilen und Bolzen. Seltsamerweise wirkte die stumme Verbissenheit, mit der die Sandmänner heranstürmten, auf Thomas beinahe bedrohlicher, als hätten sie ebenfalls geschrien.

Ein dünner, nadelscharfer Blitz zuckte aus der Dunkelheit heran, riß eine flammende Bahn in die Nacht und schlug wenige Meter neben Thomas in die Mauer ein. *Lasergewehre!* dachte er erschrocken. Die Sandmänner hatten Laserwaffen! Natürlich hatte er gewußt, daß sie über derartige Waffen verfügten, aber sich ihnen jetzt wirklich gegenüberzusehen erschreckte ihn doch zutiefst.

Immer mehr und mehr der dünnen weißen Lichtnadeln schossen aus der Front der Sandmänner heran, und mehr als nur ein Mutant brach, von einem der grellen Strahlen getroffen, zusammen.

»Jetzt!« befahl Stephen.

Thomas zielte sorgfältig und drückte ab.

Vier blauweiße, schmerzhaft grelle Lichtbahnen rasten den Sandmännern entgegen, schlugen dicht vor ihnen in den Boden und ließen Stein und Sand aufflammen. Sie hatten sich abgesprochen, nur im äußersten Notfall wirklich auf einen der Sandmänner zu schießen, aber die Wirkung ihrer Salve war fast noch schlimmer, als hätten sie gezielt geschossen. Die Braungekleideten prallten so abrupt zurück, als wären sie vor eine unsichtbare Wand gelaufen. Ihr Feuer erlosch, und Thomas glaubte regelrecht zu spüren, wie erschrocken sie waren. Es mußte ein unglaublicher Schock für sie sein – jahrhundertelang hatten sie die Mutanten mit ihren überlegenen Waffen angegriffen, ohne auf einen ernsthafteren Widerstand als Pfeil und Bogen zu stoßen. Und plötzlich schlug ihnen das Feuer aus Waffen entgegen, die den ihren so weit überlegen waren wie ihre Gewehre den Armbrüsten der Mutanten!

Aber der Schock hielt nicht lange an. Thomas und die anderen hatten sich insgeheim Hoffnung gemacht, die Sandmänner mit einer ersten, überraschenden Antwort auf ihr Laserfeuer vertreiben zu können. Aber das Gegenteil schien der Fall zu sein! Die Sandmänner blieben sekundenlang reglos stehen und schienen sich zu beraten. Dann stürmten sie, diesmal unter gellendem Kriegsgeschrei, erneut vor.

»Verdammt!« rief Stephen. »Die Burschen sind hartnäckiger, als ich dachte. Dauerfeuer!«

Thomas legte den winzigen Hebel an der Seite der Waffe um und drückte wieder auf den Auslöser. Diesmal schoß ein greller, flimmernder Strom von Licht aus dem grünen Kristall, traf zehn, fünfzehn Meter vor der Front der Sandleute auf den Boden und setzte ihn in Glut. Die Sandmänner heulten wütend auf und schossen zurück. Die dünnen, hellblauen Blitze aus ihren Gewehren schlugen rechts und links von Thomas ein, aber er hielt stur den Daumen auf dem Feuerknopf und lenkte den Strahl seines Lasers langsam von rechts nach links. Die drei anderen verfuhren ebenso. In wenigen Sekunden entstand vor den heranstürmenden Sandmännern ein fast meterbreiter, flammender Graben, in dem sich Sand und Felsgestein in brodelnde Lava verwandelten und eine unüberwindliche Sperre bildeten.

Thomas zuckte erschrocken zusammen, als einer der Laserblitze keine fünf Zentimeter neben ihm in den Stein hackte. Eine Welle intensiver Hitze strich wie eine glühende Hand über ihn hinweg, und der Fels begann da, wo er getroffen war, dunkelrot zu strahlen.

Trotzdem war der Angriff gestoppt. Vor den Sandmännern loderte eine schnurgerade, unüberwindliche Linie aus Feuer und Hitze.

»Zurück!« befahl Stephen.

Thomas zögerte keine Sekunde zu gehorchen. Die Sandmänner waren zwar stehengeblieben und sogar ein paar Schritte vor der glühenden Linie zurückgewichen, aber sie hatten keineswegs aufgehört zu schießen. Und ihre Strahlen schlugen immer dichter neben ihm ein. Das grelle Feuer seines Lasers hatte ihnen deutlich gezeigt, wo die Positionen der vier Schützen waren.

Thomas kroch hastig zurück, stieg, so schnell er konnte, die Leiter herunter und sah sich nach Stephen und den anderen um. Er konnte sie nirgends entdecken. Dafür sah er Rauns Vater, der mit zornesrotem Gesicht auf ihn zugestürmt kam.

»Was soll das?« schrie er. Seine Stimme drohte überzukippen, und Thomas spürte, daß er sich nur noch mit letzter Macht beherrschte, um sich nicht auf ihn zu stürzen und ihm die Waffe aus der Hand zu reißen. »Warum habt ihr nicht geschossen? Ihr hättet sie alle töten können!«

»Eben«, sagte Thomas so ruhig, wie er konnte. Es kostete ihn alle Kraft, die er hatte, aber er hielt dem Blick des Häuptlings stand und fuhr mit ruhiger Stimme fort: »Wir sind nicht hier, um zu morden, Häuptling«, sagte er. »Wenn wir täten, was du verlangt hast, was würde uns dann noch von den Sandmännern unterscheiden?«

Aber der Tombstoner war zu aufgebracht, um für seine Argumente zugänglich zu sein. »Unsinn!« schnaubte er. »Ihr habt vielleicht die einzige Chance vertan, die wir hatten! Sie sind jetzt gewarnt und werden ihre Taktik entsprechend ändern!«

»Vielleicht«, gestand Thomas. »Aber vielleicht ziehen sie sich auch zurück, jetzt, wo sie wissen, daß wir diese Waffen haben.«

»Du kennst die Sandmänner nicht«, gab der Eingeborene wütend zurück. »Das ist höchstens ein Grund mehr für sie, uns anzugreifen!«

Thomas wollte etwas darauf erwidern, aber der Häuptling ergriff ihn mit einer wütenden Bewegung beim Arm und zwang ihn, zur Mauerkrone hinaufzusehen. Die meisten Eingeborenen hatten sich gleich Thomas zurückgezogen, aber einige hielten noch immer die Stellung und erwiderten das Laserfeuer der Sandmänner mit ihren Armbrüsten und Bögen. »Ihr wollt nicht töten, nein!« schrie er. »Dann sieh dort hinauf! Diese Männer werden sterben, weil ihr nicht töten wollt! Ist euch das vielleicht lieber?!«

Thomas antwortete nicht.

Er hätte auch nicht gewußt, was er hätte sagen sollen.

*

»Sie werden auf jeden Fall wiederkommen«, sagte Raun. »Ich hätte es euch vorher sagen können. Aber ich wußte ja nichts von eurem Plan.«

Sie hatten sich ein Stück ins Dorf zurückgezogen, um in Ruhe miteinander zu reden und einen neuen Plan zu besprechen. Raun hatte seinen Vater und die anderen Ältesten nur mit Mühe davon abhalten können, ihnen die Waffen mit Gewalt abzunehmen und an seine Leute zu verteilen.

»Das ist Unsinn«, sagte Stephen aufgebracht. »Sie wissen jetzt, daß wir mit gleicher Münze zurückzahlen. Sie werden sich hüten, uns noch einmal anzugreifen.«

Raun sah ihn traurig an. »Ich wollte, du hättest recht, Stephen«, sagte er. »Aber so wird es nicht kommen, glaub mir.«

»Woher willst du das wissen?« fragte Stephen. »Sie sind noch nie auf Waffen wie diese gestoßen, und ...«

»Es sind *Sandmänner*, Stephen«, unterbrach ihn Raun. »Sie geben niemals auf.« Er seufzte, sah in den Himmel hinauf und fuhr mit leiserer Stimme fort: »Vor ein paar Jahren hatten wir auch einen Angriff. Wir wehrten die erste Welle ab, so wie heute, und es gelang uns sogar, ein halbes Dutzend von ihnen gefangenzunehmen. Mein Vater dachte damals, er könne einen Tausch mit ihnen machen – das Leben ihrer Leute gegen ihren Rückzug. Er ließ die Gefangenen auf die Mauer schaffen und dort oben festbinden.«

»Und?« fragte Boris, als Raun nicht weitersprach.

»Sie haben sie erschossen«, sagte Raun ruhig. »Ihre eigenen Leute. Und danach griffen sie erneut an.«

Thomas schwieg betroffen, und auch die anderen wirkten nicht weniger erschrocken als er. Das, was Raun erzählte, erschien ihm im ersten Augenblick zu schrecklich, um es wirklich glauben zu können. Aber er wußte genau, daß Raun die Wahrheit sprach.

»Ihr müßt euch entscheiden«, fuhr Raun fort. »Mein Vater hat euch gegen den Willen des Ältestenrates vertraut. Ich glaube nicht, daß er euch noch lange schützen kann.«

»Entscheiden?« fragte Thomas. »Wozu entscheiden?«

»Ob ihr auf unserer Seite kämpft oder nicht.«

»Natürlich stehen wir auf eurer Seite«, sagte Stephen wütend. »Das solltest du wissen.«

»Ich weiß es«, sagte Raun sanft. »Aber ihr müßt begreifen, daß dies hier nicht eure, sondern unsere Welt ist. Vielleicht ist es bei euch möglich, mit euren Feinden zu reden. Hier nicht.«

»Wir könnten es wenigstens versuchen«, sagte Boris verzweifelt. »Es muß doch noch einen anderen Weg geben als den, sich gegenseitig umzubringen!«

»Die Sandmänner sind unsere Feinde!« beharrte Raun. »Sie hassen uns, wie wir sie hassen. Frieden wird es erst geben, wenn eines unserer Völker nicht mehr existiert.«

Vom südlichen Ende des Dorfes erscholl ein spitzer, angstvoller Schrei, dann polterte etwas, und blauer Widerschein von Laserfeuer leuchtete durch die Nacht.

»Sie greifen an!« keuchte Raun erschrocken. Er bückte sich, raffte seine Armbrust vom Boden auf und rannte los. Thomas und Boris wollten hinterherstürzen, aber Stephen hielt sie mit einer raschen Geste zurück. »Ihr bleibt hier!« sagte er hastig. »Ich gehe allein. Wahrscheinlich werden sie hier auch angreifen. Ich rufe euch, wenn ich Hilfe brauche.«

Der Kampflärm verstärkte sich, aber fast gleichzeitig brach auch an den anderen drei Seiten des Dorfes der Tumult los. Die Sandmänner mußten die Kampfpause genutzt haben, um die Feuerbarriere weitläufig zu umgehen und das Dorf von allen vier Seiten gleichzeitig anzugreifen. Boris und Tai Lin liefen hastig los, um den Eingeborenen beizustehen, während Thomas herumfuhr und die Leiter wieder hinaufhetzte.

Irgendwie hatten es die Sandmänner geschafft, über den Feuergraben zu kommen. Und sie waren bereits sehr nahe heran. Die ersten von ihnen befanden sich kaum mehr als zehn Meter vor ihm, als er die Mauerkrone erreichte, und er hatte kaum Gelegenheit, die Waffe hochzunehmen und einen Warnschuß abzugeben, als rechts und links von ihm schon das Handgemenge losbrach.

Es war ein bizarrer Anblick – die Sandmänner schossen selbst aus nächster Nähe mit ihren modernen Laserwaffen, aber sie benutzten auch Schwerter und Äxte, um die Verteidiger zurückzutreiben. Thomas warf sich mit einem verzweifelten Satz herum, als einer der grellen Lichtfinger auf ihn zuschoß, parierte einen Axthieb mit dem Lauf seiner Waffe und rammte dem Sandmann ein Knie in den Leib. Der Angreifer prallte zurück, fiel auf die Seite – und zielte mit seinem Lasergewehr auf Thomas.

Für einen Moment schien die Zeit stehenzubleiben. Thomas sah plötzlich alles mit phantastischer Klarheit. Die Welt schien nur noch aus ihm und dem Sandmann zu bestehen, einer braunen, halb auf dem Boden hockenden Gestalt, deren Finger sich wie in Zeitlupe um den Abzug seines Gewehres krümmte. Thomas wollte zur Seite springen, aber seine Muskeln gehorchten ihm plötzlich nicht mehr. Er wußte, daß der andere treffen würde. Zwischen ihnen lagen nicht einmal mehr zwei Meter, und selbst aus seiner unglücklichen Lage heraus *konnte* der Sandmann gar nicht daneben schießen.

Thomas schrie wie unter Schmerzen auf und drückte ab.

Der Laserstrahl traf den Sandmann in die Brust. Für einen unendlich kurzen, zeitlosen Augenblick schien die Gestalt des Sandmannes wie unter einem geheimnisvollen inneren Feuer zu erglühen, dann flammte er auf und zerfiel in Sekundenschnelle zu Asche. Sein Gewehr und die metallene Gesichtsplatte fielen als rauchende, ausgeglühte Trümmer zu Boden.

Thomas brach in die Knie, ließ das Lasergewehr fallen und übergab sich.

Rings um ihn herum nahm die Schlacht ihren Fortgang, aber davon merkte er kaum mehr etwas. Wie betäubt hockte er da, ballte in hilflosem Zorn die Fäuste und versuchte, das schreckliche Bild zu verdrängen. Aber es ging nicht. Rechts und links von ihm kämpften und starben Tombstoner, aber er sah immer wieder nur den Sandmann, die braune, hockende Gestalt, die plötzlich in grellem Licht aufflammte und verging, so rasch wie ein trockenes Blatt, das dem Feuer zu nahe gekommen war. Er wußte, daß er den Anblick nie wieder vergessen würde. Nie.

Irgendwann wurde der Kampflärm leiser. Er sah auf und bemerkte, daß sich der Kampf verlagert hatte und die Sandmänner sich zurückzogen. Das Dorf hatte gesiegt.

Aber es war ein teuer erkaufter Sieg. Fast ein Dutzend Mutanten lagen reglos auf dem Boden, tot oder schwer verwundet, und von denen, die noch lebten, schien keiner unverletzt geblieben zu sein.

Thomas stand auf, blieb einen Moment reglos stehen und ging dann mit hängenden Schultern zurück zur Leiter. Er wankte und wäre gestürzt, wenn ihn nicht einer der Mutanten gestützt hätte, und als er wieder auf dem gepflasterten Innenhof des Dorfes stand, hätte er am liebsten vor Erschöpfung und Schmerz geweint. Für einen Moment begann sich die Welt um ihn herum zu drehen, und er mußte sich gegen die Mauer lehnen, um nicht zusammenzubrechen.

Von überall her strömten jetzt Mutanten herbei. Es war entschieden, dachte er dumpf. Sie hatten gesiegt. Aber das erwartete Gefühl des Triumphes blieb aus. Er verspürte nichts. Nicht einmal Erleichterung.

Eine schlanke, rotschopfige Gestalt kam auf ihn zugerannt. Stephen. Er sah reichlich mitgenommen aus. Sein Hemd war über der linken Schulter verbrannt, und sein Gesicht war unter der dicken Schicht von Ruß und halb eingetrocknetem Blut kaum zu erkennen.

»Thomas!« rief er erleichtert aus. »Du lebst! Gott sei Dank!«

Thomas stieß sich schwankend von der Mauer ab und trat unsicher auf Stephen zu. »Sind sie fort?« fragte er.

Stephen nickte. »Ja.«

»Was ist mit Tai Lin und Boris?«

Stephen antwortete nicht gleich, aber der Ausdruck in seinen Augen gefiel Thomas gar nicht. »Was ist mit ihnen?« fragte er noch einmal.

»Tai Lin kümmert sich um die Verletzten«, antwortete Stephen. »Sie ist in Ordnung.«

»Und Boris?«

Stephen senkte den Blick. »Ich weiß es nicht«, sagte er.

»Was heißt das?« keuchte Thomas. »Ist er ... verletzt?«

»Nein«, antwortete Stephen. »Er ist nicht verletzt. Er ist fort. Die Sandmänner haben ihn mitgenommen.«

Als die Sonne das nächste Mal aufging und die Nacht vertrieb, enthüllte sie ein Bild des Schreckens. Es war, wie Raun ihnen später erzählte, der schwerste Angriff der Sandmänner seit vielen Jahren gewesen, und die Mutanten hatten fast ein Viertel ihrer Krieger verloren. Aber auch von denen, die die Schlacht überlebt hatten, war kaum einer ohne schwere Verwundungen davongekommen. Viele von denen, die jetzt noch lebten, würden den Sonnenuntergang nicht mehr sehen.

Sie hatten den Rest der Nacht in ihrer Hütte verbracht. Stephen hatte länger als zwei Stunden ununterbrochen versucht, Boris über sein Armbandfunkgerät zu erreichen, aber das einzige, was als Antwort aus dem winzigen Lautsprecher drang, war ein monotones Rauschen. Schließlich gab er es auf und hockte sich mit steinernem Gesicht in eine Ecke der Hütte.

Tai Lin kam erst nach Sonnenaufgang zurück. Sie wirkte erschöpft und mitgenommen, und um ihren Mund lag ein bitterer Zug, den Thomas noch nie zuvor an ihr bemerkt hatte. Ihre Hände und ihre Kleider waren voller Blut. Ohne ein Wort zu sagen, ging sie zu der Waschschüssel in der Ecke und begann sich zu säubern. Sie wusch sich lange, viel länger, als nötig gewesen wäre, und schrubbte auch dann noch wie wild an ihren Händen herum, als sie schon längst sauber waren. Thomas stand auf und ging zu ihr hinüber, aber als er den Ausdruck auf ihrem Gesicht sah, sprach er sie doch nicht an, sondern drehte sich wortlos um und verließ das Haus.

Raun kam ihm entgegen, als er die Strickleiter heruntersteig. Auch er war verletzt: Sein linker Arm hing in einer Schlinge, und um seine Stirn lag ein breiter, an einer Stelle blutdurchtränkter Verband. Ein paar Sekunden lang standen sie sich schweigend gegenüber. Thomas begann sich unter Rauns Blick immer unwohler zu fühlen. Es hätte viel gegeben, was er hätte sagen können, aber alles wäre in diesem Moment falsch gewesen. Am liebsten hätte er vor Verzweiflung laut aufgeschrien. Was tut man in einer Situation, in der alles, was man tun konnte, falsch war?

»Habt ihr etwas von Boris gehört?« fragte Raun schließlich.

Thomas sah unwillkürlich zu seinem Armbandgerät. Aber das grüne Licht über der Sprechtaste blieb aus. Er schüttelte stumm den Kopf, trat neben Raun und blickte an ihm vorbei nach Westen. Die Gipfel der Berge schienen von einem Kranz tanzender roter Flammen umgeben zu sein, und das Licht floß wie Blut an ihren Flanken herab.

»Glaubst du, daß sie... wiederkommen?« fragte er stokkend.

»Die Sandmänner?« Raun schüttelte den Kopf. »Nicht vor dem nächsten Sandsturm. Und die sind selten. Der, den du letzte Nacht erlebt hast, war der erste seit zwei Jahren.«

»Was werden sie mit Boris machen?« fragte Thomas. Es fiel ihm schwer, die Worte überhaupt auszusprechen.

»Ich weiß es nicht«, gestand Raun. »Es kommt vor, daß sie Gefangene machen und verschleppen, aber...« – er stockte, sah Thomas mit einem seltsamen Blick an und sah dann weg – »es ist noch keiner zurückgekommen«, sagte er leise.

Thomas erschrak nicht einmal.

»Du meinst, sie werden ihn töten?«

Raun nickte. »Wenn sie es nicht schon getan haben, ja.«

»Und es gibt keine Möglichkeit . . .«

»Ihn zu retten?« Raun lachte, aber es war ein Laut, dem jede Spur von Humor fehlte. »Nein, Thomas. Sie leben oben in den Bergen im Blinden Land. Selbst, wenn es euch gelänge, dorthin zu kommen, würdet ihr das gleiche Schicksal erleiden wie er.« Er schüttelte traurig den Kopf. »Es tut mir leid«, sagte er leise.

Thomas sagte nichts mehr, sondern ging langsam in Richtung Tor. Der Boden war mit einer fast knietiefen Sandschicht bedeckt, und überall entdeckte er noch Spuren des nächtlichen Kampfes – Fetzen von Kleidern, Pfeile, zerbrochene Waffen, hier und da eine eingetrocknete, braune Lache. Die Mutanten hatten ihre Toten neben dem Tor aufgebahrt, und obwohl Thomas wußte, was für Verluste der Kampf gefordert hatte, erschrak er, als er die doppelte Reihe stiller, in braune Tücher gehüllter Gestalten sah. Nicht nur die Dorfbewohner lagen hier, sondern auch die Sandmänner, die der Angriff das Leben gekostet hatte. Für die Tombstoner schien mit dem Tod auch der Unterschied zwischen Freund und Feind zu verschwinden.

Plötzlich und scheinbar ohne sichtlichen Grund begann er zu zittern.

Raun berührte ihn an der Schulter. »Mein Vater kommt.«

Thomas sah auf. Der Häuptling kam gemessenen Schrittes und in Begleitung des Ältestenrates heran. Sein Gesicht verfinsterte sich für einen Moment, als er Thomas sah, und Thomas begriff, daß er *ihm* die Schuld am Tode seiner Männer gab. Vielleicht nicht einmal zu Unrecht, dachte er dumpf. Vielleicht war ihre Entscheidung falsch gewesen. Sie hatten gedacht, ein Blutbad vermeiden zu können, aber vielleicht hatten sie es gerade dadurch herausgefordert.

Er drehte sich um und verschränkte die Hände hinter dem Rücken, damit man nicht sah, wie sie zitterten. Der Häuptling blieb zwei Schritte vor ihm stehen, sah ihm einen Moment ernst ins Gesicht und deutete dann mit einer knappen Kopfbewegung auf die Toten.

»Unsere Schuld ist abgegolten, Fremder«, sagte er laut. »Wir schuldeten euch vierzig Leben. Ihr habt sie bekommen.«

Thomas begriff erst nach Sekunden, was der Eingeborene meinte. »Du . . .«

Der Häuptling schnitt ihm mit einer raschen Handbewegung das Wort ab. »Ich bin nicht gekommen, um mit dir zu reden«, sagte er. »Ihr werdet gehen. Jetzt gleich.«

Thomas starrte den alten Mutanten verständnislos an. »Du gibst uns die Schuld an dem, was geschehen ist«, murmelte er.

Ein bitteres, flüchtiges Lächeln huschte über das Gesicht des Häuptlings. »Ihr wolltet nicht töten«, sagte er, ohne Thomas' Frage direkt zu beantworten. »Aber ihr habt es getan. Diese Männer könnten noch leben, wenn ich nicht auf dich gehört hätte. Ich gebe euch nicht die Schuld, und wenn doch, so nicht mehr als mir selbst. Ich hätte nicht auf euch hören dürfen, aber ich dachte, ich könnte euch vertrauen.«

»Aber wir . . .«

»Ich werfe dir nichts vor«, fuhr der Häuptling unbeirrt fort. »Aber ich bitte euch zu gehen. Wir . . . wir wollen allein sein, wenn wir unsere Toten beweinen.«

Thomas schwieg. Einen Moment lang hielt er dem Blick des Häuptlings noch stand, dann drehte er sich mit einer abrupten Bewegung um und ging zu seiner Hütte zurück.

Tai Lin schlief, als er in den Raum trat; tief und erschöpft, wie nur Menschen schlafen, die am Rande des vollkommenen Zusammenbruches stehen. Er betrachtete sie einen Herzschlag lang, bückte sich und zog die halb heruntergerutschte Decke glatt.

Stephen setzte sich auf, zog die Knie an den Körper und stützte das Kinn darauf. »Du warst bei Raun?«

Thomas nickte. »Ja. Sie wollen, daß wir gehen.«

Stephen schien nicht im mindesten überrascht.

»Sie machen uns für das verantwortlich, was geschehen ist«, fügte Thomas nach einer Weile hinzu. Er ging zu seinem Lager, ließ sich darauf nieder und schloß erschöpft die Augen. Mit einem Mal fühlte er sich müde, aber es war eine Müdigkeit, die nichts mit seiner körperlichen Erschöpfung zu tun hatte.

»Ich weiß«, murmelte Stephen nach einer Weile. »Ich habe erwartet, daß sie so reagieren.« Er lachte leise und bitter. »Wer weiß – vielleicht haben sie sogar recht. Vielleicht hätten wir die Sandmänner zurückschlagen können, wenn wir wirklich gewollt hätten.«

»Zurückschlagen? Ermorden, meinst du?«

Stephen verzog die Lippen. »Wo ist der Unterschied, Tom? Glaubst du wirklich, es gäbe einen?«

Thomas antwortete nicht, aber das schien Stephen auch gar nicht erwartet zu haben. »Bis gestern abend dachte ich noch«, fuhr er fort, »man könne einen Menschen nur umbringen, indem man eine Waffe auf ihn hält und abdrückt. Aber man kann es auch ganz gut, indem man es gerade nicht tut.«

Thomas dachte an einen brennenden Mann und schwieg. Aber in seinem Hals saß plötzlich ein bitterer, harter Kloß. Was hätten sie tun können? Nichts. Sie hatten nur die Wahl zwischen zwei Reaktionen gehabt, und die eine war so falsch gewesen wie die andere.

Und trotzdem spürte er, daß an diesem Gedanken etwas falsch war. Er wußte nur nicht, was.

»Vielleicht ist es ganz gut, daß wir gehen müssen«, murmelte Stephen. »Wir sind schon viel zu lange hiergeblieben.«

»Und Boris?«

Statt einer Antwort hob Stephen den Arm und drückte ein

paarmal auf den Rufknopf des Funkgerätes. Aber die erhoffte Reaktion blieb auch diesmal aus.

»Es gibt zwei Möglichkeiten«, sagte er ruhig. »Wir können versuchen, ihn zu befreien, oder wir schlagen uns zur Basis durch. Vielleicht können die Galaktiker etwas für ihn tun.«

»Es sind noch fast zwei Wochen, bis das Schiff kommt«, erinnerte Thomas. »Glaubst du wirklich, sie lassen ihn so lange am Leben?«

»Woher weißt du, daß er überhaupt noch lebt?« fragte Stephen ruhig.

»Ich weiß es nicht«, gestand Thomas. »Aber ich weiß, daß ich ihn nicht im Stich lassen werde.«

»Das hat nichts mit im Stich lassen zu tun«, widersprach Stephen. »Eher mit Selbstmord.«

»Muß ich dich wirklich daran erinnern, daß Boris dir das Leben gerettet hat?«

Stephen lächelte. »Nein, Tom. Das mußt du nicht. Aber es hilft Boris nicht, wenn wir blindlings losstürmen und uns auch noch umbringen lassen. Wir wissen ja nicht einmal, wo sie ihn hingebracht haben.« Er seufzte, fuhr sich in einer erschöpft wirkenden Geste mit den Händen durch das Gesicht und schloß die Augen. »Aber du hast natürlich recht«, sagte er leise. »Wir werden versuchen, ihn rauszuholen. Aber beschwer dich hinterher nicht bei mir, wenn sie dich umbringen.«

Thomas lächelte schwach. In Wirklichkeit, das spürte er, hatte Stephen nicht eine halbe Sekunde ernsthaft daran gedacht, Boris im Stich zu lassen. Es war seltsam, welche Veränderung in den letzten Tagen mit ihm – eigentlich, verbesserte sich Thomas in Gedanken, nicht nur mit ihm, sondern mit ihnen allen – vor sich gegangen war. Vor einer Woche waren sie noch Fremde gewesen, nicht nur Fremde, sondern beinahe Feinde, und jetzt waren sie bereit, füreinander ihr Leben aufs Spiel zu setzen. Die gemeinsam überstandenen Gefahren hatten sie zusammengeschmiedet.

Ein Schatten fiel in den Raum, und als er aufsah, erblickte er Raun unter der Tür. Er blieb einen Moment dort stehen, sah zuerst ihn, dann Stephen und die schlafende Tai Lin an und kam dann zögernd näher.

»Hast du es ihnen gesagt?«

Thomas nickte.

»Ich habe noch einmal mit meinem Vater gesprochen«, sagte Raun. »Es tut ihm sehr leid, aber er bleibt bei seiner Entscheidung. Aber er gestattet euch, bis zum nächsten Sonnenaufgang zu bleiben und euch zu erholen.«

»Das ist großzügig von ihm«, sagte Stephen. »Aber soviel Zeit bleibt uns nicht.«

Raun blickte ihn verwundert an. »Was meinst du damit?«

Stephen tauschte einen langen Blick mit Thomas. »Wir werden tun, was dein Vater verlangt«, sagte er. »Das einzige, worum wir euch noch bitten, sind ein paar Lebensmittel und zwei Pferde. Und jemand, der uns den Weg ins Blinde Land hinauf zeigt.«

Raun erschrak sichtlich. »Ins Blinde Land?« wiederholte er. »Ihr ... ihr wollt dorthin?«

»Tom und ich werden gehen«, bestätigte Stephen ruhig. »Vielleicht können zwei eurer Krieger Tai Lin zur Zitadelle der Ewigkeit bringen.«

»Aber das ist vollkommen unmöglich!« keuchte Raun. »Niemand ist je aus dem Blinden Land zurückgekehrt!«

»Dann wird es Zeit, daß jemand damit anfängt«, sagte Stephen gelassen.

Raun wandte sich verwirrt an Thomas. »Das ist nicht euer Ernst«, sagte er flehend. »Es wäre Selbstmord!«

»Vielleicht«, murmelte Thomas. »Aber ich glaube nicht, daß es jetzt noch auf zwei Tote mehr oder weniger ankommt. Wir können Boris nicht im Stich lassen. Er gehört zu uns.«

»Und« – Raun deutete zögernd auf die schlafende Tai Lin – »sie?«

»Sie bleibt hier«, bestimmte Stephen. »Das heißt, wenn dein Vater es gestattet. Was wir vorhaben ist zu gefährlich für ein Mädchen, selbst für ein so tapferes Mädchen wie Tai Lin.«

»Sie wird dir an den Hals springen, wenn sie aufwacht und erfährt, was wir vorhaben«, sagte Thomas scherzhaft.

Stephen lächelte flüchtig. »Da muß sie verdammt weit springen«, sagte er. »Wenn sie aufwacht, will ich schon oben in den Bergen sein.«

»Ihr seid viel zu erschöpft dafür«, versuchte Raun sie noch ein letztes Mal von ihrem Vorhaben abzubringen.

Stephen nickte. »Sicher. Aber ihr Vorsprung ist jetzt schon so groß, daß wir ihn kaum mehr aufholen können. Wir müssen sofort aufbrechen.«

»Das ist Wahnsinn«, murmelte Raun. »Niemand wird euch begleiten. Niemand.«

»Das verlangen wir auch nicht«, entgegnete Stephen. »Alles, worum wir bitten, sind zwei Pferde und ein Gewehr. Wenn ihr uns den Weg erklärt, werden wir ihn schon finden.«

Raun starrte ihn sekundenlang wortlos an, stand dann auf und verließ die Hütte.

Eine knappe Stunde später brachen sie auf.

*

Die Sonne brannte unbarmherzig vom Himmel. Die Luft war noch immer mit Staub geschwängert, und Thomas glaubte jeden einzelnen Hufschlag des Pferdes wie einen schmerzhaften Hieb bis in den Nacken hinauf zu spüren. Sie schleppten sich mehr voran, als daß sie wirklich ritten. Die Eingeborenen hatten sie bis zum Ende des Tales eskortiert und waren dann ohne ein Wort des Abschieds umgekehrt. Sie hatten Wasser und Lebensmittel für eine Woche, und Rauns Vater hatte ihnen über das erbetene Gewehr hinaus noch zwei der kleinen Armbrüste sowie Messer und Bögen mitgegeben. Außerdem befand sich in Stephens Satteltasche eine primitive Karte, auf der der Weg hinauf bis zum Blinden Land eingezeichnet war. Das Reich der Sandmänner lag hoch im Gebirge, weit im Westen. Von seinen Grenzen aus war es allerhöchstens noch ein Tagesmarsch bis zur Zitadelle der Ewigkeit. Aber wenn Thomas ehrlich zu sich selbst war, dann mußte er zugeben, daß er die Hoffnung schon längst aufgegeben hatte, die Station der Galaktiker je zu erreichen. Ihr Schicksal war entschieden gewesen, als sie Max verloren, und alles, was danach gekommen war, war nur noch ein Hinauszögern gewesen. Sie hätten auf Stephen hören und auf dem Plateau jenseits der Brennenden Ebenen bleiben sollen. Aber es war müßig, über Dinge nachzudenken, die sie hätten tun sollen.

Sein Pferd stolperte. Er konnte sich im letzten Moment am Sattel festhalten, aber der Zwischenfall zeigte ihm deutlich, wie erschöpft nicht nur sie, sondern auch die Tiere waren. Die Pferde hatten während der vorangegangenen Nacht ebenfalls nicht geschlafen, sondern sich während des Sturmes und der darauffolgenden Schlacht in ihren Ställen wie rasend gebärdet.

»Wir sollten eine Rast einlegen«, sagte er müde.

»Jetzt schon?« murmelte Stephen. Aber sein Widerspruch war nicht wirklich ernst gemeint. Ihm stand die Erschöpfung deutlich im Gesicht geschrieben. Er blinzelte aus zusammengekniffenen Augen zu den Berggipfeln im Westen hinauf, beschattete die Augen mit der Hand und schwang sich mit einem resignierenden Achselzucken aus dem Sattel. Auch Thomas kletterte unsicher von seinem Pferd. Seine Kehle brannte. Mit zitternden Händen nahm er die Wasserflasche vom Sattelknauf, setzte sie an die Lippen und trank mit vorsichtigen, kleinen Schlucken. Das Wasser war warm und erfrischte kaum. Er fuhr sich mit dem Handrücken über die Lippen, hängte die Flasche zurück und sah ebenfalls zum

Gebirge hinüber. Irgendwo hinter diesen Gipfeln lag der Eingang zum Blinden Land, aber auch der Weg zur Station der Galaktiker.

Wahrscheinlich würden sie keines von beiden jemals erreichen.

»Wir ruhen uns eine halbe Stunde aus«, sagte Stephen. »Danach reiten wir weiter.«

Thomas ließ sich widerspruchslos auf einen Felsen sinken, stützte den Kopf in die Hände und schloß die Augen. Müdigkeit und Erschöpfung schlugen wie eine warme Woge über ihm zusammen, aber er beherrschte sich und zwang sich, die Augen zu öffnen. Absichtlich rutschte er in eine unbequemere Position, um zu verhindern, daß er gegen seinen Willen einschlief.

»Was meinst du«, fragte Stephen plötzlich, »ob sie uns suchen?«

»Suchen?« Thomas runzelte die Stirn. »Wen meinst du?«

»Die Galaktiker.«

Thomas schüttelte den Kopf. »Hast du vergessen, was Max gesagt hat? Die Station hat keine Fahrzeuge.«

»Ich weiß. Aber es sind noch vier Roboter da. Wenn Max sich zugetraut hat, uns bis zur Basis zu bringen, dann müssen die anderen auch in der Lage sein, hierher zu kommen.«

»Wenn sie uns finden«, gab Thomas zu bedenken.

Stephen hielt den Arm mit dem schwarzen Multiinstrument in die Höhe. »Immerhin haben wir noch die Dinger da«, sagte er. »Max konnte uns damit anpeilen.«

»Auf kurze Entfernung, sicher«, murmelte Thomas. »Mach dir keine falschen Hoffnungen, Stephen. Hilfe in letzter Sekunde kommt nur in schlechten Romanen und Filmen vor. Ich fürchte, wir werden allein sehen müssen, wie wir weiterkommen. Wenn die Roboter eine Möglichkeit hätten, uns zu helfen, dann wären sie längst hier.«

Stephen sah ihn nur traurig an. Er hatte nicht wirklich daran geglaubt, das spürte Thomas. Aber manchmal half es auch, sich an einen Traum zu klammern. Selbst, wenn man ganz genau wußte, daß es nur ein Traum war.

Wieder sah er zu den Bergen hinauf, und wieder kam es ihm vor, als wären ihre Gipfel nicht näher gekommen, sondern im Gegenteil weiter entfernt als je zuvor. Sie waren nahezu drei Stunden ununterbrochen geritten und hatten sicherlich mehr als zehn Meilen zurückgelegt, aber gegen die Strecke, die noch vor ihnen lag, war das nicht mehr als ein Tropfen auf den heißen Stein.

Stephen begann wieder an seinem Funkgerät zu hantieren und rief ein paarmal Boris' Namen, aber natürlich bekam er keine Antwort. Schließlich gab er mit einem resignierenden Seufzer auf, erhob sich und schlurfte müde zu seinem Pferd.

Sie ritten weiter. Thomas nickte ein paarmal im Sattel ein, und einmal bewahrte ihn nur ein schneller Griff Stephens davor, vom Pferd zu fallen und sich auf dem steinigen Boden den Hals zu brechen.

Irgendwann begann sich die Sonne den Berggipfeln entgegenzusenken. Die Schatten wurden länger, und der Wind brachte ein wenig Kühle mit sich. Sie schleppten sich weiter, bis sie ein schmales, an drei Seiten von gewaltigen Felsen umgebenes Tal erreichten, in dem sie vor nächtlichen Angriffen wenigstens einigermaßen geschützt waren.

Völlig erschöpft ließ sich Thomas aus dem Sattel gleiten. Es schien seine Kräfte beinahe zu überfordern, die zusammengerollte Decke zu nehmen und sich auf dem harten Steinboden ein Nachtlager zu errichten. Er hatte Hunger, aber auch zum Essen war er zu müde.

»Wir sollten abwechselnd Wache halten«, sagte Stephen.

Aber das hörte Thomas schon gar nicht mehr. Er war auf der Stelle eingeschlafen.

*

Er lief über eine weite, vollkommen leere Fläche ohne sichtbare Begrenzung oder Horizont, aber obwohl er aus Leibeskräften rannte, kam er nicht von der Stelle. Hinter ihm war ein Mann. Er wußte es, ohne sich umdrehen zu müssen, und er wußte, daß etwas Schreckliches geschehen würde, wenn dieser Mann ihn einholte. Er versuchte schneller zu laufen, aber es ging nicht. Seine Beine schienen in einem zähen, unsichtbaren Sirup zu stecken, und er mußte bei jedem Schritt all seine Kraft aufwenden, um einen Fuß vor den anderen setzen zu können. Trotzdem wußte er genau, daß er nicht schnell genug war. Der Mann kam näher. Immer näher. Er hatte Angst. Eine furchtbare, erstickende, unmenschliche Angst wie nie zuvor in seinem Leben.

Schließlich konnte er nicht mehr. Er blieb stehen, drehte sich um und sah dem Mann entgegen. Er war groß, sehr schlank und in ein braunes, bodenlanges Gewand gekleidet. Sein Gesicht verbarg sich hinter einer silbernen Maske, und obwohl er nicht lief, sondern ganz normal ging, bewegte er sich doch viel schneller, als Thomas gerannt war.

Seine Furcht wuchs ins Unerträgliche. Sein Herz schlug mit dumpfen, hallenden Hammerschlägen in seiner Brust, und seine Knie zitterten so stark, daß er fast zu Boden gestürzt wäre. Der Mann kam näher, blieb dicht vor ihm stehen und sah ihn durch die dünnen Sehschlitze seiner Maske ausdruckslos an. Dann hob er die Hände, hakte die Daumen unter den Rand der Gesichtsplatte und hob sie langsam nach oben ab.

Das Gesicht darunter war ein älteres, von dünnen Falten durchfurchtes Gesicht mit grauen Augen und pedantisch geschnittenen Koteletten. Um den schmalen Mund schien ein zeitloses Lächeln eingegraben zu sein. Es war das Gesicht seines Vaters.

Thomas spürte eine unfaßbare Erleichterung. Die Angst verschwand so übergangslos, als würde eine unsichtbare Last *von seiner Seele genommen. Er atmete auf und trat seinem Vater entgegen.*

Sein Vater hob die Hände und lächelte. Der braune Umhang begann sich schwarz zu färben, und hier und da kräuselten sich dünne Rauchfahnen nach oben. Das Licht wurde plötzlich rot, und gelbe Flammen schlugen aus seinen Händen, liefen auf winzigen brennenden Füßchen an seinen Kleidern empor und leckten nach seinem Gesicht ...

Thomas erwachte mit einem gellenden Schrei. Jemand rüttelte ihn an der Schulter und rief ununterbrochen seinen Namen, dann klatschte eine Hand drei, viermal hintereinander schmerzhaft in sein Gesicht. Der Schlag warf seinen Kopf in den Nacken, aber der Schmerz vertrieb auch die letzten Schatten des Alptraumes.

Sekundenlang blieb er reglos und schweratmend liegen, dann stemmte er sich mühsam auf die Ellbogen hoch und sah Stephen an. »Danke«, murmelte er.

Stephen nickte knapp. »Du hast geträumt, wie?«

Thomas schauderte. Selbst die Erinnerung an den Alptraum ließ ihn noch frösteln.

»Was war los?« erkundigte sich Stephen nach einer Weile. »Du hast ununterbrochen nach deinem Vater geschrien. Und irgend etwas von einem brennenden Mann gestammelt.«

»Es war ... nichts«, sagte Thomas ausweichend. »Ein ... ein Alptraum eben. Vergiß es.«

»Es war wegen des Sandmannes, nicht wahr?« flüsterte Stephen.

Thomas erschrak. »Du weißt davon?«

»Raun hat es mir erzählt. Aber du brauchst dir wirklich keine Vorwürfe zu machen.«

Thomas antwortete nicht. *Keine Vorwürfe* ... Das war leicht gesagt.

»Wenn du nicht geschossen hättest, hätte er dich getötet«,

fuhr Stephen fort. »Du hattest gar keine andere Wahl. Außerdem haben wir alle gekämpft.«

»Du hast auch . . .«

»Ich weiß es nicht«, sagte Stephen hastig. »Aber als die Sandmänner über die Mauer kamen, habe ich auch geschossen. Wahrscheinlich habe ich mehr als nur einen getroffen.«

Aber das war etwas anderes. Er hätte es ertragen, wenn er wie Stephen und vermutlich auch Tai Lin und Boris mitten im Kampf gestanden und einfach abgedrückt hätte – obwohl es im Grunde dasselbe war. Aber er hatte dem Mann Auge in Auge gegenübergestanden, hatte die Angst in seinem Blick gespürt.

»Vergiß es«, riet Stephen. »Du hattest nur die Wahl zwischen schießen und erschossen werden. Diese Sandmänner sind gewissenlose Mörder. Wenn du nicht abgedrückt hättest, hätte er dich mit Freuden über den Haufen geschossen.«

Thomas sah ihn einen Herzschlag lang ausdruckslos an und wandte sich dann ab. Stephen redete nicht weiter. Er hatte recht, hundertmal recht, aber seine Worte bedeuteten trotzdem keinen Trost. Es war einfach nicht richtig. Es war nicht richtig, daß es Situationen gab, in denen man töten *mußte.*

Eine Zeitlang saß er stumm da und starrte in die Dunkelheit hinaus, dann stand er auf und ging mit hängenden Schultern zum Ausgang der Schlucht hinüber, in der sie ihr Nachtlager aufgeschlagen hatten. Er war noch immer müde, und seine Augen fielen immer wieder von selbst zu, aber er hatte plötzlich Angst davor einzuschlafen. Wenn er schlief, das wußte er, dann würde der brennende Mann wiederkommen, und das konnte er nicht noch einmal ertragen.

Wie schon in den Nächten zuvor hatte sich der Himmel bewölkt, und der Mond war nicht zu sehen; aber es war trotzdem hell genug, um Einzelheiten zu erkennen. Das blaue Leuchten war zwar hier oben im Gebirge etwas schwächer, aber es reichte aus, die Landschaft wie eine Gruppe übergroßer, nach einem nicht zu durchschauenden Muster verteilter Leuchtkäfer zu erhellen. Hätte er nicht gewußt, was dieses Leuchten bedeutete, hätte er es vielleicht sogar schön gefunden.

Hinter ihm klangen leise Schritte auf, als Stephen sich von seinem Platz erhob und hinter ihm herging. Er trat neben ihn, blieb ein paar Sekunden lang reglos stehen und legte ihm dann mit einer freundschaftlichen Geste die Hand auf die Schulter.

»Leg dich wieder hin«, sagte er leise. »Du brauchst deinen Schlaf genauso dringend wie ich. Wir haben morgen einen verdammt anstrengenden Ritt vor uns.«

Thomas nickte, rührte sich aber trotzdem nicht von der Stelle. Früher oder später würde er einschlafen, das wußte er, aber er würde den Augenblick so lange hinauszögern, wie er nur konnte.

»Hör mal, Tom«, sagte Stephen sanft, »ich weiß, wie du dich fühlst, aber du –« Er brach mitten im Satz ab, nahm die Hand von Thomas' Schulter und starrte konzentriert nach Osten.

»Was ist?« fragte Thomas erschrocken.

Stephen schüttelte hastig den Kopf und legte den Zeigefinger über die Lippen. »Hörst du nichts?« flüsterte er.

Thomas verneinte. Er lauschte einen Moment angestrengt, aber das einzige, was er hörte, war das schnelle Schlagen seines eigenen Herzens und die verschiedenen Geräusche der Nacht. Aber Stephen schien schärfere Sinne als er zu haben. Er fuhr herum, lief eilig zu seinem Pferd und kam wenige Sekunden später mit dem Lasergewehr unter dem Arm zurück. Thomas erschrak, als er die Waffe sah. *Nicht schon wieder!* dachte er verzweifelt. *Bitte nicht!*

Nach einer Weile jedoch hörte er es auch: Hufschlag. Die Schritte von mindestens zwei, wahrscheinlich sogar noch mehr Pferden.

»Hol deine Waffen!« zischte Stephen.

Thomas schüttelte erschrocken den Kopf. »Nein!« sagte er.

Stephen sah wütend auf, aber die erwartete scharfe Entgegnung blieb aus. Er zuckte nur mit den Achseln und machte eine unbestimmte Kopfbewegung zum Lager zurück.

»Dann geh wenigstens in Deckung«, sagte er überraschend sanft. »Ich weiß zwar nicht, wer da vorne angeschlichen kommt, aber mit dem Ding hier werde ich sie schon aufhalten!«

Von Anschleichen konnte eigentlich keine Rede sein. Die Reiter – wer immer sie waren – gaben sich keine sonderliche Mühe, ihre Annäherung zu verbergen. Nach ein paar Sekunden glaubte Thomas sogar, Stimmen zu hören, obwohl er die Worte nicht verstehen konnte.

Gegen Stephens Rat blieb er neben ihm stehen und starrte in die Dunkelheit hinaus. Der Pfad wand sich unter ihnen in verwirrenden Kehren und Schleifen den Berg hinauf und verschwand oftmals hinter Felsen und gewaltigen Steintrümmern, aber nach einigen Sekunden glaubte er, zwei dunkle Schatten zu erkennen, die sich ihnen in mäßigem Tempo näherten.

»Nur zwei«, flüsterte Stephen. »Wenn es Sandmänner sind, werde ich ihnen eine kleine Überraschung bereiten.«

Thomas starrte wortlos auf die Waffe in Stephens Hand. Er hatte den Laser eingeschaltet, hielt den Lauf aber so, daß der Abstrahlkristall hinter einer Felszacke verborgen war und sein Leuchten sie nicht verraten konnte.

»Was hast du vor?« fragte Thomas mit zitternder Stimme.

Stephen lachte rauh. »Mit ihnen Karten spielen, was denkst du denn?«

Die Reiter kamen näher, und Thomas erkannte jetzt, daß sie ein drittes Pferd am Zügel mit sich führten. Sie unterhielten sich mit leiser Stimme und schienen vollkommen sicher zu sein, von niemandem belauscht zu werden.

Er kannte diese Stimmen ...

Hastig drückte er Stephens Waffe zur Seite, trat mit einem raschen Schritt auf den Weg hinaus und hob die Arme. Stephen stieß einen erschrockenen Laut aus, und die beiden Reiter zügelten abrupt ihre Pferde. Einer der beiden hob hastig die Hand und richtete etwas Kleines, Dunkles auf ihn.

»Nicht!« sagte Thomas verzweifelt. »Ich bin es, Tom!«

Eine halbe Sekunde lang verharrte die Gestalt reglos, dann senkte sich die Hand mit der Waffe, und der Reiter ließ sein Pferd ein paar Schritte weiter vortraben. Das schwache Licht der Sterne spiegelte sich in faustgroßen, glitzernden Insektenaugen.

»Raun!« seufzte Stephen erleichtert. »Du bist es!«

»Ganz recht«, sagte eine wohlbekannte Stimme hinter dem jungen Mutanten. »Und ich – wenn ihr nichts dagegen habt.«

Tai Lin sprang mit einer fließenden Bewegung aus dem Sattel, kam auf Thomas zu und baute sich kopfschüttelnd vor ihm auf. »Ihr seid mir vielleicht Helden«, sagte sie ärgerlich. »Laßt mich einfach im Dorf zurück. Habt ihr wirklich geglaubt, ich lasse euch allein dort hinaufgehen?«

Stephen kam zögernd aus seinem Versteck hervor und sah erst Tai Lin, dann den Tombstoner an.

»Was habt ihr euch dabei gedacht, mich allein dort unten zurückzulassen?« fragte Tai Lin.

Stephen beachtete sie gar nicht. Er trat auf Raun zu, sah ihn einen Herzschlag lang nachdenklich an und reichte ihm die Hand, als er aus dem Sattel stieg. »Warum hast du sie hierher gebracht?« fragte er vorwurfsvoll. »Du weißt doch genau, was wir vorhaben.«

»Er hat es mir nicht gesagt«, mischte sich Tai Lin ein. »Aber es war nicht allzu schwer zu erraten, was ihr beiden Verrückten vorhabt.«

»Und das werden wir auch tun«, sagte Stephen entschlossen. »Aber ohne dich.«

»So?« machte Tai Lin.

Stephen nickte grimmig. »Ihr reitet sofort zurück«, sagte er. »Raun wird dich wieder ins Dorf bringen. Von mir aus kann er dich auch zur Basis begleiten, aber zu den Sandmännern kommst du nicht mit. Das ist viel zu gefährlich.«

»Das mag sein«, sagte Tai Lin gleichmütig, »aber du wirst mich schon fesseln und knebeln müssen, wenn du verhindern willst, daß ich euch begleite. Boris ist auch mein Freund, vergiß das nicht.«

»Papperlapapp!« machte Stephen. »Ihr reitet zurück, und damit basta.«

»Ich fürchte, so einfach ist es nicht«, sagte Raun.

Stephen sah ihn verwirrt an. »Was willst du damit sagen?«

»Damit«, antwortete Tai Lin, »will er sagen, daß er uns ebenfalls begleitet.«

»Ihr hättet allein keine Chance«, sagte Raun. »Sie würden euch fangen, bevor ihr auch nur in die Nähe ihres Reiches gekommen wärt.«

Stephen überlegte einen Moment. »Und was sagt dein Vater dazu?«

»Das weiß ich nicht«, antwortete Raun. »Aber wahrscheinlich wird er gar nichts sagen. Er weiß nämlich gar nicht, daß ich hier bin.«

»Ihr habt euch . . .«

»Heimlich aus dem Dorf geschlichen, ganz richtig.«

»Aber warum?«

Diesmal antwortete Raun nicht gleich. Er starrte einen Moment an Stephen und Thomas vorbei zu den Bergen hinauf und richtete den Blick dann in den Himmel.

»Ich schulde euch mein Leben«, sagte er schließlich. »Wenn ihr uns damals gegen die Ants nicht beigestanden hättet, wäre ich tot. Ihr habt euer Leben aufs Spiel gesetzt, um meines zu retten. Da ist es doch nur gerecht, daß ich es umgekehrt genauso mache.«

»Wenn du glaubst, daß du uns irgend etwas schuldig bist«, antwortete Stephen beinahe wütend, »dann kehrst du am besten gleich wieder um. Und nimm Tai Lin mit. Dort, wo wir hingehen, ist kein Platz für ein Mädchen.«

»Wo hast du denn den Satz gelesen?« fragte Tai Lin spitz.

Stephen wollte auffahren, aber Raun ließ ihn nicht zu Wort kommen. »Bitte, Stephen«, sagte er, »überleg erst einmal. Zu viert haben wir eine wesentlich größere Chance als ihr beiden allein. Ich kenne mich hier in den Bergen aus. Ihr nicht. Und es ist schließlich meine Sache, wenn ich mein Leben aufs Spiel setze.«

»Das stimmt«, nickte Stephen. »Aber ich ...«

»Du kannst reden, bis du Fransen am Mund hast«, unterbrach ihn Tai Lin gelassen. »Wir bleiben.«

»Und du glaubst, dein Vater nimmt es so einfach hin, wenn du verschwindest?« fragte Thomas Raun.

Raun lächelte. »Ich bin kein Kind mehr, Tom«, sagte er. »Er wird nicht darüber erfreut sein, aber ich bin alt genug, um über mein eigenes Leben zu bestimmen.« Er schwieg einen Moment, schob Stephen dann mit sanfter Gewalt beiseite und blickte neugierig durch den Felsspalt in die Schlucht, in der ihr Nachtlager war.

»Klug gewählt«, sagte er anerkennend, ging zu seinem Pferd zurück, nahm es am Zügel und führte es in die Schlucht. »Ich nehme an«, sagte er im Plauderton, »ihr habt noch etwas von euren Vorräten übrig? Was haltet ihr von einem kräftigen Abendessen? Und danach überlegen wir, wie wir am besten vorgehen.«

Drei Tage lang quälten sie sich über steinige Pfade und Steilhänge voller Geröll höher ins Gebirge hinauf. Thomas' Zustand besserte sich ein wenig, aber er hatte noch immer Angst davor einzuschlafen; und obwohl er sich an keinen weiteren Alptraum erinnern konnte, so wachte er doch fast jeden Morgen schweißgebadet und stöhnend auf. Keiner der drei anderen verlor eine Bemerkung darüber, aber die besorgten kurzen Blicke, mit denen sie ihn ab und zu musterten, entgingen ihm keineswegs. Er wurde zunehmend nervöser und schreckhafter, und als sie am späten Nachmittag des dritten Tages einen Paß überschritten und Raun ihnen erklärte, daß sie den Zugang zum Blinden Land noch vor Sonnenuntergang erreichen würden, war er fast erleichtert. Wahrscheinlich würde keiner von ihnen das Unternehmen lebend überstehen, aber es würde wenigstens vorbei sein, so oder so.

Sie rasteten noch einmal am späten Nachmittag. Ihre Vorräte waren arg zusammengeschmolzen und reichten gerade noch für eine letzte, nicht einmal mehr wirklich ausreichende Mahlzeit, aber darüber machten sie sich kaum Sorgen. Die Station der Galaktiker lag praktisch auf der anderen Seite des Berges, in dessen Innerem sich das Blinde Land verbarg, und es spielte keine Rolle, ob sie die letzten zwanzig Meilen satt oder mit knurrenden Mägen zurücklegen mußten.

Wenn sie überhaupt Gelegenheit dazu bekamen.

Nach dem Essen stand Thomas auf, entfernte sich ein paar Schritte vom Lager und blickte zu den Bergen hinauf. Der Gipfel vor ihm wirkte seltsam rund und glatt, als wäre der Fels wie weiches Wachs zerlaufen und wieder erstarrt, und das blaue Leuchten war hier oben so stark, daß es in den Schatten selbst tagsüber zu erkennen war.

Auf seinem Armbandgerät hatte während des vergangenen Tages eine winzige rote Lampe zu flackern begonnen, ganz sacht zuerst, dann hektischer und immer heller. Jetzt leuchtete sie ununterbrochen. Thomas brauchte nicht allzuviel Phantasie, um sich vorzustellen, was sie bedeutete. Das blaue Leuchten war nichts anderes als Radioaktivität, so intensiv, daß sie die Luft zum Strahlen brachte, und die winzige Lampe war die Anzeige eines Geigerzählers. Die Strahlung mußte hier im wahrsten Sinne des Wortes mörderisch sein. Aber auch diese schreckliche Erkenntnis konnte ihn kaum noch beruhigen. Wenn sie die Zitadelle der Ewigkeit erreichten, würden die Galaktiker sicher die notwendigen technischen und medizinischen Geräte haben, ihre Körper zu entseuchen. Wenn nicht – wenn sie die Basis nicht bis zum Abend des nächsten Tages erreicht hatten, dann brauchten sie sich über Radioaktivität wahrscheinlich keine Sorgen mehr zu machen.

»Woran denkst du?« fragte eine Stimme neben ihm. Thomas schrak zusammen und sah auf. Er war so in Gedanken versunken gewesen, daß er nicht einmal bemerkt hatte, wie Raun ihm gefolgt war.

»An nichts«, sagte er ausweichend. »An nichts Bestimmtes jedenfalls.«

»Hast du Angst?« fragte Raun mit einer Kopfbewegung auf den Berg.

Thomas überlegte einen Moment. Nein, Angst hatte er eigentlich nicht. Nicht wirklich.

»Ich habe Angst«, fuhr Raun mit leiser Stimme fort. »Aber ich freue mich auch darauf.«

»Du freust dich?«

»Nicht so, wie du denkst«, sagte Raun lächelnd. »Wahrscheinlich müssen wir alle sterben, aber wenn es so kommt, dann kommt es eben so. Jedenfalls werden wir es diesen elenden Kerlen noch zeigen.«

»Und das ist ein Grund für dich, dein Leben aufs Spiel zu setzen?« fragte Thomas kopfschüttelnd. »Ihr müßt diese Sandmänner wirklich sehr hassen.«

»Das tun wir«, bestätigte Raun. Wie immer, wenn er über die Sandmänner sprach, klang seine Stimme verändert, viel härter und unangenehmer als sonst.

»Warum?« fragte Thomas.

»Warum?« wiederholte Raun ungläubig. »Du hast doch erlebt, wie sie sind. Sie sind keine Menschen, sondern Bestien. Sie töten und rauben aus reinem Vergnügen.«

»Das meine ich nicht«, sagte Thomas. »Warum haßt ihr euch? Warum diese Feindschaft zwischen euren Völkern? Diese Welt ist trotz allem groß genug für euch und die Sandmänner.«

»Das ist sie nicht«, widersprach Raun heftig. »Keine Welt ist so groß, daß wir und die Sandmänner zugleich darauf leben könnten. Sie waren schon früher unsere Feinde, schon vor dem Großen Feuer. Es wird nicht eher Ruhe geben, bis eines unserer Völker nicht mehr existiert.«

»Oder beide.«

»Oder beide«, bestätigte Raun ungerührt. »Wenn ich dort oben nur einen von ihnen erwische, bevor sie mich töten, dann hat es sich gelohnt.«

»Wir sind nicht hier, um einen Rachefeldzug zu veranstalten«, sagte Thomas leise.

»Ich weiß. Aber sie werden Boris kaum freiwillig herausgeben. Wenn er überhaupt noch lebt.«

Thomas sah instinktiv auf sein Armbandgerät. Die winzige rote Lampe schien ihn wie ein böses Auge anzustarren. Boris war einen Tag länger als sie in dieser radioaktiven Hölle. Vielleicht hatte ihn die Strahlung bereits getötet. Vielleicht waren sie alle schon tot, ohne es selbst gemerkt zu haben.

»Ist es noch weit?« fragte er, um auf ein anderes Thema zu kommen.

Raun schüttelte den Kopf. »Du kannst den Zugang von hier aus sehen«, sagte er. »Dort oben – siehst du die Höhle auf halbem Wege zum Gipfel? Das ist er.«

Thomas blickte konzentriert in die angegebene Richtung, und nach einer Weile sah er einen winzigen, verschwommenen dunklen Fleck. Noch eine Stunde, schätzte er.

»Bewachen sie ihn?«

»Ich glaube nicht«, sagte Raun. »Es gibt hier oben fast keine Tiere, und von uns hat sich noch niemand hierher gewagt. Wir sind die ersten.« Er lachte leise und sah wieder Thomas an. »Ich werde der erste meines Volkes sein, der mit eigenen Augen das Blinde Land sieht« sagte er.

Thomas antwortete nicht. Er hatte keine Lust, weiter über Sandmänner und Krieg und Morden zu reden, und Raun schien das auch nach einer Weile zu spüren, denn er wechselte plötzlich das Thema.

»Wenn wir es schaffen, Tom«, sagte er, »ich meine, wenn es uns wirklich gelingt, Boris zu befreien und lebend wieder herauszukommen, was tut ihr dann?«

Thomas runzelte die Stirn. »Wir gehen weiter zur Basis«, sagte er. »Warum?«

Raun zögerte einen Moment. »Ich möchte mitkommen«, sagte er dann.

Thomas fuhr überrascht zusammen. »Du willst ...«

»Ich möchte mitkommen«, wiederholte Raun.

»Du willst nicht zurück zu deinem Volk?«

»Nein«, sagte Raun. »Ich ... ich möchte euch begleiten. Ich möchte all die Welten und Wunder sehen, von denen du mir erzählt hast. Glaubst du, daß das geht? Glaubst du, daß deine Leute mich mitnehmen? Mit hinauf zu den Sternen?«

Und plötzlich begriff Thomas.

Er begriff, daß Raun nicht mit ihnen gekommen war, um Boris zu retten. Auch nicht, weil er die Sandmänner haßte und sich für den Überfall rächen wollte, und auch nicht, weil er glaubte, ihnen etwas schuldig zu sein. Sicher spielte von all dem etwas mit, aber der Hauptgrund war ein anderer. Er glaubte die Geschichten, die ihm Thomas erzählt hatte, die Geschichten von fremden Planeten und all ihren Wundern. Und er war bereit, sein Leben zu riskieren, um diese Wunder einmal mit eigenen Augen sehen zu können.

»Glaubst du, daß sie es tun?« fragte er noch einmal.

Thomas spürte einen bitteren Kloß im Hals. Er setzte dazu an, etwas zu sagen, Raun zu erklären, daß nichts, aber auch gar nichts von dem, was er ihm erzählt hatte, Wahrheit war. Aber er konnte es nicht. Als er in die großen, glitzernden Insektenaugen des Tombstoners sah, schnürte etwas ihm die Kehle zu. Er konnte ihm die Wahrheit nicht sagen. Nicht jetzt. Es würde ihn umbringen. Und vielleicht, dachte er, obwohl er ganz genau wußte, daß keine Chance dafür bestand, würden ihn die Galaktiker ja auch mitnehmen.

»Ich werde sie fragen«, sagte er mühsam. Plötzlich konnte er Rauns Blick nicht mehr ertragen. Er sah weg.

*

Die Sonne berührte mit flammenden Lichtfingern die Berge, als sie die Höhle erreichten. Sie hatten die Pferde unten im Tal abgesattelt und laufen lassen; die Tiere würden den Weg ins Dorf allein zurückfinden.

Der Aufstieg war anstrengend gewesen, um so mehr, als sie sich bemüht hatten, ständig in Deckung zu bleiben, um nicht durch einen zufällig dort oben auftauchenden Sandmann im letzten Augenblick entdeckt zu werden. Aber schließlich waren sie doch oben und bewegten sich vorsichtig in die Höhle hinein.

Sie war gewaltig; viel größer, als es von außen den Anschein gehabt hatte. Hinter dem vielleicht fünf Meter hohen und dreimal so breiten Eingang erhob sich eine gewaltige Kuppel, in der sich die Strahlen ihrer Taschenlampen verloren, ohne auf Widerstand zu stoßen. Die Luft roch seltsam feucht nach Moder und abgestandenem Wasser, und ihre Schritte erzeugten an den unsichtbaren Wänden hallende, unheimliche Echos. Vorsichtig, lauschend und jeden Augenblick auf einen Angriff gefaßt, gingen sie tiefer in die Höhle hinein und warteten darauf, daß sich ihre Augen an die Dunkelheit gewöhnten.

»Wie geht es weiter?« fragte Stephen.

»Keine Ahnung«, gestand Raun. »Aber irgendwo in dieser Höhle muß der Zugang sein. Suchen wir ihn.«

Langsam bewegten sie sich vom Eingang fort. Die Höhle schien endlos zu sein, und der gezackte Lichtfleck des Einganges schmolz schon bald hinter ihnen zusammen. Decke und Wände rückten allmählich näher, und Thomas erkannte nach und nach, daß sie sich nicht in einer wirklichen Höhle, sondern in einem gewaltigen, mehr als dreißig Meter durchmessenden halbrunden Stollen befanden, der schnurgerade in den Berg hineinführte. Hoch oben unter der Decke glaubte er die grauen, vermoderten Überreste von mächtigen Kabelsträngen zu erkennen, und auf dem Boden lagen außer Steintrümmern und verschimmelten Abfällen auch rostige Metallstücke und Dinge, die wie verwitterter Kunststoff aussahen. Er mußte wieder an die zerfallene Kuppel im Kraterdschungel denken, in der sie Raun das erste Mal gesehen hatten.

Auch dies mußte eine Anlage sein, die noch aus der Zeit vor dem großen Feuer stammte. Nur war sie größer, viel größer.

Sie waren sicher mehr als einen Kilometer gegangen, als der Stollen in einer gewaltigen, halbrunden Felskuppel endete. Raun blieb stehen und schaltete seine Lampe aus, aber es wurde nicht dunkel. An den Wänden zeichneten sich große, an Ausschlag erinnernde Flecken eines weißlichen Schimmels ab, von dem nicht nur ein penetranter Geruch, sondern auch mildes Licht ausging.

Thomas sah sich neugierig um. In den Wänden befanden sich zahlreiche Türen, die aber fast alle von herabgestürzten Felsmassen und Trümmern versperrt waren. Nur eine der Türen stand einladend offen. Nach kurzem Zögern bewegten sie sich darauf zu.

Früher einmal mußte der Eingang gemauert gewesen sein, aber die Jahrhunderte hatten von dem meterdicken Betonsturz nur einen kümmerlichen Rest übriggelassen. Ein verrostetes Metallscharnier löste sich knirschend und zerbrach auf dem Boden zu feinem, braunen Staub, als Thomas danach griff. Raun warf ihm einen warnenden Blick zu.

»Vorsichtig!« zischte er. »Das leiseste Geräusch kann uns verraten!«

Sie gingen weiter. Hinter dem Durchgang befand sich eine Treppe, die in sehr steilem Winkel in die Tiefe führte. Früher einmal mußte es ein Geländer gegeben haben, aber es war verschwunden, und neben den halb zerschmolzenen Metallstufen gähnte nun ein schwarzer, bodenloser Abgrund.

Stephen kniete nieder, nachdem sie ein paar Stufen weit herabgestiegen waren. »Seht mal«, sagte er mit gedämpfter Stimme.

Es war wirklich eine sehr seltsame Treppe. Die obersten zehn, fünfzehn Stufen waren an einer Seite zerschmolzen und zu einer schwärzlichen Masse zusammengebacken, aber hier, wo sie standen, war sie weitestgehend unbeschädigt. Die

Stufen bestanden aus Metall und waren mit einem Muster tiefer, schmaler Kerben versehen. Ihre Vorderkanten hingen ein wenig über und waren gezahnt.

»Eine Rolltreppe!« sagte er erstaunt.

Stephen nickte. »Ja. Ihre Technik muß der unseren sehr ähnlich gewesen sein.« Aber irgendwie klang seine Stimme sehr seltsam. So, als sage er die Worte eigentlich nur, um sich selbst zu beruhigen.

Sie gingen weiter. Thomas begann die Stufen zu zählen, um wenigstens ungefähr zu wissen, wie weit sie in die Tiefe vordrangen, gab es aber bei zweihundert auf.

Unten erwartete sie ein weiterer, halbrunder Raum. Eine gewaltige, drei Meter hohe und fast ebenso breite Metalltür hing, wie von einem ungeheuren Hammerschlag getroffen, schräg in den Angeln, und als sie näher kamen, sah Thomas, daß die Tür mehr als anderthalb Meter stark war. Sie mußte Tonnen wiegen.

Stephen blieb plötzlich stehen und stieß einen überraschten, krächzenden Laut aus. Der Blick seiner ungläubig geweiteten Augen richtete sich auf die Tür. Auch Thomas sah noch einmal genauer hin.

Die Panzertür mußte von ungeheuerlicher Hitze getroffen worden sein. Die Flammen hatten das Metall geschwärzt, aber die Farbe hatte dem Feuerorkan lange genug standgehalten, um das, was früher einmal auf der Tür gestanden hatte, undeutlich als helle Umrisse lesen zu können. Es waren fünf Buchstaben.

NORAD

las Thomas.

»Was ... was bedeutet das?« fragte Tai Lin leise.

Stephen zuckte zusammen, als hätte er einen elektrischen Schlag bekommen. Er wirkte mit einem Mal sehr bestürzt und verwirrt. »Ich weiß es nicht«, sagte er hastig. »Wahrscheinlich irgendeine Abkürzung. Was weiß ich. Kommt weiter.«

Die Tür war weit genug aus den Angeln gerissen, daß sie bequem durch den entstandenen Spalt gelangen konnten. Dahinter lag ein weiterer, wenn auch wesentlich kleinerer Stollen. Das Licht war hier heller. An den Wänden hingen unzählige, zerstörte und bis zur Unkenntlichkeit verrostete Geräte und Instrumente, deren ehemalige Bestimmung nicht einmal mehr zu erraten war. Aber es war eindeutig, daß sie sich den bewohnten Bereichen der unterirdischen Anlage näherten.

Thomas sah flüchtig auf sein Armbandgerät. Die rote Lampe des Geigerzählers war erloschen. Zumindest waren sie hier unten vor der Strahlung sicher.

Nach einer Weile hörten sie Geräusche: Klimpern, Schritte, das undeutliche Murmeln von Stimmen. Raun erstarrte für einen Moment und deutete dann mit einer hastigen Geste auf eine der zahlreichen Nischen, die sich rechts und links in den Wänden befanden. Rasch begaben sie sich in Deckung, aber die Schritte entfernten sich nach einer Weile wieder. Sie hatten noch einmal Glück gehabt.

Raun wollte weitereilen, aber Stephen hielt ihn mit einem raschen Griff an der Schulter zurück.

»Es hat überhaupt keinen Sinn, hier blind herumzustolpern«, sagte er kopfschüttelnd. »Früher oder später laufen wir einem Sandmann in die Hände, und das ist nicht so ganz der Sinn der Aktion.«

Raun nickte, schwieg aber. Es war schwer, den Ausdruck auf seinem fremdartigen Gesicht richtig zu deuten, aber Thomas glaubte zu erkennen, daß der Mutant besorgter war, als er zugeben wollte.

»Wir müssen einen Plan machen«, fuhr Stephen fort.

»Das fällt dir reichlich früh ein, findest du nicht?« sagte Tai Lin spitz.

Stephen sah verärgert auf. »Ich habe mit einer Höhle gerechnet« sagte er. »Nicht mit einem solchen Labyrinth. Hast du eine Ahnung, *wie* groß diese Anlage ist?«

Tai Lin schüttelte den Kopf.

»Aber ich«, knurrte Stephen. »Wir können hier wochenlang herumirren, ohne Boris auch nur zu Gesicht zu bekommen.«

»Und was schlägst du vor?« fragte Tai Lin.

Stephen zuckte die Achseln. »So, wie ich die Sache sehe, gibt es nur eine Möglichkeit. Wir schnappen uns eines von diesen Sandmännchen und fragen ihn nach dem Weg.«

»Und du glaubst, er antwortet uns?« fragte Raun.

Stephens Gesicht verfinsterte sich. »Hat jemand eine bessere Idee?«

Natürlich hatte niemand einen anderen Vorschlag; es gab keinen. Sie hatten erst einen winzigen Teil der unterirdischen Anlage gesehen, und wahrscheinlich hatte Stephen mit seiner Schätzung noch untertrieben. Der halbe Berg mußte unterhöhlt sein. Es war vollkommen sinnlos, aufs Geratewohl loszustürmen und nach Boris zu suchen.

»Gut«, sagte Raun nach einer Weile. »Wir machen es so. Warten wir hier, oder gehen wir noch weiter?«

»Hier wäre es sicherer«, murmelte Stephen nach einem langen Blick in den Tunnel. »Wir sind noch nahe genug beim Ausgang, um im Notfall abhauen zu können. Aber ich fürchte, wir können hier lange warten, bis jemand vorbeikommt.« Er stand auf, trat zögernd aus der Nische heraus und winkte ihnen, ihm zu folgen. »Aber Vorsicht«, flüsterte er. »Und versucht, euch den Weg zu merken.«

Der Stollen endete nach wenigen hundert Schritten in einem weiteren, kuppelförmigen Raum, aber diesmal gab es gleich vier Durchgänge, die noch passierbar waren. Stephen blieb stehen und sah eine Weile ratlos zwischen den Türen hin und her. Auch hier gab es massige, an Tresortüren erinnernde Stahlplatten, die aber lange nicht so gewaltig wirkten wie das erste Tor, durch das sie gekommen waren. Und es gab kaum Spuren von Zerstörung. Verfall, ja. Rost, Moder und Fäulnis waren überall, aber die Spuren der gewaltsamen Zerstörung, der Hitze und der Erschütterungen, auf die sie oben überall gestoßen waren, gab es hier nicht mehr. Die Katastrophe, so unvorstellbar sie gewesen sein mußte, hatte diesen Teil der unterirdischen Festung verschont.

»Links«, sagte Stephen schließlich. »Nehmen wir den linken Durchgang. Am besten, wir gehen ab jetzt immer links. Sollten wir fliehen müssen und getrennt werden, dann braucht ihr euch nur immer rechts zu halten, um den Ausgang zu finden.«

Niemand widersprach. Die Anzeichen von Leben mehrten sich, je tiefer sie in die Anlage eindrangen. Die Gänge waren ein wenig sauberer, und hier und da trafen sie auf einen Raum, der bewohnt aussah. Schließlich blieb Stephen vor einer massiven Eisentür stehen, hinter der eine winzige, vollkommen leere Kammer lag. Der Riegel befand sich an der Außenseite der Tür.

»Ideal«, sagte er. »Hier werden wir warten. Das heißt«, fügte er mit einem Blick auf Thomas und Tai Lin hinzu, »ihr beide werdet hier warten. Raun und ich gehen weiter. Aber wir kommen bald zurück.«

Thomas wollte widersprechen, aber Stephen ging so rasch davon, daß er keine Gelegenheit dazu bekam. Einen Moment lang blieb er noch unschlüssig auf dem Gang stehen, dann wich er hinter Tai Lin in die Kammer zurück.

Sie war dunkel. Der leuchtende Schimmel – oder was immer es war – bedeckte hier nur ein winziges Stückchen der Wand. In den Winkeln nistete Feuchtigkeit, und die Luft war so schlecht, daß er kaum atmen konnte.

Der Raum mußte schon seit sehr langer Zeit leer stehen. Auf dem Fußboden lag eine fast fünf Zentimer dicke Staubschicht, und als er versuchte, die Tür zu bewegen, mußte er sich mit aller Kraft dagegenstemmen, um sie wenige Millimeter in den rostigen Scharnieren nach hinten zu schieben.

»Was mag das hier einmal gewesen sein?« murmelte er.

Tai Lin zuckte mit den Achseln. Die Bewegung war in der

dunklen Kammer eher zu ahnen als wirklich zu erkennen. »Keine Ahnung«, sagte sie leise. »Aber es erinnert mich an etwas.«

»So?« machte Thomas. »Woran?«

Tai Lin lächelte verlegen. »Lach bitte nicht, aber... wir haben in Peking etwas Ähnliches. Nur nicht so groß. Bunker.«

»Bunker?« wiederholte Thomas erstaunt. Sicher – er hatte davon gehört, daß praktisch ganz Peking von einem gewaltigen Bunkersystem unterkellert war. Und jetzt, als Tai Lin es aussprach, wurde ihm auch schlagartig klar, daß er im Grunde die ganze Zeit etwas Ähnliches gedacht hatte.

»Bunker«, bestätigte Tai Lin. »Das Ganze kommt mir vor wie eine riesige Bunkeranlage.«

Bunker, dachte Thomas dumpf. Es war die einzige logische Erklärung. Und nicht nur für diese Anlage. Vorausgesetzt, Tai Lin hatte recht, dann paßte plötzlich alles zusammen. Der Staub in der Atmosphäre. Säureregen. Verseuchte Gebiete. Land, das vor Radioaktivität glühte, und Menschen, die durch harte Gammastrahlen zu Ungeheuern geworden waren.

Es war die einzige Erklärung, dachte er schaudernd. Tombstone war nicht durch ein Sonnenflackern oder einen Meteoritenregen vernichtet worden. Dieser Planet hatte einen Atomkrieg erlebt.

Seine Kultur mußte ebenso hoch oder sogar höher entwikkelt gewesen sein als die der Erde, aber sie hatten dieselben Fehler begangen. Keine Laune der Natur, kein grausames Schicksal hatte die Wesen, die hier einmal gelebt hatten, ausgerottet. Sie hatten es selbst getan, in einem einzigen, grauenhaften Krieg. Von einer ehemals blühenden Welt war nichts geblieben als eine Hölle, und von der Bevölkerung, die wahrscheinlich einmal nach Milliarden gezählt worden war, hatte nur eine Handvoll überlebt – Menschen wie die Vorfahren der Sandmänner, die die Vernichtung hier, verborgen unter kilometerdicken Felswänden, die nukleare Hölle überstanden hatten, Menschen wie die Vorfahren der Mutanten, die vielleicht in natürlichen Höhlen draußen im Gebirge Schutz gefunden hatten, wenn auch nur Schutz vor den Explosionen und der Hitze, nicht vor den radioaktiven Strahlen.

Aber die Galaktiker hätten das doch wissen müssen?! Warum hatte Max sie belogen?

Tombstone ... dachte er. Und erst jetzt begriff er, *wie* zutreffend dieser Name war. Diese Welt war ein einziges, gewaltiges Grab, ein Mahnmahl der Unvernunft und des Wahnsinns, das sich seine Bewohner selbst gesetzt hatten.

Draußen auf dem Gang wurden Schritte laut, dann tauchte eine hochgewachsene, in ein braunes, fließendes Gewand gekleidete Gestalt unter dem Eingang auf, gefolgt von Raun und Stephen, der dem Sandmann den Lauf seines Gewehres zwischen die Schulterblätter preßte.

»Dorthin!« befahl er mit einer Kopfbewegung auf die Rückwand. Der Sandmann gehorchte. Sein Gesicht war starr, aber in seinen Augen flackerte Angst.

Während sie hastig zur anderen Seite der Kammer zurückwichen, um dem Sandmann keine Gelegenheit zu einer Verzweiflungstat zu geben, besah sich Thomas den Eingeborenen genauer. Sein Gesicht war vollkommen menschlich, sah man von seinen Augen ab. Sie waren größer als die eines Menschen, und die Pupillen waren unnatürlich geweitet; vielleicht eine Anpassung an das Leben hier unten. Die Sandmänner mußten viel empfindlichere Augen haben als jemand, der oben im hellen Sonnenlicht lebte. Seine rechte Gesichtshälfte war vernarbt. Im ersten Moment sah es aus wie eine alte Brandwunde, aber als Thomas genauer hinsah, wurde ihm klar, daß es Verwachsungen waren. Nicht nur Rauns Leute zahlten für das, was ihre Vorfahren getan hatten.

»So«, sagte Stephen, »und jetzt unterhalten wir uns ein wenig.«

Der Sandmann starrte ihn trotzig an und preßte die Lippen zu einem schmalen Strich zusammen.

»Ihr habt einen von uns gefangen«, sagte Stephen. »Lebt er noch?«

Der Sandmann antwortete nicht. Raun stieß ein wütendes Knurren aus, trat einen Schritt auf ihn zu und zog sein Messer aus dem Gürtel. Stephen rief ihn mit einem knappen Befehl zurück.

»Laß mich«, erwiderte Raun knapp. »Ich werde ihm schon klarmachen, daß er zu antworten hat.«

Stephen schüttelte den Kopf, wandte sich dann wieder an den Sandmann und zeigte ein kaltes, sehr häßliches Lächeln. »Du hast die Wahl«, sagte er ruhig. »Entweder, du antwortest uns, oder ich lasse ihn auf dich los. Ich glaube nicht, daß dir das gefallen würde.«

Das Flackern in den Augen des Sandmannes verstärkte sich, und Thomas konnte direkt sehen, wie es hinter seiner Stirn arbeitete. »Ihr seid tot«, sagte er. »In fünf Minuten seid ihr tot.«

Stephen zuckte gleichmütig die Achseln. »Vielleicht«, sagte er. »Aber du auch – wenn du nicht vernünftig bist. Was ist mit unserem Kameraden? Lebt er noch?«

Der Sandmann nickte fast unmerklich. »Er lebt noch.«

Thomas und Tai Lin atmeten hörbar auf. Noch lag der wirklich gefährliche Teil ihres Abenteuers vor ihnen, aber wenigstens wußten sie jetzt, daß ihr Verzweiflungsunternehmen überhaupt einen Sinn gehabt hatte.

»Wo ist er?« fragte Stephen.

»Sucht ihn doch«, erwiderte der Sandmann trotzig. Wieder machte Raun Anstalten, sich auf ihn zu stürzen, und wieder rief ihn Stephen zurück. Widerstrebend ließ Raun seine erhobene Faust sinken.

»Sei vernünftig«, sagte er geduldig. »Wir finden ihn auch ohne deine Hilfe, mein Wort darauf. Aber du wirst dann nicht mehr am Leben sein. Ich weiß nicht, ob ich Raun noch lange zurückhalten kann.«

Der Sandmann betrachtete den jungen Mutanten nervös. Er wußte, daß er von dem Eingeborenen keine Gnade zu erwarten hatte.

»Selbst wenn ich es euch sage«, sagte er nach einer Weile, »habt ihr keine Chance.«

»Laß das unsere Sache sein«, beruhigte ihn Stephen.

»Er ... er ist bei Tremman«, sagte der Sandmann. Seine Zunge fuhr in einer nervösen Bewegung über seine rissigen, aufgesprungenen Lippen. »Bei unserem Anführer. Unten im Zentralbunker. Ihr kommt nie dorthin.«

»Vielleicht schon«, sagte Stephen lächelnd. »Wenn du so freundlich bist, uns den Weg zu erklären. Und«, fügte er hinzu, als der Sandmann zu einer Antwort ansetzen wollte, »komm bitte nicht auf die Idee, uns in die Irre führen zu wollen. Siehst du die Tür? Sie ist verdammt dick. Ich glaube nicht, daß dich jemand hört, wenn du dagegenschlägst und schreist. Wenn wir nicht zurückkommen, wirst du dir wohl einen Weg durch den Felsen graben müssen.«

»Das ... das könnt ihr nicht machen«, sagte der Sandmann erschrocken. »Wenn sie euch töten, verhungere ich.«

»Dein Risiko«, sagte Raun wütend. »Also überleg dir lieber, wie wir Boris befreien können.«

»Das ist unmöglich!« heulte der Sandmann auf. »Ihr braucht eine Armee, um den Zentralbunker zu stürmen!«

»Wer spricht von stürmen?« entgegnete Stephen. »Gibt es keine Möglichkeit, unbemerkt hinunterzukommen?«

»Nein«, antwortete der Sandmann. »Das heißt ...«

»Ja?« sagte Stephen lauernd.

Der Bunkerbewohner schwieg einen Moment. »Es könnte gehen«, murmelte er. »Ihr seid klein genug. Aber es ist gefährlich.«

»Wir riskieren es«, sagte Stephen. »Also?«

»Die Luftschächte«, erklärte der Sandmann. »Sie sind schmal, aber sie führen durch die gesamte Anlage. Ihr könntet es schaffen.«

»Na wunderbar«, sagte Stephen. »Und wo sind diese Schächte?«

»Ich zeige es euch.«

Stephen schüttelte nur stumm den Kopf. So leicht sollte er sie nicht reinlegen können.

»Gut«, seufzte der Sandmann. »Ihr findet sie an jeder Gangkreuzung – die großen Gitter unter der Decke. Dahinter sind die Luftschächte. Wenn ihr hineingeht, kommt ihr automatisch zum Hauptkanal. Er führt bis nach unten, auf die tiefste Sohle.«

»Und dort finden wir Tremman?«

»Ja. Euer... Freund ist in einer kleinen Kammer direkt neben seinen Gemächern untergebracht.«

Stephen nickte zufrieden. »Das genügt«, sagte er. Er trat zur Seite, gab Thomas und den anderen einen Wink, den Raum zu verlassen, und wich dann selbst rückwärtsgehend auf den Gang zurück. Thomas und Raun wuchteten die Tür mit vereinten Kräften zu, aber Stephen mußte dreimal mit aller Kraft mit dem Gewehrkolben zuschlagen, ehe der Riegel knirschend einrastete.

Thomas betrachtete die geschlossene Tür. »Wenn wir nicht zurückkommen, dann verhungert er dort drinnen«, sagte er.

»Unsinn«, murrte Stephen. »Seine Leute werden ihn suchen. Wir haben ihn hier ganz in der Nähe aufgegriffen. Ich bin sicher, sie werden in jeden Raum sehen, wenn er nicht zurückkommt. Und jetzt los. Wir haben schon genug Zeit verloren.«

Sie gingen hastig weiter und erreichten schon nach wenigen Minuten die nächste Abzweigung. Raun ließ den Strahl seiner Taschenlampe über die Wand gleiten und deutete mit einem zufriedenen Nicken auf das rostige Gitter in der Ecke.

»Bis hierher hat er die Wahrheit gesagt«, murmelte er. »Wollen wir hoffen, daß es weiter so geht.«

Stephen huschte rasch durch den Raum und kontrollierte die drei anderen Gänge, die in die Kammer mündeten.

»Alles in Ordnung«, flüsterte er, als er zurückkam. »Keine Spur von ihnen. Schnell jetzt.«

Das Gitter lag auf halber Höhe zwischen Boden und Decke, so daß sie es einigermaßen bequem erreichen konnten. Das rostzerfressene Metall gab fast sofort nach, als Thomas kräftig daran rüttelte. Dahinter kam ein niedriger, mit einer zentimeterdicken Staubschicht bedeckter Gang zum Vorschein. Hastig stieg er hinauf, kroch ein paar Meter weit in den Luftschacht hinein und wartete, bis Tai Lin und Raun ihm gefolgt waren. Stephen bildete den Abschluß. Er versuchte, das Gitter wieder an seinem Platz zu befestigen, aber er schaffte es nicht. Schließlich legte er es achselzuckend auf den Boden und machte eine auffordernde Geste weiterzukriechen.

Der Schacht war zwar breit, aber so niedrig, daß sie auf dem Bauch robben mußten. Ihre Bewegungen wirbelten Staub auf, und Thomas kämpfte mit aller Macht gegen den Hustenreiz an.

Nach einer Weile glaubte er, einen schwachen Luftzug vor sich zu spüren. Raun hatte seine Lampe ausgeschaltet, so daß sie durch absolute Dunkelheit krochen, aber er war sicher, daß irgendwo vor ihnen der Hauptschacht war, von dem der Sandmann gesprochen hatte.

Seine Finger griffen plötzlich ins Leere, und der schwache Luftzug wurde zu einem eisigen Wind, der nahezu senkrecht von oben herabstürzte. Die rote Lampe an seinem Armband begann zu blinken. Die Luft mußte direkt von draußen kommen und war radioaktiv verseucht.

Umständlich klaubte er seine Taschenlampe aus dem Gürtel, richtete sie nach unten und schaltete sie ein. Der Strahl brach sich auf den rostzerfressenen Wänden eines vielleicht anderthalb Meter durchmessenden, senkrecht in die Tiefe stürzenden Schachtes. Thomas hob den Kopf und sah nach oben. Aber dort herrschte nur nachtschwarze Dunkelheit. Wahrscheinlich lief die Frischluft durch ein ganzes Labyrinth von Filteranlagen und Schleusen, ehe sie hier heruntergeleitet wurde. Nur, daß auch die perfektesten Filter nach mehr als dreihundert Jahren sicher nicht mehr funktionierten.

»Was ist?« drang Stephens Stimme dumpf von hinten zu ihm.

»Der Schacht ist hier«, antwortete Thomas.

»Und?«

»Was, und?« sagte Thomas gereizt. »Ich steige jetzt hinunter.«

»In Ordnung. Aber sei bloß vorsichtig!«

Thomas schluckte die scharfe Antwort, die ihm auf der Zunge lag, herunter, drehte sich ächzend in dem niedrigen Schacht herum und tastete mit dem Fuß nach der ersten der rostigen Sprossen, die an beiden Seiten des Schachtes nach unten führten. Der Metallbügel ächzte hörbar unter seinem Gewicht, aber er hielt.

Behutsam, immer erst vorsichtig die Festigkeit der nächsten Stufe prüfend, bevor er sein Gewicht endgültig verlagerte, begann er in die Tiefe zu steigen. Die Lampe hatte er in den Gürtel geschoben, so daß ihr Licht nach unten fiel, aber der weiße Strahl verlor sich in unbestimmbarer Entfernung. Er zog es vor, nicht hinabzusehen.

Thomas wußte hinterher nicht mehr, wie tief sie hinuntergestiegen waren. Aber es war sehr tief. Hunderte von Metern, und es war die längste Kletterpartie, die er jemals in seinem Leben bewältigte. Die Dunkelheit unter ihnen war erfüllt von den verschiedensten Geräuschen, und in Thomas stiegen mit jedem Meter, den sie tiefer kamen, beunruhigendere Visionen auf. Der Schacht konnte irgendwann plötzlich aufhören und in einen gewaltigen Abgrund münden, sie konnten plötzlich von einer Welle glühendheißer radioaktiver Luft erfaßt und davongewirbelt werden, er hatte Visionen von riesigen haarigen Spinnen und menschenfressenden Ratten, die irgendwo in der Dunkelheit unter ihnen lauerten.

Aber nichts von alledem geschah. Nach einer halben Stunde erreichte er mit schmerzendem Rücken und blutenden Händen die Schachtsohle. Im Lauf der Jahrhunderte hatten sich Staub und Schmutz zu einer fast knietiefen, schlammigen Schicht hier unten angesammelt, und die Luft stank so erbärmlich, daß das Atmen zu einer Qual wurde.

Er wich bis zur Wand zurück, um Platz für die anderen zu schaffen. Trotzdem wurde es fast unerträglich eng, als sie alle vier auf der Sohle des Schachtes angekommen waren.

»Und jetzt?« fragte Raun ratlos. »Wie geht es weiter?«

Im ersten Moment wußte keiner so recht eine Antwort. Ein halbes Dutzend Schächte zweigte hier vom Hauptkanal ab, und einer konnte so aussichtsreich (oder gefährlich) wie der andere sein.

»Wir könnten uns natürlich trennen«, sagte Stephen. »Auf diese Weise würden wir den richtigen Schacht sicher schneller finden. Aber ich bin dagegen. Es ist sicherer, wenn wir zusammenbleiben. Irgendwelche Einwände?«

Als niemand widersprach, bückte er sich ohne ein weiteres Wort zu dem erstbesten Schacht und begann auf Ellbogen und Knien hineinzukriechen. Raun folgte ihm, dann kam Tai Lin an die Reihe. Thomas bildete diesmal den Abschluß.

Hintereinander krochen sie durch absolute Dunkelheit, und das einzige, was Thomas überhaupt davon überzeugte, daß die anderen noch da waren, waren ihre schweren, mühevollen Atemzüge. Er kämpfte mit aller Macht gegen den immer unerträglicher werdenden Hustenreiz. Ein einziges, unvorsichtiges Geräusch konnte ihr Ende bedeuten.

Der Schacht verzweigte sich ein paarmal, aber Stephen wählte stets – wie schon oben – die linke Abzweigung, so daß sie den Rückweg ohne Schwierigkeiten finden würden.

Nach einer Weile tauchte ein blasser, dunkelroter Lichtschein vor ihnen auf. Thomas stieß plötzlich unsanft gegen Tai Lins Füße und schlug sich dann auch noch den Hinterkopf an der niedrigen Decke an.

»Was ist los?« fragte er. »Warum geht es nicht weiter?«

Einen Moment lang bekam er keine Antwort, dann glaubte er, ein leises, mühsam unterdrücktes Wimmern zu hören.

»Ich ... ich will hier raus!« stöhnte Stephen. »Bitte ... ich ... ich halte es nicht mehr aus ...« Seine Stimme kippte über, und die Worte gingen in ein unverständliches Gestammel über. Thomas mußte plötzlich wieder an den Zwischenfall auf dem Rettungsboot denken, daran und an das, was Max gesagt hatte: Stephen litt unter Klaustrophobie. Er ertrug es einfach nicht, eingesperrt zu sein. Bisher hatte er sich mit aller Macht zusammengerissen und sich nichts anmerken lassen, aber für ihn mußte das Kriechen durch diese engen stickigen und dunklen Schächte die Hölle sein.

»Ich will raus!« wimmerte Stephen noch einmal. »Bitte! Ich ... ich kann nicht mehr!« Er begann zu weinen und verbarg das Gesicht zwischen den Armen.

»Stephen!« sagte Thomas, so ruhig er konnte. »Hör mir zu!«

»Ich will raus!« wimmerte Stephen immer wieder. Thomas spürte deutlich, daß es nur noch Sekunden dauern würde, bis es mit seiner Selbstbeherrschung endgültig am Ende war und er zu schreien begann. Und das würde zweifellos ihren Tod bedeuten.

»Hör mir zu!« sagte er verzweifelt. »Hör mir nur einen Moment zu, Stephen! Bleib ruhig. Bleib einfach liegen, wo du bist, und tu gar nichts. Ich komme zu dir.«

Er konnte nicht erkennen, ob Stephen auf seine Worte reagierte oder sie überhaupt verstand, aber er kroch weiter, so schnell er konnte. Mit einer verzweifelten Anstrengung schob er sich an Tai Lin und Raun vorbei und gelangte nach wenigen Augenblicken an Stephens Seite.

Der junge Amerikaner lag in seltsam verkrampfter Haltung da. Sein Körper wurde immer wieder von Weinkrämpfen geschüttelt, und sein Gesicht war von unbeschreiblicher Angst verzerrt. Thomas packte ihn bei den Schultern und zwang ihn, nach vorne zu sehen.

»Sieh dorthin, Stephen«, sagte er eindringlich. »Dort vorne geht es raus. Es sind nur noch ein paar Meter!«

Aber Stephen reagierte nicht. Im Gegenteil. Die Furcht in seinen Augen schien noch stärker zu werden, und aus seiner Kehle drang eine Reihe glucksender, würgender Geräusche, die kaum mehr etwas Menschliches an sich hatten.

»Bitte, Stephen, beruhige dich!« flehte Thomas. »Ich ... ich bringe dich hier raus. Komm! Siehst du das Licht? Nur noch bis dahin! Komm!«

Er kroch langsam los, umklammerte Stephens Handgelenk und zog ihn Zentimeter für Zentimeter hinter sich her. Raun schien endlich zu begreifen, was mit Stephen geschehen war, und begann, von hinten zu schieben. Unter Aufbietung aller Kräfte gelang es ihnen, Stephen weiter durch den Schacht zu transportieren. Aber es schien eine Ewigkeit zu dauern, bis sie endlich vor dem verschlossenen Lüftungsgitter und im Licht waren.

»Wir haben es geschafft, Stephen«, sagte Thomas. »Schau – wir sind fast draußen!«

Seine Worte erzielten die gewünschte Wirkung. Stephen beruhigte sich zusehends. Er schluchzte noch immer, aber seine Hände hörten auf zu zittern, und sein Blick klärte sich langsam wieder.

»Wir müssen nur noch dieses Gitter lösen«, fuhr Thomas fort, »dann sind wir draußen.«

Auf der anderen Seite des Gitters lag eine gewaltige, mindestens fünfzig Meter durchmessende Halle. Anders als die Gänge, durch die sie bisher gekommen waren, war sie von einer Anzahl blakender Fackeln erhellt, die ein verwirrendes

Muster aus rötlichem Licht und tanzenden Schatten in den Raum zauberten, so daß Thomas im ersten Moment Schwierigkeiten hatte, überhaupt etwas zu erkennen.

Sie hatten auf Anhieb Glück gehabt – das hier mußte der Zentralbunker sein, von dem der Sandmann gesprochen hatte. Der Fußboden war von einer Unzahl niedriger, halbverfallener Computerbänke übersät, hinter denen die zerborstenen Überreste von Stühlen vor sich hinrosteten. An der gegenüberliegenden Wand hing ein gewaltiger grauer Bildschirm. Ein Netz von Rissen und haarfein verästelten Sprüngen lief über die graue Glasscheibe, die wahrscheinlich vor dreihundert Jahren das letzte Mal ein Bild gezeigt hatte. Überall waren Spuren der Zerstörung zu sehen – die Wände waren bis auf den letzten Quadratzentimeter mit Anzeigen und Computerbänken übersät, aber der Raum wirkte, als hätte eine Horde Barbaren ihn in einem Anfall von Raserei vollkommen zerstört. Kabel und Geräte waren mit roher Gewalt aus den Halterungen gerissen, Bildschirme zerschlagen, und die Computer, die die Wände wie eine endlose Reihe hoher, blitzender Schranktüren bedeckten, waren verbeult und zertrümmert. Das hier war keine Folge des Atomschlages, der den Berg getroffen hatte, dachte Thomas. Irgend jemand war hinterher hier eingedrungen und hatte alles, was die nukleare Hölle überstanden hatte, vernichtet.

Sie waren nicht allein. Eine Anzahl von Sandmännern stand zwischen den Computerkonsolen herum, ohne daß Thomas erkennen konnte, was sie taten. Auf der anderen Seite, unmittelbar vor dem zerborstenen Bildschirm, stand ein aus Metallstücken und Kunststoff roh zusammengefügter Stuhl; ein gewaltiges Monstrum, dem aber eine gewisse barbarische Pracht nicht abzusprechen war. Ein Thron, erkannte Thomas. Aber so gewaltig und groß er war, er paßte zu dem Mann, der davor stand und heftig gestikulierend mit zwei anderen Sandmännern sprach.

»Das muß ihr Anführer sein«, flüsterte Raun neben ihm. Thomas nickte, ohne den Blick von dem Riesen zu nehmen. Er war über zwei Meter groß und unglaublich breitschultrig. Selbst die größten Krieger, die sie im Mutantendorf getroffen hatten, mußten gegen ihn wie Zwerge erscheinen. Er trug, anders als die übrigen Sandmänner, keinen Umhang, sondern eine zerschlissene grüne Uniform, die ihm allerdings um mehrere Nummern zu klein war. Um seinen Hals wand sich eine Kette, die, soweit Thomas das über die Entfernung erkennen konnte, aus bunten Kabeln und elektronischen Bauteilen gefertigt war.

Und an seinem rechten Handgelenk prangte ein schwarzes, wuchtiges Armband...

Thomas erschrak. Es gab keinen Zweifel – das Schmuckstück, das Tremman trug, war Boris' Multiinstrument! Aber Max hatte ihnen doch gesagt, daß es keine Möglichkeit gab, das Armband zu lösen...

Er kroch ein Stück zurück und wandte sich mit einem besorgten Blick an Stephen. »Geht es wieder?«

Stephen nickte. Sein Gesicht war noch immer kreidebleich, aber er hatte sich wieder einigermaßen in der Gewalt. »Ja«, sagte er leise. »Ich... ich bin wieder in Ordnung. Es tut mir leid. Ich glaube, ich habe die Nerven verloren. Ich spürte nur noch diese Angst, diese schreckliche Angst.«

Thomas lächelte. »Schon gut. Ist ja nichts passiert. Aber ich fürchte, wir haben ein kleines Problem.«

Stephen kroch zögernd neben ihn und lugte durch die Stäbe des verrosteten Gitters. »Volltreffer«, murmelte er. »Gleich auf Anhieb.«

»Das nützt uns leider nicht viel«, sagte Thomas niedergeschlagen. »Wie sollen wir da reinkommen?«

»Sein Zimmer muß hinter dieser Tür dort liegen«, sagte Stephen mit einer entsprechenden Geste. »Wenn der Kerl uns die Wahrheit gesagt hat, heißt das.«

Es gab, abgesehen von der wuchtigen Panzertür, die auf den Gang hinausführte, nur einen einzigen weiteren Ausgang; eine schmale Tür in einer der Seitenwände, halb verborgen zwischen verrosteten Schalttafeln und hervorquellenden Kabeln. Aber zwischen ihr und dem Lüftungsschacht lagen nicht nur fast fünfzig Meter, sondern auch ein halbes Dutzend Sandmänner. Und es sah nicht so aus, als hätten sie vor, den Raum in absehbarer Zeit zu verlassen.

Stephens Hand glitt zum Trageriemen des Gewehres, das er auf seinem Rücken befestigt hatte. Aber er führte die Bewegung nicht zu Ende. Mit Gewalt kamen sie hier nicht weiter. Ganz abgesehen davon, daß es Selbstmord gewesen wäre, die Waffe hier unten zu benutzen – ein einziger Schuß, und Hunderte von Sandmännern wären aus allen Teilen der Anlage herbeigestürmt.

Thomas sah sich unschlüssig um. Der Schacht hatte sich ein paarmal gegabelt, und die letzte Abzweigung lag kaum fünf Meter zurück und führte nach rechts – in Richtung der Tür, hinter der sie wahrscheinlich Boris finden würden.

»Vielleicht hat Tremmans Raum einen eigenen Luftschacht«, murmelte er.

Stephen sah ihn stumm an, aber in seinen Augen begann bereits wieder die Angst zu flackern.

»Du kannst hierbleiben«, sagte Thomas hastig. »Ich gehe mit Raun zurück, und ihr wartet hier solange.«

Stephen schüttelte den Kopf, aber die Bewegung wirkte abgehackt und gezwungen, und auf seinem Gesicht glänzte Schweiß. »Ich komme mit«, sagte er mühsam. »Es wird schon gehen.«

»Versuchen wir es«, sagte er.

Es war die reine Qual, durch den niedrigen Gang rückwärts zurückzukriechen, und Thomas rechnete eigentlich jede Sekunde damit, daß Stephen erneut die Beherrschung verlieren würde. Aber er kroch tapfer durch die muffige, feuchte Enge, auch als sie die Abzweigung erreichten und wieder in absolute Dunkelheit eindrangen.

Thomas' Herz begann hektisch zu klopfen. Im Grunde war das, was sie taten, der reine Wahnsinn. Sie hatten keine Garantie, daß dieser Schacht wirklich zu Tremmans Quartier oder überhaupt irgendwohin führte. Vielleicht krochen sie geradewegs in ein Labyrinth hinein, aus dem es kein Entrinnen mehr gab, und vielleicht...

Thomas schob den Gedanken beiseite. Er machte sich nur selbst verrückt. Wenn er seiner Phantasie weiter freien Lauf ließ, dann würde er in wenigen Sekunden genauso weit sein wie Stephen und anfangen zu schreien. Er riß sich zusammen.

Aber seine Befürchtungen erwiesen sich als grundlos. Der Schacht gabelte sich nach einer Weile erneut, und links von ihnen leuchtete das dünne Schachbrettmuster eines weiteren Entlüftungsgitters. Sie krochen schneller und erreichten nach wenigen Augenblicken das Ende des Lüftungskanales.

Sie hatten erneut Glück.

Unter ihnen lag ein vielleicht fünf mal fünf Meter großer, hell erleuchteter Raum. Die Kammer, von der der Sandmann gesprochen hatte. Die Wände waren bedeckt mit Regalen, in denen sich aller möglicher Kram stapelte – Waffen, Schmuckstücke, verbeulte Konservendosen; ein ungeheures Sammelsurium, das der Anführer der Sandmänner im Lauf der Jahre zusammengetragen hatte.

Und direkt unter dem Lüftungsgitter stand ein breites, mit Fellen und bunten Kissen ausgepolstertes Bett, auf dem Boris lag. Eine dünne, silberne Kette führte von seinem linken Fußgelenk zu einem Ring in der Wand. Er schlief, warf sich aber ununterbrochen hin und her und stöhnte von Zeit zu Zeit leise.

Thomas hatte plötzlich das Gefühl, als ob sich eine unsichtbare, eisige Hand um sein Herz legte und ganz langsam zudrückte. Er wußte jetzt, wie Tremman an das Armband gekommen war. Es gab nur eine Möglichkeit, das Gerät abzunehmen. Dort, wo Boris' rechte Hand gewesen war, war jetzt nur noch ein leerer Fleck ...

Thomas blieb sekundenlang wie gelähmt liegen und starrte auf das furchtbare Bild hinunter. Boris war – Gott sei Dank – ohne Bewußtsein, aber er mußte trotzdem schreckliche Schmerzen haben. Sein Gesicht zuckte ununterbrochen, und sein Hemd klebte in großen, dunklen Flecken an seinem Oberkörper. Thomas weigerte sich einfach zu glauben, daß menschliche Wesen zu so etwas fähig sein sollten.

»Was ist los?« fragte Tai Lin hinter ihm. »Siehst du ihn?«

Thomas nickte mühsam. »Er ist… hier«, sagte er. Seine eigene Stimme klang ihm fremd in den Ohren. Sie zitterte merklich.

»Dann beeil dich!« drängte Raun. »Wir müssen hier raus.«

Thomas griff zögernd nach dem Lüftungsgitter. Es saß fest, aber als er sich mit ganzer Kraft dagegenstemmte, lösten sich die verrosteten Schrauben knirschend aus ihren Halterungen, und das Gitter fiel, bevor er richtig zugreifen konnte, polternd in den Raum hinein.

Thomas fuhr zusammen und lauschte einen Herzschlag lang mit angehaltenem Atem. Aber sie hatten abermals Glück. Niemand schien das Geräusch gehört zu haben.

Vorsichtig schob er sich weiter vor, tastete mit den Händen nach einem Halt und stieg umständlich aus dem Schacht.

Mit einem schnellen Schritt war er neben dem Bett und beugte sich über Boris.

Er sah schlimm aus. Sein Gesicht war gerötet und verschwollen, und über dem linken Auge prangte ein langer, nur halb verschorfter Riß. Sie mußten ihn geschlagen haben.

Auch die anderen zwängten sich aus dem Schacht und eilten zu ihm hinüber. Tai Lin unterdrückte im letzten Moment einen Schreckensschrei, als sie sah, was mit Boris geschehen war, und Stephen sog hörbar die Luft ein.

»Diese ... diese Ungeheuer!« stammelte er fassungslos.

Raun gab ein seltsames Geräusch von sich. »Sei froh, daß er überhaupt noch lebt«, sagte er dumpf.

»Aber warum haben sie das getan?«

Raun lachte, aber es hörte sich häßlich an. »Weil sie Sandmänner sind«, sagte er. »Das reicht.«

»Aber das ist doch kein Grund, so etwas zu tun!« widersprach Tai Lin.

»Für sie schon«, sagte Raun.

»Streiten können wir uns später«, sagte Stephen. »Wir müssen überlegen, wie wir hier herauskommen. Durch den Luftschacht können wir ihn jedenfalls nicht transportieren.«

Thomas nickte unwillig. Stephen hatte recht. Es war schwer genug gewesen, durch die Schächte hier herunter zu kommen. Boris würde den Weg – selbst wenn er bei Bewußtsein gewesen wäre – in seinem Zustand niemals schaffen.

»Wir müssen eine Trage bauen«, sagte Stephen nach einer Weile. »Genug Krempel ist ja hier.«

»Eine Trage?« keuchte Thomas ungläubig. »Du willst ihn« – er deutete mit einer erschrockenen Geste auf die Tür – *»dort* hinaustragen?«

»Hast du eine bessere Idee?«

»Aber dort draußen sind die Sandmänner!«

Stephen wedelte kampflustig mit seinem Gewehr. »Ich weiß«, sagte er.

»Vielleicht können wir irgend etwas konstruieren, auf dem wir ihn hinter uns herziehen können, durch die Schächte ...« murmelte Tai Lin.

Stephen nickte. »Sicher. Wir können auch warten, bis Wind und Wetter den Berg abgetragen haben. Das ist ungefähr genauso aussichtsreich.«

»Es gibt noch eine Möglichkeit«, mischte sich Raun ein.

Stephen sah ihn fragend an. »Ja?«

»Das hier ist Tremmans Privatraum«, sagte der junge Mutant nachdenklich. »Früher oder später wird er hierher kommen. Wenn es uns gelingt, ihn gefangenzunehmen, können wir ihn vielleicht als Geisel benutzen. Vielleicht lassen sie uns gehen, wenn sie sehen, daß wir ihren Anführer haben.«

»Das ist auf jeden Fall aussichtsreicher, als hinauszustürmen und einen Kampf zu beginnen«, stimmte Tai Lin zu.

Stephen schien sich mit der Idee nicht so recht anfreunden zu können. »Wir bauen erst einmal eine Trage«, sagte er nach kurzem Überlegen. »Dann sehen wir weiter.« Er deutete mit einer Kopfbewegung auf eines der aus Stahlrohren zusammengeschraubten Regale. »Wir nehmen das Ding dort auseinander. Thomas – nimm das Gewehr und paß an der Tür auf.«

Thomas wollte widersprechen, aber Stephen drückte ihm einfach die Waffe in die Hand und machte sich zusammen mit Raun an die Arbeit.

Thomas sah einen Moment lang zu und wandte sich dann zur Tür. Vergeblich hielt er nach einem Riegel oder irgend etwas anderem Ausschau, mit dem er sie versperren konnte. Es gab zwar ein Schloß, aber der Schlüssel fehlte, und außerdem war es unter Garantie eingerostet und schon seit Jahrhunderten nicht mehr funktionstüchtig. Er drehte das Gewehr unschlüssig in den Händen. Die Waffe war eingeschaltet, und der tropfenförmige Kristall an ihrem Lauf glühte in sanftem grünem Licht.

Er trat von der Tür zurück, sah Raun und Stephen einen

Moment lang zu und setzte sich, das Gewehr über den Knien, auf eine Kiste. Boris stöhnte leise und öffnete für einen Moment die Augen. Aber er wachte nicht wirklich auf. Vielleicht war es auch besser so.

Raun und Stephen arbeiteten schnell, aber sie hatten kein Werkzeug, und es nahm eine geraume Zeit in Anspruch, bis ihre Konstruktion Form anzunehmen begann. Schließlich hatten sie etwas zusammengebastelt, was man mit sehr viel gutem Willen und noch mehr Phantasie als ›Trage‹ bezeichnen konnte.

»Am besten wird sein, wir binden ihn darauf fest«, murmelte Stephen. Sie traten neben das Bett, und Raun machte sich eine Weile an der Kette um Boris' Fuß zu schaffen. Es klirrte hörbar, dann hielt Raun mit triumphierendem Grinsen ein aufgebogenes Glied in die Höhe.

»Schrott!« sagte er abfällig. »Sie leben von Abfällen, und was sie machen, ist nichts wert.«

Thomas zog es vor, nicht darauf einzugehen.

»So«, murmelte Stephen nach einem langen, nachdenklichen Blick auf seine Konstruktion. »Jetzt polstern wir das Ding noch aus, und dann binden wir ihn darauf fest.« Er begann, wahllos Kissen und Decken vom Bett zu nehmen und mit dünnen Drähten, die er in einem der Regale gefunden hatte, auf dem Rohrgestell festzubinden.

Von der Tür her erscholl ein dumpfes Poltern. Thomas fuhr erschrocken herum und hob das Gewehr in die Höhe.

Die Tür wurde so wuchtig aufgestoßen, daß sie krachend gegen die Wand flog. Eine große, in eine zerfetzte grüne Uniform gekleidete Gestalt erschien unter der Öffnung.

Thomas wußte hinterher nicht mehr zu sagen, wer überraschter war – er oder Tremman. Der Anführer der Sandmänner erstarrte für eine halbe Sekunde zur Bewegungslosigkeit. Sein Blick richtete sich ungläubig auf die vier Eindringlinge. Seine linke Hand glitt wie in Zeitlupe an den Gürtel und ruckte mit einer kleinen, silbern schimmernden Pistole wieder hoch.

»Tom!« schrie Stephen mit überschnappender Stimme. *»Schieß!!«*

Thomas' Daumen senkte sich auf den Auslöser des Lasers.

Aber er schoß nicht.

Für den Bruchteil einer Sekunde schien das breite Gesicht Tremmans vor ihm zu verschwimmen. Er glaubte Licht zu sehen, ein gnadenloses, weißes Licht, und für einen Moment bildete er sich ein, den Geruch verschmorten menschlichen Fleisches wahrzunehmen. Er konnte es nicht.

Irgend etwas knallte. Thomas verspürte einen harten, betäubenden Schlag, dann schoß ein blendender Schmerz durch seinen linken Arm. Raun schrie in einer Mischung aus Panik und Haß auf und schien sich plötzlich in einen wirbelnden Schatten zu verwandeln. Alles schien langsamer zu gehen, als wäre die Zeit auf geheimnisvolle Weise stehengeblieben. Der Schmerz in Thomas' Schulter steigerte sich ins Unerträgliche. Er kippte zur Seite, schlug auf dem Boden auf und wälzte sich schreiend auf den Rücken. Tremman fuhr herum, hob seine Waffe und brach mit einem Armbrustbolzen in der Brust zusammen.

Stephen setzte über Thomas hinweg, wuchtete Tremmans Körper mit einer verzweifelten Anstrengung zur Seite und warf die Tür zu. Draußen in der Halle erhob sich erschrockenes Geschrei, und irgend etwas schlug mit einem berstenden Knall gegen die Tür. Die Luft roch plötzlich verbrannt. Stephen bückte sich blitzschnell nach Tremmans Pistole, riß die Tür einen Spaltbreit auf und gab in schneller Folge drei Schüsse ab. Das Schreien klang jetzt eindeutig wütend.

Stephen schlug die Tür wieder zu, lehnte sich mit dem Rücken dagegen und winkte Raun zu sich heran.

»Hier«, sagte er, als der Mutant neben ihm stand. »Nimm die Pistole und versuche, sie in Schach zu halten.«

Er reichte Raun die Waffe, stieß sich von der Tür ab und kniete neben Thomas nieder. Seine Finger glitten geschickt über dessen Arm und rissen den Hemdsärmel mit einem einzigen, kräftigen Ruck auf. Thomas stöhnte und biß die Zähne zusammen. Sein linker Arm schien in Flammen zu stehen.

»Halb so wild«, sagte Stephen, nachdem er sich die Wunde eine Sekunde lang betrachtet hatte. »Du hast Glück gehabt, Kleiner.«

Thomas drehte stöhnend den Kopf und besah sich die Verletzung. Sein Hemd war da, wo ihn Tremmans Laserschuß getroffen hatte, verbrannt. In seiner Schulter war ein nadeldünnes, schwarzes Loch, und die Haut war in weitem Umkreis stark gerötet.

»Ihre Laser müssen fast leergeschossen sein«, sagte Stephen. »Dein Glück. Wenn das Ding voll geladen gewesen wäre, hätten wir jetzt zwei Leute zu tragen.«

»Tragen ist gut«, knurrte Raun von der Tür aus. »Komm mal hierher.«

Stephen raffte das Lasergewehr auf und huschte geduckt zu Raun hinüber. Auch Thomas stemmte sich mühsam hoch, preßte die Hand auf die Wunde und wankte zur Tür. Der Schmerz in seiner Schulter ließ allmählich nach; die Verwundung war nicht ernsthaft. Es war wohl mehr der Schock gewesen.

Draußen hatten sich mittlerweile mehr als zwei Dutzend Sandmänner versammelt. Die meisten hatten sich hinter den Computerkonsolen verschanzt und zielten mit ihren langen, dünnen Lasergewehren auf die Tür, aber einige standen auch ganz offen und deckungslos draußen herum. Offensichtlich hatten sie noch nicht so ganz verstanden, was hier drinnen überhaupt vorging.

»Keine Chance«, murmelte Stephen dumpf. »Wenn die erst einmal kapieren, was hier los ist, dann ...« Er brach ab, sah einen Moment lang nachdenklich zu dem reglos ausgestreckten Körper Tremmans hinunter und stand dann, den Laser schußbereit in der Hand, auf.

»Hört zu!« schrie er jetzt mit vollem Stimmaufwand nach draußen. »Wir haben euren Anführer gefangen! Wenn ihr uns angreift, erschießen wir ihn!«

Tai Lin, die die ganze Zeit über zitternd vor Angst in einer Ecke gestanden hatte, flüsterte: »Aber Tremman ist tot!«

Stephen grinste. »Aber das wissen die da draußen nicht«, flüsterte er. »Wir müssen Zeit gewinnen, ganz egal wie.«

»Warum benutzt du nicht deine Waffe?« fragte Raun.

Stephen schüttelte den Kopf. »Wenn ich das Ding hier drinnen abschieße, fliegt der halbe Bunker in die Luft«, sagte er.

Er wandte sich wieder an die braungekleideten Gestalten draußen. »Was ist?« rief er. »Habt ihr euch entschieden?«

Eine Weile geschah nichts, dann trat einer der Sandmänner mit hoch erhobenen Armen vor.

»Was wollt ihr?« fragte er.

»Einen Tausch machen«, antwortete Stephen. »Wir geben euch Tremman unbeschädigt zurück, wenn ihr uns freien Abzug gewährt.«

Der Sandmann überlegte einen Moment. »Wie seid ihr dort hineingekommen?« fragte er anstelle einer Antwort. »Und wer garantiert uns, daß ihr wirklich Wort haltet?«

»Niemand«, gab Stephen gleichmütig zurück. »Aber ich garantiere euch, daß ihr einen neuen Anführer braucht, wenn ihr nicht auf unsere Bedingungen eingeht.«

Thomas mußte die kaltblütige Art, in der Stephen sprach, gegen seinen Willen bewundern. Trotzdem würde es ihnen nichts nutzen. Früher oder später würden die Sandmänner merken, daß ihr Anführer bereits tot war. Und dann würden sie den Raum stürmen.

»Ich brauche Zeit«, rief der Sandmann. »Wir müssen uns beraten.«

Stephen zögerte einen Moment, so, als müsse er erst über die Worte nachdenken. »In Ordnung«, rief er schließlich. »Zehn Minuten. Und keine Sekunde länger.«

Er drückte die Tür zu, atmete hörbar auf und lehnte sich einen Moment mit geschlossenen Augen gegen die Wand. Sein Gesicht wirkte plötzlich sehr erschöpft, und Thomas begriff, wieviel Kraft es ihn gekostet hatte, so ruhig mit dem Tombstoner zu reden.

»Zehn Minuten«, seufzte er. »Etwas Besseres konnten wir uns kaum wünschen.«

»Und dann?« fragte Tai Lin dumpf. »Du kannst sie nicht ewig hinhalten.«

»Ich weiß«, sagte Stephen. »Aber zehn Minuten müßten reichen. Ich fürchte, jetzt *müssen* wir auf demselben Weg zurück, auf dem wir gekommen sind.«

»Durch die Schächte?« keuchte Raun erschrocken. »Aber das ist unmöglich. Nicht mit Boris.«

»Willst du ihn zurücklassen?« fragte Stephen scharf. »Sie bringen ihn um, wenn sie sehen, was hier passiert ist.« Er schüttelte den Kopf und sah mißmutig zu dem offenstehenden Lüftungsschacht hinüber. »Wir haben gar keine andere Wahl.«

»Die Sandmänner sind nicht dumm«, wandte Raun ein. »Sie werden sich den Kopf darüber zerbrechen, wie wir hier hereingekommen sind, und es wird nicht sehr lange dauern, bis sie die Wahrheit herausgefunden haben. Vielleicht sind jetzt schon ein paar von ihnen zu uns unterwegs.«

»Ich weiß«, murmelte Stephen. »Aber was sollen wir sonst machen? Hierbleiben und auf ein Wunder warten?!« Er fuhr wütend herum, trat neben das Bett und forderte Raun mit einer stummen Kopfbewegung auf, ihm zu helfen. Behutsam legten sie Boris auf die provisorische Trage und banden ihn mit breiten, aus dem Bettzeug gerissenen Stoffstreifen fest.

»Schnell jetzt!«

Sie ergriffen die Trage und versuchten, sie in den Lüftungsschacht zu schieben. Es ging nicht. So sehr sie sich auch bemühten, das Gestell war zu sperrig. Schließlich gaben sie es auf und setzten die Trage wieder auf dem Boden ab.

»Und jetzt?« sprach Tai Lin die Frage aus, die jedem von ihnen auf der Zunge lag.

Stephen schwieg einen Moment. »Jetzt«, sagte er leise, »werden wir wohl kämpfen müssen.«

»Aber das ist doch Wahnsinn!« begehrte Thomas auf. »Sie haben ein paar hundert Krieger.«

»Jedenfalls nehme ich noch so viele von ihnen mit, wie ich kann« grollte Raun. Aber auch seine Stimme hatte viel von ihrer Selbstsicherheit verloren. Es war wohl doch ein Unterschied, dachte Thomas, über den sicheren Tod zu *reden* oder ihm ins Auge zu sehen.

Stephen eilte wieder zur Tür, öffnete sie wenige Millimeter und lugte durch den entstandenen Spalt nach draußen.

»Was siehst du?« fragte Thomas.

»Sandmänner«, murmelte Stephen, ohne sich herumzudrehen. »Jede Menge Sandmänner. Ich schätze, daß dort draußen an die fünfzig von ihnen sind.« Er schloß die Tür wieder und sah Raun nachdenklich an. »Wie viele Krieger haben sie?«

Der Häuptlingssohn überlegte einen Moment. »Genau weiß das niemand«, bekannte er. »Aber sicher mehr als hundert.«

»Hundert gegen vier«, murmelte Stephen. »Das ist nicht gerade fair.«

»Und wenn wir uns ergeben?« schlug Tai Lin vor. »Vielleicht kann man mit ihnen reden ...«

Stephen lächelte humorlos und deutete auf Boris. Tai Lin schwieg betroffen. Nein – von diesen Wilden hatten sie keine Gnade zu erwarten.

»Die Bedenkzeit ist um«, rief eine Stimme von draußen. Stephen öffnete die Tür, schob den Gewehrlauf hinaus und spähte vorsichtig durch den Spalt.

»Wir haben entschieden«, fuhr der Sandmann fort. »Gebt unseren Anführer frei, und wir garantieren euch freies Geleit.«

»Der denkt wohl, ich glaube an den Weihnachtsmann, wie?« knurrte Stephen. Er schob die Tür ein Stückchen weiter auf und wedelte drohend mit der Waffe, als der Sandmann näherkommen wollte. »Das kommt überhaupt nicht in Frage«, sagte er laut. »Verschwindet hier. Räumt diese Halle. Wir kommen in fünf Minuten raus. Wenn ich dann auch noch einen von euch sehe, stirbt Tremman.«

»Das wäre euer eigenes Ende.«

»Möglich«, gestand Stephen. »Aber eurem Boß nutzt das dann nicht mehr viel. Verschwindet! Alle!«

Wieder vergingen endlose, quälende Sekunden, ehe die Sandmänner reagierten. Dann zogen sie sich langsam und widerwillig zum Ausgang zurück und verließen einer nach dem anderen den Raum.

»Sie ziehen tatsächlich ab«, sagte Stephen ungläubig. »Sie verschwinden!«

»Das ist eine Falle«, grollte Raun.

Stephen nickte. »Natürlich. Aber wenn wir erst einmal hier heraus sind, haben wir vielleicht eine Chance. Wenn auch nur eine ganz kleine. Los jetzt!« Er huschte geduckt zu Boris zurück, löste die Stoffstreifen, mit denen er ihn vor ein paar Augenblicken erst festgebunden hatte, und winkte Tai Lin und Thomas zu sich heran. »Mit der Bahre sind wir nicht beweglich genug«, sagte er. »Traut ihr euch zu, ihn so zu tragen? Vielleicht können Raun und ich sie lange genug ablenken.«

»Ablenken«, wiederholte Thomas langsam. »Du weißt genau, was das bedeutet. Sie werden euch umbringen.«

Stephen grinste mit gespieltem Optimismus. »Um uns kleinzukriegen, muß schon mehr als ein Sandmännchen kommen«, sagte er leichthin. »Nicht wahr, Raun?« Er warf dem Mutanten Tremmans Pistole zu, schwenkte kampflustig sein

Gewehr und ging erneut zur Tür. Thomas und Tai Lin hoben Boris behutsam hoch, legten seine Arme um ihre Schultern und hielten ihn fest. Er war schwer, sehr schwer, aber es würde gehen.

Stephen spähte vorsichtig durch die Tür.

»Draußen scheint alles ruhig zu sein«, murmelte er. »Jedenfalls sehe ich keinen mehr.«

Thomas wußte, daß das absolut nichts bedeutete. Hinter den Instrumentenbänken draußen konnte sich eine halbe Armee verbergen. Und selbst, wenn die Sandmänner Wort gehalten und den Raum vollständig geräumt hatten, würden sie sie irgendwo draußen im Gang abfangen.

»Jetzt!«

Stephen riß die Tür ganz auf, warf sich mit einem Hechtsprung nach draußen und rollte über die Schulter ab. Hinter ihm sprang Raun auf die gleiche Weise durch die Tür und hetzte in die Deckung einer Konsole.

Nichts geschah. Thomas hatte halbwegs mit einem blendenden Blitz gerechnet, der Stephens und Rauns Leben beenden würde, aber die Sandmänner schienen sich wirklich an die Abmachung zu halten. Soweit er erkennen konnte, war die Bunkerzentrale leer.

»Kommt!« flüsterte Stephen gehetzt.

Sie liefen, so rasch es Boris' Gewicht zwischen ihnen zuließ, los, und erreichten unbehelligt die Konsole, hinter der die beiden Zuflucht gefunden hatten. Stephens Blick irrte mißtrauisch durch den Raum. Aus dem Hauptkorridor wehten aufgeregte Stimmen zu ihnen herein, gedämpft durch die fast meterdicke Stahltür, aber von den Sandmännern war keine Spur zu sehen.

»Weiter!« befahl Stephen.

Ihr Weg durch die Zentrale wurde zu einem verzweifelten Hürdenlauf. Sie sprangen von Deckung zu Deckung, jederzeit auf einen Angriff aus dem Hinterhalt gefaßt. Aber sie erreichten unbehelligt das gegenüberliegende Ende des Bunkers.

»Und jetzt?« fragte Thomas, als sie dicht vor der Tür hinter einer weiteren Schaltbank in Deckung lagen.

Stephen wich seinem Blick aus.

»Ihr bleibt hier«, sagte er. »Wir versuchen sie abzulenken. Vielleicht ... vielleicht könnt ihr in dem Durcheinander fliehen.«

Thomas fiel das unmerkliche Zögern in seinen Worten auf, aber er sagte nichts darauf. Das »vielleicht«, von dem Stephen sprach, war im Grunde ein »unmöglich«. Aber in einer verzweifelten Situation hatte man manchmal keine andere Wahl, als zu verzweifelten Mitteln zu greifen.

»Gib auf, Stephen«, sagte er leise.

Stephen wandte den Kopf und starrte ihn an, als zweifelte er ernsthaft an seinem Verstand. »Was ... was hast du gesagt?« fragte er fassungslos.

Thomas atmete hörbar ein. »Ich sagte, gib auf«, wiederholte er. Seine Stimme zitterte, aber er sprach trotzdem fest und laut. »Es hat keinen Zweck mehr.«

»Bist du vor Angst übergeschnappt, oder was ist los?«

Thomas schüttelte ruhig den Kopf. Der Lärm draußen auf dem Gang nahm zu, und in das aufgeregte Schreien der Sandmänner mischte sich das Trappeln zahlloser Füße. Es hörte sich an, als zöge sich jenseits der schweren Panzertür eine Armee zusammen. »Ich habe Angst«, sagte er, »aber ich war noch nie so vernünftig wie jetzt. Gib auf.«

Stephen schwieg, aber sein Blick sagte genug.

»Wir haben keine Chance mehr«, fügte er leise hinzu.

»Und du glaubst, ich gebe mich kampflos geschlagen?« fragte Stephen. »Bevor ich das tue, jage ich den ganzen Laden in die Luft.«

»Und wozu?« fragte Thomas sanft.

»Wozu?« ächzte Raun. »Du fragst, wozu? Sieh dir deinen

Freund an. Sieh dir an, was sie ihm angetan haben! Wir werden sterben, aber sie werden teuer dafür bezahlen. Den Tag werden sie so rasch nicht vergessen.«

»Und du glaubst, es macht einen Unterschied, wenn wir noch ein paar von ihnen umbringen, ehe sie uns töten?« fragte Thomas.

Der Ausdruck auf Rauns Gesicht verhärtete sich. »Für dich vielleicht nicht«, sagte er hart, »aber für mich. Vielleicht ist das der Unterschied zwischen eurem Volk und unserem.«

»Vielleicht«, sagte Thomas sehr, sehr leise, »ist das auch der Grund, aus dem eure Welt so geworden ist, wie sie ist. Vielleicht liegt es an dieser Art zu denken, daß Tombstone eine Hölle ist.«

Raun schüttelte den Kopf. »Wie meinst du das?«

Thomas lächelte traurig. »Ich hätte es dir gerne erklärt«, sagte er. »Später einmal. Aber ich fürchte, es wird kein Später mehr für uns geben.«

»Du –«

»Ich habe einen Menschen getötet«, fuhr Thomas unbeirrt fort. »Ich werde es kein zweites Mal tun, glaub mir.«

»Auch nicht, wenn es dein Leben rettet?«

»Tut es das?« Thomas stand auf, legte die Armbrust vor sich auf den Boden und trat zögernd hinter seiner Deckung hervor.

»Tom!« schrie Stephen verzweifelt. »Komm zurück! Das ist Wahnsinn!«

»Nein«, sagte Thomas leise. »Das, was wir bis jetzt getan haben, war Wahnsinn.«

Hoch aufgerichtet, mit klopfendem Herzen und zitternden Knien, ging er auf den Ausgang zu.

Draußen auf dem Gang erhob sich plötzlich vielstimmiges Gebrüll. Ein heller, peitschender Knall ertönte, dann wurde die Panzertür aufgestoßen, und eine Mauer aus Sandmännern stürmte in den Raum.

Aber sie waren nicht gekommen, um anzugreifen. Thomas stand sekundenlang fassungslos da und starrte auf die unglaubliche Szene. Die Sandmänner waren in Panik. Sie flohen.

Und hinter ihnen drängte ein halbes Hundert gellend schreiender Mutanten in die Kommandozentrale.

*

Der Kampf dauerte nicht lange, aber er überstieg an Grausamkeit und Schrecken alles, was Thomas sich je hatte vorstellen können. Irgend jemand versetzte ihm einen Stoß, der ihn zu Boden und in Deckung taumeln ließ, und er lag die ganze Zeit da, das Gesicht zwischen den Armen verborgen. Aber das Wenige, was er sah, genügte, ihn vor Schrecken und ungläubigem Entsetzen schreien zu lassen.

Die Mutanten wüteten gnadenlos unter den Sandmännern. Sie waren den Bunkerbewohnern an Kraft und Zahl fast um das Doppelte überlegen, und den Nachteil, den sie durch ihre primitive Bewaffnung hatten, machten sie durch Wildheit wieder wett. Die Sandmänner versuchten, sich hinter den Computerbänken zu verschanzen, um von dort aus ihre Lasergewehre zum Einsatz zu bringen, aber kaum einer von ihnen erreichte die schützende Deckung. Rauns Leute schienen das Wort Gnade nicht zu kennen; nach Hunderten von Jahren, die sie unter den ständigen Angriffen der Sandmänner gelebt hatten, machten sich ihre ganze aufgestaute Wut und der Haß jetzt Luft.

Irgendwann hörte es auf. Die gellenden Schreie verklangen, und für einen Moment kehrte eine fast unnatürliche Ruhe ein. Thomas stand zögernd auf und sah sich um. Der Angriff der Mutanten war so ungestüm gewesen, daß die Sandmänner kaum Gelegenheit gefunden hatten, sich zur Wehr zu setzen. Nur drei der großen, in zottige Fellumhänge gekleideten Gestalten lagen reglos zwischen den Sandmännern.

Nur drei ...

Thomas spürte ein seltsames Gefühl der Taubheit. Der Schrecken schien eine Dimension erreicht zu haben, die sein Geist nicht mehr verarbeiten konnte.

»Vater!!«

Rauns Aufschrei ließ Thomas herumfahren. In die Mutanten kam Bewegung. Die Gruppe teilte sich, und ein grauhaariger, breitschultriger alter Mann eilte auf Raun zu. Auf seinem Rücken hing eines der Lasergewehre, die sie im Lager zurückgelassen hatten.

»Raun!« Der Häuptling eilte auf seinen Sohn zu, schloß ihn in die Arme und drückte ihn einen Moment lang mit aller Kraft an sich, ehe er ihn behutsam wieder auf den Boden zurücksetzte. »Du lebst! Dem Großen Feuer sei Dank! Ich hielt dich für tot!«

Raun grinste. »Wo sind die anderen?«

Rauns Vater deutete mit einer unbestimmten Geste nach hinten. »Der Kampf ist noch nicht vorbei«, sagte er. »Die Sandmänner haben sich draußen verschanzt. Aber wir schlagen sie.« Er lachte laut, sah auf und starrte Thomas, Stephen und Tai Lin an, als sähe er sie zum ersten Mal. »Ihr seid Zeuge eines großen Augenblickes«, sagte er stolz. »Wenn wir hier fertig sind, wird es keine Sandmänner mehr geben. Wir zahlen ihnen heim, was sie unserem Volk angetan haben. Doppelt und dreifach.«

Thomas sah weg. Vor wenigen Minuten hatte er noch geglaubt, sterben zu müssen, aber er empfand weder Triumph noch Befriedigung. Die Mutanten würden die Sandmänner ausrotten, das hatte er begriffen. Sie waren vielleicht aufgebrochen, um den Sohn des Häuptlings zu retten, aber was nun kam, hatte nichts mehr mit bloßer Vergeltung zu tun. Plötzlich empfand er nichts als Widerwillen, Abscheu und

Ekel. Vom Hauptkorridor drang Kampflärm herein, und für ein paar Sekunden erzitterte der Boden unter einer gewaltigen, grollenden Explosion.

Er trat auf Raun zu, sah ihn ernst an und lächelte traurig. »Ihr habt nichts gelernt, wie?« fragte er.

Raun runzelte die Stirn. »Wie meinst du das?« fragte er. »Sie sind unsere Feinde. Wir tun nichts, was sie nicht auch täten, wenn sie die Gelegenheit dazu hätten.«

Der Häuptling unterbrach das Gespräch mit einer ungeduldigen Geste. »Genug jetzt«, sagte er. »Zum Reden ist Zeit genug, wenn wir unseren Sieg feiern. Wir müssen hier heraus. Der Kampf ist noch lange nicht vorbei.«

»Doch«, sagte Thomas leise. »Für uns schon.« Dabei sah er Stephen an. Der Amerikaner nickte unmerklich.

»Wir gehen«, fuhr Thomas fort. »Wir sind gekommen, um Boris zu befreien, und das haben wir getan. Euer Krieg ist nicht unser Krieg.«

»Wie ihr wollt«, sagte der Häuptling. »Aber ich kann euch niemanden mitgeben, der für eure Sicherheit garantiert. Ich brauche jeden Mann für den Kampf.«

»Wir passen schon auf uns auf«, sagte Thomas ruhig. Er wandte sich um, ging zu Boris hinüber und hob ihn, zusammen mit Stephen, behutsam hoch.

Raun vertrat ihnen den Weg, als sie zum Ausgang gehen wollten. »Bleibt hier«, sagte er. »Der Kampf dauert nicht mehr lange. Ihr könnt mit uns zurückkommen. Du hast unrecht. Es ist auch euer Sieg. Ohne euch wären wir niemals hierhergekommen. Kommt mit zurück in unser Dorf und bleibt bei uns. Wir schicken Boten zur Zitadelle der Ewigkeit. Seid solange unsere Gäste.«

Thomas schüttelte traurig den Kopf. »Warum begleitest du uns nicht, Raun?« fragte er, obwohl er ganz genau wußte, wie sinnlos seine Worte waren. »Hast du vergessen, warum du mitgekommen bist? Du wolltest die Sterne sehen.«

Raun starrte ihn sekundenlang mit undeutbarem Ausdruck an. »Ich komme mit«, sagte er dann. »Sowie der Kampf vorüber ist. Wartet auf mich.«

Thomas schüttelte den Kopf und legte dem jungen Mutanten sanft die Hand auf die Schulter.

»Viel Glück, Raun«, sagte er. »Dir und deinem Volk.«

Dann gingen sie.

*

Der Rückzug sollte zu einem Marsch durch die Hölle werden.

Die Bunkerfestung brannte. Ihre Geigerzähler begannen wie wild zu ticken, je höher sie hinaufkamen, und ein paarmal hatten sie zurückgehen und sich einen anderen Weg suchen müssen, weil die Gänge vor ihnen von weißglühender Lava erfüllt waren. Die Mutanten machten rücksichtslos von den Laserwaffen Gebrauch, ohne auf die harte Strahlung, der sie sich dadurch selbst aussetzten, zu achten. Vielleicht wußten sie es nicht einmal. Und selbst wenn sie es gewußt hätten, wäre es ihnen vermutlich gleichgültig gewesen. Ihr Haß auf die Sandmänner war so groß, daß sie keine Rücksicht auf ihr eigenes Leben nahmen. Sie waren überall auf Tote gestoßen – Sandmänner und Mutanten. Nicht nur das Schicksal der Sandmänner hatte sich in dieser Nacht entschieden. Thomas glaubte nicht, daß sich das ohnehin kleine Volk der Mutanten von dem Blutzoll, den sie für den Sieg zahlten, noch einmal erholen würde.

Rauns letzte Worte gingen ihm nicht aus dem Sinn.

»Es ist auch euer Sieg.«

Ja, es war ihr Sieg. *Sie* hatten die Mutanten schließlich hierhergeführt, und es waren *ihre* Waffen gewesen, die ihnen den Angriff überhaupt erst ermöglicht hatten.

Während sich zu ihren Füßen das Schicksal zweier Völker entschied, schleppten sie sich mit letzter Kraft die zerschmolzene Rolltreppe hinauf und betraten den langen Stollen, der hinaus ans Tageslicht führte. Das letzte Stück überstieg beinahe ihre Kräfte.

Thomas gab irgendwann auf und sah zu, wie Stephen und Tai Lin Boris weiterschleppten. In seinem Kopf drehte sich alles, und die Wunde an seiner Schulter begann stärker zu schmerzen. Der verschwommene Lichtfleck vor ihnen schien sich in der gleichen Geschwindigkeit zu entfernen, in der sie darauf zustolperten, und Thomas hatte das Gefühl, jahrzehntelang durch die finsteren, von Brandgeruch erfüllten Gänge geirrt zu sein, bis sie endlich den Höhlenausgang erreichten. Mit einem erleichterten Aufschrei ließen sie sich im hellen Sonnenlicht zu Boden sinken.

Minutenlang blieb er mit geschlossenen Augen liegen, atmete tief durch und versuchte, an gar nichts zu denken. Die Luft erschien ihm zum ersten Mal, seit sie diese sterbende Welt betreten hatten, kühl und wohlschmeckend.

Nach einer Weile stemmte er sich mühsam hoch und sah zu Stephen und den anderen hinüber. Boris war noch immer ohne Bewußtsein. Tai Lin war neben ihm auf den Stein gesunken und schien auf der Stelle eingeschlafen zu sein, und Stephen hockte vornübergebeugt, mit hängenden Schultern auf dem Boden.

»Wir müssen ... weiter«, sagte er mühsam.

Stephen hob den Kopf, lächelte und deutete auf irgend etwas hinter Thomas.

»Nein«, sagte eine Stimme. »Das müßt ihr nicht.«

Thomas blinzelte verständnislos und drehte sich dann langsam um.

Hinter ihm hing ein gewaltiger, silberner Schemen in der Luft.

»Aber ...«, keuchte er erschrocken. »Das ... das ist doch unmöglich! Du ... du bist doch zerstört worden?!«

»Zerstört? Also eigentlich komme ich mir noch ganz unbeschädigt vor«, sagte Max. »Aber ihr seht nicht sehr gut aus, wenn ihr mir die Bemerkung gestattet. Was haltet ihr von einem Bett, einer heißen Dusche und einem kräftigen Frühstück?«

Er hatte – wie Max ihm hinterher mitteilte – siebenundzwanzig Stunden ununterbrochen geschlafen, aber selbst dann fühlte er sich noch müde und erschöpft. Thomas konnte sich kaum noch erinnern, wie sie zur Basis gekommen waren; Max hatte sie in ein schimmerndes, fliegendes Metallei geladen, und sie waren lautlos über die Berge geglitten. Irgendwann war die Zitadelle der Ewigkeit unter ihnen aufgetaucht, ein Gebilde aus mattschwarz schimmernden Metallkuppeln, flachen Betonbunkern und einem hohen, nadelspitzen Turm, der sich fast bis zu den Wolken hinaufreckte. Er war eingeschlafen, bevor sie gelandet waren, und Max hatte ihn in dieses Zimmer getragen. Das nächste, woran er sich erinnern konnte, war der Geruch von etwas, das wie heißer Tee duftete und neben seinem Bett gestanden hatte, als er aufgewacht war.

Die Kammer war nicht sehr groß – fünf Schritte lang und gerade breit genug, um Platz für das Bett und einen im Boden verschraubten Tisch zu bieten. Er hatte die frischen Kleider angezogen, die er gefunden hatte, die Pillen gegessen, die neben dem Getränk lagen und dann gewartet. Später war einer der silbernen Roboter gekommen und hatte ihn in einen anderen Teil der Basis gebracht, wo er von einer Anzahl großer, blinkender Automaten untersucht und anschließend mit einem halben Dutzend Spritzen traktiert worden war.

Und jetzt war er hier, in einem runden, verglasten Raum direkt unter der Spitze des Turmes. Der Blick reichte von hier aus ungehindert bis zu den Bergen und auf der anderen Seite auf eine ungeheure, verbrannte Ebene. Die Sonne stand hoch am Himmel, aber ihr Licht wurde durch das Glas gefiltert und war jetzt mild und wärmend, nicht mehr stechend und böse.

Er hatte den Roboter, der ihn hierher gebracht hatte, vergeblich mit Fragen bombardiert. Anders als Max war die Maschine schweigsam und beschränkte sich auf ein paar unumgängliche Befehle. Schließlich war auch sie verschwunden, und er war allein zurückgeblieben.

Allein mit sich und seinen Gedanken …

Jetzt, wo alles vorbei war, erschien ihm alles fast wie ein böser Alptraum. Aber er wußte nur zu gut, daß es kein Traum gewesen war. In jenen Bergen dort drüben im Osten, auf die er eine so gute Aussicht hatte und die von hier aus betrachtet so friedlich erschienen, war ein ganzes Volk ausgelöscht worden, und auf den sonnendurchglühten Ebenen dahinter siechte eine andere Rasse dahin, kämpften die letzten vernunftbegabten Wesen dieses Planeten einen verzweifelten Kampf, dessen Ausgang schon seit Jahrhunderten feststand.

Er dachte noch einmal an alles, was er erlebt hatte, aber die Bilder verschwammen in seiner Erinnerung, und alles, was zurückblieb, war ein bitterer Nachgeschmack von Schuld. Schuld und fast so etwas wie Verzweiflung. Sie waren gegen ihren Willen hierhergekommen, und alles, was sie gewollt hatten, war überleben. Sie *hatten* überlebt, aber sie hatten Tod und Vernichtung hinterlassen.

Er preßte das Gesicht gegen das kühle Glas der Scheibe, schloß die Augen und versuchte vergeblich, die Tränen zurückzudrängen. *Warum?* dachte er. Warum gab es eine Welt wie diese, eine Welt, in der anscheinend nur Gewalt zählte, und in der sich selbst die besten Absichten ins Böse verkehrten? Eine Welt, auf der man nicht die Wahl zwischen Gut und Böse, sondern nur zwischen Töten oder Getötetwerden hatte? Es war nicht richtig. Ein Planet wie dieser durfte einfach nicht existieren, wenn nicht alles, was er jemals gelernt, woran er jemals geglaubt hatte, falsch sein sollte.

Ein leises Geräusch hinter seinem Rücken ließ ihn herumfahren. Hastig wischte er sich die Tränen aus dem Gesicht, trat von der Scheibe zurück und sah zur Tür.

Es war der Roboter. Und hinter ihm betraten Tai Lin, Stephen und Boris den Raum.

Thomas stieß einen leisen, überraschten Laut aus, als er Boris' rechte Hand sah.

Sie war unverletzt. Nicht einmal Narben waren zu erkennen.

»Hallo«, grinste Stephen fröhlich. »Dann wären wir ja glücklich wieder alle zusammen.«

Thomas sah ratlos von einem zum anderen. »Aber ...« Er stockte, starrte sekundenlang auf Boris' Hand und blinzelte ein paarmal, als müsse er sich davon überzeugen, daß das, was er sah, auch wirklich existierte.

Boris hob die Hand, grinste und bewegte spielerisch die Finger. »Gute Arbeit, nicht?« sagte er. »So etwas bringen sie bei uns zu Hause noch nicht fertig.«

»Du meinst ...«

»Sie ist künstlich«, bestätigte Stephen. »Aber nach allem, was ich bis jetzt gesehen habe, scheint sie besser zu sein als seine alte.«

»Was ist hier eigentlich los?« fragte Thomas verständnislos.

»Was hier los ist? Nun, wir sind in der Station der« – Stephen zögerte eine halbe Sekunde und lächelte auf sehr seltsame Art – »Galaktiker. Die Zitadelle der Ewigkeit, wenn dir dieser Ausdruck lieber ist.«

»Das habe ich schon bemerkt«, sagte Thomas rasch. »Aber wo sind die anderen? Und was war mit Max?«

»Immer mit der Ruhe«, sagte Boris. »Wir wissen genauso wenig wie du. Aber ich hoffe, daß irgendwann jemand kommt und uns aufklärt. Irgend etwas ist hier nämlich nicht so, wie es sein sollte.«

»Das kann man wohl sagen«, nickte Stephen. Aber er schien nicht bereit zu sein, seine Worte zu erklären.

Sie setzten sich an den großen, runden Tisch, der zusammen mit den darum herum gruppierten Stühlen die gesamte Möblierung des Raumes darstellte, und tauschten ihre Erfahrungen aus. Viel gab es allerdings nicht zu berichten – sie hatten alle ausgiebig geschlafen und waren anschließend in einem kleinen, fensterlosen Raum aufgewacht, aus dem sie nach kurzer Zeit von einem Roboter abgeholt und hierhergeführt worden waren.

Vielleicht war es Zufall, vielleicht hatte man sie auch belauscht; aber gerade, als Tai Lin als letzte mit ihrem Bericht zu Ende gekommen war, glitt die Tür ein weiteres Mal auf, und ein Mann betrat den Raum.

Er war unglaublich alt. Thomas hatte schon viele alte Männer gesehen, aber nie jemanden, der auch nur annähernd *so* alt gewesen war. Sein Gesicht war eingefallen und ähnelte mehr einem Totenschädel, die Haut trocken und rissig und gelb wie altes Pergament, und seine Augen waren hinter der stärksten Brille verborgen, die Thomas je erblickt hatte. Seltsamerweise bewegte er sich so rasch und sicher wie ein junger Mann, aber als er näherkam, sah Thomas, daß sein Körper mit Ausnahme des Gesichtes ganz von einem dünnen, silbrigen Geflecht umsponnen war, das seine Bewegungen unterstützte. Ohne dieses künstliche Exoskelett hätte er wohl kaum noch aus eigener Kraft laufen können.

Waren *das* die Galaktiker? dachte er verblüfft. War das der Grund, aus dem sie sich normalerweise unter einem Raumanzug und einer verspiegelten Gesichtsplatte verbargen? Damit man nicht sah, daß sie in Wirklichkeit ein Volk von alten, gebrechlichen Männern waren? Keine Götter von den Sternen, sondern nur Wesen, die mit unglaublichen technischen Tricks der Zeit einige Jahrzehnte gestohlen hatten?

Der Mann kam näher, verzog die Lippen zu einem dünnen, kraftlosen Lächeln und ließ sich auf den letzten freien Stuhl sinken. Irgend etwas an seinem Gesicht irritierte Thomas. Er wußte nicht, was es war, aber es kam ihm beinahe vor, als ... ja, als *kenne* er diesen Mann. Er hatte dieses Gesicht – oder etwas aus diesem Gesicht – schon einmal gesehen.

Der Galaktiker sah sie der Reihe nach an, und in Thomas begann sich ein seltsam unbehagliches Gefühl breitzumachen, als sich der Blick seiner uralten, grauen Augen auf ihn richtete.

»Du hast vollkommen recht, Thomas«, sagte er. Seine Stimme klang seltsam; so wie die der Roboter – mechanisch. Seine Lippen bewegten sich nicht beim Sprechen. Seine Stimme mußte über eine Art Kehlkopfmikrophon übertragen werden.

»Womit«, fragte Thomas stockend, »habe ich ... recht?«

Der alte Mann lächelte. »Ich bin der, für den du mich hältst. Ich bin Professor Dirckhoff.«

Thomas starrte den alten Mann verwirrt an. »Sie sind ... aber das ...«

»Ich erkläre euch alles«, sagte der Galaktiker – Dirckhoff – rasch. »Soweit ihr es nicht bereits wißt.« Sein Blick heftete sich auf Stephen. Der Amerikaner lächelte noch immer.

»Sie sind ... Sie gehören zu ... zu den Galaktikern?« fragte Thomas hilflos.

Dirckhoff schüttelte den Kopf.

»Nein, Thomas. Es gibt keine Galaktiker. Der Bund der Welten war eine Erfindung von mir, um alles ein bißchen glaubhafter zu gestalten.«

»Aber dann ...«, stammelte Thomas. »Ich meine ... das Schiff und ... und dieser Planet ...«

»Dieser Planet«, sagte Dirckhoff leise, »ist die Erde, Thomas.«

Ein Schlag vor den Kopf hätte Thomas nicht härter treffen können. Er fuhr in seinem Stuhl zusammen, starrte aus weit aufgerissenen Augen aus dem Fenster und warf Dirckhoff einen fast flehenden Blick zu.

Der einzige, der nicht überrascht zu sein schien, war Stephen. Er saß noch immer ruhig und mit diesem seltsamen Lächeln da und schien sich über die Überraschung der anderen königlich zu amüsieren.

»Du wußtest es, nicht?« fragte Dirckhoff ihn.

Stephen nickte. »Nicht sicher«, sagte er. »Ich habe die ganze Zeit irgend etwas in dieser Art vermutet, aber der letzte Beweis war die Schrift auf der Panzertür.«

»NORAD«, sagte Dirckhoff. »Du kanntest es?«

»Ich habe davon gehört«, sagte Stephen.

Thomas schüttelte verwirrt den Kopf. »Wovon gehört?« fragte er hilflos. »Und was bedeutet das? Was ist NORAD?«

»Der Bunker, den ihr gesehen habt, war vor dreihundert Jahren die Befehlszentrale der nordamerikanischen Luftabwehr«, sagte Dirckhoff. »Vor dem Großen Feuer.« Er schwieg einen Moment; auf seinem alten Gesicht machte sich ein seltsamer, schwer zu beschreibender Ausdruck breit.

»Ich ... ich begreife kein Wort«, sagte Boris. Seine Stimme zitterte. »Dieses Raumschiff ...«

»Es war kein Raumschiff, Boris«, unterbrach ihn Dirckhoff. »Aber ich erkläre euch alles. Deshalb habe ich euch schließlich herholen lassen. Und euer Weg war schwer genug.« Er seufzte, verschränkte die Hände vor sich auf der Tischplatte und sah aus dem Fenster.

»Die Menschheit träumt seit langem davon, zu den Sternen zu gelangen«, sagte er. »Aber ich fürchte, es wird immer nur ein Traum bleiben. Dein Vater hat dir einmal erzählt, daß interplanetarische Raumfahrt niemals möglich sein wird, Thomas, und er hatte recht damit.«

»Aber die HEDONIA ...«

»Sie war kein Raumschiff«, sagte Dirckhoff. »Ihr habt die Erde niemals verlassen, weder du noch einer der anderen oder einer von uns. Die Reise, die ihr hinter euch gebracht habt, war eine Reise durch die Zeit.«

Boris stieß einen seltsamen, krächzenden Laut aus. »Dann ist das hier *nicht* Tombstone?« keuchte er.

Dirckhoff nickte traurig. »Doch, Boris. Der Planet, den ihr gekannt habt, wurde vor dreihundert Jahren zerstört. Übrig blieb eine sterbende Welt. Tombstone.«

Fast eine Minute lang sagte keiner von ihnen ein Wort, und in dem großen, hell erleuchteten Raum war es plötzlich so still, als wären sie in einer Gruft.

»Ich werde euch die Geschichte von Anfang an erzählen«, sagte Dirckhoff nach einer Weile. »Vielleicht versteht ihr dann besser, warum ich euch holen ließ.« Er seufzte wieder, lehnte sich zurück und schloß die Augen. Als er weitersprach, zitterte seine Stimme. Selbst nach all der Zeit schien es ihm noch schwerzufallen, über das, was geschehen war, zu reden.

»Ihr alle wißt, wie die politische Lage auf der Erde war«, begann er. »Es kriselte an allen Ecken und Enden, und es verging kein Tag, an dem nicht irgendwo auf der Welt gekämpft und geschossen wurde. Selbst heute noch erscheint es mir unglaublich, aber jeder wußte eigentlich, was geschehen würde. Jeder sah die Gefahr, aber niemand tat etwas dagegen. Und eines Tages geschah es dann. Das, was jeder kommen gesehen hatte. Der Krieg brach aus.«

»Ein Atomkrieg?« ächzte Boris. »Wer hat ihn angefangen?«

Dirckhoff sah ihn traurig an. »Glaubst du wirklich, es spielt eine Rolle, wer angefangen hat?« fragte er sanft. »Ich weiß es nicht. Ich glaube, niemand weiß es wirklich. Es ging so schnell, daß die meisten Menschen nicht einmal erfuhren, daß der Krieg ausgebrochen war. Es war ... grauenhaft. Mehr als zwei Milliarden Menschen starben in einer einzigen Nacht.

Es war das große Feuer, von dem euch die Mutanten berichtet haben. In einem Tag und einer Nacht wurde die Menschheit ausgelöscht.«

»Aber es muß doch Überlebende gegeben haben!« fuhr Boris auf. Seine Stimme bebte so stark, als würde er nur noch mit Macht die Tränen zurückhalten können.

Dirckhoff nickte. »Sicher gab es die. Ein paar hier, ein paar dort. Manche hatten noch die Bunker erreicht, andere hatten sich in Bergwerke und tiefe Höhlen geflüchtet. Aber die meisten von ihnen starben ebenfalls. Sie verhungerten, wurden verschüttet oder gingen an der Radioaktivität zugrunde, als ihre Vorräte aufgebraucht waren und sie zurück an die Oberfläche mußten.«

»Und ... Sie?« fragte Stephen stockend.

»Ich?« Dirckhoff schüttelte den Kopf. »Ich überlebte, weil ich mich durch Zufall in einem geschützten Raum aufhielt. Ich und eine Handvoll anderer Wissenschaftler. Die meisten von uns starben ebenfalls, als wir nach der Katastrophe wieder heraufkamen. Aber ein paar von uns überlebten.«

»Hier in Amerika«, murmelte Boris. »Und ...«

»Bei euch?« Dirckhoff schüttelte erneut den Kopf. »Dort sieht es genauso aus, Boris. Ein paar haben überlebt. Wahrscheinlich gibt es auch dort ein paar Dörfer mit Mutanten, und vielleicht führen sie noch immer Krieg, so wie Rauns Leute und die Sandmänner. Aber ich will meine Geschichte zu Ende erzählen. Irgendwie – ich weiß heute selbst kaum mehr, wie – gelang es uns, hierher in die Berge zu kommen. Auch hier fanden wir nichts als Zerstörung und strahlenverseuchtes Gebiet. NORAD war eines der ersten Ziele der Raketen, wie ihr euch vorstellen könnt. Aber wir fanden auch diese Anlage. Sie war damals nicht so gewaltig und vollkommen wie jetzt und bestand eigentlich nur aus einigen unterirdischen Bunkern. Sie war als Ausweichzentrale für die Männer drüben im Bunker geplant gewesen, für den Fall, daß NORAD durch

Sabotage oder irgendeinen anderen Grund ausfallen sollte, aber der Krieg kam, bevor sie in Betrieb genommen werden konnte. Sie war jedoch voll funktionstüchtig, und ihre Ausrüstung bot das Modernste, was die Wissenschaft des zwanzigsten Jahrhunderts nur bieten konnte. So überlebten wir. Wir und andere, die nach und nach zu uns stießen – zuerst aus eigener Kraft, später, als wir weiter waren, von den Robotern geholt.«

»Sie haben all das geschaffen?« fragte Boris ungläubig. »Die Roboter, das Schiff und . . .«

Dirckhoff nickte. »Nicht ich allein, Boris. Es waren viele, die uns geholfen haben, und es waren auch Männer deines Volkes darunter. Die meisten von ihnen sind schon lange tot. Heute leben nur noch ich und eine Handvoll anderer.«

»Aber wenn das alles stimmt«, murmelte Tai Lin ungläubig, »dann müssen Sie über dreihundert Jahre alt sein . . .«

»Dreihundertsiebenundsiebzig, Tai Lin«, bestätigte Dirckhoff. »Die Menschheit stand an der Schwelle zu einer besseren Zukunft, als das Unfaßbare geschah. Und wir hatten alles, was sich menschlicher Forschergeist jemals ausgedacht hatte. Alles. Wir waren« – er unterbrach sich und lachte leise, ein leises, krächzendes Lachen, das nach wenigen Sekunden in ein Schluchzen überging und Thomas einen eisigen Schauer über den Rücken laufen ließ – »die Erben der Menschheit. Wir hatten Medikamente, um den Alterungsprozeß zu verlangsamen, und als sie nicht mehr halfen, begannen wir, unsere Organe auszutauschen und uns mit künstlichen Mitteln am Leben zu halten. So, wie ihr mich vor euch seht, bin ich wenig mehr als ein Roboter. Ein Roboter mit dem Aussehen eines alten Mannes und einem menschlichen Gehirn. Wir kämpften gegen die Zeit, weil wir wußten, daß wir noch eine letzte Aufgabe erfüllen mußten.«

»Was für eine Aufgabe?« fragte Boris.

»Ich komme gleich darauf«, murmelte Dirckhoff. »Anfangs

haben wir versucht, den Schaden wieder gutzumachen. Unsere Roboter haben die verseuchten Landstriche bearbeitet, Menschen und Tiere behandelt und versucht, die Strahlung aus der Atmosphäre zu bekommen. Aber es war umsonst. Nicht einmal wir sind mächtig genug, eine ganze Welt vom Totenbett zu reißen, obwohl wir Dinge zu tun vermögen, die euch wie ein Wunder vorkommen. Schließlich sahen wir ein, daß wir die Wunde, die wir der Natur zugefügt hatten, nicht heilen konnten. Aber es gab einen anderen Weg. Euch.«

»Uns?« keuchte Thomas. »Aber was können wir schon tun?«

»Mehr, als wir je zu tun imstande sein würden, Thomas«, sagte Dirckhoff ernst. »Ihr wurdet nicht zufällig ausgewählt, sondern nach einem sehr sorgfältig abgewogenen Plan. Wir kennen jeden einzelnen von euch, sein Leben, seinen Charakter, und seine Zukunft.«

»Unsere Zukunft?« ächzte Boris.

»Ja. Du, Boris, wirst die Militärakademie besuchen und zum jüngsten General der sowjetischen Armee werden. Du wirst sehr großen Einfluß im Kreml haben, noch bevor du vierzig bist. Du, Stephen, wirst Gouverneur werden und später das Verteidigungsministerium der Vereinigten Staaten leiten. Tai Lin wird eine fähige Physikerin werden und praktisch zum Kopf der chinesischen Wissenschaft aufsteigen. Und du, Thomas, wirst einen sehr einflußreichen Posten in der Regierung deines Landes erringen. Deshalb haben wir euch geholt. Euch und die sechzehn anderen. Ihr seid alle etwa gleich alt, und ihr werdet, wenn ihr erwachsen seid, die zwanzig wichtigsten und einflußreichsten Menschen eurer Epoche sein.«

»Und was hat das mit ... mit dem Krieg zu tun?« fragte Boris.

Dirckhoff zögerte kurz. »Der Krieg wird ausbrechen, wenn du einundvierzig Jahre alt bist, Boris«, sagte er leise.

Boris erbleichte. »Aber das ... das ist ... unmöglich«, murmelte er hilflos. »Ich würde nie ... ich meine ... ich ...«

»Doch, Boris, du würdest, und du hast«, sagte Dirckhoff. »Und nicht nur du. Dich trifft nicht mehr Schuld als Stephen, Thomas, Tai Lin oder mich selbst, oder irgendeinen der anderen sechzehn. Deshalb seid ihr hier.«

»Wir sind nicht abgestürzt, nicht?« fragte Tai Lin leise. »Nicht wirklich.«

Dirckhoff schüttelte den Kopf. »Nein. Weder ihr noch die vier anderen Gruppen. Der Absturz war geplant, ebenso wie die angebliche Vernichtung des Roboters. Es war eine harte Zeit für euch, aber ich hielt es für nötig. Wir hätten euch hierher holen und die Geschichte erzählen können, die ihr gerade von mir gehört habt. Aber wir wollten, daß ihr diese Welt kennenlernt, nicht aus Erzählungen und Berichten, sondern aus eigener Erfahrung. Jeder einzelne von euch zwanzig hat erlebt, wie die Welt heute ist.«

Thomas starrte wieder aus dem Fenster. Über die Ebene draußen flutete rotes Licht, und zwischen der Sonne und dem Himmel tanzte Staub. Der Anblick dieser toten, zerbombten Welt erfüllte ihn mit unbeschreiblichem Grauen.

»Wir hätten sterben können«, murmelte er. Es klang wie ein Vorwurf, aber es sollte keiner sein. Und Dirckhoff wußte das.

»Ihr wart keinen Augenblick in Gefahr«, sagte der alte Mann. »Max war die ganze Zeit bei euch, ohne daß ihr es bemerkt habt. Das, was Boris passiert ist, war ein Unfall, ein schrecklicher Unfall, aber auch wir sind nicht allmächtig. Und vielleicht ist das, was ihr durchgemacht habt, ein geringer Preis für das Leben einer Welt.«

»Das Leben einer Welt«, wiederholte Thomas. »Was können wir schon tun?«

»Alles«, sagte Dirckhoff. »Wir, die wir überlebt haben, sind ohnmächtig. Wir können nichts mehr tun. Ich und die wenigen, die geblieben sind, werden sterben, wenn unsere Aufgabe erfüllt ist. Aber in euren Händen liegt die Zukunft dieser Welt. Eine andere Zukunft als die, die ihr erlebt habt.«

»Eine *andere* Zukunft?«

»Erinnerst du dich an den Mann, den du gesehen hast, kurz bevor die HEDONIA vor dem Hotelfenster auftauchte?« fragte Dirckhoff.

Thomas nickte.

»Dieser Mann war niemand anderes als du selbst, Thomas. Ihr werdet in einer Stunde die HEDONIA betreten und zurückkehren, und für die Welt, die ihr verlassen habt, wird nicht einmal eine Sekunde vergangen sein. Aber ihr werdet es *wissen.* Ihr habt einen Blick in eine Welt getan, die niemals Wahrheit werden darf.«

»Aber wenn es uns gelungen wäre, dann ... dann würde es Sie nicht geben«, sagte Stephen verzweifelt. »Die Tatsache, daß wir hier sind, daß diese Station existiert und Sie leben, beweist doch, daß es den Krieg gegeben hat.«

Dirckhoff lächelte. »Es gibt mehr als eine Wahrheit, Stephen. Und ich glaube daran, daß die Schöpfung uns noch eine zweite Chance gewährt. Du hast recht. Ich, wir alle, diese Basis mit all ihren technischen Wundern werden im gleichen Augenblick aufhören zu existieren, in dem ihr zurückkehrt.«

»Aber Sie ...«

»Die Zukunft«, fuhr Dirckhoff unbeeindruckt fort, »die ihr erlebt habt, darf niemals eintreten. Und es liegt in euren Händen. Es wird schwer werden. Ich beneide euch nicht um diese Aufgabe. Noch seid ihr jung, aber auf euren Schultern liegt die größte Last, die ein Mensch jemals getragen hat. Aber die Welt hat nur diese eine Chance.«

Er brach ab, und auch die anderen schwiegen. Nach einer Weile stand Thomas auf und trat noch einmal an die große Panoramascheibe. Aber er sah weder die Berge noch die lodernde böse Sonne darüber, sondern nur einen kleinen, pergamenthäutigen Jungen mit schillernden Insektenaugen. Und plötzlich hatte er das Gefühl, von einer ungeheuren Last erdrückt zu werden.

Aber er würde sich der Herausforderung stellen. Und als er sich umwandte und in die Gesichter der anderen blickte, wußte er, daß sie genauso dachten. Sie würden alles tun, damit ein Kind wie Raun niemals geboren werden mußte, damit er in einer anderen, besseren Welt aufwachsen und leben konnte. Eine Welt ohne Sandmänner, ohne Säureregen und Hitzestürme, ohne Morden und Kriege.

Am Himmel erschien eine gewaltige, silberne Scheibe. Die HEDONIA. Das Schiff, das sie zurück in ihre Heimat, in ihre Zeit bringen würde.

Und als es draußen vor dem Turm zur Landung ansetzte, hatte er das gleiche Gefühl, das er schon einmal verspürt hatte, vor drei Wochen, als er die HEDONIA betreten hatte und in der Schleusenkammer stand. Diesmal, das spürte er, war es berechtigt: Sein Abenteuer war nicht zu Ende.

Es begann erst.

Nachwort des Autors

*Mit Ausnahme der Stadt Washington D.C. und der Bunkeranlage NORAD sind Personen, Orte und Handlung dieses Romanes frei erfunden.
Nicht erfunden sind Dummheit, Ignoranz, Machtgier und Intoleranz und die Furcht, daß unsere Welt einmal so werden könnte, wie ich sie beschrieben habe.
Aber wenn jeder von uns nur ein ganz kleines bißchen dazutut, daß aus der Erde niemals Tombstone werden kann, dann habe ich dieses Buch nicht umsonst geschrieben.*